CONTENTKAUFMANN

Buben weinen nicht

Michael Hafner, Buben weinen nicht
Illustriert von Andi Paar
ISBN 978-3-9504027-7-3
1. Auflage, 2016
Contentkaufmann, Wien 2016

Buben weinen nicht

Michael Hafner

Illustrationen: Andi Paar

I

Sie sind da

Mirko hörte den plätschernden Clubsound bis hinauf auf seinen Platz auf dem Felsen über dem Steinbruch. In der großen Halle in dem aufgelassenen Industriegelände hundert Meter weiter unten feierten sie. Mirko saß auf seinem Felsen, struppiges Gras, trockener Schweiß auf der Haut, der klebte dort noch von der Biketour am Nachmittag, von der Mirko nicht wieder zurückgekehrt war. Vermisst; abgängig – aber nur für sich selber. Ein paar Stunden vorher hatte sich die Aussicht auf Windräder, Schotterteiche, die sich ihren Weg durch den Wald schlängelnde Donau geboten, Fernsicht weiter als es Mirko lieb gewesen war, der am liebsten gar nichts mehr gesehen hätte, Krähen zogen ihre Runden und vereinzelt sonnten sich Eidechsen auf Steinen, wenn man sich nur nicht bewegte, dann saßen sie dort ungestört. Auch sie hatten sich jetzt verzogen, wozu auf dem Stein sitzen, wenn der Stein nicht mehr sonnenwarm ist. Vielleicht eine Frage, die sich auch Mirko hätte stellen sollen, eine Entscheidung die auch er hätte treffen sollen.

Sie ließ es zu, vielleicht erwiderte sie es sogar ein wenig; vorsichtig rieben in der Menge ihre Körper aneinander. Sie trug eines dieser hellen, weichen, engen, kurzen Kleider, die jede Rundung, jede Falte, perfekt aussehen ließen. Die sich auch himmlisch anfühlten, kühl und heiß zugleich, eine einzige Verheißung und doch weit entfernt von jeder Aufdringlichkeit. Ihr Kleid hatte mehr mit einem T-Shirt gemein als mit einem Kleid. Das galt auch für die Länge.

Mirko hatte sie nachmittags noch gesehen, er hatte gewusst, dass das Kleid nicht für ihn war, dass sie eine ihrer nahtlosen Unterhosen darunter trug, und dass es sich fantastisch anfühlen würde, jetzt vorsichtig die Hände auf ihre Hüften zu legen und sie einfach nur einmal kurz zu berühren. Sie schmiegte sich an ihn und genoss seine leicht fordernden, aber höflichen Annäherungen.

Es war nicht Mirko unten in der alten Industriehalle. Mia duldete es, dass dieser nette Typ ihr näherkam; wenn sie schon mal hier war. Ihr Bruder und seine unförmige Frau waren nicht von der Bar wegzubewegen, sie verkosteten Weine und warteten darauf, sie wieder nach Hause zu bringen.

Mia dachte nicht daran. Ihr lag viel an Mirko, dachte sie, aber nicht heute. Nach einem schwülen Sommertag war es in der Halle heiß und feucht. Schweiß Tanzender mischte sich mit Trockeneis in Stroboskopblitzen. Über der Tanzfläche waren es helle Farben, orange, blauviolett, in kurzen Blitzen, über der Loungeecke mit den weißen Sitzsäcken und Liegeflächen war es ruhiger. Schmeichelndes Licht, helle Farben; weiß war das Motto des Abends, alle Gäste trugen weiß. Natürlich sah sie das Blitzen in seinen Augen, warum nicht spielen. Warum ihn nicht träumen lassen, was sie vielleicht auch träumte. Und wenn schon. Seine Hände auf ihrem Körper fühlten sich gut an. Und es fühlte sich gut an, dass es sich für ihn gut anfühlte … Ihr lag viel an Mirko. Aber ein bisschen Abstand muss sein.

Mirkos Stein war eiskalt im Mondlicht; der kleine Felsvorsprung lag spektakulär gute fünfzig Meter über einem kleinen Waldstück, das an das Steinbruchgelände und die Halle grenzte. Sein Bike lag hinter ihm. Er hatte aufziehenden Wolken zugesehen, dem späten Sommersonnenuntergang, der Dämmerung, in der Rehe vorübergezogen waren, die ihn vorsichtig und doch so aufmerksam ignoriert hatten.

Mirko versuchte, die aufsteigende Übelkeit abzuschütteln. Er stand auf, der Fels und sein Bike glänzten im Mondlicht. Musik plätscherte, Remixe von vor zwanzig Jahren, unten in der Halle wird es noch eine lange Nacht; er war nicht dort. Der trockene Schweiß klebte auf seiner Haut. Mirko sprang zwei, drei Mal aus dem Stand, um die Muskeln zu lockern, sich ein bisschen zu wärmen.

Und dann nahm er sein Bike, kletterte ein paar Schritte den Felsen hinauf, stieg auf, und sprang mit dem Anlauf dieser wenigen holprigen Meter in die mondhelle Nacht – in den fast senkrechten Fünzig-Meter-Abgrund unter ihm, in dem auch in der mondhellen Nacht der Wald nur noch ein dunkler Schatten war.

***

Was machst du, Alter? Scheiße, du hast dir fast deinen Sattel bis zum Hals in den Arsch gerammt!“ Olegs Stimme war immer eine Spur zu hoch, immer etwas aufgeregter, als es dem

Anlass entsprach. Jetzt krächzte er nur noch heiser, kicherte vor Aufregung.

Mirko blinzelte in grelles Licht, etwas bewegte sich, er bewegte sich, nein, er konnte sich nicht bewegen, Schmerzen, sobald er auch nur einen Gedanken an Bewegung fasste. Aber er fuhr, er wurde gefahren, Lichter wechselten schnell über ihm. Olegs breites, blasses und breiiges Gesicht begleitete ihn hektisch, besorgt über ihn gebeugt.

„Alter du hast echt Glück gehabt, dass sie dich noch mitten in der Nacht gefunden haben. Die zwei waren im Wald unterwegs. Du kannst dir das vorstellen Alter, und dann liegst du da, in alle Einzelteile zerlegt, und mit dem Sattel von deinem dreckigen Bike im Arsch. Die zwei tun mir leid, er vor allem – da geht sie extra mit ihm in den Wald und dann liegst du da. Die geht nie wieder mit ihm wohin im Dunkeln und die lässt wahrscheinlich auch nie …"

„Hier können Sie nicht weiter." Sanft aber bestimmt stoppte die Ärztin Oleg vor der Tür zum Operationsbereich. Mirko lag auf einem Transportbett und war, notdürftig versorgt, von der Notaufnahme zum Operationssaal gebracht worden. Gebrochener Oberschenkel rechts, beide Unterarme gebrochen, die rechte Schulter ausgekegelt, und ein noch nicht näher definiertes Problem im linken Ellbogen, der beim ersten Hinsehen nur noch ein blutiger Klumpen war, waren die Ausbeute seines Absprungs über die Felsen. „Sie flicken ihn wieder zusammen, ok?" An Oleg war einfach alles zu viel: Seine Größe, seine Masse, die Falten in seinem Gesicht, die er jetzt in eine traurige Bettelmiene legte. „Wir kümmern uns um ihren Freund, Sie warten hier", sagte die Ärztin noch einmal und ließ ihn stehen.

Oleg, sonst von der Statur eines fröhlichen Barbapapas, sank auf das Format eines traurigen Sitzsacks zusammen und blieb einfach auf dem Gang stehen.

Mirko war gesprungen. Er hatte sein Bike genommen, ein bisschen Anlauf über die Felsen genommen, und war einfach über den Abhang hinausgefahren. Einmal in das schwarze Nichts dort unten. Nachher ist es mit ein wenig Phantasie immer leicht, sich auszumalen, wie das genau war. Nachher fallen uns so viele Details ein, die sich in den paar Sekundenbruchteilen gar nicht ausgehen können, so viele Varianten, als wäre es ein Stunt gewesen, den wir öfters üben können, auf den wir uns vorbereitet haben. Bis wir nicht mehr wissen, was eigentlich los war, weil wir nie gewusst haben, was los war. Davor beschützt unser Körper uns. Vor uns selbst nicht. Weiterleben müssen wir dann immer noch, ohne der Lösung einen Schritt näher zu sein.

All das las Mirko noch in dem letzten prüfenden Blick der Ärztin, während der Anästhesist schon seinen Job gemacht hatte.

„Sind Sie ein Verwandter?“ Eine Krankenschwester führte Oleg von seinem Platz weg, von dem er sich nicht bewegt hatte, seit er Mirko aus den Augen verloren hatte. „War das ein Unfall? Oder hatte der Patient Probleme?“ Oleg kam gar nicht zu einer Antwort. „Wir müssen das sehr ernst nehmen. Wenn das ein Selbstmordversuch war, müsste ich ihn jetzt eigentlich einweisen, wir haben da Vorschriften.“ Der Schatten auf Olegs Gesicht verriet, dass er sich diesen Gedanken noch nicht erlaubt hatte. „Ach nein, ich kümmere mich schon um ihn. Sie werden sehen, dem geht‘s bestens.“

„Dann haben Sie ganz schön was vor sich“, sagte die Schwester. „Ein paar Wochen wird er schon bei uns bleiben müssen.“

Eine bis auf die Knochen abgemagerte Gestalt versteckte sich zwischen Mülltonnen. Die Lichtkegel der Scheinwerfer eines weißen Porsche streiften die alte Mauer, den bröckelnden Verputz, rohe Ziegel, die Mülltonnen. Sie waren nie allein. Er spähte vorsichtig nach seinem Partner.

Der Porsche hielt an.

„Sst", ein leises Zischen kam aus den dunkelsten Schatten vor der Wand.

Der weiße Porsche fuhr langsam weiter.

Sein Partner klopfte ihm von hinten auf die Schulter. Sie nickten, ein lautloses Kichern, verzerrtes Grinsen. Dann liefen zwei abgemagerte Gestalten in zerrissenen Jeans, dreckigen T-Shirts und alten Turnschuhen dem weißen Porsche nach.

Die Mülltonnen blieben friedlich in der Finsternis.

„Zu zweit verwandeln wir uns in Superhelden", dachte Ali, als er, die tiefstehende Sonne im Rücken, mit seinem Hund den Feldweg entlanglief. Er war jetzt vierzig, in seinem Gesicht war das nicht mehr zu übersehen, auch wenn der Körper noch darüber hinwegtäuschen wollte, und sein Hund war vierzehn und hatte einen Tumor im Bauch, auch wenn er es während der Stunden, die sie gemeinsam draußen verbrachten, nicht zugeben wollte.

Ali trug einen schwarzen Kapuzensweater und lose flatternde Laufhosen, der lange Schatten auf dem staubigen Feldweg sah aus wie die Mördergestalt aus Scream oder wie die endorphingesteuerten Kapuzenkämpfer aus klerikalen Horrorfilmen. Auch die Ohren seines Hundes warfen eindrucksvolle Schatten. Apache war ein kniehoher, leicht struppiger Mischling, der mit seinem dezent gestromten Fell immer etwas übergewichtig aussah. „Eben, Superhelden."

Zum Sonnenuntergang wurden sie von Fledermäusen aus dem nahen Gebüsch begleitet.

Es war Sonntagabend, die Feldwegrunde war wie jede Woche der letzte Teil des Wochenendes. Und es waren ein paar Schritte außerhalb von Alis Haus, in dem, kaum würde er jetzt wieder die Tür öffnen, gleich wieder ein Missverständnis das andere geben würde, begleitet von eisigen Blicken.

Ali bog noch einmal ab und vergrößerte die Runde zum nahen Baggersee. „Wir sind Superhelden. Zu zweit geht das klar."

Nach Sonnenuntergang blieb es auch an diesem Sommerabend drückend heiß. Apache tapste lustlos ein wenig im seichten Wasser des Baggersees und schien sich eher schon mit dem Gedanken an die Couch zuhause zu beschäftigen. Die kleine Pause am Ufer des Baggersees, die Ali offiziell auch vor sich selbst für Apache einlegte, interessierte diesen herzlich wenig. Ali hatte einen bestimmten Blickwinkel auf das leichte Plätschern der Uferwellen gefunden, bei dem der Horizont in den totel Winkel fiel, wenn er die Augen nur lang genug stillhielt. Dann war es leichter, den See seiner eigenen Phantasie als Ort irgendwo am Meer zu verkaufen. Die Mistkübel in eine Strandbar verwandeln, den groben Rollschotter großzügig ignorieren, gelegentlich flogen tatsächlich Möwen von der nahen Donau vorüber – und fertig war das Urlaubsparadies.

Pausen können lähmen, dachte Ali und lief nach Hause.

***

Ich muss heute gleich weg", sagte Eva. „Wir machen einen Mädlsabend, ich muss noch einen Haufen Dinge besorgen, ich fahr gleich los. Dann bin ich bei Maria und ich bin am Abend nicht zuhause. Wird's bei dir auch später?" Sie wartete seine Antwort nicht ab und ging.

Apache hatte sich heute noch nicht um sein Frühstück angestellt, er hatte sich auch nicht um Evas leeren Joghurtbecher bemüht. Ali blinzelte in die Morgensonne, trug seine Kingsize-Kaffeetasse in den Garten und pfiff leise. Keine Spur von Apache.

Evas BMW startete draußen; sie war gleich dahin für den Tag. Ali hatte es heute nicht eilig. Apache schlief wahrscheinlich noch; in seinem Alter hinterließen die Laufrunden manchmal Spuren. Ali lächelte bei dem Gedanken; der Hund war, was ihn hier hielt; der fixe Grund, jeden Tag nach Hause zu kommen. Er wanderte durch das sommermorgendlich feuchte Gras, sah nach den Wolken und steuerte auf die Terrasse hinter dem Haus zu.

Apache lag auf den dunkel geölten glatt gehobelten Holzplanken. Sein Fell war leicht zerzaust. Er sah nicht auf. Ali setzte sich neben ihn und legte eine Hand auf seine Brust. Ein schwaches Schwanzwedeln. Ali spürte Apaches Herz schlagen, einmal, zwei Mal, dann zitterte es, fühlte sich an wie ein schwacher Stromschlag, und stand still. Apache war tot.

Ali starrte ungläubig auf den toten Hund an seiner Seite; die Zungenspitze hing aus dem trockenen Maul.

Zuletzt hatte er diese eiskalte Ohnmacht gefühlt, das Entsetzen angesichts des Bewusstseins „Jetzt ist wirklich etwas passiert", als er sich im Alter von vierzehn Jahren einen Arm gebrochen hatte. Da war kein Herzschlag mehr, kein Atem.

Ali saß neben seinem toten Hund. Und dann geschah nichts mehr.

***

Ali musste zwölf oder vierzehn Stunden neben Apache gesessen haben. Leer, die Tasse noch in der Hand, unbeweglich.

Eva kam fröhlich von ihrer Mädchenrunde nach Hause und ging suchend durch das Haus. „Ali? Schläfst du schon?“ Sie zog die Schuhe aus, um ihn nicht zu stören. Kein Mann auf der Couch, niemand im Schlafzimmer. „Wo bist du denn?“ Die Wohnung war leer und still in der Nacht; war er auch noch einmal ausgegangen? Hatte sie irgendetwas überhört? Sie sah im Garten nach, dann würde sie eben allein schlafen gehen. Sein Pech.

Evas Füße waren seit vierzehn Stunden die einzige Abwechslung in Alis Blickfeld. Er sah nicht auf. „Was macht ihr denn da?“, fragte sie, ein bisschen unwillig. Sie mochte es nicht, wenn Dinge anders waren, wenn Unsicherheit im Raum hing. „Na komm“, sie wandte sich an Apache, schnalzte mit der Zunge und drehte sich schon wieder um, um ihn zum Mitlaufen zu motivieren.

Niemand bewegte sich.

Sie sah sich noch einmal um.

„Er ist tot“, sagte Ali.

Eva stand still. Die Fröhlichkeit ihres Abends wich zur Gänze aus ihrem Gesicht. Sie setzte sich neben Ali, legte einen Arm auf seine Schulter. „Sitzt du schon lange hier?“ – „Den ganzen Tag.“

Sprechen fiel Ali schwer; es war, als wären Jahre vergangen.

„Er ist heute früh hier gelegen als hätte er noch auf mich gewartet. Ich habe seine letzten zwei Herzschläge gespürt, und ich habe gespürt, wie sein Herz zu schlagen aufgehört hat. Er konnte mich nicht mehr ansehen, aber sobald ich bei ihm war, war er weg.“ Ali hatte den ganzen Tag seine Hand nicht von Apaches Brust genommen, als hätte er darauf gewartet, vielleicht doch noch einen Herzschlag zu spüren, vielleicht doch noch einen Atemzug.

Jetzt stand er auf, er verließ seinen Hund, die Hand von seinem Körper zu nehmen bedeutete, dann wirklich seinen Tod geschehen zu lassen, nichts war mehr möglich, kein Wunder zu erwarten. Er holte den Spaten aus der Gartenhütte, schaufelte in der finsteren Sommernacht ein tiefes Loch neben Apaches Hundehütte. Beim Graben kamen endlich kamen Tränen.

Unsere All in One-Karte erfüllt die Wünsche von gleich fünf Kundengruppen: Die Vieluser, die schon viele Karten angesammelt haben, mit Zusatzfunktionen gut zurechtkommen, aber unter der Menge an Karten leiden. Es sind die Gelegenheitsuser, die sich nach wie vor nicht sicher sind, welche Karte sie eigentlich wollen – ihnen nehmen wir die Qual der Wahl ab. Wir haben die Männer auf unserer Seite, denen Stammkundenkarten von Drogeriemärkten bislang eher peinlich waren, und die durch dicke Geldbörsen vor modische Herausforderungen gestellt waren, Senioren, die jetzt eine leichte und vertrauenswürdige Einstiegsmöglichkeit in die Welt der Bank- und Bonuskarten vorfinden. Und unsere große Hoffnung sind Kinder, die jetzt auch, schrittweise unter Kontrolle und Anleitung ihrer Eltern, die Vorteile des Cardbankings erobern können.“ Wilfried Lerner legte eine kunstvolle Pause ein und blickte souverän durch den aufmerksam zuhörenden Besprechungsraum. Je weniger das Publikum mit der Information anfangen konnte, weil sie ohnehin nichts zu entscheiden hatten, desto aufmerksamer hörten sie zu. Die Marketingsbereichsleiter der Landesorganisationen der Universal Bank hörten besonders aufmerksam zu, als ihnen ihre Zukunft diktiert wurde.

„Und das sind nur die Kundengruppen aus unserer Segmentierung, die schon bei den ersten Tests begeistert reagiert haben. Ich bin zuversichtlich, dass wir mit gezieltem Marketing noch weit mehr Enthusiasmus im ganzen Markt wecken können. Wir haben jetzt das Produkt, das alle immer wollten – und wir werden es nicht wieder aus der Hand geben.“ Lerner präsentierte als Vertreter der Universal Holding in der Zentrale vor seinen Pendants aus einzelnen Töchterorganisationen; feindliches Terrain im eigenen Land, gewissermaßen.

Mit seiner nächsten Slide warf der in den Tisch integrierte Minibeamer ein Diagramm der rund um die All in One-Karte geplanten Netzwerkbeziehungen an die Wand. „Wir konzentrieren die Finanzinformation unserer Kunden, ihre Shoppinggewohnheiten, Reisedaten, und mit den potenziellen Upgrades auch Trainings- und Gesundheitsdaten auf einem Chip. Das ist einzigartiges Service, für das wir nach langjährigen Verhandlungen mit einer Vielzahl von Partnern kooperieren.“ Er zückte einen Flipchart-Stift und zeichnete zur Untermalung die Grundzüge des Netzwerks noch einmal auf einem leeren Chart nach. „Handelsketten, Kreditkartenunternehmen, Online-Paymentplattformen und Bonuskartenprovider bilden den Kern des Netzwerks, für jede dieser Branchen haben wir eigene Partnerprogramme aufgesetzt. Es dauert etwa zwei Tage – Durchlaufzeit –, mit allen Sicherheits- und Genehmigungsschritten, um einen neuen Partner zu integrieren. Ein neues Netzwerk – für den Fall, dass zum Beispiel Zutrittskartenprovider auf unseren Zug aufspringen – können wir in unter sechs Wochen startklar machen.“

Sein Diagramm zeigte immer dichtere Vernetzungen, mit dicken Pfeilen unterstrich er die Dynamik der Bewegungen. „Und alles“, er zeichnete einen großen Kreis um sein Werk, „um unseren Kunden das beste Service aus einer Hand zu bieten. Damit haben wir ein unschlagbar starkes Argument.“ Die Managerrunde vor ihm sah seinen Ausführungen distanziert zu. „Wo ist der Mehrwert?“, würde bestimmt gleich jemand fragen. Lerner ließ es nicht so weit kommen.

„Das ist noch nicht alles.“

Seine nächste Slide zeigte nur schwarz, mit einem kleinen hellen Kreis in der Mitte.

„Natürlich nutzen wir diese Netzwerke auch. Finalizer ist unsere neue Analysesoftware, die all diese Beziehungen und Daten in verwertbare Information verwandelt. Was meinen Sie, wofür steht Finalizer? Financial Analysis ist natürlich ein Aspekt, der uns hier bei der Namensgebung geholfen hat. Aber Finalizer steht natürlich auch für die große Zielsetzung, für unsere Abschlussorientierung: Wir wollen Geschäfte zu Ende bringen. Finalizer und die All in One Karte werden jede unserer Filialen in wie geschmiert laufende Verkaufsmaschinen verwandeln. Jeder Berater hat immer die passende Information über jeden Kunden.“ Aus seiner Slide wuchsen mehr und mehr Informationsbruchstücke rund und den einen hellen Punkt: Reisen, anhand von Bankomat- und Kreditkartendaten ermittelte Bewegungsprofile, Haushaltsausgaben, Warnhinweise bei steigenden Ausgaben für Alkohol oder Tabakwaren, Haushaltsgrößen- und Familienstandsindizes, Bildungs- und Konsumtrends, Analysen der gekauften Waren.

„Alles, was Sie tun müssen, um diese Vision so schnell wie möglich wahr werden zu lassen, ist die All in one Karte schnell und erfolgreich auf Ihren Märkten zu platzieren. In Ihren Unterlagen finden Sie alle dazu notwendigen Informationen. Wir zählen auf Sie. Viel Erfolg."

Er deutete eine Verbeugung an und verließ zackig den Meetingraum.

Die verbleibende Runde von Marketing- und Verlaufsleitern rückte randlose Brillen zurecht, blätterte in den vor ihnen liegenden Unterlagen, sah auf die noch von der Leinwand leuchtende letzte Slide und bemühte sich, Haltung und einen Anschein von Macht zu wahren. „Wir zählen auf Sie" war eine klare Ansage. Produkteinführungen der Holding brachten immer Köpferollen mit sich – und Chancen: Die meisten von ihnen waren nach dem letzten von Lerner veranstalteten Köpferollen zu ihren Jobs gekommen.

Der Meetingraum war nach drei Seiten hin verglast und bot tolle Aussicht auf die anderen Glastürme in der Nachbarschaft; die vierte Seite öffnete sich zu den Großraumbüros des Vorstandssekretariats hin. Ein Team von 25 Leuten war hier damit beschäftigt, Termine und Reisen zu organisieren, Präsentationen vorzubereiten, Zahlen abzustimmen und persönliche Strategievorlieben in präsentierbare Form zu bringen.

Blitzendes Glas und Metall, eine nicht zu dunkle Edelholztischplatte, sparsame Getränkevorräte auf dem Tisch und klinische Sauberkeit, die jedem Staubkorn einen kalten Schauer über den Rücken jagte – die Atmosphäre im Meetingraum blieb nüchtern. „Ich denke, das ist gut. Wir brauchen Produkte mit einfachen Merkmalen", sagte Roman Jewgenif, der tschetschenische Delegierte, in gebrochenem Englisch. Es klang mehr nach einer Frage. Die anderen vertieften sich in ihre Unterlagen, tippten Mails in ihre Smartphones, checkten die nächsten Termine und lösten die Runde in individuelle Geschäftigkeit auf: Jeder war wieder mit seinen eigenen Angelegenheiten beschäftigt.

Wilfried Lerner brauchte siebenundzwanzig Schritte durch das Büro des Vorstandssekretariats. Schritte, die er in unterschiedlichen

Situationen gezählt und erprobt hatte: Wartend, wieviele Schritte sind es hin und zurück, wie oft kann ich sie gehen, während ich wie ein Schlosshund auf der Lauer liege, bis die Tür zum Vorstandsbüro aufgeht? In Eile – wieviele Schritte sind es, die mich noch von den wenigen wertvollen Minuten trennen, die ich nutzen kann, um etwas durchzusetzen oder vorzuschlagen? Im Triumph, wieviele Schritte bleiben mir, um jedem im Raum klarzumachen, wo ich mich durchgesetzt habe?

Mit den Jahren waren die Zählweisen ruhiger geworden. Heute wusste er es schlicht, siebenundzwanzig Schritte, die Mitarbeiter des Vorstandssekretariats nickten ihm zu, wenn sie kurz von ihren Präsentationen, Zahlenkolonnen und Terminkalendern aufblickten, mittlerweile gehörte er zu den wenigen, die auch in diesem Stockwerk geschlossene Türen öffnen durften. Buchstäblich. Eine geschlossene Tür bedeutete ein unbedingtes Stop, eine Anweisung, die bedingungslos zu befolgen war. Niemand, die Sekretariatsleute ausgenommen, durfte Türen öffnen, niemand durfte anklopfen. Zu heißt aus. Bis auf einige wenige, die, wenn sie gerufen worden waren, nicht warten mussten, bis sie noch einmal gerufen wurden. Diesen Status hatte sich Wilfried Lerner hart erarbeitet, es hatte ihn vierzehn Jahre, einen Bandscheibenvorfall und ein chronisches nervöses Zucken im linken oberen Augenlid gekostet. Das Zucken sah man nicht, aber für ihn war es ein unmissverständliches Zeichen, dass eine Grenze näher kam. Heute war er noch weit davon entfernt.

Siebenundzwanzig Schritte, er öffnete die Tür und da waren sie alle. Der versammelte Vorstand der Universal Bank.

Irina Kulnarowa, die einzige Frau im Management Board, Vorstand der Division Trading, immer auf Geschäfte aus, immer am Puls der Märkte. Für alles zu haben, für jeden ein offenes Ohr, hübsch, gefällig und entschlossen und loyal wie ein Opritschnik, die legendäre Leibgarde russischer Despoten, von denen manche noch immer glaubten, es gäbe sie nur in Sagen. Jede Frage ist eine Frage zuviel – außer der Frage: Wieviel?

John Leon, mit dem Namen des Löwen und dem feuchten schlaffen Händedruck einer Schnecke, zuständig für die Division Investment Banking, immer auf der Suche nach neuen Partnern, Kunden, Marken und Produkten, die sich dafür eigneten, finanziert, gefesselt, ausgequetscht zu werden, und die noch dazu den Vorteil hatten, auch andere an sich zu fesseln. Er kaufte nur, was andere kaufen wollten. Und noch besser ging das natürlich dann, wenn er gar nicht kaufen musste, was andere kaufen wollten. Wenn er nur steuerte, was andere produzierten, die etwas produzierten, was andere kaufen wollten. Kaufen war sein allgegenwärtiges Zauberwort, das ihn mit Irina verband. Auf Managementevents sah man ihn mit ihr flirten, er blühte auf, plauderte entspannt und konnte die gehetzte Feuchtigkeit seiner Schweißhände vergessen, wenn sie es tolerierte. In der Öffentlichkeit tolerierte sie es. Im kleinen Kreis schnitt sie ihn eiskalt. Er durfte sie ansehen. Aber auch dann sah sie ihn immer wieder derart starr und strafend an, dass er sich einmal mehr seiner schlaffen, feuchten Schneckenhände bewusst wurde, die sich jetzt an seiner Hose rieben, als gäbe es je die Möglichkeit, seine Handflächen trockenzulegen. Hatten Schnecken eigentlich Zeit ihres Lebens nicht einen entsetzlichen Stress, weil sie überall und zu jeder Gelegenheit zu spät kamen? Und sich nicht einfach mal beeilen konnten?

Pierre Poche, zuständig für Riskmanagement und Controlling, insgeheim und öffentlich – hinter vorgehaltener Hand – Leiter der Division Skandale. Dem man nachsagte seine geschäftige Smartphonenutzung während jeder Art von Meetings sei auf seine regen Kontakte und die aufwändige Planung seiner mehrfachen Damenbeziehungen zurückzuführen. Von denen die meisten nicht beruflicher, aber trotzdem professioneller Natur waren. Extremgepflegt, immer freundlich, und immer desinteressiert.

Und Albert Büchel, Generaldirektor, zuständig für das Privatkundengeschäft und Repräsentant für Soziales, mit seinem unverschämten Lächeln und seiner unverblümten Kaltschnäuzigkeit, die gern mit Ehrlichkeit verwechselt wurde.

Büchel leitete das Meeting und wies Lerner einen der freien Sessel zu. „Setzen Sie sich“. Und kam dann gleich zur Sache: „Sie wollen uns fertig machen.“ Er warf einen Packen Zeitungsausschnitte auf den großen Konferenztisch. „Sie wollen“, er verstellte seine Stimme als müsste er einen Idioten mimen, „dass sich Banken auf ihr Kerngeschäft konzentrieren. Das ist unglaublich.“

Natürlich war das nichts Neues. Aber es gehört zu den Meetingritualen jedes großen Unternehmens, den Schein zu wahren. Deshalb schwiegen die anderen betroffen. Das gab ihnen auch die Gelegenheit, unauffällig in ihren Unterlagen zu blättern und ihre Smartphones zu überprüfen.

Lerner hörte zu.

„Sie wollen, dass wir Sparguthaben verwalten, Kredite vergeben, Zinsen eintreiben und lokale Sportvereine fördern. Das ist ein Angriff gegen die Zivilisation unserer Zeit. Das ist untragbar."

Pierre Poche nutzte eine Kunstpause in Büchels Erregung, „Aber können sie das denn überhaupt? Und: Interessiert uns das? Wir sind doch nicht davon abhängig, was irgendjemand von uns will, oder?"

Sie, das waren die Regierungen des vereinten Europa, der USA, und der Zusammenschluss der wichtigsten asiatischen Staaten unter der Führung Thailands, die auf ihrem jüngsten Gipfelmeeting neue Regeln für die Organisation und Abwicklung von Finanzgeschäften erlassen hatten. Die Pleite der größten Finanzhäuser, die die Weltwirtschaft in eine tiefe Krise gerissen hatte, lag schon bald zwanzig Jahre zurück. Statt damals die Chance zu ergreifen und die Kontrolle zu übernehmen, hatten Regierungen und Wirtschaftsbosse in ihrem blanken Entsetzen alle Kraft darauf konzentriert, den Status quo wiederherzustellen, Milliarden in Finanzunternehmen gepumpt und versucht, so weiterzumachen wie bisher. Das Pleitevirus hatte daraufhin von Banken auf Unternehmen übergegriffen, von Unternehmen auf Staaten, und es rollte seither wie vor Jahrhunderten die Pestepidemie von Süden her durch Europa. Pest – nicht nur in der Ausbreitung, auch in seiner geheimnisvollen Unheilbarkeit.

Lerner hatte viele Analysen gelesen, recherchiert – und war noch zu keinem Entschluss gekommen. Lösungen, Ursachen? Es war einfach eine schwierige Zeit.

„Es sind viele Fronten, mit denen wir es zu tun haben. Wir beobachten auch seit einiger Zeit die Urheber dieser absurden Falschgeldinvestitionen. Wir waren dabei sehr erfolgreich. Aber sie sind besser informiert, als wir es für möglich gehalten haben."

Büchel sprach jetzt Lerner direkt an. „Wir haben Sie beobachtet. Sie haben schon einiges für uns aus dem Feuer geholt, Dinge geregelt, Projekte abgewickelt. Danke dafür. Wir möchten Sie jetzt mit einer neuen Aufgabe betrauen. Dazu brauchen Sie aber noch einige Informationen."

Er schaltete mit der bereitliegenden Fernbedienung den Beamer an. „Das ist jetzt absolut vertraulich.“

***

Kommen Sie“, sagte der freundlich gepflegte Bankberater mit dem Urlaubsteint und den sorgsam gezupften Augenbrauen. Seine manikürten Hände wiesen den Weg in eines der Besprechungszimmer. „Ein Kollege erwartet sie schon. Ich kann verstehen, dass Sie sich die Investition und die Finanzierung gründlich überlegen, aber ich versichere Ihnen, der Kollege hat Angebote bereit, die keine Fragen offen lassen werden.“

Er schloss die Tür, setzte sich wieder an seinen Schreibtisch und behielt den blassbeigen Teppich, die wenigen Meter bis zur eben geschlossenen Tür im Auge. Geschäfte erfordern Diskretion.

Es dauerte zwei Minuten, in denen nur leises Tastaturtippen, Lüftungsgeräusche und gelegentliches Papierrascheln in der ruhigen Filiale zu hören waren. Bis sich dumpfe Schläge, ein heiseres Keuchen in die Stille mischten. Ein ausgemergelter Mann kam aus dem Besprechungszimmer. In sein Gesicht hing langes fettiges Haar, er trug zerrissene Jeans und ein fadenscheiniges T-Shirt, wischte Blutspuren von seinem Mund und verließ die Filiale, ohne sich umzusehen.

Das Hasi ist weg." Rudi sagte es in einer Mischung aus Erstaunen, Trauer und dem enttäuschten Zorn des Beleidigten.

„Ach ihr Ösis habt immer so lustige Worte", sagte die Bardame mit der Rauchstimme. „Ich finde da aber gar nichts lustig", protestierte Rudi.

Frühmorgens am Flughafen Tegel. Rudi war allein in dem klinisch nüchternen Flughafenhotel aufgewacht, hatte allein den Shuttlebus zum Terminal genommen und hatte seine halbherzigen Hoffnungen schon vor der ersten Morgenzigarette begraben. Rauch in Nichtraucherzimmern roch auch für Raucher ekelhaft; aber was sollst du machen, wenn dir die Rezeptionstante kein anderes Zimmer anbieten kann? Auf dem Bett sitzend, beim Rauchen verzichtete er aufs Lüften, Nichtraucherzimmer hin oder her, wurde ihm klar, dass jemand fehlte. Ina, dunkelhaarig, schlank, sechzehn Jahre jünger als er – wurde das eine Personenbeschreibung? – hatte ihn gestern Abend noch hierher begleitet; er hätte sie wirklich gern haben können, aber musste sie denn immer so kleinlich sein?

Sie waren die vergangenen sechs Wochen durch die Welt gereist, Shanghai, San Francisco, Seattle, New York, Florida, Havana, Barcelona, Amsterdam, Berlin.

Rudi, seine dreimonatige Auszeit von seinem Großplakat- und Werbemittelvertriebsunternehmen näherte sich dem Ende, hatte Ina während eines Motorboot-Kurses in Kroatien kennengelernt, sie in sein Ferienhaus in der Südsteiermark eingeladen und dort mir ihr einige Wochen verbracht, bevor die Idee mit der Weltreise entstand.

Zwischen Zigarren, Weinen und südsteirischen Heurigendelikatessen fühlte sich Rudi alt. Zu alt für eine sechzehn Jahre jüngere Frau. Würde sie auch einen Winter lang hierbleiben? Wenn die Bequemlichkeit mit Bademantel und Flip Flops nicht mehr nach Poolparty riechen würde, sondern nach altem Mann hinterm Ofen?

Shangai war nett, wenn auch völlig überfordernd, als wären immer alle 23 Millionen Shanghainesen zugleich auf der Nanjing Lu shoppen, San Francisco, Seattle und New York waren langweilig, und spätestens in Florida – Fort Lauderdale, Miami Beach, Key Largo – hatte er sich in Hemingway verwandelt. In eine Auferstehung von dessen Erscheinungsform kurz vor seinem Tod: Zigarren, Rum, Cocktails, Worte, und das Gefühl, Krampfadern zu bekommen. Er verbrachte seine Zeit in Hotelzimmern und Bars, Ina ging alleine shoppen, in Museen oder einfach in all den fremden Städten spazieren. An Stränden, wenn Strandbars in der Nähe waren oder die Strände nicht zu weit von der Hotelbar, trafen sie sich gelegentlich.

Erst in Havana war Rudi wieder zum Leben erwacht. „Du musst hier investieren", hatte ihm der Zahnarzt an der Hotelbar erklärt, der sein Vermögen mit kosmetischen Gebisskorrekturen für Kiewer Geschäftsleute gemacht hatte. „Immobilien – kein Schwein will hier sein, kein Schwein will hier investieren, weil kein Schwein hier etwas machen darf. Aber das wird nicht ewig so bleiben. Und wenn du jetzt günstig einkaufst, dann wirst du in ein paar Jahren der einzige sein, der es sich auch noch leisten kann, diese Bruchbuden zu renovieren – weil alle anderen ihr Geld schon beim Kaufen verbrannt haben, wenn sie nicht jetzt sofort zuschlagen." Klang einleuchtend, nachts, mit Blick auf das Meer, beim Mojito, gemixt von einem Barmann, der für ein Monatsgehalt arbeitete, das eine südsteirische Heurigenkellnerin nicht als Trinkgeld akzeptiert hätte.

Rudi sah sich selbst, in zwanzig, dreißig, vierzig Jahren als Immobilientycoon einer befreiten florierenden kubanischen Wirtschaft, sorglos und faul.

„Aber meinst du nicht, dass du dann vielleicht schon tot bist?", hatte Ina halb scherzend und doch besorgt gefragt. Seither nagten Zweifel an Rudi, nicht an Ina, sondern an ihm selbst.

An einem Nachmittag auf der Rambla, Zwischenstopp Barcelona, dämmerte ihn dann etwas. Ina war allein unterwegs, sie hatte ihm gestern schon eines dieser, wie er fand, lächerlichen Gusto-Sakkos mit aufgenähten Flecken und Flicken mitgebracht und war heute noch einmal unterwegs zu einer Reihe von Shops und Sehenswürdigkeiten. „Ich bleibe hier", hatte Rudi erklärt, in einem Café mit Blick auf das Columbus-Denkmal, Cocktails und Osborne Brandys. Insgeheim, dämmerte ihm, hatte er gehofft, sie würde glauben, er wäre unsterblich. Warum sollte sie sonst mit einem so viel älteren Mann zusammen sein wollen? Und wie sollte er sonst damit zurechtkommen, dass er sich schon lange eingestanden hatte, dass auf ihn wenig wartete? Rudi brauchte den Gedanken, in Inas Augen unsterblich und unbesiegbar zu sein.

Und wie sollte er jetzt mit dieser neuen Sorge zurechtkommen?

Den Rest der Reise verbrachte er schweigender und teilnahmsloser als die Abende auf der Terrasse seines Hauses.

„Ich kann nicht wirklich so mit dir leben", sagte Ina manchmal. Und tröstete sich und ihn damit, dass zuhause vielleicht alles wieder anders würde.

Gestern, 55. Geburtstag, Berlin. Er hatte, an diesem einsamen Morgen im Flughafenhotel nach einer sechswöchigen Reise, keine besonders klare Erinnerung an diesen einen Abend von vielen. Vielleicht war es auch gar nicht dieser Abend gewesen; in Beziehungen gab es doch oft Anlässe, die keine Anlässe waren. Vor allem wenn es um Trennungen ging. Wer weiß im Nachhinein schon genau, was wer wann gesagt hat, was wen gestört hat und was dann wirklich das Fass zum Überlaufen gebracht hat.

Sie waren schweigend im Taxi zu Flughafen gefahren; der Flieger ging früh, brauchbare Cityhotels waren ausgebucht, ihm war es egal. Flughafenhotels sind immer die Tiefpunkte jeder Reise; unterboten nur noch gelegentlich von Flughafenbars. Natürlich war diese Entscheidung unsinnig, ihm gefiel es selbst nicht, aber Schluss jetzt. Das war, was er dachte. Und irgendetwas in der Art musste er wohl auch gesagt haben, als sie zum dritten Mal, erst im Restaurant, dann auf der Suche nach dem Taxistand, und dann noch einmal im Taxi, gesagt hatte, wie gern sie diesen Abend, den letzten Abend auf Reisen, noch in der Stadt geblieben wäre.

Jetzt lachte Rudi. Die Welt der Systemgastronomie war so einfach. Wozu um die Welt reisen? Wozu trauern, Fragen stellen? Eine global reproduzierbare Corporate Identity für Sonnenschirme, die auch im Inneren von Gebäuden aufgestellt wurden, Speisekartenhalter, designte Espressotassen, unfehlbar reproduzierbare Rezepte mit Fertigteilzutaten oder gleich fertig ausgelieferte Ware, ein stylishes Set an Spirituosen, Kleidung fürs Personal und ein paar laue Sprüche für die Konversation mit den Gästen. Die letzte Unterhaltung gehörte wohl nicht dazu. Aber ansonsten war es egal ob Belgrad, Berlin oder Bukarest. Wahrscheinlich machte auch Havana keinen Unterschied.

Grappa gehörte zum Spirituosenset dieses Systemanbieters und gab damit dem italienischen Touch den finalen Anstrich. „Das Hasi ist weg“, sagte Rudi noch einmal in den skeptischen Blick der Bardame, die um sechs Uhr dreißig morgens seine Bestellung von einem Espresso und zwei Grappas mit einer hochgezogenen Augenbraue quittierte.

„Ich sollte sie suchen gehen“, dachte Rudi. „Das ist wahrscheinlich die Lösung für dieses ganzes verkorkste … Dings, ich muss raus in die Stadt, mich zu erinnern versuchen, was ihr gefällt, was etwas für sie bedeutet, wo sie hingehen würde, wenn sie Ärger hat.“ Runter mit zwei Grappas, die die Leidenschaft entfachen, rein in ein Taxi, und die Stadt durchsuchen – nach all den Plätzen an denen sie … wo sie … – was? Von diesen Gemeinsamkeiten war wenig übrig. Es … Und selbst wenn? Was wäre dann los? Würde er sich entschuldigen? Ändern?

Die Bardame stellte die zwei Grappas und den Espresso auf den runden Minitisch mit der Fake-Marmorplatte und den universaldesignten Speisekartenhaltern.

Ändern, dachte Rudi, war einer der modernen Tussimagazin-Mythen. Lebewesen ändern sich nicht. Jeder Hund bleibt wie er ist, vielleicht wird er im Alter müde, aber anders? Man kann Prioritäten ändern, neue Schwerpunkte setzen, aber in Wahrheit kommt man meistens, immer wieder, auf die gleichen Grundsätze zurück.

Außerdem: Er wüsste gar nicht, wo er suchen sollte. Es gab keine gemeinsamen Plätze, keine gemeinsamen Erinnerungen.

Kurz vor sieben; Berater, die auszogen um mit ihrem Schubladenwissen die Welt gleichförmiger zu machen, bevölkerten die Express-Checkins, Billigreisende, die nach ihren Zwischenlandungen irgendwann zwischen zwei und fünf Uhr morgens und ein paar Stunden Ruhe auf Wartebänken und Fußböden jetzt definitiv nicht mehr liegen konnten, strichen um die Bars, Flugpersonal wechselte die Schicht.

Wir kommen immer auf die gleichen Grundsätze, richtig? Rudi stellte den erste Grappa, den er schon in Mundhöhe gehoben hatte, zurück auf das Tablett, auf die Fake-Marmorplatte. Kalten Espresso für einen klaren Kopf.

Mit sich leicht anfühlenden Schritten auf dem Weg zum Gate ließ er eine sechswöchige ereignislose Reise, eine dreimonatige spurlos vorübergehende Beziehung und einen ernüchternden Morgen hinter sich, um weiterzumachen wie bisher.

***

Finanzbetrug nimmt überhand – Die hartnäckige Betrugsserie ist um ein Kapitel reicher. In der vergangenen Woche (wir haben berichtet) haben Betrüger erneut mit Falschgeld und großangelegtem Anlagebetrug dutzende Menschen um ihre Ersparnisse gebracht. Falsche Anlageversprechen und gefälschte Geldscheine einer Fantasiewährung, die über technisch raffinierte Hacks auch in Währungsrechnern und Kurslisten von Valutenhändlern geführt wurden, haben Anleger um mehrere Millionen Euro geprellt.

Die Täter gehen dabei immer nach dem gleichen Muster vor: Massive Werbekampagnen erzeugen für einige Wochen große Aufmerksamkeit, die betrügerischen Geschäfte werden dann nur für kurze Zeit in neu entstandenen Büros oder online durchgeführt. Bevor Behörden einschreiten können, sind die kriminellen Lokale und Webseiten dann schon wieder stillgelegt. ‚Das zeigt umso mehr, wie wichtig und schützenswert die Dienstleistungen anerkannter Geldinstitute sind‘, sagt Albert Büchel, Vorsitzender der Universal Bank in einer Aussendung. ‚Während sich die Finanzbranche um das Wohlergehen der Menschheit kümmert, bringen solche Kriminellen einen ganzen Wirtschaftszweig in Misskredit. Wir arbeiten an entsprechenden Gegenmaßnahmen und setzen dabei auf die vollen Unterstützung unserer Regierungen.‘

Polizeiberichten zufolge hat der aktuelle Fall allerdings eine überraschende Wendung erfahren: In einem der verlassenen Lokale wurden mehrere grausam verstümmelte Leichen gefunden. Auf Grund der Brutalität der Verstümmelungen konzentrieren sich die Ermittlungen vor allem auf die Drogenszene. Bemerkenswert ist (diese Information ist allerdings noch unbestätigt), dass bei den Leichen auch große Mengen der inkriminierten Bad Money-Währung gefunden worden sein sollen. Das würde Raub als Tatmotiv grundsätzlich ausschließen, erklärt ein Ermittler, der namentlich nicht genannt werden möchte.

Die Universal Bank schätzt den Schaden durch ähnliche Fälle aus der Vergangenheit auf annähernd eine Milliarde Euro. Eine Größenordnung, die auch der organisierten Kriminalität zur schwer zuzugestehen wäre.

Büchel sicherte den Behörden seine ‚volle Unterstützung bei der Aufklärung' zu und lud alle Geschädigten zu Gesprächen in die Filialen der Universal Bank, deren Vorstandsvorsitzender er ist. ‚Natürlich haben wir mit diesen Kriminalfällen nichts zu tun. Aber es ist unserem Unternehmen ein ganz besonderes Anliegen, die Geschädigten im Rahmen unserer Möglichkeiten zu unterstützen.' Finanzielle Aufklärungsprogramme sollen überdies in Zukunft helfen, ähnliche Betrugsfälle zu vermeiden."

Büchel legte die Zeitung weg. Der Autor erging sich in weiteren Spekulationen zu den Leichenfunden, Büchel wusste genug. Ärgerlich. Aber gut. Widerstand rechtfertigte Maßnahmen. Weiter so.

Alter, was machst du für Scheiß?", Olegs stündlicher Stoßseufzer entlockte Mirko ein gezwungenes Lächeln. „Du musst wirklich schauen, dass du bald hier rauskommst."

„Ich versuche doch nichts anderes", Mirko lag mit seinen Knochenbrüchen seit über zwei Wochen in diesem Krankenhausbett und es würde noch einige Zeit dauern, bis sie ihn gehen ließen. Die Fraktur im Oberschenkel war kompliziert, die Ärzte hatten ihn gern unter Beobachtung, und in ehrlichen Momenten gestand er sich ein: Er wollte nicht so schnell raus. So lang er hier liegen musste, gab es einen guten Grund, sich mit einigen Dingen nicht auseinanderzusetzen.

Mirko war eines Nachts, eben vor zwei Wochen, mit seinem Mountainbike über einen knapp fünfzig Meter hohen Fels gesprungen. Nicht als Stunt, nicht um einen Trick zu probieren, nicht als Mutprobe, nicht auf Grund eines Unfalls, auch wenn Oleg das dem Krankenhauspersonal versichert hatte, sondern um seinem Leben ein Ende zu setzen. In dieser Nacht war die Entscheidung ganz klar gewesen, nur ein Fichtenwald mit seinen breit ausladenden und dicht benadelten Ästen hatte ihn schließlich davor bewahrt, sein Ziel zu erreichen, und ihn federnd aufgefangen und die letzten zwanzig Meter von schwankendem Ast zu schwankendem Ast nach unten befördert. Er wusste auch noch genau, woran er gedacht hatte, was ihn hatte springen lassen; das Bild hatte er noch genau in seinem Kopf. Aber er verbot es sich selbst, sich genau damit zu beschäftigen. Es war … ; natürlich, lies nach, wenn du dich nicht mehr erinnern kannst; ihr t-shirtweiches Sommerkleid; Unsinn. Dann war es wieder wohltuend, hilflos gegen die Decke über dem Spitalsbett starren zu können, umgeben von einer Gruppe mehr oder weniger todgeweihter alter Männer in ihren Spitalsbetten, und dem ewig laufenden Fernseher, in dem Nachrichten, Volksmusiksendungen und Quizshows einander abwechselten.

„Wie hältst du das aus?", fragte Oleg dann immer wieder in die Stille, wenn sich die Quizshow mit dem Röcheln der alten Männer mischte und sich alles täglich, manchmal sogar mehrmals täglich wiederholte. „Du musst schauen, dass du bald hier rauskommst."

„Das versuch ich ja", auch Mirko wiederholte seine Antworten.

Der Aufenthaltsraum seines Stockwerks hatte einen kleinen Balkon, der, wenn man sich weit vorbeugte, die Aussicht auf den Berg freigab. Auf die Rückseite, weg von den Fünfzig-Meter-Felsen. Mirko vermied es trotzdem, dorthin zu sehen. Ein paar Wochen noch.

***

Im Fernsehen liefen Nachrichten. Herr Krebs und Herr Biermann, neu im Altherrenverein mit den hinten offenen Nachthemden und den schrumpligen O-Beinen, hatten ihr Faible für Krisen entdeckt und kultivierten es sorgsam: nTV, 3sat, Weltnachrichten; Pleiten hier, Konkurse dort, Neuwahlen, gestürzte Regierungen, Öl- oder Flutkatastrophen – die Welt bot genug Entertainment für einen langen Spitalsaufenthalt.

„Da müsste man ja direkt was tun", sagte Herr Biermann. Herr Krebs nickte. „Also wir nicht, wir sind alt, wir haben schon. Aber die Jugend …" „Wir werden bald sterben", assistierte Herr Krebs.

„Ich werde auch sterben", sagte Mirko leise. Sie hatten ihn nicht direkt angesprochen. Vielleicht war es nicht besonders schlau, jetzt, in seiner Lage als potenzieller Selbstmordkandidat unter Beobachtung, so etwas zu sagen. „Irgendwann halt", ergänzte er sicherheitshalber. Den beiden war es ohnehin egal.

Milliardenbetrug, berichtete nTV. Falschgeld, mit raffinierten Werbeaktionen unter Anleger gebracht, hatte unter Spekulanten Milliardenschäden verursacht. Exakte Kopien der Verkaufsprospekte der Universal Bank, in denen die Produkte und Währungen ausgetauscht worden waren und Analystenberichte durch spekulativen Unsinn ersetzt worden waren, hatten hunderte Anleger in die Falle gelockt. Im mittlerweile verlassenen Verkaufslokal waren diesmal allerdings grausam verstümmelte Leichen gefunden worden. Bandenkriege unter rivalisierenden Betrügerbanden, spekulierte die Reporterin.

Mirko dämmerte weg. Das passierte ihm öfter, wenn Schmerzen Bewegung unerträglich machten, Wochentage und Tageszeiten durcheinander kamen und nichts eine verlockende Alternative zu bieten schien.

Später, im Fernseher lief eine Naturdokumentation über die Donau. Auen in der Dämmerung, Dämme und weites leeres Land. Hunderte weiße Reiher stolzierten über ein Feld im graurosa Abendlicht, fraßen Frösche oder Mäuse, flogen in Scharen eine Feldlänge und fielen über das nächste Frosch- und Mäusevolk her.

Hunderte Reiher in der Dämmerung, die getragene Sprecherstimme erzählte etwas von unberührten Weiten, langen Feldwegen und staubigen Pickups und Traktoren.

Draußen, spätnachts, in der kaltschwarzen Sommernacht, schien der Mond wie in dieser Nacht.

Der Fernseher lief noch. „Deutschland ist damit praktisch bankrott. Steuereinnahmen von 550 Milliarden Euro stehen Staatsschulden in der Höhe von 1580 Milliarden Euro gegenüber. Die jährliche Neuverschuldung wird bis Jahresende die 25%-Grenze erreichen“, sagte die Nachrichtensprecherin. „Wirtschaftsforscher sehen die Ursachen im schon einige Jahre anhaltenden Wirtschaftseinbruch, in langsam, aber dauerhaft steigender Inflation, und der großen Anzahl von Pensionsbeziehern. Die Folgen sind ungewiss. Nach dem wirtschaftlichen Zusammenbruch von Griechenland, Italien, Spanien und Portugal fließt damit weiter Kapital aus Europa ab. Investoren ziehen sich zurück, Banken springen inzwischen mit günstigen Krediten in die Lücke, die die deutsche Regierung hinterlassen hat.“ Mirko döste wieder weg. Ein paar Tage noch, dann würde er hier rauskommen …

Und was kann das so?“ Rudi musste sich eingestehen, dass ihm genau jetzt, vor den glänzenden Booten und dem erwartungsvollen Verkäufer, nicht viel anderes einfiel. „Das ist ist die große Luxusausstattung, Mahagonideck, Teak, Chrom, Edelstahl und Leder. Aber was suchen Sie denn?“

Rudi sah hilflos über die ausgestellten Boote.

„Schnellboot oder Wandern? Möchten Sie ein Sonnendeck? Eine große Kajüte? Oder planen Sie, mit dem Schlafsack unterwegs zu sein?“ Rudi seufzte. „Gibt‘s auch die Möglichkeit einer Probefahrt?“ Der Verkäufer wand sich etwas. „Haben Sie denn ein Donaupatent? Oder Motorbooterfahrung? Oder … wohin möchten Sie denn fahren? Vielleicht können wir einen der Einlieger bitten, die ein ähnliches Modell haben …?“

„Vorführmodelle haben Sie keine?“ Rudis rustikale Neugier hatte schon viele höfliche Menschen zur Verzweiflung gebracht.

Der Yachthändler in der Donaumarina trug ein standesgemäß marineblaues Freddy-Quinn-Sakko, glänzende Slipper von der Sorte, die in Rudi immer den Verdacht nährten, ihr Träger könne sich bloß nicht mehr bücken, um Schuhbänder zu schnüren, und Sonnenbrillen in seinem zwei Knöpfe geöffneten Hemdkragen. Er versuchte es mit einer anderen Melodie: „Ich kann Ihnen nur sagen: Heute ist Besitz die einzige sinnvolle Investition. Das Boot sehen Sie jeden Tag, es bereitet ihnen Freude, es ist nützlich, Sie können es pflegen – es wird mit Ihnen alt. Ein Boot ist wirklich eine Beziehung fürs Leben … Finanzen, Fonds, Aktien – vergessen Sie das. Haben Sie schon viel verloren?“

Rudi ließ den Verkäufer stehen. Du bleibst was du bist, dachte er, sogar leicht amüsiert. Alte Hunde ändern sich nicht, Autoverkäufer, Anzeigenverkäufer, Yachtverkäufer, – wenn du immer nur versuchst, das nächste Problem mit Geld vom Tisch zu wischen, begegnest du immer nur Leuten, die dir in aller Plattheit zu Willen sind. Und dich mit deinem Problem allein lassen. Und dich dann auch noch unsanft und stumpfsinnig daran erinnern.

Verzicht? Bloß nicht, dachte Rudi, und nahm im Vorbeigehen Prospekte für Luxuskreuzfahrten auf der Donau mit. Senilitätscompetition garantiert, Wahl zur Miss Darmflora inklusive, aber Hauptsache protzig.

Rutscht mir doch den Buckel runter.

Die Drehtür des Ausstellungsbereichs ließ ihn widerstandslos ins Freie.

Der Verkäufer blieb im Stahl- und Glaskomplex der Marina zurück, klein und einsam in der geräumigen Verkaufshalle, die als Atrium zwischen Restaurant und Clubbereich die Prachtstücke der Anlage ausstellte, ein paar Palmen zwischendurch. Vereinzelt bildete sich Kondenswasser an den schattigen Stellen des Glasdachs.

Ganz oben, mit Blick über den Fluss, die Stadt, die Bootsstege, die Slipanlage, das Restaurant, die Terrasse zum Fluss hin, und über der Verkaufshalle, auf dem letzten, schräg geneigten und leicht rutschigen Abschnitt des Glasdachs stand eine nicht leicht zu erkennende Gestalt im Schatten. Dunkel, langes Haar fiel über das Gesicht. Er wischte dunkel verkrustetes Blut aus seinen Mundwinkeln.

Den Verkäufer fröstelte es leicht.

Das harte hohe Gras rieb sich verräterisch an seinen Hosen. Das dicht gewachsene Feld aus Kaffeesträuchern bot Sichtschutz. Aber nichts, was nicht leicht zu überwinden gewesen wäre. Keine Möglichkeit mehr, sich zu verstecken. Er lief weiter.

Aus dem Hochland und seinen harten Felsen und Steppen bahnte sich die Jagd einen Weg in Richtung der Stadt. Er musste es schaffen. Keinen Tag Pause.

Die Geräusche hinter ihm waren schwer zuzuordnen. Knickende Sträucher? Atem? Doch nur Wind? Tiere? Und war das Heulen in der Nacht nur ein Abklang der Angst, die in seinem Kopf hallte und wie von selbst dafür sorgte, dass sie nicht zu kurz kam? Der äthiopische Wolf heult hoch. Oder waren es sie, die sich über seinen Kopf hinweg, seinen verzweifelten Lauf, schon lange darüber verständigten, wo er gerade war?

Die Tage verbrachte er geduckt in Höhlen, Erdlöchern und Gräben. Ohne aufzusehen, in der Dunkelheit, in gespannter Erwartung der Nacht. Erst wenn die Sonne schon lange untergegangen war und die Berge in kaltem Grau gegen den schwarzen Himmel schimmerten, wagte er sich hinaus, blieb minutenlang still liegen, und lief erst weiter, wenn er sicher war, dass nichts nahe kam. Oder wenn er aufgab, eingestehen musste: Ich kann es nicht sagen. Ich weiß nicht, wie nahe sie sind.

Das ist Unsinn, hatte sie ihm erklärt. Sie sehen dich nachts. Sie sehen dich sogar besser, und sie können sich leichter bewegen. Es ist besser, wenn du tagsüber läufst, hatte Ada gesagt. Aber du musst das machen, wie du es am besten kannst. Nur du weißt das.

Dann erreichte er die Stadt. Am Stadtrand grasten Ziegen und Rinder zwischen grauen Betonrohbauten. Im Inneren der Stadt wuchsen Palmen in den Vorgärten von Art Deco Villen. Nachts, es war zwei oder drei Uhr morgens. Im Mondlicht warf das goldene Karlheinz Böhm-Denkmal Schatten auf den Platz. Kurzes Aufatmen; in der Stadt war er sicher, hier war er nicht so ausgesetzt wie in der offenen Savanne. Und mit einem Geräusch wie ein Tornado, der sich in Sekundenbruchteilen aufbaut und gleich wieder abklingt, schloss sich etwas um seinen Hals; Zähne, Krallen, sie hatten ihn. Ihm wurde schwarz vor Augen.

****

An diesem Morgen fehlte etwas. Ada trat auf die Terrasse der kleinen Villa, die anderen saßen schon dort, und ließ keinen Zweifel aufkommen. Die tiefen Falten auf ihrer Stirn und das kurze Schweigen, bevor sie den auf dem Tisch liegenden Tagesplan aufschlug, machten es auch den anderen klar.

„Er hätte heute nacht ankommen müssen. Eine Verspätung ist unmöglich, er weiß, dass das nicht passieren darf", sagte sie trotzdem, mit einem Blick, eisiger als Grace Jones. „Ihr macht weiter. Wie sind wir im Plan?"

„Heute startet die Produktion", antwortete Miro. „Die Druckvorlagen sind gestern fertig geworden."

„Der Verteilungsplan ist fertig. In drei Tagen können wir den Rest der Welt beliefern, innerhalb einer Woche sollten wir alle erreicht haben."

Ada, deren strenger hochgesteckter Haarturm exotische Domina spielende Barock-Marquise erinnerte. Miro, der als lustiger Querkopf zur Organisation gestossen war und mittlerweile ebenso festsaß wie alle anderen, und Tsu, der Organisator mit der Spike Lee-Brille.

Auf der Straße spielten Kinder, rötlicher Staub lag auf der Terrasse, den Möbeln, der Stadt. „Guten Morgen", rief eines der Kinder und kam doch nicht näher.

Ada sah in den Tagesplan, einen Buchkalender, in dem alle Aktivitäten und Pläne in knappen, für andere nichtssagenden Kürzeln, notiert waren.

„Ich muss das überprüfen" sagte sie dann und verschwand wieder im Haus.

„Was meinst du?", fragte Tsu unsicher, „Ärger?" Miro wackelte so unverbindlich wie möglich mit dem Kopf.

Gerüchte sagten, dass die gesamte Saharazone östlich von Äthiopien, vielleicht war Ägypten noch unbehelligt, nördlich des Kongo bis hinauf zum Mittelmeer, nicht mehr betretbar war. Menschen verschwanden, wurden manchmal Monate später als verstümmelte Leichen gefunden oder schrieben kryptische Mails, die beschrieben, wie gut es ihnen ging, wie sehr alles in Ordnung war.

Der lächerliche Internetklon, der seit einigen Jahren schon Netzwerke, Information und Medien ersetzte, ließ kaum Information durch. „Wahrscheinlich“, hatte Tsu einmal erklärt, „fangen sie jeden Traffic, jeden Verbindungsversuch sofort ab, und leiten ihn auf kontrollierte Seiten um. Anders könnte ich mir nicht erklären, warum wir gar nichts mehr erfahren.“

Sie hatte ihm damals nicht geglaubt, erst seit praktisch gar keine ihrer E-Mails mehr ankamen, seit keine Berichte von verstümmelten Leichen mehr online waren, und seit aus Libyen, dem Tschad, Mali gar keine Nachrichten mehr ankamen, war sie hellhörig geworden.

Ihr Arbeitszimmer war ein nüchterner, zur Gänze mit Naturholz eingerichteter Raum. Tisch, Sessel und ein kleines Regal waren aus trockenen, entrindeten Findelästen zusammengebunden, als Tischplatte diente eine alte, sauber geschliffene Tür. Das einzig metallische war ihr Notebook, das jetzt eben seit Monaten in einem schnell und verlässlich funktionierenden Internet nur noch wertlose Information ausspuckte. Newsgroups und MUDs waren noch online, aber voll mit harmlosem Geplänkel und eindeutigen Sex-Angeboten.

Aus einer verschlossenen kleinen Kiste im Regal packte sie einen Communicator aus dem vorigen Jahrtausend. Baujahr 1998, die zweite Generation, langsam, groß und schwer wie ein Bügeleisen. Aber diese Generation hatte noch die GSM-basierte Terminal-Verbindungsfunktion. Mit einer simplen Telefonkarte ohne jeden Datentarif konnte sie eine Verbindung zu entfernten Servern aufbauen und dort Dateien abholen oder hinterlassen. Der Upload dauerte ewig … – Aber offenbar war es der einzig verbliebene Weg für ungefilterte Kommunikation. Tsu hatte das ein paar mal getestet. „Vielleicht sind diese Netzaktivitäten so unauffällig, dass sie nicht gefiltert werden“, war seine Erklärung. „Aber vielleicht versuchen sie hier auch, abzuhören statt umzuleiten. Egal – Nutzen wir es, solange das geht.“

Ada klappte den alten Communicator auf, jeder Weckruf aus dem Standby war mit einem kleinen Stoßgebet verbunden, der

Akku lud schon lange nicht mehr, das Gerät konnte nur noch am Kabel betrieben werden. Sie begann zu tippen. „Sie haben es wieder getan. Einer unserer Freunde ist verschwunden. Mehr weiß ich nicht. Ich habe auch keine Information darüber, was im Westen passiert. Wir wissen, dass der Nil noch nicht unter ihrer Kontrolle ist, aber wir haben seit Monaten nichts von den Gebieten westlich des Nils gehört. Keine Information, keine Waren, keine Menschen. Nichts kommt dort raus. Es ist, als gäbe es diese Gebiete nicht. Wir sammeln nur Anzeichen, als würden sie täglich näherkommen. Und wir wissen nicht einmal, wogegen wir uns wehren sollen."

Gab es noch etwas zu sagen?

Nach kurzem Zögern tippte sie doch weiter. „Wir arbeiten weiter. Unsere neue Serie wird ab morgen verteilt. Wir beliefern das alte Netzwerk. Haltet die Augen offen."

Die Verbindung zum Remote Server war in der Terminal-App fix eingestellt. Keine Antwort, keine genaue Information, wer aller auf diese Daten zugriff. Nach knapp zwei Minuten war der Upload erfolgreich. Es lagen keine anderen Daten zum Abholen bereit.

Ada starrte noch einige Minuten auf den leeren Ordner, den ihr das kleine einfärbige Display des Communicators präsentierte. Da war viel zu wenig Information. Vernetzung, Austausch, Datenfreiheit – lächerlich. Was geschah auf dem Rest ihres Kontinents? Ein paar dunkle Ahnungen waren alles. Bis in die Hauptstadt war noch keiner gekommen. Das Hochland rundherum schien friedlich. Und dahinter? Dürre, Wüste, Krankheiten, Viren, sagten die einen. Banditen, Erpresser, Entführer, sagten die anderen. Magische Punkte in den Steinwüsten und Sanddünen, sagten wieder andere, die Reisende anzogen und sie vielleicht mit der Magie singender Tänzerinnen, oder waren es tanzende Kamele, in ihren Bann zogen.

Satellitenbilder aus der Sahara waren seit Jahren unverändert. Zumindest die, die das verfügbare Restinternet preisgab.

Und das Merkwürdigste an all dem: Es schien keine Konsequenzen zu geben. Seit bald drei Jahren war ein halber Kontinent praktisch von der Erdoberfläche verschwunden, und es machte keinen Unterschied.

Es gab keine schlechten Wirtschaftsprognosen, keine Ernteausfälle, keine Exportprobleme, keine Unruhen und nicht einmal viel Besorgnis. Keine Flüchtlinge, keine Leidensgeschichten. Keine Triumphberichte der eigenen Regierung, keine Warnungen. Nicht einmal mehr Reiseangebote für Touristen.

Sie trennte die Verbindung, gestand sich mit einem Seufzen ein, dass diese Frage auch heute keine Antwort bekommen würde. Ada packte den Communicator weg und sah nach den anderen.

Miro und Tsu prüften die Druckvorlagen und die bunten Probedrucke in dem großen, zum Atelier umfunktionierten Besprechungszimmer mit kindlicher Freude.

Bunte Motive auf weichem abgegriffenem Papier, die Vorlagen funktionierten.

Auf quer durch das Zimmer gespannten Leinen hingen hunderte Probedrucke, sie flatterten bunt wie tibetische Gebetsfahnen. Farbkleckse auf Tisch und Fussboden waren die letzten Zeugen der langen Vorbereitungszeit. „Das passt“, sagte Tsu. Miro nickte; „Ich bin neugierig, was dann passiert“.

***

Ein grauer Hummer donnerte über die Steinpiste. Getönte Scheiben verrieten nichts über das Innere.

Die kleine Gruppe von Youngsters die sich in schwarzen Anzügen über die Hindernisbahn mitten in dieser Einöde mühte, hielt kurz inne und sah der Staubwolke durch ausdruckslose Sonnenbrillen nach.

Der grauenhafte Schrei hallte durch den abgedunkelten Meetingraum. Er verstummte erst, als der Körper der Kreatur, die kaum noch etwas Menschliches an sich hatte, erschlaffte und leblos in der spitalsbettähnlichen Einrichtung hängenblieb. Ein Schatten huschte davon. Ein paar Sekunden Stille. Dann wurde das Bild schwarz.

Albert Büchel, Vorstand der Universal Bank, schaltete den Beamer aus, die Jalousien des Meetingraums öffneten sich und ließen langsam Licht auf die verstörten Gesichter der anderen Vorstandsmitglieder fallen.

Wilfried Lerner war der einzige, der diesen Film zum ersten Mal gesehen hatte.

„Wir haben keine Zeit zu verlieren", sagte Büchel. „Kommen Sie mit, unterwegs zeige ich Ihnen alles weitere." Er stand auf, deutete zur Tür, und überließ den restlichen Vorstand wieder seinen To-Do-Listen und Smartphones.

„Poche, Kulnarowa", sagte Büchel im Gehen, „Das wird rauskommen. Das wird Gerüchte aufkommen lassen und Leute auf Spuren bringen. Verhindern Sie das, lassen Sie sich was einfallen. Ich verlass mich auf Sie …"

Büchel und Lerner verließen das Vorstandsekretariat durch die klinkenlose Notfallstür, die nur vom zentralen Sicherheitsdienst geöffnet werden konnte. Ein nüchternes, brandsicheres Treppenhaus führte auf das Dach. Büchel drückte eine dünne Mappe in Lerners Hand: „Das Notwendigste erkläre ich Ihnen unterwegs."

Draußen wartete ein Hubschrauber. „Lesen Sie sich das durch, wir steigen dann gleich in den Jet um. Dort können wir uns besser unterhalten." Der Hubschrauber brachte die beiden zum Flughafen. Lerner blätterte in der dünnen Mappe – einige Satellitenaufnahmen, Bilder von jungen Männern in staubigen Anzügen – als hätte man Teile der Ausbildung des Traineeprogramms nach draußen verlegt. Auswertungen dazu, Tabellen, Daten, die aussahen wie

Blutwerte oder chemische Analysen – das sagte ihm nichts. Büchel sah beim Fenster hinaus und beachtete ihn nicht; unter ihnen die verlassenen Industrieruinen der Simmeringer Haide.

„Wir werden ein paar Tage unterwegs sein", sagte Büchel, als sie die wenigen Meter vom Hubschrauber zum Unternehmensjet über das Rollfeld gingen. „Es ist alles vorbereitet." Lerner sah kurz auf die Uhr. Er hätte in zehn Minuten seine Frau in der City treffen sollen. – Heute nicht, wie es schien.

„Nur Macht und Geld können so glatte Transfers organisieren", dachte sogar Lerner, als der Jet knappe zwei Minuten später abhob. Er und Büchel saßen jeder auf einer Seite des geräumigen Jets, einen kleinen Tisch vor sich, breite Armlehnen neben sich – ein Platz wie im Zigarrenklub. Büchel hielt während des Steigflugs die Augen geschlossen. Lerner blätterte noch einmal in seiner Mappe, legte sie vor sich auf den kleinen Tisch und wartete.

„Jetzt können wir reden", sagte Büchel, als der Jet seine Reiseflughöhe erreicht hatte.

„Sie haben den Film gesehen. Wir arbeiten schon lang daran. Ich sehe das als erweitertes Marketing, effiziente Kundenbindung. Keine Sorge. Wir fliegen jetzt nach Marokko. Nahe der algerischen Grenze haben wir ein Trainingscamp, das ich Ihnen zeigen möchte. Und dann fliegen wir weiter nach London in unser Schulungszentrum. Dort bilden wir unsere Traineeelite aus, die in diesen Trainingscamps ihren letzten Feinschliff bekommt, und die in wenigen Jahren mit Produkten, die wir jetzt nur erahnen können, erfolgreich sein wird."

Solange Büchel sich wenig bewegte und ruhig in seiner Rolle blieb, merkte man ihm seine knapp 60 Jahre nicht an. Wöchentliche Beautypackungen in exquisiten Kosmetikstudios, drei Mal wöchentlich Turnstunde, über die er sich immer wieder selbst mit seinen Vorstandskollegen mokieren konnte, und immer wieder eine Flasche, oder eineinhalb, schweren Rotweins, um Teile des Tages zu einem Ende kommen zu lassen.

Sobald er sich bücken musste, war es mit der Souveränität vorbei. Er wusste das und kämpfte immer wieder mit sich: Sollte er sich helfen lassen, oder sollte er den nahbaren, leutseligen Schein wahren und sich selbst bücken? Und damit eine kleine Schwäche offenbaren?

Er sah Lerner an. „Wir forschen schon lange an der perfekten Kundenbeziehung – wir dürfen uns jetzt keine Schwäche leisten. Wir spüren starken Gegenwind, Zeitungen, Politik, Versicherungen – alle schießen sich auf Banken ein. Solche Zeiten hatten wir immer wieder, Sie kennen das, aber diesmal ist es noch wichtiger, dass wir keinen Millimeter nachgeben. Absurde Forderungen, Kerngeschäft, Sicherheiten, Kernkapitalquoten – als ob das einen Unterschied machen würde. Wir haben das Spiel schon lange gewonnen. Vielleicht wissen das manche nicht. Vielleicht wissen sie das auch sehr gut, und können einfach nicht damit leben." Noch ein prüfender Blick. „Sie machen sich keine Sorgen, oder? – Gut." Er deutete mit dem Kopf auf die Mappe, die er Lerner vorhin gegeben hatte.

„Das sind Bilder aus dem Camp, das wir jetzt ansehen werden. Und die Werte sind nur Auszüge aus einer langen Statistikreihe, mit der wir unsere Ergebnisse zu verbessern versuchen. Haben Sie sich schon einmal gefragt, warum Geld so eine herrlich gut funktionierende Idee ist? Jeder will es haben, und noch besser: Jeder kann es brauchen. Das ist doch einfach fantastisch; wo sonst gibt es schon noch so klare Verhältnisse? Und was ich fast noch besser finde: Mehr Geld ist auch immer mehr wert. Welches Produkt kann Ihnen das sonst garantieren? Sie haben Preisschwankungen, Nachfrageflauten, Transportprobleme und Versorgungsengpässe. Geld kennt das alles nicht." War das ein fast zufriedener Ausdruck in seinen Augen? „Wir müssen auf der Hut bleiben. Preisschwankungen und Wechselkurse – das kriegen wir ganz gut in den Griff. Wir werden immer besser. Aber wir müssen bei der Sache bleiben. Was wir hier in Marokko entwickelt haben, ist die beeindruckendste Versuchsreihe, die ich kenne. Und wir hatten eine Menge guter Ideen am Start."

Lerner hatte das Gefühl, jetzt etwas sagen zu müssen. „Darf ich fragen, was Sie in der Sache von mir erwarten?"

„Wie Sie gesehen haben, sind ein paar Informationen unvorhergesehen an die Öffentlichkeit gelangt. Jetzt haben wir in dieser Angelegenheit möglicherweise ein paar Schwierigkeiten. Ich möchte, dass Sie das aus dem Weg räumen."

***

Den Eingang des noblen Londoner Clubs säumten hüfthohe Marmorstatuen, die Blumenvasen, Lichter oder Aschenbecher trugen. Die rote Kordel hinter ihnen, knapp unterarmdick, hielt Unerwünschtes fern.

Lerner hatte auf dem Weg von der Camden Town Station Station bis zum Club Schatten gemieden und die Straßenseite gewechselt, wenn er auf ein paar Schritte Entfernung Obdachlose in Hauseingängen erkennen konnte. Der Nachmittag im Trainee-Camp in Marokko würde ihn noch länger verfolgen …

„Zum Trainee-Meeting", die Empfangsdame wies ihm mit einem schüchternen Hauchen den Weg. Die Marmorzwerge, wahrscheinlich war diese Assoziation unangemessen, aber warum waren die Figuren wirklich nicht lebensgroß, setzten sich im Inneren fort, manche von ihnen trugen dankenswerterweise Schilder.

Büchel hatte sich am Flughafen verabschiedet; er war von einer Limousine abgeholt worden und hatte andere Pläne. „Morgen fliegen wir zurück, ich lasse Sie um sieben Uhr morgens aus dem Club abholen. Dann können wir noch einmal die letzten Details besprechen, und Sie müssten alles wissen, damit Sie in unserer Sache aktiv werden können."

Lerner hatte Rick, der die Londoner Trainee-Events leitete, nur einmal für wenige Minuten im Headquarter kennengelernt. Dessen Nicken, als er die Tür leise hinter sich schloss, sagte ihm dennoch deutlich, dass er ihn wiedererkannte – und dass er informiert war.

Nur eine Handvoll der fünfzig Trainees drehte sich kurz nach Lerner um, die meisten blieben gebannt bei Ricks Ausführungen.

„Wir besitzen Menschen. Das klingt jetzt vielleicht dramatisch. Aber das ist nicht neu, denken Sie an Fussballklubs, Fernsehstationen, Musiklabels: Alle haben immer schon Menschen besessen, die für sie arbeiten müssen. Jetzt besitzen auch wir Banken Menschen. Und sie müssen nicht mal für uns arbeiten – also, das tun sie ohnehin, sie müssen gar nichts für uns tun. Wir handeln mit ihnen.

Jeder bewahrt den Schein seiner Freiheit, und dennoch: Alles, was ein Mensch im Lauf seines Lebens erreichen kann, bekommt er von uns. Wir bezahlen ihn, egal, wo er arbeitet und welchen Job er macht. Müllmänner in Hongkong, Nobelnutten in New York, Generaldirektoren irgendwo in Europa – sie gehören alle uns. Sie glauben vielleicht, dass sie von jemand anderem bezahlt werden, aber woher haben Unternehmen das Geld? Oder Bordellbetreiber und Regierungen? – Natürlich von uns."

Rick ließ das kurz sickern. Mit Erfolg, wie Lerner feststellte. Die Trainees hingen an Ricks Lippen, manche mit Begeisterung, andere mit Anzeichen von Angst; ein paar Dumpfbacken spielten wissende Souveränität vor – das waren die, die nichts begriffen hatten und wahrscheinlich auch nie begreifen würden. Die besten Kandidaten, universell einsetzbare Soldaten, die nie Fragen stellen würden. Nicht aus Loyalität, sondern weil ihnen schlicht keine Fragen einfielen.

Lerner zog einen Sessel zu sich und setzte sich etwas abseits, in brauchbare Beobachterposition.

„Offiziell decken wir alle Menschen, alle sozialen Schichten ab, alle werden gleich behandelt. Wir können auch alle brauchen. Aber natürlich wollen wir die Loser loswerden, die bringen uns weit weniger Deckungsbeitrag. Und darum geht es, das ist, was Sie lernen müssen: Woran erkennen Sie den Looser? Wenn Sie Verlierer, die ökonomische Weicheier, finanzamputierten Impotenzler, verzeihen Sie die drastische Ausdrucksweise, schneller erkennen können als andere – dann können Sie Geschäfte machen, dann werden Sie gut in Ihrem Job." Die Trainees kicherten. Sexualisierte Scherze, begleitet von „Wir sind locker, wir sind anders"-Gesten, als Initiation und Erkennungszeichen der spießigsten Bankerkreise. Auch das gehörte, wenn auch nicht ausdrücklich als Bestandteil des Lehrplans, zur Traineeausbildung.

„Deshalb", Rick deutete einladend auf Lerner, „Ist es mir eine besondere Freude, heute Herrn Wilfried Lerner aus dem Vorstandsbüro unseres Headquarters als Gast bei uns begrüßen zu dürfen. Sein neuestes Produkt, die All-in-One-Karte, die schlicht alle Daten über ein Menschenleben mit den Finanzdaten dieses Menschen in Verbindung bringt und uns in analysierbarer Form zur Verfügung stellt, ist ein Meilenstein auf diesem Weg zur effizienten und transparenten Kundenbeziehung."

Die Trainees sahen sich um, die Dumpfbacken begannen, applaudierend auf ihre Tische zu klopfen, die anderen fielen mit ein. Lerner nickte.

„Jetzt konzentrieren wir uns vor allem auf die großen Fische. Den Massenmarkt erschließen wir langsam, dort haben wir noch viel Potenzial. Und unsere großen Transaktionen kennen Sie sicher: Denken Sie an Sportklubs. Dort brauchen wir unser Modell nicht einmal mehr zu erklären oder zu vermarkten: Es ist akzeptierte Realität."

Rick zeichnete eine gerade Linie quer über das bereitstehende Whiteboard. „Es ist wichtig, dass Sie die Zusammenhänge kennen und auch über die historische Entstehung unseres Geschäfts Bescheid wissen. Wir haben das nicht erfunden. Was denken Sie", er markierte einen noch imaginären Startpunkt auf der Zeitlinie, „Wann hat diese Entwicklung ihren Lauf genommen? Und vor allem womit? – Lassen wir die Mystik und diverse psychologische oder anthropologische Erklärungsansätze beiseite. Die Vorbereitung unseres Kundenbeziehungsmodells nahm ihren Ausgang 1925 mit den Entwicklung des Reiz-Reaktion-Schemas in der Kommunikationstheorie. Das war ein wirklich bedeutender Schritt: Den Menschen wissenschaftlich fundiert vor Augen zu führen, dass sie keine Wahl haben, ist schlicht großartig. Es gibt Reize – und sie reagieren. Ein herrlich simples Konzept. Herrlich? Wer von Ihnen kennt die Schattenseiten dieser Theorie, haben Sie vielleicht Einwände?"

Schweigen im Raum. Rick musterte die Trainees und dehnte das Schweigen über die sozial tolerierbare Sekundengrenze hinaus. Würde jemand etwas sagen? War einer der Trainees noch sachlichen Themen verhaftet, versuchte noch einer, sich mit Gedanken auseinanderzusetzen? Das Schweigen hielt. Die Klasse würde bald so weit sein: Banker, dem Geschäft verhaftet, ohne Interesse an irgendetwas, das ihnen nicht vorgesetzt und bewertet wurde. Reif für das Camp.

„Das Problem", sagte er langsam und geheimnisvoll, „dieses Konzepts liegt in der Unvorhersehbarkeit der Reaktion. Es gibt eine Reaktion, aber niemand weiß genau, nach welchen Kriterien diese stattfindet. Welcher Reiz wird genau welche Reaktion hervorrufen?"

Er markierte einen weiteren Punkt auf seiner Zeitlinie, „Das war der Moment, in dem die Black Box auf den Plan trat. Auch ein genialer Zug: Das Publikum, die Mehrheit, die Masse, die eigentlich, auf Grund dieser Schwächen, auf die Idee hätte kommen können, sich selbst Ernst zu nehmen, eine entscheidende Rolle zu spielen, in den Mittelpunkt zu treten, wurde durch die Metapher einer Schachtel wieder zu einem Nichts degradiert: So wichtig wie ein leerer Schuhkarton, dessen Verhalten weniger als irrelevant ist."

Rick markierte jetzt das Ende seiner Linie und zog zwei geschwungene Pfeile von den beiden Anfangsmarkierungen zum Ende.

„Erkennen Sie die Zusammenhänge? Was Sie sich merken müssen, ist nur: Wir haben dieses Geschäftsmodell nicht erfunden. Wir greifen historische Entwicklungslinien auf und sind nahtlos in unsere soziale Umgebung eingebunden. Medien, das wollte ich mit dem kleinen Exkurs zeigen, sind die besonders effizienten Vorreiter auf diesem Gebiet, ihnen haben wir diese Theorien zu verdanken. Sie schaffen es nach wie vor, die Illusion zu erwecken, sie würden mit Inhalten handeln, große, gut recherchierte Geschichten und Aufdeckungen an ein interessiertes Publikum verkaufen. Sie schaffen es sogar, diesen Handelscharakter in den Hintergrund zu stellen und sich als unabhängige Notwendigkeit zu inszenieren, für die der Kunde einen kleinen, immer viel zu kleinen Beitrag leistet. Aber tun sie etwas von all dem? Hat irgendjemand von Ihnen einen Verdacht, was das eigentlich Geschäft der großen Mediennetzwerke ist?"

Schweigen im Raum. Sogar Lerner ertappte sich dabei, dass er neugierig zuhörte.

„Menschenhandel. Mediennetzwerke betreiben Menschenhandel. Sie sammeln Publikum, ketten es zu Tausenden durch Aboverträge, Gewinnspiele und scheinbar praktische Serviceangebote an ihre Produkte, und verkaufen diese Pakete an die werbetreibende Wirtschaft. Dabei gelingt es einigen sogar noch, das Publikum selbst dafür bezahlen zu lassen – sei es durch gesetzliche Verpflichtungen und Zwangsabgaben, oder wunderbarerweise sogar auch mit freiwilligen Zahlungen. Das ist ein dermaßen absurd schlechtes Geschäft für die Kunden, dass ich Ihnen die große Kunst dahinter noch einmal erklären muss: Sie nehmen Menschen das Wertvollste, das sie besitzen, nämlich ihre Zeit, ihre Aufmerksamkeit und die Fähigkeit, diese Aufmerksamkeit in dieser Zeit auf bestimmte Ziele zu richten, lassen sie dafür zahlen, verkaufen das Raubgut weiter und beteiligen die Opfer auch nicht im geringsten an den Einnahmen. – Wir arbeiten natürlich nicht so. Wir erbringen Dienstleistungen und kümmern uns um die Anliegen unserer Kunden. Aber denken

Sie daran, wenn Sie in wenigen Wochen, nach dem Abschluss Ihrer Ausbildung hier bei uns, Ihren eigenen Geschäften nachgehen. Denken Sie daran, wie groß der Spielraum ist, und wieviele Möglichkeiten Ihnen offen stehen. – Damit danke ich Ihnen für heute; wir sehen uns morgen um acht wieder."

Die Trainees verließen den Raum, ohne Fragen zu stellen. In ihren dunkelblauen und grauen Anzügen und den sauber gebügelten Hemdkrägen und Manschetten darunter schwärmten sie aus in die Stadt, in Hotelbars und Sushilokale.

Rick begrüßte Lerner noch einmal mit eindringlichem Handschlag. „Sie haben die Camps also gesehen?" Lerner nickte.

„Und was halten Sie davon?"

Lerner dachte an ausgemergelte Gestalten, papierdünne Haut, den Kot von Wochen in Zellen, deren Insassen sie seit Wochen nicht verlassen durften, an die anderen Zellen untertags, von denen die meisten Campbewohner und sogar das Personal nicht mehr so genau wussten, ob dort noch jemand lebte, ob sie sich überhaupt noch öffnen ließen, und ob noch irgendjemand wirklich wissen wollte, was dort unten war. An manchen Tagen hallten Schreie durch alte vergessene Lüftungsschächte, die dann zugeschüttet oder mit Beton gefüllt wurden. Manchmal waren es auch nur noch Risse im Boden.

„Sie haben also alles gesehen, Sie wissen bescheid. Das sagt mir Ihr Schweigen. Gut, dann verstehen Sie auch, dass Öffentlichkeit ein Risiko ist. Wenn etwas durchsickert, müssen wir das wieder in Ordnung bringen. Wir sind noch lange nicht am Ende, und wir haben noch viel vor uns. Sie haben die jungen Leute gesehen. Von denen haben wir noch viele."

Lerner schwieg.

„Kopf hoch." Mit einer einladenden Geste bugsierte Rick Lerner zum Hinterausgang des Seminarraums.

Hunderte weiße Reiher stolzierten in der Abenddämmerung über die Auwiesen. Im Schatten dunkelgraue Wiese gegen den kräftigrosa Abendhimmel. Immer wieder erhoben sich sich die Reiher in die Luft und zogen in Scharen nur wenige Meter weiter, um Fröschen, Würmern, Käfern in den Wiesen ein plötzliches Ende zu bereiten; der geschlossen vorgehenden Fresskolonne entging nichts. Ziemlich gnadenlos. Unter dem romantisch rosa-silbergrau-dunkelblauen Himmel.

Walla schob sein Board auf die Dachträger des verbeulten Mazda-Pickups und zog bedächtig die Spanngurte zurecht. Die dicke Staubschicht auf dem dunklen Lack löste sich in kleinen Schwaden, immer wenn er anstreifte.

Es führten nur wenige Wege durch diesen unberührten Teil des Donaudeltas; wenn Walla niemanden mitnahm, konnte er sicher sein, für den Rest des Tages auf seinen Wegen niemandem zu begegnen. Ein Tag auf dem Wasser, über dunklen, stehenden Sümpfen, klareren Abschnitten, die den Blick in vier, fünf Meter Tiefe freigaben, auf Algen, Steine, Karpfen- und Barbenschwärme, die in der schwachen Strömung dösten und denen er bis auf einen Meter nahe kommen konnte, bevor sie von dem Geräusch des Paddels aufgeschreckt auseinanderstoben und wenige Meter weiter wieder vor sich hin dösten.

Reiher, und manchmal, an besonders ruhigen Tagen, das war selten, Seeadler, die über den Gewässern kreisten und mit ihrer Spannweite allen Beobachtern Respekt einflößten.

Die Gurte saßen fest, Walla warf Schuhe und Paddel auf die Ladefläche und setzte sich daneben. Die Reiher zogen weiter über die große Lichtung. Walla zog den wasserdichten Plastikbeutel mit Gras und dem Silberpfeifchen aus der Tasche seiner Boardshorts und stopfte eine kleine Portion.

Das verwaschene graue Tanktop mit einer Bulldogge, die eine Hantel im Maul trug, und der Aufschrift „Bulldog Gym“, passte nicht wirklich zu seinen hageren Armen und der Hingabe, mit der er an seinem Pfeifchen zog. Neben dem Paddelequipment hatten noch Wasservorräte, ein Schlafsack, Decken und der große Rucksack Platz auf der Ladefläche.

Walla zog ein Smartphone und einen alten Communicator aus dem Rucksack, verband sie mit einem Kabel, das eine Spezialkonstruktion aus seiner unfreiwilligen Amateurwerkstatt war, und nutzte den Internetzugang des Smartphones, um auf dem Communicator eine Terminalverbindung zu öffnen. Das Kabel musste nicht nur zwei Geräte miteinander verbinden, sondern auch zwanzig Jahre überbrücken. Bluetooth war zu Zeiten des Communicators noch nicht erfunden; Infrarot war aus Smartphone-Perspektive prähistorisch. Das Datenkabel des Communicators mit dem Lade- und Datenanschluss des Smartphones zu verbinden, war eine drei Tage lange Nonstop-Bastelarbeit gewesen. Das Communicator-Ladekabel aufzuschneiden und die einzelnen Drähte zu isolieren war riskant. Ersatzteile zu bekommen war praktisch unmöglich.

Die Verbindung hielt nicht immer. Aber die scheinbar vergessenen Terminal-Protokolle des Communicators waren der einzige Weg, mit den anderen Verbindung aufzunehmen. Die Schaukel, die der Communicator-Bildschirm als Ladesymbol anzeigte, hatte den Charme eines Donkey-Kong Tricotronic-Spiels, wie es Walla sich vielleicht vor fünfundvierzig Jahren gewünscht hätte. Das Pfeifchen machte geduldig.

Es gab neue Nachrichten. Der Eintrag musste schon einige Tage alt sein: „Sie haben es wieder getan. Einer unserer Freunde ist verschwunden. Mehr weiß ich nicht. Ich habe auch keine Information darüber, was im Westen passiert. Wir wissen, dass der Nil noch nicht unter ihrer Kontrolle ist, aber wir haben seit Monaten nichts von den Gebieten westlich des Nils gehört. Keine Information, keine Waren, keine Menschen. Nichts kommt von dort raus. Es ist, als gäbe es diese Gebiete nicht. Wir sammeln nur Anzeichen, als würden sie täglich näherkommen. Und wir wissen nicht einmal, wogegen wir uns wehren sollen.

Wir arbeiten weiter. Unsere neue Serie wird ab morgen verteilt. Wir beliefern das alte Netzwerk. Haltet die Augen offen."

Walla legte seine fragile Kommunikationszentrale neben sich auf die Ladefläche und stopfte ein neues Pfeifchen. Hoch am Himmel leuchtete noch ein letzter Streifen silberrosa, die Wiese, der Wald und die Reiher lagen im Dunkeln. Zurückfahren? Walla zog den eingerollten Schlafsack als Polster unter sich, schob ein paar Decken zurecht und streckte sich auf der Ladefläche aus. Er las die Nachricht noch einmal, „ … Wir beliefern das alte Netzwerk.“

Er hatte ein Bündel der bunten Scheine bekommen. Banknoten, die aussahen wie mit Kartoffeldruck nachbearbeitet, manchmal aber auch fein retuschiert, unterschiedliche Währungen, die aber alle überschrieben worden waren. Bad Money Bank war die ausgebende Institution. In den Filialen der Bad Money Bank wurden diese Scheine verteilt, gemeinsam mit überschäumenden Renditeversprechen, die jene der Universal Bank noch bei weitem übertrafen, und gefälschten Sammlungen von Erfolgsstorys. Die Filialen verschwanden, wie sie kamen. „Investition in die Krise – Anlegen wie die Finanzelite.“ Proteststürme enttäuschter Anleger verpufften ins Leere, vor heruntergelassenen Rollbalken oder in bereits anstelle der Filialen eröffneten Gemüse- oder Elektronik-Läden. Manche Filialen verschwanden auch unter ungeklärten Umständen – und die Menschen mit ihnen.

„Einer unserer Freunde ist verschwunden.“ Erinnerungen an Beton, Stahl und Dreck in der Finsternis, keine schönen Erinnerungen, weit weg. Angst. In dem beruhigenden Bewusstsein, der einzige Mensch in einem Umkreis von mindestens fünfzig Kilometern zu sein, schlief Walla ein.

Die gefällt mir aber gar nicht." Poche war deutlich enttäuscht, nachdem er fünf Fotos zum dritten Mal durchgeblättert und die Fotos dann in einer sauberen Reihe auf seinem Schreibtisch ausgebreitet hatte. Die Bilder zeigten eine Frau Mitte dreißig, kräftig, würde man sagen, vermutlich südamerikanischer Herkunft, bei alltäglichen Tätigkeiten: Warten an der Bushaltestelle, bepackt nach dem Lebensmitteleinkauf, ein Passfoto war auch dabei, auf dem sie ein Uniformhemd trug.

Poche seufzte in seinem sonnendurchfluteten Büro im dreiundzwanzigsten Stockwerk mit Blick über die Stadt, „Sie gefällt mir wirklich nicht. Das ist unter meiner Würde."

„Pierre!", Irina Kulnarowa schob den Public Affairs-Menschen zur Seite, „Das ist Teil des Plans. Es soll doch niemand glauben, sie hätte Ihnen wirklich den Kopf verdreht. Wir wissen natürlich, was mehr nach Ihrem Geschmack ist. Aber genau das können Sie hier und jetzt nicht haben."

Kulnarowa hatte sich bereit erklärt, Poche in dieser Mission zu unterstützen. Weibliches Consulting unter Vorstandskollegen. Poche sah sie zweifelnd an, sein Blick pendelte zwischen Brust und Hüften, gelegentlich tiefer. „Ich sehe schon, dass Sie wissen, was nach meinem Geschmack ist. Schade."

Sie lächelte eisern. Sex ist Terror, kaum jemand weiß das besser als die, die beide Seiten dieses Terrorregimes kennen. „Außerdem müssen Sie bei der Sache bleiben. Vergessen Sie nicht, Sie müssen die Aufmerksamkeit einer Stadt auf sich ziehen, was sag ich, Sie müssen eine Stadt lahmlegen und die Aufmerksamkeit der ganzen Welt auf sich ziehen."

„Ma chère, mit Frauen war das noch nie ein Problem, das wissen Sie doch … – Wann geht es los und wie genau ist der Plan?"

Die Hunde sonnten sich faul auf dem aufgerissenen Pflaster. Kanalgitter ragten als Reste einer vergangenen Zeit und Vorboten einer besseren Zeit aus dem Schotter- und Erdgemisch, das wohl mal eine Fussgängerzone werden sollte. „Harry‘s Bar“ stand nur noch als Verfärbung auf der verblassenden Fassade über leeren Fenstern und einem Raum voll Schutt, in den die Sonne fröhlich durch das fehlende Dach schien.

Passanten ignorierten die Hunde und die Baufälligkeit der Umgebung ebenso wie die Hunde sie ignorierten. Zwischen die Ruinen Bukarests mischten sich Baustellen, Bettler, Cafés und Shops, so vielfältig wie ihre Umgebung. Mirko stöberte beiläufig durch einen Kleiderhänger vor einem Geschäft, dessen Auslage Lebensmittelkonserven, Sonnenbrillen und Unterwäsche anpries. Den Kleiderhänger teilten sich Schürzen, Häkeljacken und Kapuzensweater.

Den sich sonnenden Straßenhunden war es egal. Das Café nebenan versprach türkischen Kaffee in Plastikbechern, nicht die hitzeisolierten grifffesten Plastikbomber aus den stylishen Kaffee-Ketten, sondern die weißen Rippbecher Typ Kindergeburtstag, durch deren weiche Wände sich der Kaffeesud anfühlte als wäre der Becher mit Sand gefüllt. Daneben bot die improvisierte Theke Gebäck, Dosengetränke, ein paar Barhocker und, Überraschung, Wlan.

Passt, beschloss Mirko, der nach einem langen Tag in den Boulevards von Bukarest damit zufrieden war, zu sitzen. Der mit Schrauben zusammengesetzte Oberschenkel schmerzte immer noch. Und Bukarest, die Stadt, die aussah, als hätte jemand versucht, eine türkische Stadt aus der Mitte des 19. Jahrhunderts in Paris oder London umzubauen, hatte lange Wege.

Mirko klappte sein Notebook neben dem Kaffeebecher auf und startete eine Skype-Verbindung.

„Alter, Scheiße, du siehst aus wie ein Vollidiot“, entfuhr es Oleg, kaum war die Verbindung aufrecht. Mirko lächelte mild. „Aber schön zu sehen, dass du so entspannt bist ... – wo bist du denn überhaupt?“

Oleg saß in der Agentur, im Hintergrund erkannte Mirko die mit Regalen und Plakaten überfüllten Wände ihres Büros.

„Ein bisschen hier, ein bisschen dort, jetzt bin ich gerade in Bukarest. Wahnsinns-Stadt, wenn du auf Trash stehst. Und unglaublich viele schöne Frauen, naja, wenn du auf einen gewissen Stil stehst."

Oleg kam näher an die Webcam, es sah aus, als würde er in einen Tunnel kriechen. „Hier geht es ganz schön rund. Es gibt Gerüchte – du kannst echt froh sein, dass du nicht da bist."

„Bin ich, Alter, aber auch so. Erzähl mal, was gibt's denn? Reden Sie noch immer über mich?"

„Nein Mann, Schnee von gestern, tut mir leid. Seit manche sagen, dass wir pleite sind, interessiert das keinen mehr. Rezession, Pleiten bei unseren Kunden, Börsencrashs, was weiß ich, du weißt, das interessiert mich alles gar nicht. Aber anscheinend sieht's auf der Welt so schlecht aus, dass für uns auch nichts mehr übrig bleibt. Ein paar Kunden dürften ausgefallen sein, ein paar Projekte nicht bezahlt – die Chefs müssen die Hosen voll haben, so freundlich wie die jetzt sind. „

„Irgendeine Bank wird uns übernehmen, habe ich gehört", plapperte Oleg weiter. „Das ist anscheinend schon einigen Verlagen und Agenturen so gegangen. Wahrscheinlich werden wir dann mit denen zusammengelegt oder so. Mir auch egal."

„Ich bin noch länger unterwegs", sagte Mirko. „Es wird dauern, bis ich mich mal wieder sehen lasse."

„Dein Leben ist, wo du bist. Hier versäumst du nichts. Lass von dir hören. Und wenn du irgendetwas brauchst, sag Bescheid. Ich wünsch dir noch einen schönen Trip."

„Werde ich haben. Mir geht's gut Mann. Ich komm klar."

Beide verabschiedeten sich aus ihren Skype-Accounts. Mirko packte das Notebook ein, nahm seinen Plastikbecher mit dem türkischen Kaffee mit auf den Weg und ging langsam weiter. Einem Hund, der ihn hartnäckig verfolgte, überließ er – einen Schluck noch – seinen Becher. Der Hund schleckte gierig hinein und wendete sich nach einer kleinen Kostprobe, Kaffeesud wie Sand, enttäuscht ab.

„Tulcea", stand auf dem Schild, das die Destination des alten rostorangen Busses angab. Im Bus saßen alte Männer und ein paar

Anzugträger auf dem Wochenendweg zu ihren Familien. Das Geld in Mirkos Taschen reichte noch. Warum nicht? Süden, Meer, Urwälder, die Richtung stimmte. Mirko stieg ein.

Der Wachposten bewegte sich nicht. Das Donnern, Stampfen und Zischen unter der Erde kam von einem Ort unmittelbar unter seinen Stiefeln. Die leichten Sandschwaden im Wüstenwind zogen unbeirrt weiter. Stiefel und Cargohose blieben unbeweglich. Eine große Sonnenbrille und der Helm verdeckten das Gesicht des Wachpostens.

Geräusche wie von einer Herde eingesperrter Raubtiere, Fabelwesen mussten es sein. Die Position des Wachpostens war etwas abseits des Camps; von den Camptoren aus etwa dreihundert Metern Entfernung sah es aus, als bewachte er eine Latrine in der Wüste. Die winzige Hütte aus massivem Beton überdeckte die Falltür aus zwölf Zentimeter dickem Stahl, deren Steuerungseinheiten entfernt worden waren. Nur die Kommandanten wussten, wo die Türöffner verwahrt wurden, und wie man sie benutzen musste.

Keiner der anderen Campbewohner hatte diese Tür je offen gesehen. Die stählerne Falltür schluckte die Wucht, wenn sich von innen etwas mit aller Kraft dagegen warf. Ein ersticktes Kreischen, und manchmal dumpfe Erschütterungen. Mehr Hinweise gab es nicht. Dennoch verriet das erstickte Kreischen eine unbändige Wut, die sich in dem massiven Keller gesammelt hatte.

Unter dem Sand war der von Staub, Sand und Schmutz gedämpfte Schein aus einem langen, verwinkelten und mit dicken Stahlgittern gesicherten Lüftungsschacht die einzige Lichtquelle. Wenige Meter weiter wieder vollkommene Finsteris, Kreaturen, die einander nicht sahen, stumm dasaßen oder auf der Suche nach Essensresten über einander hinwegkrochen, einander aus dem Weg schoben.

Und immer wieder kleine Gruppen, die aus ihrer Starre erwachten und in unbändiger Wut die Stahltüren, Stahlgitter, Betonwände attackierten, sich in verzweifelten Explosionen ihrer Körper gegen die Grenzen des Gefängnisses warfen, Schweißbäche liefen ihre verdreckten Körper entlang. Stumme oder von nervenaufreibendem Kreischen begleitete Attacken, bis sie keuchend und schweißglänzend im Sand liegenblieben. Andere, die ihnen stumm zugesehen hatten, erhoben sich aus ihrer Starre und starteten die nächste Attacke.

***

So schnell sehen wir uns wieder“, Rick erhob sich von seinem Schreibtisch in der Kommandobaracke und streckte Lerner freundschaftlich die Hand entgegen.

„Hätte mir nicht gedacht, dass ich so bald wieder hierher komme.“ Lerner schüttelte Ricks Hand kräftig und sah sich um. Das nüchterne Innere eines Containers, zwei einfache Holzschreibtische; Rick hatte auf seinem nur einen Tablet PC liegen, an dem anderen Tisch saß der Sicherheitsleiter des Camps und beobachtete Satellitenbilder, einen Radarschirm und Bilder von Überwachungskameras auf drei großen Flatscreens. Er nickte kurz; seine militärische Uniform hatte gegen die dunklen Anzüge von Rick und Lerner zugleich etwas Entspanntes und Beunruhigendes.

„Gehen wir ein paar Schritte weiter“, sagte Rick, „Dort haben wir einen sicheren Meetingraum.“ Er öffnete eine Tür und winkte Lerner in den nächsten Container. Keine Fenster, ein nackter Tisch und vier Stühle – „Unser vertrauliches Zimmer.“ Rick hatte einen Anflug von Lächeln im Gesicht. Die Tür fiel sanft in ihren schallgedämmten Rahmen. „Abhörsicher, uneinnehmbar; wir sind hier unter uns.“

Sie setzen sich.

„Wieviel Information haben Sie schon bekommen?“ Lerners ratloses Gesicht schien alles zu verraten. „Gut, ich werde ganz von vorne anfangen. Sie sind ein Sales-Mensch, richtig? Sie wissen, wie wir Bedürfnisse wecken, den Markt beobachten und kontrollieren, besser sind als die Konkurrenz, und wie wir uns selbst und unsere Angebote immer weiterentwickeln.“

Lerner nickte.

„Wir machen hier nichts anderes. Wir trainieren junge Leute, zeigen ihnen unsere Möglichkeiten und unsere Macht und lassen sie ein bisschen spüren, woran sie teilhaben könnten. Dieses Programm gibt es seit zehn oder zwölf Jahren. Wir machen immer das gleiche – nur mehr davon. Und genau darum geht es. Haben Sie eine Ahnung wie schwer es ist, immer mehr zu machen, Menschen dazu zu bringen, immer mehr zu wollen, wenn Sie selbst alles haben, wenn die Menschen alles haben? Natürlich wissen Sie das, auch darum geht es im Verkauf."

Lerner nickte noch einmal.

„Darauf haben wir uns konzentriert: Menschen glauben zu wissen, was sie wollen, und sie glauben, es würde sich irgendetwas ändern, wenn sie es erreicht haben. Hier spielt uns die Natur in die Hände. Egal was die Welt von uns sagt, wir handeln nach den Naturgesetzen, wir im Finanzbusiness, in vielleicht einer der abstraktesten Branchen der Welt, arbeiten wie die Natur selbst, wie die Evolution, mit den einfachsten Mitteln. Dieser Moment, den wir uns vielleicht wünschen, die Zufriedenheit, das Bewusstsein, ein Ziel erreicht zu haben, tritt nie ein. Wir wollen immer das nächste. Und selbst wenn wir nichts wollen – sind wir zufrieden? Nein, dann fehlt uns Perspektive. Und wenn wir etwas erreicht haben? Sind wir auch nicht zufrieden, denn wir haben hart gearbeitet, wir haben investiert, wir haben uns überwunden, wir haben gekämpft. Das lässt keinen Platz für Zufriedenheit. Für unsere Leistung gebührt uns mehr, andere haben mehr. Wir verdienen mehr. Das Rad dreht sich immer weiter. Das haben wir perfektioniert. Unsere Ausbildung hat die Menschheit weiterentwickelt. Ja, ich sehe Erstaunen in Ihrem Gesicht, Verwunderung, sogar Ihnen kommt das vielleicht übertrieben vor. Aber sie werden sehen: Hier entsteht der Grundstein für eine neue Menschheit. Das ist so passend, dass es für mich beinahe rührselig ist: Wir sind hier in Afrika, nahe der Wiege der biologischen Menschheit, und wir entwickeln und trainieren Menschen, die uns und unser Überleben auch in Zukunft sichern werden."

Rick bremste sich ein und neutralisierte das Pathos seines Vortrags mit einem smarten Lächeln. „Hätten Sie das vermutet, wenn Sie einmal mit einem unserer Trainees zusammengearbeitet haben?"

Lerner suchte nach einer höflichen Antwort, die ihn weder dumm noch kritisch erscheinen ließe. „Werte verändern sich. Die Welt der jungen Leute scheint durchaus oft anders zu sein, aber …"

„Eben", Rick fiel ihm ins Wort. „Das wäre zu wenig. Deshalb haben wir unser Programm vor einigen Jahren radikalisiert. Offiziell verfolgen wir diese Schiene nicht weiter; wir bilden auch keinen Nachwuchs mehr nach diesem Programm aus. Aber wir haben noch immer unsere Trainees aus diesen Jahrgängen. Einige sind bereits in Operationen auf der ganzen Welt im Einsatz. Der Großteil ist noch hier. Wir nennen sie unsere Zweite Brigade."

Lerner horchte auf.

„Ja, das haben Sie noch nie gehört, oder? Sie gehören jetzt zum kleinen Kreis der Eingeweihten. Die Vorstände im Headquarter wissen bescheid, die Sicherheitsleute hier, und eine Handvoll Vertrauenspersonen in unseren anderen Camps. Sie werden mit mir gemeinsam einen der nächsten Einsätze leiten. Mehr müssen Sie für jetzt nicht wissen."

Rick stand auf. „Ein Kollege wird Sie auf Ihr Zimmer begleiten. Dort finden Sie alle notwendigen Unterlagen. Morgen pünktlich um sieben Uhr findet die erste Einsatzbesprechung statt. Ich erwarte Sie hier."

Lerner folgte Rick. Der angekündigte Kollege im Vorraum war ein Wachposten des Sicherheitspersonals. „Noch etwas: Wenn Sie sich hier im Camp umsehen möchten – es steht Ihnen frei. Aber ich empfehle Ihnen, nie auf unser Sicherheitspersonal zu verzichten."

Lerners Zimmer war ein Abteil in einem der Container. Die Wache stellte seine Tasche neben der Tür ab und verschwand wortlos. Auf dem Tisch – neben Sessel, Bett und Waschbecken die einzige Einrichtung, lagen zwei Stapel Papiere.

Er setzte sich auf das Bett. Die letzten zwei Wochen hatte er großteils im Flieger, an bisher unbekannten Standorten der Bank, und nur manchmal zum Schlafen zuhause verbracht. Gut, man muss die Chancen nutzen.

Und hier? Seltsamer Typ, kumpelhafter Trainer und militärischer Geheimniskrämer, dachte Lerner. Vielleicht war er doch noch nicht so weit in alle Grundlagen der Bank eingeweiht, wie er geglaubt hatte. Gehofft hatte.

Er legte sein Sakko über den Sessel, zog die Schuhe aus, griff nach einem der Papierstapel und setzte sich auf das Bett. Glamouröse Geschäftsreisen im Dienst des großen Unternehmens; siebzig Prozent der Geschäftsreisenden nutzten ihre Trips für Seitensprünge und andere Entertainments, sagte man; sicher, im Blechcontainer in der Wüste.

Der erste Papierstapel startete mit einer Reihe von Zeitungsausschnitten. „Dürre in Ostafrika – Hunderttausende auf der Flucht“, „Rätselhafte Epidemien in Niger, Mali, Tchad, Sudan – Bedrohung aus dem Genlabor?“, „Virenbedrohung an der afrikanischen Mittelmeerküste – Monokulturen unter Verdacht“, „Schwarzes Loch Zentralsahara: Entführungen, Sandstürme, Infektionen? – Korrespondenten verschollen“.

Lerner blätterte weiter, Dutzende immer kryptischerer Meldungen über immer mysteriösere Ereignisse im westlichen Nordafrika, meist aus englischen, dann nur noch aus ägyptischen oder kenianischen Zeitungen. Zuletzt waren es fast ausschließlich Blogs, die immer abenteuerlicher von immer wilderen Ereignissen berichteten. „Menschenfresser? – Warum wir aus einer ganzen Weltregion nichts mehr hören“, titelte einer der Blogger. Tatsächlich waren die Nachrichten aus diesem Teil der Welt selten geworden. Aber was sollte es auch zu erzählen geben, mochte man aus einem anderen Teil der Welt denken.

Er schob die restlichen Zeitungsausschnitte zur Seite und griff nach dem nächsten Abschnitt. Ein buntes Trennblatt, „ETP – Ethical Transformation Project“. Wiege der Menschheit, Weiterentwicklung, Wachstum, Fortschritt – die ersten Seiten des Texts wiederholten viel von dem, was Rick vorhin erzählt hatte. Er blätterte weiter. Sogar Büchel hatte einen Abschnitt beigesteuert; zumindest erschien sein Name unter dem Text: „Wir müssen uns der Verantwortung stellen, unsere Welt zu erhalten. Die ökonomische Ordnung unserer Welt ist dabei genauso wichtig wie die soziale. Unsere Ordnung beruht auf Wachstum, auf der festen Überzeugung, dass wir als Gesellschaft uns weiterentwickeln können. Das stellt uns auch als Menschen vor große Herausforderungen. Es gibt immer mehr Aspekte unseres Lebens, in denen wir nie am Ende sind, nie genug wissen und nie genug getan haben. Dem stellen wir als Unternehmen uns mit diesem einzigartigen Projekt, das wir in großer Dankbarkeit und mit großem Respekt für alle Menschen auf unserer Welt beginnen.“ Dann kamen einige geschwärzte Passagen. Lerner blätterte weiter, Erfolgsstatistiken, lange Namenslisten von Absolventen eines noch immer mysteriösen Programms, Tabellen, die Dokumentationen von Lehrplänen zu sein schienen, Hinweise auf weitere Unterlagen und immer wieder ein paar Zitate der

Vorstände, die salbungsvoll und verantwortungsvoll das Projekt begrüßten.

Lerner dämmerte weg.

„Wir müssen in beiden Wohnungen gleichzeitig zuschlagen. Die Polizei ist informiert und wird sich zurückhalten. Falls ihnen in der Zwischenzeit etwas auffällt, erfahren wir davon." Als Lerner am nächsten Morgen den Meetingraum pünktlich um sieben Uhr betrat, war die Besprechung schon in Gang. Rick sah kurz auf und deutete auf einen Sessel. „Sind alle Aktionen so weit klar?" Der Sicherheitsmann von gestern in seiner Uniform und zwei andere, beide in dunklen Anzügen, nickten. „Gut, dann legen Sie los. Wir sind in zwanzig Minuten bei Ihnen." Die drei verließen den Raum.

„Wie geht's, haben Sie schon Zeit gefunden, sich einzulesen?" „Ein wenig", Lerner hasste es, wenn er nach Antworten suchen musste. „Ich glaube aber nicht, dass mir schon alle Zusammenhänge klar sind."

„Das wäre ein Wunder", Rick gab sich großzügig. „Den besten Eindruck können Sie sich ohnehin in der Praxis verschaffen. Deshalb startet gleich heute Ihr erster Einsatz mit der Zweiten Brigade. Die beiden Herren von vorhin werden Sie nach Belgrad fliegen."

Wieder alles anders?, dachte Lerner. Er hatte es auch gehasst, wenn Mitarbeiter nicht mit Tempo und Veränderung umgehen konnten. Jetzt stand er selber ratlos da. Und es fiel ihm auf, dass er von sich, seinem Leben und seinen Job in der Vergangenheitsform sprach. Weiter kamen seine Gedanken nicht .

„Nein, wir haben dort keine weiteren Niederlassungen. Aber jedes große Projekt hat seine Gegner. Dem muss man sich nun mal stellen. Unser Gebiet hier haben wir ganz gut im Griff. Es gibt Widerstand, weiter im Osten, wir vermuten sie in Ägypten, vielleicht auch Äthiopien. Wir werden sie schon noch lokalisieren. Vor zwei Tagen haben unsere Wachposten einen Botschafter aufgegriffen. Leider hat er es vorgezogen, nicht mit ihnen zu reden." Die bedeutungsvolle Pause hieß nichts Gutes. „Am nächsten Morgen haben wir eine elektronische Nachricht dazu abgefangen, sie benutzen veraltete Terminalprotokolle, die wir noch nicht ganz im Griff haben. Nicht dass unsere Überwachungssysteme nicht in Ordnung wären, aber an dieses Schlupfloch haben unsere digitalen Securityspezialisten wohl nicht gedacht, leider. Wir konnten auch nicht lokalisieren, woher die Nachricht kam. Aber wir haben festgestellt dass sie zwei Mal abgerufen wurde. Einmal von einem noch nicht näher lokalisierbaren mobilen Account, einmal in Belgrad. Dort werden sich die Kollegen der Zweiten Brigade jetzt umsehen, und sie werden Ihnen dann berichten."

„Gut, und was ist meine Rolle dabei?" Lerner musste zumindest irgendetwas fragen.

„Vorerst werden Sie nur beobachten. Wir möchten jemanden vor Ort haben, falls weitere Maßnahmen notwendig sind. Das lässt sich einfach am besten direkt koordinieren."

Lerner fühlte sich wie ein Praktikant.

„Haben Sie schon gefrühstückt? Wir haben hier nicht viel, aber der Kaffee ist ausgezeichnet."

Sie verließen den Raum, der Sicherheitsmann saß im Vorraum wieder vor seinen Bildschirmen.

Einer der Wachposten vor dem Container folgte ihnen mit wenigen Schritten Abstand auf dem Weg zum nächsten Container. Wieder ein fast leerer Raum, Tisch, Sessel, statt der Bildschirme in Ricks Büro war eine Espressomaschine der einzige weitere Einrichtungsgegenstand.

„Sie brauchen nichts mitzunehmen. Im Hubschrauber finden Sie ein Tablet mit allen wichtigen Informationen, alles weitere ist für Sie in Belgrad vorbereitet. Ich weiß, es ist beim ersten Einsatz ein unangenehmes Gefühl, und vielleicht haben Sie den Eindruck, dass ich Ihnen nicht alle Informationen gegeben habe. Sie werden sehen: Es gibt nicht viel mehr zu sagen."

Dieser Container hatte Fenster. Lerner sah hinaus und trank seinen Espresso schweigend. Die groteske Containerstadt im Sand erinnerte ihn an die Westernstädte, die der Erlebnistourismus der 90er Jahre des vorigen Jahrhunderts aus dem Boden gestampft hatte, und die genauso schnell wieder verschwunden waren. Salons und Bardamen fehlten, wie er gestern schon festgestellt hatte. Anstelle von Cowboys lehnten Wachposten an jedem Container, und Gruppen von jungen Menschen in dunklen Anzügen bewegten sich immer nur in geschlossenen Trupps. Vielleicht waren es jene Klassen, über deren Lehrplänen er gestern eingeschlafen war. Vielleicht auch Mitarbeiter, die hier Ausflüge im Rahmen eines Incentive-Programms machten, dachte er, um auch einen Gedanken aus seiner gewohnten Umgebung zu haben. Vielleicht war es ja nicht weit zum Meer. Die marrokanische Küste war ein wenig rau, Atlantik eben, aber weit und beruhigend.

„Ich denke, wir können los", sagte Rick.

Der Transporthubschrauber wartete mit laufenden Rotoren etwas außerhalb der Containersiedlung und wirbelte Sandstürme auf. „Ab hier müssen Sie alleine weiter. Alles Gute!", brüllte Rick über den Lärm.

Lerner zog den Kopf ein und lief auf den Hubschrauber zu. Ein Stapler lud eben eine große Metallkiste in den Laderaum. Die zwei Männer von vorhin deuteten ihm, auf der anderen Seite einzusteigen. Lerner meinte, Geräusche aus der Kisten zu hören, Klopfen, Kreischen, Kratzen, Vielleicht war es auch der Motorenlärm des Hubschraubers. Keine Sorge, dachte Lerner. Wie lang arbeitest Du schon hier? Und war jemals etwas außergewöhnlich?

Es überzeugte ihn nicht.

Dann hob der Hubschrauber ab.

Hast Du das hier gelesen? Und dann die Verbindung nicht getrennt?" Voija wurde blass. Der Bildschirm des Communicators zeigte noch die letzten Worte von Adas Nachricht. „Wir müssen sofort weg. Nein, nimm nichts mit, komm." Die kahle Wohnung war während der vergangenen Monate ihr Versteck gewesen. Möbel aus dem Lager der städtischen Mistplätze, Fenster zu einem lichtlosen Innenhof, die Aussicht keine vier Meter bis zur Feuermauer des Nachbarhauses. Die Fenster auf der anderen Seite hätten den Blick auf den Kalemegdan freigegeben, wären sie nicht mit einer dicken Staubschicht überzogen. Kalemegdan, die historische Festung Belgrads, deren Informationstafeln in Schritten von nicht einmal 50 Jahren die Geschichte von Eroberung, Zerstörung, Rückeroberung, Aufbau, Umbau, Zerstörung in einem jahrhundertelangen Kreislauf erzählten.

Wie seine wechselnden Stützpunkte, dachte Voija seufzend. Vladi, der Neue, gerade mal 21 Jahre alt, hatte Nachrichten vom Terminal der Zentrale abgerufen und die Verbindung nicht getrennt. Eine offene Fährte für die Sicherheitsdienste dieser Welt. Jetzt stand er verlegen und noch immer mit einem Anflug von Trotz vor Voija.

Das Netzwerk mit den Terminalprotokollen der alten Communicators war eine der letzte funktionierenden Verbindungen. Eine Lebensader in einer abgeschotteten Welt. Die Verbindungen gab es nicht mehr zu kaufen, mit Taschenmesser, Klebeband und Geduld montierte Kabelverbindungen sicherten überlebenswichtige Informationsflüsse.

Sicherten?

Voija sah sich nocheinmal um. Nichts das nicht ersetzbar wäre. Bis auf die Sicherheit, ein unentdecktes Versteck zu haben. Er warf den Communicator auf den Boden, verpasste ihm drei, vier feste Tritte mit dem Absatz und schubste Vladi Richtung Tür. „Los, vielleicht haben wir nur noch Minuten."

Nastya begegnete den beiden im Stiegenhaus. Ihre großen, dunkel umrandeten Augen, der Duft ihrer Anwesenheit ließen Voija halt machen. Ihre viel zu elegante Erscheinung für das Rattenloch, ihre mitreißende Gegenwart, die alles rund um sie, was es auch war, so unvollkommen und kaputt erscheinen ließ wie eine Junkie-Höhle, nahm ihm für eine Sekunde den Atem. Wie jedes mal, wenn er sie sah. „Sie haben uns entdeckt. Wir müssen weg“, keuchte er, gehetzter als es ihm lieb gewesen wäre.

„Müssen wir die anderen warnen?“ Nastya war sofort bei der Sache. Keine unnötigen Fragen; gleich zum Wesentlichen. Der Zauberduft verflog in dem alten Belgrader Stiegenhaus. „Müssen wir“, sagte Voija. „Aber erst, wenn wir aus der Stadt sind. Wir können jetzt nicht telefonieren.“

Sie liefen hinunter. Vor dem Haus parkte Nastyas Mini, ein Geschenk, von wem, wollte Voija nicht wissen, lieber nicht.

Sie fuhr. „Fahr Richtung Starcevo“, sagte Voija. „Dann haben wir vielleicht einen kleinen Vorsprung. Und dort kennen wir niemand. Ich hoffe, dass die alten Lagerhallen noch leerstehen. Dort bleiben wir fürs erste.“ Nastya nickte. Vladi saß zitternd auf dem Rücksitz. „Du hast das nicht gewusst“, Voija drehte sich zum ihm. „Wenn die Verbindung zu lange aufrecht bleibe, wird es gefährlich. Sie suchen uns. Und wenn sie zu viel Zeit haben, machen wir es ihnen leicht, uns zu finden.“

„Aber wer? Ich habe nicht gewusst, dass es so gefährlich ist, ich ... Was passiert denn jetzt?“

Voija sah wieder nach vorn. „Das weiß ich auch nicht. Ich weiß es nicht.“

„Rufst du jetzt die anderen an? Wir dürfen nicht mehr warten.“ Nastya war ungeduldig. „In Kiew haben sie damals keine zwei Stunden gebraucht, um vor der Tür zu stehen. Wieviel Zeit ist schon vergangen?“ Sie drehte sich zu Vladi, „Wie lang hast du die Verbindung offengelassen, wann hast du den Text gelesen?“ Ihre Aufregung war bedrohlich.

„Rot!“, rief Voija. Der Radfahrer, sie bremste sich nur wenige Zentimeter vor ihm ein, zeigte ihnen den ausgestreckten Mittelfinger, schlug auf die Motorhaube und fuhr weiter. Voija sah sich nervös um, Polizei war das letzte, was sie jetzt brauchen konnten. „Fahr noch ein Stück, dann telefonieren wir.“

„Ich weiß nicht, gleich in der Früh, glaube ich, vielleicht um sieben“, sagte Vladi dann endlich. Das war vier Stunden her.

„Dort ist eine Telefonzelle, ruf jetzt an.“ Nastya bremste und beugte sich über Voija, öffnete die Tür auf seiner Seite und schob ihn hinaus. „Du musst das jetzt tun.“

Voija fragte sich manchmal, ob sie wusste, wie oft er von ihr träumte. Natürlich wusste sie das, Frauen wussten so etwas. War es ihr egal? Nein, es war einfach kein Thema, es konnte nicht sein, dachte Voija. Sie schob weiter. Er blieb nur noch eine Sekunde sitzen, um eine weitere Sekunde in ihrem Duft zu leben, eine Sekunde noch …

Die Telefonzelle war heiß, stehende Luft hinter einer Tür, die schon lange niemand mehr geöffnet hatte. Voija suchte die Nummer aus seinem Handy, Münzen, und wählte. Die Leitung war tot.

Voijas leerer Blick in der Telefonzelle sagte alles. Leise Verzweiflung, Warten und die trügerische Hoffnung. Er hatte sich sicher nicht verwählt. Nastya blickte genau so leer zurück.

***

Es waren nur zwei. Aber wer weiß das schon genau? Eine Tür flog auf, schnelle Schritte bemühten sich, leise zu sein, ein Luftzug, ein weggerissenes Tischtuch, ein offenes Fenster das zu weit weg war, stumpfe Wucht, und wieder, verschwommen, Klauen um den Hals, Bisse, Fauchen, keine Schreie, nicht einmal erstickte Schreie, ein heiseres unterdrücktes Kreischen als es vorbei war, noch ein Schlag, wir finden euch, ausschwärmen, harte Schritte auf dem Parkett, ein Schrank, ein Bett, niemand, angehaltener Atem und Erstarren, Rücken zur Wand, kein Zweifel, keine Hoffnung, ein heiseres unterdrücktes Kreischen als es vorbei war, eine abgeschlossene Tür, Splittern, ein harter Griff, Stolpern, Treten und die finstere Lähmung, die sich einstellt, wenn es zu Ende ist, wenn klar ist: Jetzt ist wirklich etwas passiert.

Drei Minuten später sahen Menschen, die ihnen auf der Straße begegneten, nur noch zwei drahtige, verschwitzte Männer in schmutzigen T-Shirts, engen Jeans und alten Turnschuhen. Einer wischte mit dem Handrücken über seinen Mund.

***

Lerner saß in einem abgedunkelten Hotelzimmer in der Betonwüste von Novi Beograd und zitterte.

Der Hubschrauber war auf einem verlassenen Parkplatz gelandet. Seine beiden Begleiter hatten die große Metallkiste ausladen lassen, ein offener Jeep Wrangler war vorgefahren, der Fahrer hatte mit den beiden gemeinsam die Kiste geöffnet und sich dann mit ihnen im Hubschrauber eingesperrt. Zwei ausgemergelte Gestalten waren aus der Kiste geklettert, langhaarig, verdreckt, Sand und Staub auf ihren verschlissenen T-Shirts, alte billige Turnschuhe und enge Jeans. Sie warfen sich gegen den Hubschrauber, drückten ihre Gesichter an das Glas, kratzten an den Wänden, schlugen und bissen sich dabei gegenseitig, sprangen immer wieder gegen die Türen, krochen auf allen Vieren um die Kufen, kletterten auf das Dach.

Dann hatten sie den Jeep entdeckt und waren in einem Höllentempo, einer fahrend, einer auf dem Beifahrersitz stehend, das dreckige Haar im Wind, Richtung Stadt gefahren.

Ein paar Minuten später war der nächste Jeep vorgefahren und hatte sie nach Novi Beograd gebracht.

„Unsere Fürsorge hat Grenzen“, hieß es in den Unterlagen zum Ethical Transformation Project. „Wir helfen Menschen in ihrem Wunsch, immer mehr zu erreichen, wir fördern und nähren diesen Wunsch. Wir sind für jeden offen, der sich an uns wendet. Wir schützen sie vor jenen, die ihnen schaden. Zerstörerischen Einfluss von rückschrittlichen Kräften tolerieren wir nicht. Wir helfen. Wo jede Hilfe vergeblich ist, müssen wir Grenzen ziehen.“

***

Uniformierte Polizisten sperrten das Haus in der Belgrader Furskogorska Strasse ab. Sie winkten den Verkehr durch, ließen niemanden in den Hausflur und beobachteten gelangweilt alle Ausgänge.

„Wie lang brauchen die Kriminalkollegen noch? Ich will nicht den ganzen Tag hier rumstehen.“ „Keine Ahnung. Wer weiß, wen die jetzt noch aller herholen wollen, bei der Schweinerei. Irgendeine Satanistenscheiße, ganz sicher, das verdammte Gemetzel. Ekelhaft.“

II

Sie beobachten

Apache war jetzt sechs Wochen tot. Ali hatte drei Wochen in Wien auf Parkbänken oder in Hotels verbracht, hatte dann auf einer alten XT 500 den Neusiedler See umrundet, war bis an die kroatische Küste gefahren, hatte dort das Motorrad verkauft und den Zug nach Zürich genommen.

Die Schwäne am Ufer des Züricher Sees bettelten um Abfälle und Touristenfutter. Musiker, Feierabendrelaxer, Nachmittagssonnenschein.

Die Penthouses am Limmatkai sahen nett aus. Aalglatt, stylish, beeindruckende Aussicht sicher, zumindest vermutete man das von unten, wenn man den Fluss entlanglief.

In den Shops unten auf den Straßen war nicht einmal ein Paar Socken leistbar, auch nicht mir der geduldigsten Kreditkarte.

Seit Banken in vielen Städten die öffentlichen Verkehrsmittel übernommen hatten, galten die All-in-One-Karten auch als Fahrscheine in Straßenbahnen und Metros. Ali stieg in die Straßenbahn am Paradeplatz, zog seine Karte über das Lesegerät, das seine Daten per Near-Field-Communication erfasste, an die IT-Zentrale der Verkehrsbetriebe weiterleitete und den Betrag eines Fahrscheins zu den Lastschriften auf seinem Konto hinzufügte, und fuhr Richtung Bahnhof.

***

Das ist beeindruckend." Chris sah über die Schulter des Entwicklers den Prototypen des neuen Tracking-Mashups auf dem Bildschirm. Das dreiteilige Interface zeigte eine grosse Karte, auf der, chronologisch geordnet, einzelne Bewegungspunkte eingezeichnet waren. Die obere Hälfte des rechten Bildschirmdrittels erfasste diese Punkte in einer Liste, die im Zeitverlauf durchscrollt und nach einzelnen Begriffen durchsucht werden konnte. Darunter wurden Kontoinformationen und Links zu weiteren Datenquellen angezeigt: Steuer- und Versicherungsnummern, Autozulassungen, Kommunikationsdienste.

„Und das ist alles Echtzeit?" – „Wir haben noch ziemlich starke Abhängigkeiten im Netzwerk, aber sobald die Daten da sind, können wir sie sofort anzeigen. Derzeit haben wir zwei Minuten Verzögerung; jetzt wird die Luft für weitere Verbesserungen schon recht dünn."

„Da muss noch was gehen", spulte Chris das unnachgiebige Anspornprogramm ab. „Toll, dass wir so weit gekommen sind, aber du weißt: Wir haben versprochen, wir liefern die besten Innovationen, also müssen wir das auch einhalten."

Er klopfte dem Programmierer freundschaftlich-dominant auf den Rücken und ging weiter. Das Life-Tracker-Mashup war die konsequente Weiterentwicklung der bestehenden Kundenanalysetools, mit denen die Bank in den vergangenen Monaten experimentiert hatte, das nächste Kernstück in der Finalizer-Anwendung, mit der die … … Bank alle Schritte ihrer Kunden nachvollziehen und bewerten konnte. Seit der Einführung der All-in-Karten flossen die Informationen reichlich. Auf diesem Weg kam weit mehr, als die Produkte des eigenen Unternehmens verraten würden: Bonuskarten, Mitgliedskarten, alles konnte integriert werden.

Chris setzte sich in sein Büro und versuchte, eine Skype-Verbindung zu seinem Chef aufzubauen. Keine Antwort, wie schon seit drei Wochen. Wilfried Lerner war zu einer Geschäftsreise aufgebrochen, nicht zum geplanten Termin zurückgekehrt und hatte keine Nachrichten hinterlassen. „Termine", hieß es im Vorstandsbüro, wo die Kollegen noch am meisten über Lerner und seine Aktivitäten zu wissen schienen.

Leises Kopfschütteln. Jedes Unternehmen hat seine Geheimnisse. Man konnte sich davon beunruhigen lassen. Oder man konnte diese schwarzen Flecken als Spielraum sehen: Dort mischte sich niemand ein, wenige stellten Fragen.

***

Ein entscheidender Nachteil von Bahnhöfen war, dass man sein Ziel kennen musste, um in einen Zug zu steigen. Ok, es wäre auch möglich, einfach in irgendeinen Zug zu steigen und das Ziel dem Zufall zu überlassen. Aber selbst dann wären die für die nächste Zeit offenstehenden Optionen ziemlich eingeschränkt. Ali stand unschlüssig in den Bahnhofshalle. Amsterdam, Barcelona, Mar–seille, Dubrovnik?

Die Reise sollte hier nicht zu Ende sein. Jetzt in einen Zug zu steigen wäre fast, wie nach Hause zu fahren.

Ali drehte sich um und ging langsam Richtung Ausgang. Die in den siebziger und achtziger Jahren so berüchtigte Drogenszene Zürichs schien ein Revival zu feiern. Dreckige ausgemergelte Junkies verfolgten ihn mit ihren Blicken. Touristen und Geschäftsreisende kauften letzte Mitbringsel in den Sprüngli-Bahnhofsfilialen. Beim Geldautomat neben dem Rolex-Shop zog Ali seine All-in-One Karte. Einmal noch; was würde sie hergeben? 3000? Ach was, 5000? Ali tippte, ganz schön viele Zahlen, bestätigte mit Code und Fingerabdruck und war doch leicht überrascht, als der Automat das Geld widerstandslos herausgab. Er setzte an, die Karte zu zerbrechen und zögerte dann doch. Einmal noch, wenn das so gut funktionierte, dann …

„Wie möchten Sie bezahlen?“, fragte der Gebrauchtwagenhändler am Stadtrand. Ali zog seine Karte, jetzt aber sicher zum letzten Mal. Der alte Suzuki Samurai, Baujahr 1988, glänzte draußen frisch gewaschen in der Sonne.

Lustige Blechbüchse, so klapprig und hart gefedert, dass jeder Feldweg zum Abenteuer wurde.

Der Händler nahm die Karte, wickelte die Bezahlung ab und sah dann mit großen Augen zu, wie Ali sich nach vorn beugte, nach der Schere auf dem Schreibtisch griff, „Darf ich?“, und seine Karte sorgfältig in kleine Teile zerschnitt.

„Aber wird denn mit der Bezahlung alles in Ordnung gehen?“, fragte der Händler etwas verunsichert. „Machen Sie sich keine Sorgen, ist doch alles schon längst gebucht. Oder?“

Ali nahm die Schlüssel, ließ die Schnipsel seiner Karte auf dem Tisch liegen, stieg in sein neues Auto, das nicht einmal zwanzig Jahre jünger war als er selbst, und fuhr los.

Raus aus der Stadt; Süden war auf jeden Fall fürs erste die richtige Richtung.

Die ältere Dame legte einen Plastikbeutel mit Medikamenten auf den Tisch. „Darf ich mich zu Ihnen setzen?", hatte sie gefragt. Rudi, der an diesem Nachmittag schon Grey Goose, Beluga und Russian Standard verkostet hatte, hatte höflich genickt. Es gab ohnehin kein Entkommen: Zwei Wochen Flusskreuzfahrt, unglaublich, was ihn dazu getrieben hatte. Er hätte doch lieber das Motorboot kaufen sollen, auch wenn der Verkäufer in der Marina lästig gewesen war. Mit dem Motorboot kam man sicher an andere Frauen als hier. Er lachte und kippte den zweiten Russian Standard.

„Das ist schön, dass sie so fröhlich sind", die Dame lächelte milde. „Menschen lachen viel zu selten." Sie kramte in ihren Medikamenten. Herztabletten, Medikamente zur Herstellung der Darmflora und der Flora anderer Zonen, die Rudi lieber nicht auf seinem Tisch gesehen hätte. „Ja, manchmal braucht man das. Und jetzt sind wir doch schon ein Stückchen im Süden; ich muss auf die Hitze achten."

Der Flusskreuzer näherte sich Belgrad. An den Deckliegestühlen und dem kleinen Café im Bug zogen gleichförmige Landschaften vorüber. Laut Plan wäre nach weiteren acht Tagen das Schwarze Meer erreicht. Nein, Rudi würde sich nicht die Rückfahrgelegenheit nutzen, um keinen Preis …

Eine Mittvierzigerin ging vorüber, sicher eine der jüngsten Frauen an Bord. Sie trug Hotpants, Flipflops und ein Bikinioberteil. Nicht schlecht, dachte Rudi und musste doch zugleich auch denken, dass ihre Schenkel eben doch schon auf vorteilhaftes Licht angewiesen waren. „Ich darf das", dachte er gleich danach, „Ich weiß ja, dass man bei mir auch nicht mehr genau hinsehen darf. Eigentlich gar nicht mehr hinsehen."

Die Dame gegenüber klopfte ihm leicht auf die Schulter, „Sie sollten dem hübschen Mädchen nachgehen. Na los, laden Sie sie auf etwas ein. Aber eigentlich: Vorher sollten Sie sich ein bisschen frisch machen, das muss ich Ihnen schon sagen." Rudi hatte sich einige Tage nicht rasiert, mehrere Nächte in den Liegestühlen an

Deck verbracht, eine Flasche neben sich die Sterne vorüberziehen lassen, und gelegentlich auf das Duschen mit dem abgestandenen Containerwasser des Schiffes verzichtet.

„Naja, Sie kommt Ihnen ja nicht aus“, die Dame kicherte. „Sie können sie auch am Abend noch ansprechen. Wenn Ihnen bloß keiner zuvorkommt …“ Was auch immer die Medikamente wiederbeleben sollten – es wirkte offensichtlich.

„Danke“, sagte Rudi. „Ich werde darauf achten, weniger zu stinken.“

***

Chris fluchte leise. „Was ist los?“ Das Bewegungsprofil des Life-Trackers zeigte seit Stunden keine Aktivität mehr, das Signal war einfach weg. „Du musst das wieder in Gang bringen, und zwar schnell. Zwei Stunden, dann muss das wieder laufen. Der Typ ist unser bester Usecase, den brauche ich unbedingt für die Präsentation heute Abend. Und zwar live, verstehst du? Komm mir bloß nicht mit irgendwelchen Fakes; das muss funktionieren.“

Die Fehlermeldung war neu. Eigentlich war es keine Fehlermeldung, nur eine Reihe von kryptischen Zeichen, als wäre ein noch nie vorgesehener Fall eingetreten. Noch nie vorgesehen? Verloren, gestohlen, Limits überzogen – das waren alles berücksichtigte Fälle. Auch von einer Sperre, egal von welchem Anbieter oder Mitnutzer der All-in-One-Karte, hätten sie hier in der Zentrale definitiv erfahren; definitiv sogar, bevor es der Besitzer erfahren hätte. Immer das Gleiche. Die Technik klappte bei diesen Projekten nie. Nie. Pfuscher. Vielleicht ein Netzwerkproblem? Auch diese Hoffnung musste er aufgeben. Alle Touchpoints aus Zürich lieferten saubere Daten, und nicht zu wenig.

„Prüf das. Und repariere es. Das wird dich deinen Job kosten.“

Chris‘ Programmierer setzte die Kopfhörer wieder auf und starrte auf den Bildschirm. Keine Ahnung. Was kann die Anwendung dafür, wenn die Karten nicht mehr funktionieren. Schwachsinn.

***

Den ganzen Weg aus dem schönen Schwarzwald hierher habe ich mich darauf gefreut. Dieser Abend wird einer der vielen Höhepunkte unserer Kreuzfahrt", brüllte der Entertainer in sein Mikrofon. Bunte Glühbirnen und eine Bühne verwandelten das Deck in eine pensionistengerechte Partyzone. „Wir wählen heute den Mister MS Linda. Und ich kann Ihnen sagen: Das wird keine leichte Aufgabe. Wir brauchen echte Männer, um hier zu bestehen. Ich bitte alle Herren der Schöpfung zu mir auf die Bühne. Kommen Sie, nicht schüchtern sein, die Damen warten schon. Meine Herren, lassen Sie sich das nicht entgehen.

Die MS Linda ankerte in Belgrad. Rudi war rasiert, geduscht, hatte in einem der Bordshops frisches Deo gekauft, und machte sich auf die Suche nach der Mittvierzigerin von heute Nachmittag.

„Sie, na kommen Sie, Sie mit dem suchenden Blick. Was auch immer Sie suchen – hier auf der Bühne werden Sie es finden. Und wenn nicht, dann wird es Sie finden …" Der Moderator zeigte auf ihn, erwartungsvolle Blicke rundherum. Rudi tat, als hätte er nichts gehört.

Es fanden sich andere. Kurze Hosen, Birkenstockschlapfen mit Socken und Stöcke füllten die Bühne. Auch ein paar Männer in seinem Alter gesellten sich dazu; gespannte und siegessichere Mienen.

„In Kürze geht es los; Ihre Entscheidung, aber ich kann Ihnen sagen: Wenn Sie nicht von Anfang an dabei sind, sind Sie praktisch chancenlos … Sagen Sie dann nicht, ich hätte es nicht gesagt."

Die Glühbirnen leuchteten orange, rot und violett.

„Reizt es Sie denn gar nicht?" Da war sie. Rudi verzog das Gesicht. Ihn reizte etwas ganz anderes. Sie hatte die Hotpants gegen ein kurzes schwarzes Hängekleidchen getauscht, die Flipflops gegen strassbesetze Highheels. Und ja, das Licht war vorteilhaft. „Sollen sich die anderen ohne Sie ausmachen, wer ein echter Mann ist?"

„Zu gern", antwortete Rudi. „Aber wenn Sie nett sind, hole ich Ihnen was zu trinken. Was trinken Sie?" „Was halten Sie für angemessen?"

Rudi kam mit zwei Gin Tonic zurück. Die Kandidaten für den männlichsten Mann an Bord wurden gerade losgeschickt, um Schwängern zu spielen: Mit Luftballons ausgestattet mussten sie diese so schnell wie möglich aufblasen und so viele Frauen wie möglich überreden, den Luftballon unter ihr Oberteil zu stecken und auf die Bühne zu kommen. Keine leichte Aufgabe bei schon gut gefüllten Alt-Damenkleidern. Rudi kam gerade zurecht um zuzusehen, wie sie sich einen Luftballon unter das Kleidchen schob und einem Senior-Gladiator auf die Bühne folgte. „Zu spät", lachte sie ihm zu, „Ich wurde verführt." Rudi hielt die beiden Gin Tonics, deren Strohhalme wie Antennen auf der Suche nach Kontakt zu intelligenten Lebensformen in die Abendluft der bunten Glühbirnen ragten.

Sie stand auf der Bühne neben dreißig anderen Frauen mit Luftballons im Kleid; immerhin lächelte sie ihm noch zu. Er winkte mit seinen Gin-Antennen.

„Man muss seine Chancen nützen, wenn man einen reichen Mann kennenlernen möchte", sagte sie, als sie wieder neben ihm stand. „Wie reich ist denn in diesem Fall reich?" Es war zwar ein Schiff, aber einen zweiten Onassis hatte Rudi noch nicht gesehen. Wahrscheinlich auch keinen Zehntel- oder nichtmal einen Prozent-Onassis.

„War ja nur Spaß. Aber meinen Sie, Sie würden in mein Profil passen?" „Ich passe nicht gerne", sagte Rudi. „Und ich mache mir über so etwas auch keine Gedanken. Sie können's ja herausfinden."

„Dann erzählen Sie mal."

Rudi überlegte. „Erzählen Sie mal" kam schon ziemlich nahe an „Was denkst du?". Einen der Sätze, die in Windeseile das Hirn leerfegten und beim Versuch, es wieder mit Gedanken zu füllen, nur wenig Vorzeigbares hervorbrachten. „Ich bin hier, weil ich eigentlich ein Motorboot kaufen wollte …" „Und da haben Sie an was Größeres gedacht und wollten sich gleich mal einstimmen?" Der leise hänselnde Spott tat gut.

„Was hätte ich mit dem Motorboot gemacht? Wahrscheinlich auch genau hier entlang fahren, und statt mich über andere zu wundern, wahrscheinlich allein."

„Und warum wollten Sie dann das Motorboot?" „Offensichtlich wollte ich es ja nicht. Aber das ist eine lange Geschichte." „Erzählen Sie." Sollte er wirklich? „Dann brauchen wir noch Getränkenachschub."

Rudi ließ sie stehen und drängte sich an die Bar. Die Misterwahl steuerte ihrem Höhepunkt entgegen. Die Kandidaten mussten ihre Hemden und T-Shirts ausziehen und mit nacktem Oberkörper auf der Bühne posen. Rudi bestellte Gin Tonics in großen Pint-Cocktailgläsern.

Dann erzählte er von Ina, Havanna, Berlin, der Südsteiermark, zwei Grappas am Flughafen Tegel, der Marina, und wieder von Ina.

Die hier war älter als Ina, zehn Jahre sicher. Er wusste ihren Namen noch immer nicht. Und schwieg dann endlich.

„Das war eine schöne Geschichte“, sagte sie. „Aber ich fürchte trotzdem, das wird mit uns nichts. Auch wenn das mit dem reichen Mann nur ein Scherz war. Danke für die Drinks.“

Sie ließ ihn stehen.

Rudi hatte seinen Gin Tonic-Pitcher noch in der Hand, stand allein unter den bunten Birnen inmitten der Party. Die Mister-Wahl war längt geschlagen.

Er sah an sich hinunter. War es sein nicht mehr kaschierbarer Bauch? Die im Alter wachsenden Ohren? Hatte er schlechten Atem?

Vielleicht, und das war einer der schwersten, quälendsten Gedanken, vielleicht war ja auch einfach nur stinklangweilig. Ein schlechter Unterhalter und schlicht uninteressant. Ein Gespenst ohne jeden Unterhaltungs- oder Sympathiewert, ein raunzender Querulant auf der Suche nach nie dagewesenen Zeiten.

„Wenn Sie zu spät einsteigen, sind Sie praktisch chancenlos“, hatte der Moderator zum Start der Mister-Wahl gesagt. Mochte sein.

***

Ratten bevölkerten die Siloanlage mit den Ausmaßen einer Kleinstadt. Durch die Anlage zog sich ein trockenes Kanalsystem, so breit, dass Lastwagenkolonnen dreispurig Ernteerträge transportieren konnten. Die aus Stahlbeton gefertigten Rinnen wurden regelmäßig geflutet, um Dreck, Ungeziefer und tote Tiere, die sich im Labyrinth verirrt hatten, in den Stacheldrahtzäunen verendet waren oder von den Lastwagen überfahren worden waren, aus der Anlage zu spülen. Die Flut spülte alle Reste in einen schlammigen, fauligen Sumpf am südlichen Rand der Anlage.

Über dem Sumpf lag Leichengeruch, der sich mit ätzenden Säuredämpfen mischte. Fliegen brummten über dem Morast.

Zwei Wachposten standen am Rand dieses Endlagers. „Das war keiner von uns.“ Er stieß mit seinem Turnschuh gegen einen menschlichen Körper, der mit dem Gesicht nach unten zur Hälfte vergraben im Dreck lag. „Nein, hätten wir gehört.“

Die Turnschuhspitze legte die Arme des Toten frei, dann seinen Hals. Aufgedunsen, die Haut säurezerfressen von den Zusätzen, mit denen die Kanäle gespült wurden.

„Würde anders aussehen, wenn ihn einer von uns erledigt hätte.“

„Es laufen noch immer zu viele davon herum.“

Der andere schob einen Kaugummi in seinen Mund, schob die Kaugummiverpackung wieder in die Taschen seiner engen Jeans zurück und strich das strähnige fettige Haar aus seinem Gesicht. „Eben. Macht nichts. Wir finden andere.“

Sie stießen einander verschwörerisch mit den Schultern an und gingen weiter. Der Sumpf dehnte sich mehrere Kilometer Richtung Süden, hatte die Ruinen eines längst verlassenen Dorfes überschwemmt, flache Stein- und Lehmhäuser, Mauerreste ragten aus dem Morast. Dahinter und rund um die Silos dehnten sich Steinfelder, staubige Wüsten mit Felsen. Die riesigen Plantagen dazwischen faulten unter künstlichen Wolkendecken, Beregnungsanlagen, Stacheldrähten und Sprengfallen.

***

Rudi hatte den Gin Tonic wieder gegen Russian Standard getauscht. Besser für die Lebensgeister. Das Schiff hatte mittlerweile seinen Ankerplatz verlassen und pflügte ruhig durch die schwarze Donau. Kleine Wellen gluckten Steuerbord vorbei. Kreuzfahrt- und Handelsschiffe schleppten asiatische Muscheln nach Europa, hatte Rudi gehört. Die lösten sich unterwegs vom Rumpf und besiedelten Ufer, an denen sie dann rasch eingingen. Biologen sorgten sich um das ökologische Gleichgewicht – könnten sich die eingeschleppten Muscheln erst einmal auch hier vermehren, würde das den Lebensraum der heimischen Arten bedrohen. Also: Keiner hatte es leicht. Also. Rudi kippte einen Schluck Russian Standard in die schwarze Donau. Würde es für beide schwerer machen. Muscheln. Und er konnte ja jederzeit noch einen bestellen.

Mirko lehnte den Kopf an die Scheibe und überließ es dem Zufall, ob er einschlafen würde. Der Bus hatte Bukarest verlassen und fuhr gemächlich Richtung Osten. Rucksacktouristen, ein paar Ausflügler, wenige Pendler, die unterwegs zu- oder ausstiegen. Unter der Woche war in dieser Buslinie nicht viel los.

Dörfer und Kleinstädte mit Industriedenkmälern, die im Sommer vor sich hinstaubten, Straßencafés mit Sonnenschirmen und Zeltvordächern. Keine Pferdefuhrwerke, wie man sie in Reiseführern oder Armutspropagandabibeln sah.

Tulcea lag gar nicht am Meer. Das war Mirko erst aufgefallen, als er nach gut einer Stunde Fahrt eine der kleinen Karten, die wie Sicherheitshinweise im Flugzeug, in den Netzen an den Rückenlehnen der Sitze steckten, genauer gelesen hatte. Egal. Die Richtung stimmte. Donaudelta, auch gut. Anstelle eines Pferdefuhrwerks zerrte draußen ein Kettenhund an seiner Kette und lieferte die rurale Retroshow.

***

Die Mitglieder der Innovation Working Group waren nicht gut aufgelegt. Die Vorstände hatten sichtlich keinen Spaß.

Der Life-Tracker-Prototyp krankte an akutem Datenverlust. Chris stand zerknirscht mit unruhigen Händen vor dem Whiteboard und fluchte innerlich. Warum hatte er keinen Plan B vorbereitet? Warum hatte er sich darauf eingelassen, die abgebrochene Casestudy zu präsentieren? Es war nicht sein erster Auftritt. Er wusste, mit welchen Fragen er rechnen musste, wo das Management Board gern nachbohrte. Mit einer lückenhaften Präsentation in dieses Meeting zu gehen, war Projektmanager-Selbstmord. Und jetzt redeten sie über Punkte, die gar kein Thema waren.

Büchel setzte die strenge Miene auf, die allen klar machte, dass er alles hier als Zeitverschwendung empfand. Er würde hier bleiben, die vereinbarte Zeit im Meeting verbringen, und dann jeden spüren lassen, dass er seine Zeit als verschwendet betrachtete. Keine Termine mehr, lange Wartefristen, Budgetkürzungen und schlechte Nachrede.

Poche hatte sich einmal kurz in die Diskussion eingemischt. „Ich verstehe das nicht. Das muss funktionieren. Arbeiten hier denn lauter Hobbytechniker oder Praktikanten? Wir bezahlen die Leute doch. Also müssen sie auch Leistung bringen. Organisieren Sie das. Sonst gilt das gleiche für Sie." Dann schwieg auch er.

Als drittes Mitglied des Management Boards saß John Leon in der Innovation Working Group. „Ich war gegenüber diesem Projekt in zwei Dingen skeptisch. Brauchen wir das? Und ist es überhaupt möglich, die automatisierte Datensammlung so auf die Spitze zu treiben? Wir brauchen Client Executives, die an Kundenbeziehungen arbeiten, die Daten nicht nur sammeln, sondern auch analysieren und kombinieren können. Das ist keine Aufgabe von Maschinen. Ich muss Ihnen ja für diese Präsentation danken: Besser hätte man die Nutzlosigkeit dieses Projekts nicht beweisen können. Eine nette technische Spielerei – und was jetzt? Welchen Nutzen zieht das Unternehmen daraus? Bitte beantworten Sie meine Frage: Welchen Nutzen haben wir?"

Chris setzte nocheinmal zu einer Antwort an. „Ich habe Ihnen den aktuellen Stand eines Prototypen präsentiert. Dazu habe ich einen Case herausgegriffen, der …"

„Ich habe Sie gebeten, meine Frage zu beantworten", sagte Leon. Er schickte der Frage einen eiskalten Drei-Sekunden-Blick nach, nickte dann und sah weg. Der Klassiker: Du kannst es nicht.

„Wir vermuten ein Problem in der Hardware des Kunden, sprich in der Karte", rechtfertigte sich Chris. „Wir können es uns derzeit nicht erklären, aber wir haben im Projekt einen eigenen Stream gestartet, um solche Fälle vorherzusehen und angemessen zu analysieren. Der Nutzen des Produkts besteht im übrigen darin, dass die Arbeit der Kundenbetreuer perfekt unterstützt wird: Das Tool analysiert und kombiniert mit Algorithmen, die wir gerade entwickeln, um die Auswahl der passenden Maßnahmen zu unterstützen. Im Großkundenbereich ist sicher die persönliche Beziehung die wichtigste Kundenbindungsmaßnahme. Aber denken Sie daran: Wir sind überwiegend im Retailgeschäft tätig. Das Massengeschäft braucht technische Unterstützung, um effizient zu sein. Effizienz, Time to Market, Produktivität – das ist der Nutzen, den der Life-Tracker als wichtigster Pfeiler des Finalizer-Projekts für unser Unternehmen generieren wird."

Die Worte verloren sich im Vakuum der Interesselosigkeit. Leon beharrte wortlos darauf, dass die Antwort innerhalb seines Drei-Sekunden-Blicks hätte erfolgen müssen. Eine Antwort, die länger brauchte, zog Zweifel auf sich: Wer so lange nachdenken musste, war sich seiner Sache nicht sicher.

Chris blieb allein auf seinem verlorenen Posten. Gäste und die anderen Speaker der Working Group sahen betreten weg.

„Der Life-Tracker ist ein strategisch wichtiges Projekt. Wir werden das weiterverfolgen. Präsentieren Sie im nächsten Meeting noch einmal und lösen Sie die Probleme bis dahin." Büchel sprach überraschend in die Stille.

Chris packte seine Sachen und setzte sich auf einen der freien Plätze im Meetingraum. Wie ein Schüler, der einen Test oder eine Stundenwiederholung gerade eben so überstanden hat.

Den Raum verlassen war keine Option. Solange die Vorstände ihre Plätze behielten, war es nicht angebracht, wichtigeres zu tun zu haben.

John Leon als Investmentbanking- und Großkundenverantwortlicher hatte den letzten Tagesordnungspunkt auf der Agenda. Jetzt war er es, der Farbe bekennen musste: „Das Commodities-Experiment in der Zentralsahara und im nordafrikanischen Mittelmeerraum hat gewaltige Schieflage. Die Erträge sind gut – aber unser Buchwert bewegt sich rasant in den Keller. Wir haben keine Investoren. Und diejenigen, die bisher investiert haben, müssen beträchtliche Verluste hinnehmen. Das verschafft uns kein gutes Standing in diesem neuen Geschäftsfeld."

„Jedenfalls müssen wir reagieren." – „Dafür gibt es gute Modelle." Poche fiel Leon ins Wort. „Wir brauchen hier nichts neu zu erfinden. Bei Rohstoffen ist Verknappung das Zauberwort. Ist das klar, können wir uns darauf einigen?" Der aggressiv belehrende Tonfall deutete an, dass er einen Plan hatte. „Warum reden alle über Öl? Die Kollegen im Ölbusiness haben es geschafft, den Eindruck zu erwecken, als könnte es jeden Moment vorbei sein. Das haben sie uns voraus."

„Es geht hier um Lebensmittel“, wandte Büchel ein. „Oder um Rohstoffe für Bioenergie, das ist Ansichtssache“, auch Leon ließ erkennen, dass er einen Plan hatte.

„Also?“, Büchel gab sich gesprächsbereit.

„Wir haben hier einige Details zu klären. Ich glaube nicht, dass das für die ganze Arbeitsgruppe relevant ist. Wenn es keine weiteren Tagungsordnungspunkte gibt, schlage ich vor, dass wir Sie nicht weiter aufhalten, und ich danke für Ihre Präsentationen und die Anwesenheit heute“, Leon wollte nicht zur Sache kommen.

Chris hatte seinen Notizbuch und den Kugelschreiber schon bei der Hand; die anderen packten ihre Laptops, Ausdrucke und Taschen, und verließen, leicht ratlos, den Meetingraum.

Die drei Vorstände blieben zurück. „Was soll der Zirkus?“ fragte Büchel. „Was ist so geheim, dass ihr unsere Leute rausschickt? Ich habe nicht gerne Geheimnisse. Zumindest nicht so offensichtliche.“

***

Gedämpft bunte in die Decke eingelassene Leuchtkacheln waren die einzige Lichtquelle des Clubs. Sie tauchten die Gesichter der Tanzenden in wechselnde Farben, ihre Körper blieben im Dunkeln. Schwere Beats über der Tanzfläche, Wodka, Champagner und Energydrinks über den Bartischen und Couches.

Einzig die Toiletten waren heller. Lina zog eine Line Speed von der verspiegelten Ablage über dem Spülkasten, strich mit einem erfrischten Strahlen im Gesicht über ihre Nase und brachte kein Wort heraus. „Dir geht‘s gut“, Nika strich zärtlich über ihre Wangen und drückte einen freundschaftlichen Kuss auf ihre Lippen. „Und jetzt brennen wir die Bude ab …“

Zwei Frauen Mitte zwanzig, in dem Alter, in dem die Welt einer jeden zu Füßen liegt. Hohe Absätze, glitzernde Minis, Spaghettitops, die über Schultern und Schlüsselbeine fließende Schweißbäche sehen ließen. Sie mischten sich in die Dunkelheit, Farbenspiel auf ihren Gesichtern und Schultern.

„Ich find den süß“, Lina sprach mit dem Blick auf einen der Gläsersammler in Nikas Ohr. Der sehnige dünne Typ mit glattem, bis über die Schultern fallendem Haar, mühte sich in Jeans, T-Shirt und Turnschuhen durch die tanzende Menge, über dem Kopf balancierte er ein Tablett voll leerer Gläser, Flaschen und Dosen. Nika kicherte überrascht, „Du bist heute aber … sehr weltoffen. Bist du dir sicher?“ Ihr Blick durch den Club streifte Männer in Lauerposition, Männer in vorgeblicher Coolness, Männer mit Frauen, die fortwährend ihr Revier markierten, Männer, die es gewohnt waren, den Abend zu schmeißen, Männer, die zumindest für einen Abend so wirken konnten, als wären sie es gewohnt. Wahrscheinlich hatte jeder von denen mehr zu bieten als der Langhaarige, auch wenn dessen das Tablett über dem Kopf balancierende Arme sexy sehnig und aderndurchzogen waren.

„Total süß“. Lina hing mit den Lippen an Nikas Ohr und mit den Augen an ihm. „Erinnert mich an Kurt Cobain, der hat meiner Mutter so gefallen ...“ „Wer?“ „Ist lange her, musst du nicht kennen.“

Er bemerkte Linas Blicke und erwiderte sie.

„Na dann hol ihn dir; warum nicht? Mach eben mal arme Jungs glücklich … Aber pass auf auf dich.“ Nika schob Lina sanft in seine Richtung.

Lina strich durch ihr Haar, ließ, eine Strähne zwischen zwei Fingern, ihre Hand auf ihrer Schulter liegen, ging mit leicht gesenktem Kopf und gross aufgeschlagenen Augen auf ihn zu, ihre glatten langen Beine waren im Dunkel nur ein Schatten, den die Bewegung ihrer Hüften erahnen ließ, „Hast du mein Glas weggenommen?“ fragte sie ihn spielerisch.

Draußen herrschte schon lange Morgendämmerung. Nika wimmelte Männer ab, die morgens noch immer allein waren und den Anblick der einsamen Schönheit auf einer Couch an einem der Bartische nicht ertrugen. Oder leichte Beute witterten.

Sie checkte noch einmal ihr Handy. Keine Nachricht von Lina. Nika hatte die Zeit verloren. Wann war Lina mit dem Typen verschwunden? War es zwei Uhr gewesen, vier? War sie seit sechs Stunden weg, oder vielleicht erst eine? Jetzt war es kurz nach sieben. Vielleicht hatte sie nur hier unten keinen Empfang.

Draußen blendete die Morgendämmerung empfindlich. Voller Empfang, keine Nachricht, keine Spur. Sie wollte wieder zurück. Einer der Barmänner, braungebrannt, trainiert, im engsitzenden drei Knöpfe offenen Hemd, versperrte ihr den Weg. „Süße, du kannst nicht mehr rein. Die Party ist vorbei."

„Ich muss meine Freundin suchen, sie ist hier drin verschwunden ..." Nika versuchte, den Barmann zur Seite zu schieben. „Lass sie doch ihren Spaß haben. Und wenn du einsam bist – ich bin hier gleich fertig ..."

„Finger weg, du Arsch. Sie war zuletzt mit einem von euch unterwegs, der Typ, der die Gläser abräumt. Lange Haare, dünn, ich fand ihn ja ein bisschen versifft." Der Barmann sah sie erstaunt an. „Ja, sah aus wie ein verjunkter Wichser, für meinen Geschmack – kennst du ihn?"

„Schätzchen, sieh mich an: Solche Leute arbeiten hier nicht. Und wenn ich sonst nichts für dich tun kann, dann geh nach Hause." Er schob sie nach draußen und verriegelte die Tür.

Nika stand allein auf der Straße. Der Tag hatte begonnen, keine Rede mehr von Dämmerung. Und keine Spur von Lina.

***

Wir müssen hier stärkere Maßnahmen setzen. Unsere Aktivitäten in Nordafrika bringen, das müssen wir ehrlich sagen, überhaupt keinen Nutzen", Leon ergriff die Initiative. Büchels faltige Stirn ließ erkennen, dass er anderer Meinung war. „Meine Informationen beziehen sich auf die Rohstoffe und die Tradingaktivitäten", Leon wich Konflikten aus. „Über das Trainingsprogramm oder andere Engagements kann ich nichts sagen."

„Wir müssen verknappen. Wir haben bis jetzt einige Jahre investiert, um Produktivität, Erzeugung, Distributionswege und Vertriebsnetze auszubauen. Der kommerzielle Nutzen war Null, und was meine Alarmglocken noch lauter schrillen lässt: wir wurden bis jetzt nicht wahrgenommen. Das Geschäft lebt nur, wenn wir es selbst vorantreiben. Niemand kauft Saharagetreide, wenn wir es nicht aktiv vertreiben. Damit handeln wir gegen unsere eigenen Prinzipien. Können Sie mir so weit zustimmen?"

Büchels Blick blieb neutral.

„Dieser Markt, das muss ich als einen Planungsfehler eingestehen, ist der einzige unserer Märkte, der nicht nach unseren Prinzipien funktioniert. Überall anders haben wir Produkte, um deren Nachfrage wir uns nicht sorgen müssen. Geld: Wir wissen ja – es ist egal, ob als Verpflichtung oder als Versprechen, es funktioniert. Menschen bringen uns Geld, in der Hoffnung, dass sie mehr zurückbekommen. Sie nehmen Geld, ohne daran zu denken, dass sie mehr dafür bezahlen müssen. Wir haben Instrumente wie Inflation, Berechnungsmethoden zur volkswirtschaftlichen Wertschöpfung und viele andere Modelle, mit denen wir zeigen können, dass wir Nutzen stiften. Jeder braucht uns, niemand stellt uns in Frage. Nur bei unseren Produktionsdivisions trifft das nicht zu." – „Sollten wir die dann nicht dringend schließen?", Büchel hakte ein.

„Ich halte das für unangemessen. Wir haben hier eine einzigartige Chance. Wir zeigen, dass unsere Prinzipien auch in der Realwirtschaft Anwendung finden. Ich sehe das als ein Experiment, das über unsere Zukunft entscheiden kann. Über die Zukunft der Welt." Leon machte eine bedeutungsvolle Pause.

„So wie wir Geldmengen kontrollieren – was ein breit akzeptiertes Instrument zur Steuerung der Wirtschaft ist –, können wir dazu übergehen, Rohstoffe zu kontrollieren, und uns damit ein Instrument zur effizienteren Kontrolle der Haushalte schaffen. Es wird vielleicht vorübergehend für Aufregung sorgen, aber im Lauf der Zeit wird es zur akzeptierten Methode. Allein deshalb, weil wir niemandem damit eine Wahl lassen, wenn wir nur einigermaßen strategisch vorgehen."

Leon startete ein Video auf seinem Tablet. Die Universal Bank betrieb seit knapp drei Jahren Plantagen in der Zentralsahara und im nordafrikanischen Mittelmeerraum. Bewässerungskanäle, gigantische Luftbefeuchtungsanlagen, künstliche Wolkendecken, die mit aus Flugzeugen versprühten Chemikalien erzeugt wurden, die Feuchtigkeit in Erdnähe bewahrten und zu starke Sonneneinstrahlung verhinderten, hatten seit Jahrzehnten praktisch verlassene Landstriche in fruchtbares Gebiet verwandelt. Kontrollierte Saatzucht brachte riesige Erträge. „Dieser Stream des Ethical Transformation Project trägt dazu bei, Menschen in den schwierigsten Regionen unseres Planeten ein würdiges Leben zu ermöglichen", erklärte die Off-Stimme in dem Video zu Bildern von überdimensionalen Maiskolben und Weizenähren auf endlosen Feldern und in gefüllten Lagerhäusern.

„Das war der Plan“, Leon schaltete das Tablet aus. „Aber hier dürfen wir nicht stehenbleiben. Auch Entwicklungshelfer sind sich einig: Almosen verbessern die Welt nicht. Wir müssen die nächsten Schritte zur kommerziellen Nutzung unserer Schöpfung setzen, um unsere Ziele der Entwicklung und der Transformation zu erreichen.“

„Was schlagen Sie vor?“ Büchel war noch immer zurückhaltend.

„Unsere Anbaugebiete werden von Mitgliedern der Zweiten Brigade abgeschirmt. Niemand kann hinein, wenig Information kommt heraus. Ich habe den Ausbau dieses Schutzes in die Wege geleitet: Für die nächsten Monate wird keines unserer Produkte das Anbaugebiet verlassen. Wir verknappen, wir stellen die Märkte auf die Probe und schüren Erwartungen: Ernteausfälle, Dürre, mangelnde Rohstoffversorgung, Nachschubprobleme im Bereich der Rohstoffe für alternative Energien – das wird das Feld für uns bereiten, auf dem wir dann stark auftreten werden. Können Sie jetzt meine Vision teilen?“

Büchel sprang langsam an. „Ich sehe durchaus Potenzial. Aber wir sollten den Rahmen vergrößern. Wenn ich Sie richtig verstehe, möchten Sie unsere Plantagen als Energielieferanten positionieren. Dem kann ich durchaus etwas abgewinnen; wir müssen Ernährungs- und Versorgungsdiskussionen vermeiden. Um die Hebelwirkung dieser Entscheidung optimal auszunutzen, sollten wir aber während der Zeit ihrer Aktionen auf steigende Gas- und Ölpreise setzen. Wenn wir uns diesen Spielraum schaffen, müssen wir alle verfügbaren Optionen nutzen.“

Leons Lächeln trug leise Züge von Triumph. Er lehnte sich erleichtert zurück.

Büchel senkte seine Stimme. „Und reden Sie mit den Kollegen in Russland. Ich denke, die können uns hier mit ihren Netzwerken unterstützen. Das wären wichtige Begleitmaßnahmen, vor allem in Hinblick auf Public Relations und taktisches Produktmanagement. Ist das klar?“

Grauer Nebel über dem Steinfeld verdunkelte die Nacht noch weiter. Ein verbeulter Pickup wirbelte in seiner Fahrt lange Staubschwaden in den Nebel. Unter einer Plane auf der Ladefläche klafften offene Wunden, vertrocknetes Blut. Starre Gesichter, Maden. Der Auftrag war klar: Keine Eindringlinge, keine Information nach draußen.

Der Pickup steuerte auf einen Abgrund zu, hielt, und schob rückwärts, die Ladefläche voran, an die Felskante. Zwei ausgemergelte Männer in dreckigen T-Shirts, engen Jeans und alten Turnschuhen sprangen aus der Fahrerkabine, stiegen auf die Ladefläche, schlugen die Plane zurück und warfen die Leichen mit ihren starren Gesichten und klaffenden Wunden über die Felskante. Die Ausbeute einer Nacht.

Trotz der Nebeldecke blieben die Nächte in der Steinwüste kalt. Wind, Steine, Wolken- und Nebelschatten zogen unermüdlich in Windeseile über das Land. Wenige Kilometer weiter hatten riesige Siloanlagen schon lange kleine Städte verdrängt. Und waren selbst wieder überwuchert. Zerstörerische Fruchtbarkeit, auf den Feldern faulten Maiskolben groß wie Holzscheite und Weizenähren in der Dimension von kleinen Bananen. Gleich daneben wieder Wüste.

Der Pickup fuhr weiter.

***

Ada las die Nachricht noch einmal. Der Text musste ein Auszug eines Zeitungsauschnitts sein. Es war etwas passiert.

„Nach einem Notruf von Nachbarn, die verdächtige Geräusche gehört hatten, fand die Polizei drei Leichen in einer Wohnung in der Furskogorska Straße. Weitere Informationen wurden noch nicht freigegeben. Aus informierten Kreisen sickerte aber durch, dass auf Grund der Brutalität der Morde und der Vorgangsweise der Mörder ein Verbrechen in der sogenannten Satanistenszene vermutet wird."

Unsinn. Null Information. In der Furskogorska war einer von Voijas Stützpunkten. Aber wenn es sie alle erwischt hatte – wer hatte dann die Nachricht auf den Terminal gestellt? Wieviele Leute arbeiteten jetzt in Belgrad?

Jedenfalls: Es war etwas passiert.

Vieles lässt sich wieder geradebiegen. Oft passiert nichts. Egal was passiert: Wenn es passiert, ist es nicht wahrnehmbar. Bedeutung entsteht durch Geschichten, Erzählungen: Passiert ist erst etwas, wenn wir wissen, was wir davon halten. Vorher ist es nicht einmal etwas. Vielleicht irgendetwas. Aber manchmal ist etwas so unzweifelhaft unwiderrufbar, dass sich tatsächlich nur noch sagen lässt: Es ist etwas passiert.

Ada beendete die Verbindung und schüttelte das traurige Entsetzen aus ihrem Blick: War etwas passiert?

„Meinst du, wir sollen weitermachen?", Miro und Tsu saßen auf der Veranda. Aus den Hütten rundherum der Duft von Kaffee; das beanspruchte seine Zeit. „Ich denke manchmal, wir sitzen hier im Niemandsland, hören nichts, niemand hört uns, und wir wissen gar nicht,was wir tun."

„Hast du das jemals gewusst? Ich meine – von dir aus, ohne auf andere zu hören und ohne darauf zu schauen, was du dafür bekommst?"

Ada unterbrach die beiden. „Wart ihr heute schon in der Werkstatt?" Sie deuteten stumm auf ihre Kaffeebecher.

„Ich weiß", Ada seufzte. „Nützt aber nichts. Unsere Werkstatt scheint einer der letzten sicheren Orte zu sein. Belgrad ist aufgegeben."

„Was hatten wir in Belgrad?", Miro und Tsu sahen einander und dann Ada an.

„Besser, ihr wisst nicht zu viel."

Ada ließ die beiden sitzen und zog sich wieder in ihr Büro zurück. Die Ausfälle waren häufiger geworden. Der Plan, die Universal Bank mit ihren eigenen Waffen zu attackieren, war von Anfang an riskant. Sie würden nicht öffentlich reagieren. Sie würden dezent und für andere unmerkbar zurückschlagen. Das riss Löcher in das ohnehin schon schwache Kommunikationsnetz.

Sie war vor einem halben Jahr hierher zurückgekehrt, in der Hoffnung, mit ein paar Wochen Recherche Klarheit schaffen zu können, den Problemen auf den Grund zu gehen und die Sache geklärt zu haben. – In den sechs Monaten hatte sie sich kaum aus der Stadt bewegt, nichts über den Nordwesten in Erfahrung gebracht und nahezu völlig den Kontakt zur Organisation verloren.

Sie wusste gar nichts mehr.

Die Banknoten wurden gedruckt, verteilt, manche vergammelten in Lagern, aus denen sie nie abgeholt wurden, ihr Verkauf brachte immer weniger ein; immer weniger Spielraum.

Es ist leicht, sich einzureden, dass du durchhalten musst, dachte sie. Andere sahen das vielleicht anders. Die mussten sich zu etwas aufraffen, mussten sich bemühen, nicht den Faden zu verlieren und Perspektiven zu sehen. Ada sah immer zu viele Perspektiven, fand sie. Immer einen Grund, weiterzumachen, und wenn es nur darum ging, nicht aufzugeben.

Manchmal, fand sie, ist das ignoranter, als keinen Sinn zu sehen. Es geht immer nur um dich selbst, gar nicht um die Sache, und schon gar nicht um andere. Du willst nicht aufgeben, du willst es nicht gewesen sein. Und? Nützt das etwas? Oder jemandem? Aber du hast immer ein Ziel, immer eine Perspektive – und musst dich nie mit dir selbst beschäftigen.

Ada war sich mittelmäßig sicher, dass das der Grund für ihre Aktivität war. Keine Zeit zu haben kann so erholsam sein, wenn du dich mit manchen Dingen nicht beschäftigen willst. Erinnerungen, Fragen, Entscheidungen.

An Nastya etwa. Sie hatten vor diesen sechs Monaten im Stützpunkt in Kiew gearbeitet. Ada, die strenge und dominante, der alle auswichen, und Nastya, die elegante, geheimnisvoll verführerische, deren Nähe jeder suchte, aber niemand erreichte.

Ada lächelte. Wie in einem Schundroman, die geheimnisvoll Verführerische, was für ein Unsinn. Zwei Worte, die zusammenfanden, wenn jemandem nichts mehr einfiel. Ada war streng in ihren Urteilen.

In Kiew hatten sie den Nachrichtendienst einer der wichtigsten Einrichtungen organisiert: des Suchtforschungslabors. Suchtkranke, von Gier zerfressene Opfer wurden stationär aufgenommen und analysiert. Sie hingen an Infusionen, trugen Permasonden, die Dauer-EKGs und Gehirnströme aufzeichneten, verbrachten Tage in Tomographieröhren. Und sie verließen diese Einrichtung nie wieder. Wer hier landete, hatte seine Endstation erreicht. Wir sind die Guten? Adas strenge Urteile hatten diesen Glauben nie zugelassen. Die Probanden waren Versuchstiere, die ihre Rechte und ihre Würde für bezweifelbare Interessen aufgeben mussten. Sie wurden nicht gefragt. Die Organisation forderte Opfer.

Manche wurden mit schweren Verletzungen eingeliefert. Bisse, klaffende Wunden in Brust oder Hals, die kaum zu überleben waren. Sie wurden erst versorgt, nachdem sie vermessen worden waren. Die Wunden mussten zugeordnet, analysiert, beschrieben werde. Vermutungen über Waffen, Krallen, Zähne wurden angestellt. Chemische Proben, Speichelproben. Analysten fertigten Skizzen an. Sie konnten sich nicht einigen: Messer, Springfallen, wie man sie für Füchse verwendete, Sicheln, Wurfsterne, beschlagene Handschuhe, Zähne – die Theorien waren unterschiedlich. Manche glaubten an neuartige Waffen, rasiermesserscharfe Spezialanfertigungen. Andere glaubten an bissige Erscheinungen – Werwolf, Vampir, Zombie? Oder durchgeknallte Endorphinjunkies, die mit Gewalt und Irrsinn bissen und kratzten.

Manche der eingelieferten Patienten hatten auch nur winzige Einstiche als einzig sichtbare Verletzungen. Die Wissenschaftler verdächtigten das Pflegepersonal, undokumentierte Injektionen zu verabreichen. – Das Labor war kein angenehmer Ort. Unklare Ziele, Geheimnisse, unausgesprochene Ängste und eine stille Bedrohung ausserhalb, von der niemand sprach, ließen alle darüber in Unklaren, ob sie hier einen Job machten, einen Kampf unterstützten, oder sich an Verbrechen beteiligten.

Nachts wurden die meisten Probanden an ihre Betten geschnallt. Helle Spanngurte hielten sie nieder, Kontrastlösungen, Katalysationsmittel und Nährstoffe wurden weiter in ihre Körper gepumpt. In den Gängen, Untersuchungsräumen und in den Schlafsälen der Probanden ging das Licht nie aus. Eine verkleinerte Schicht arbeitete auch nachts, um keine Zeit zu verlieren und immer vorbereitet zu sein. Nachts war es ein wenig stiller. Das lag nicht an den Probanden: Die verbrachten Tage wie Nächte still, manchmal von Krämpfen geschüttelt, manchmal nur in ihrem Dämmerzustand unterbrochen von kurzen Attacken, die sofort mit erhöhten Dosierungen starker Sedierungen unterdrückt wurden. Tagsüber waren es Pfleger, die die Probanden packten und mit Injektionen aus Fertigspritzen ruhigstellten. Nachts konnten die Sedierungslösungen direkt in die laufenden Infusionen gemischt werden. Ein Knopfdruck, keine unterdrückten Schreie, keine über den Steinboden scharrenden Schuhe oder Schleifgeräusche, nicht das dumpfe Rascheln, das entstand, wenn sich Körper lautlos, aber mit Gewalt aufeinander pressten.

Es waren Versuchstiere. Die Hilflosigkeit der Wissenschaftler verwandelte die Insassen des Labors in Ratten unter permanenter Beobachtung: Wer nichts tun konnte, sah eben zu und hoffte, irgendwann vielleicht etwas tun zun können. Niemand konnte etwas tun. Aus den Patienten waren Probanden geworden, jetzt waren es nur noch Insassen.

Sie hatten nachgegeben. Ihr Problem. Sie hätten sich nicht darauf einlassen müssen. Niemand musste all den Müll nehmen, der an jeder Ecke angeboten wurde. Das Dramatische an dieser Einschätzung war: Niemand konnte sagen, worauf sie sich eingelassen hatten. Das einzig neutral feststellbare Symptom: Unstillbare Gier nach mehr, nach Unerreichbarem, oder nach mehr vom Gleichen, das auch nie genug sein würde.

Eine andere Theorie einer kleinen Minderheit von Wissenschaftlern im Labor ging davon aus, dass sie sich nicht auf etwas eingelassen hatten. Die Wunden erzählten eine Spur von Gewalt, mögliche Infektionen. Vielleicht, verzweigte sich die Theorie weiter, hatten sie sich nicht auf etwas eingelassen, wozu sonst die Gewalt, vielleicht hatten sie sich gewehrt, waren es ausgewählte Opfer, die im Weg waren und überwältigt, beseitigt, scheintot gemacht worden waren. Einige vermittelten den Eindruck, sie hätten wohl nicht überleben sollen.

Jetzt waren sie Stoffwechselbündel im unteren Spektrum der Lebendigkeit: Gerade noch da, aber rein auf ihre chemischen Abläufe reduziert.

Tagsüber ähnelte das Labor einer geschlossenen Psychiatrie, wenige wie schlafwandelnde Gestalten, andere bewegte sich nichts mehr, nachts hatte es mit dem allgegenwärtigen hellen klaren Licht auf spiegelnden Böden und den liegenden Körpern einen Touch von Pathologie.

Ada fand wieder zurück. Sie hatte es schon wieder gemacht. Nastya? Ja, daran hatte sie gedacht. Und sich dann sofort wieder mit Ablenkungen und wichtigen Dingen beschäftigt, scheinbar wichtigen Dingen, um nicht an sie denken zu müssen. Beide, Nastya und das Labor, waren von ihrem Radar verschwunden, seit sie Kiew verlassen hatte. Was damals eines der wichtigsten Projekte gewesen war, schien jetzt in Vergessenheit zu geraten. Das galt für beides, abhängig von der Perspektive – ging es um sie, oder ging es um die Organisation?

Und jetzt?

Weitermachen.

Sie stand auf, schloss die Tür zu ihrem Büro, niemand durfte hinein, niemand durfte sie sehen, wenn sie nachdenklich war. Setzte den strengen Blick auf, den die anderen kannten, und betrat die Terrasse.

„Wir brauchen eine neue Serie." Miro und Tsu hatten ihre Kaffeebecher schon weggeräumt.

Miro wagte leise Zweifel: „Haben wir denn irgendwelche Daten, was wir erreicht haben? Wir haben keine Nachbestellungen, hören nichts mehr von draußen. Ich weiß nicht, ob dieser Plan noch Sinn macht. Sollten wir nicht einfach raus hier, irgendwie real aktiv werden? Endlich herausfinden, was drüben wirklich los ist?"

Ada lächelte. „Wir können nicht mehr tun. Ich werde euch nicht hinausschicken und noch mehr Freunde verlieren. Und du fragst dich, ob es Sinn macht? Du würdest gern mehr von anderen hören, Antworten bekommen? Ich denke, den anderen geht es auch so. Wir sollten nicht einfach aufhören. Gerade in einer Umgebung, in der es zu wenig Information gibt, wäre es das Schlimmste, aufzuhören, Information zu produzieren. Wir leben davon, die anderen leben davon. Also ab mit euch in die Werkstatt."

Ihr ungewohnt mütterliches Auftreten erstaunte die beiden.

„Was werden wir denn machen?"

„In Bewegung bleiben, lasst euch etwas einfallen. Unser Geld ist draußen – jetzt müssen wir etwas damit machen. Kümmert ihr euch um die Produktion, ich schaue auf den Rest."

„Nehmt euch Zeit und denkt nach. Wir treffen uns am Nachmittag“, sie sah auf die Uhr, „In genau sechs Stunden. Ok?“

Miro und Tsu bewegten sich langsam in ihr Atelier, setzen sich an die großen Werkbänke und kritzelten gedankenverloren in Notizbücher. An durch den Raum gespannten Leinen hing die frischeste Charge Geldscheine. Kleine Veränderungen, die nur im direkten Vergleich erkennbar waren: Das stolze Pferd durch einen gehörnten Ziegenbock ersetzt, anstelle der Internationalen Zentralbank legte eine Organisation namens Bad Money Bank diese Scheine auf, Präsident Büchel war durch ein Portrait von Idi Amin ersetzt, und als Währungsbezeichnung zierte „Foul Money“ die Scheine. Gut, vielleicht fiel doch einiges davon auch auf den ersten Blick auf. Miro fand seine Grafik dennoch mehr als gelungen. Die Ziege und der in Anlehnung an die nostalgischen Dollars angepassten Claim „In Goat we Trust“ zauberten immer wieder ein kindliches Lächeln in sein Gesicht. Das Modell hatte funktioniert. Sie hatten die Aufmerksamkeit der Universal Bank auf sich gezogen. Und ihren Zorn.

Ada prüfte in ihren Büro ihre Quellen auf neue Nachrichten. Die kontrollierten Netzwerke berichteten von neuen Betrugsfällen: neue Milliardenverluste, neue angebliche Bandenkriege unter rivalisierenden Betrügerbanden. Die Universal Bank kam also näher; die Netzwerke waren nicht mehr sicher. Sie klickte weiter. Im Wall Street Journal spekulierte Erkan in seiner Kolumne über andere Hintergründe der als Bandenkriege getarnten Morde. Er deutete Verbindungen zur Universal Bank an, rief Menschen dazu auf, sich selbst ein Bild zu machen und deutete angeblich exklusiver Informationen zur Rolle der Universal Bank an; ein Filmdokument, dessen Ursprung er noch näher prüfen wollte. Gefährliches Spiel.

Erkan, der alternde Ex-Fussballer, der mit Gewalt- und Partyeskapaden berühmt geworden war und jetzt mit langem Haar, Samtsakkos und bunten Halstüchern den Bohémien gab.

Warum nicht alle Netzwerke nutzen? Das Community-System erlaubte persönliche Nachrichten. „Du weißt, dass du recht hast“, tippte sie und hängte einen Scan von Miros neuesten Banknoten an. „Aber sei vorsichtig. Und erzähl mehr, wenn du es weißt.“

Nächte im Liegestuhl an Deck waren zur Gewohnheit geworden. So wie heute; Rudi war von Wodka auf Rum umgestiegen. Havana Club und Conde de Cuba fühlten sich magenfreundlicher an. Vor allem mit Limetten oder Zitronen hinterließ Wodka auf die Dauer ein verdammt ungemütliches Gefühl in der Darmgegend; five minutes to Magendurchbruch. Nicht so schlimm, dachte Rudi und nippte von seinem Mojito. Er hatte dem Barmann eine Flasche und ein paar Limetten abgeluchst und versorgte sich jetzt selbst. Das Schiff schlief; vielleicht war es kurz nach Mitternacht, vielleicht drei Uhr morgens. Rudi musste das nicht wissen.

„Machen Sie mir auch einen?" Die ansehnliche Mittvierzigerin, die er seit ihrem Auftritt in dem kurzen Hängekleidchen bei der Wahl zur Mister MS Linda nicht wiedergesehen hatte, schob einen Liegestuhl in seine Richtung. „Ich bin nicht schlecht ausgestattet", Rudi deutete auf die Flasche, „Aber Gläser könnten ein Problem werden."

Er deutete höflichkeitshalber an, aufzustehen und ihr mit dem Liegestuhl zu helfen.

„Dann geben Sie mir Ihr Glas. Oder gleich die Flasche."

„Sie sehen so aus, als könnten Sie nicht schlafen." Er hielt ihr die Flasche hin. „Sie auch." Sie nahm das Glas aus seiner Hand.

Sie trug weite Boxershorts und ein geripptes Tanktop. Rudi fragte sich, ob das alles war.

„Fragen Sie sich auch manchmal, warum wir eigentlich hier sind." Sie lachte, „Das ist jetzt eine sehr weit formulierte Frage: Hier auf den Liegestühlen? Auf diesem Schiff? Auf diesem Planeten?"

„Gut, mein Fehler." Rudi nahm ihr das Glas ab und füllte nach. „Vor ein paar Monaten habe ich beschlossen, dass ich eigentlich nichts mehr tun will. Sie kennen die Geschichte. Jetzt bin ich ein paar Tage hier und frage mich nichts mehr, wann ich endlich hier wegkomme und wieder etwas tun kann. Geschäfte, sinnloses, Dinge die ich hasse. Vielleicht ein Lokal aufmachen."

„Eine Strandbar?"

„Nur: Was haben wir davon? Wer hat etwas davon, wenn sich die Welt weiterdreht, haben Sie sich das schon mal gefragt?“

„Ich muss sagen, ich kann Ihnen nicht ganz folgen. Und ich weiß auch nicht, ob ich das will ....“

„Ich wollte Sie gar nicht verführen. Wer hat etwas davon, dass Menschen Geschäfte machen, Werte, was auch immer das ist, produziert werden und Zinsen anfallen? Ich glaube es sind nur Pensionisten – Leute die von Anlagen, Pensionen oder Versicherungen leben, nichts mehr selbst tun oder tun können. Und was machen sie dann? Sie sparen das Geld für ihre Enkel, sie freuen sich über Dinge, die sie nicht brauchen, und sie machen beschissene Kreuzfahrten wie diese. Ist Ihnen das noch nie in den Sinn gekommen?“

Sie trug wohl wirklich nichts weiter als die Shorts und das Top. Zwischen ihren angewinkelten Beinen, die die Boxershorts ein wenig wegstehen ließen, witterte Rudi Geheimnisse. Sie hatte die Beine angezogen, die Füße auf die Kante des Liegestuhls gestützt und das Kinn auf den Knien. Wirkte sehr aufmerksam, fand Rudi.

„Und ich kann es trotzdem nicht lassen, mitzumachen. Ich wüsste selbst gern, warum ....“

„Vielleicht wollen Sie einfach noch etwas erreichen.“

„Das ist ja das Problem. Glaube ich ...“

Sie schwiegen.

Im Schatten der Kommandobrücke duckten sich zwei unscheinbare Körper. Zwei verdreckte Männer in zerschlissenen Jeans und T-Shirts verschlangen gestohlene Essensreste und würgten sie wieder aus. Sie kicherten heiser, klopften einander auf die Schultern und deuteten.

Von ihrem Versteck aus sahen sie Rudi und seine Begleiterin. Sie, mit angewinkelten Beinen auf dem Liegestuhl, das Glas in der Hand und einen herausfordernd bis spöttischen Blick, und er, der etwas leer noch immer die Untiefen ihrer Boxershorts zu ergründen versuchte.

Sie nickten, ein leiser Anflug von Zufriedenheit auf ihren Gesichtern, die verzerrt waren als litten sie unter grossen Schmerzen. Dann verzogen sie sich wieder in die Dunkelheit.

***

Sollen wir sie davon abhalten?“ Die Antwort war nur ein Schulterzucken.

Eine Gruppe in dicke Mäntel gehüllter Menschen näherte sich einer stillgelegten Gaspipeline an der ukrainisch-russischen Grenze. Die Gaslieferungen waren seit Wochen stillgelegt, die großen Tanks wenige Kilometer hinter der Grenze waren streng bewacht.

„Wird nicht notwendig sein.“ Die Spätsommernächte hier waren kalt. Die zwei Männer trugen trotzdem nur T-Shirts, lagen hinter einem modernden Baustamm im Moos und beobachteten die Szenerie.

Dann folgten sie der Gruppe in einigen Metern Abstand, schlichen lautlos durch Moos und Unterholz. Insgesamt sieben Männer, sie hatten Werkzeug dabei, Schraubenschlüssel und Hämmer, Waffen.

Sie hatten noch etwa drei Kilometer bis zum nächsten Tank, bis zu den Absperrhähnen.

Die Ukraine, Polen, die Slowakei, Rumänien, Bulgarien, Ungarn – in allen Ländern lag die Energieversorgung brach. Leere Gaslager, überforderte Hochspannungsleitungen, fehlender Ölnachschub. Der bevorstehende Herbst schürte Ängste: Heizen war unmöglich, der Verkehr war auf ein Minimum reduziert. In Blogs und sozialen Netzwerken entstanden Legenden: Trupps Verzweifelter versuchten, Pipelines anzuzapfen oder Zwischenlager zu erobern. Bisher, so die Legenden, gab es keine Überlebenden: Explosionen, Sprengfallen und mysteriöse Jagdkommandos, die niemand je gesehen hatte, ließen die Expeditionen auf Nimmerwiedersehen im russischen Grenzland verschwinden. Die offiziellen Medien berichteten von Unfällen in den Gas- und Ölnetzwerken, bei denen niemand zu Schaden gekommen sei, die aber die Energieversorgung Europas in höchstem Maß gefährdeten. Eine Verkettung unglücklicher Zufälle, oder vielleicht Sabotageakte rebellischer Organisationen, die aus unklaren Motiven den Wohlstand und Frieden der Welt aufs Spiel setzten. Auch die verheerenden flächendeckenden Waldbrände im Osten Europas seien auf die Probleme an den Öl- und Gaspipelines zurückzuführen.

Die Verfolger blieben stehen. Der kleine Trupp hatte sich dem Gaslager genähert, inmitten der Einöde war es scheinbar unbewacht, nur durch einen Zaun gesichert. Fünfzig Meter noch, dann würden die vorsichtigen Schritte der Eindringlinge die Drähte und Sensoren der Sprengfallen erreichen. Anti-Personen-Minen, die einen Umkreis von dreißig Metern mit flächendeckenden Splittersalven zwischen Knie- und Brusthöhe bedienten. Eine Zündvorrichtung, die die Reste des Tanks zur Explosion bringen würden. Signalraketen, die auch den offiziellen russischen Wachposten signalisieren würden, dass hier etwas passiert war.

Die beiden Beobachter zählten die Sekunden. Dann erschütterten Schüsse und eine gewaltige Explosion die Nacht, ein Feuerball verbreitete sich rasend schnell durch den Wald, erreichte die beiden, die kreischend wie Geier in den Flammen standen, mit heiserem Lachen zusahen, wie ihre Kleider Flammen fingen und ihre Haut schwarz und krustig verbrannte.

Dann drehten sie sich weg, verließen den brennenden Wald, klopften die Flammen von ihren Kleidern, schälten die verbrannte Haut von ihrem Fleisch und verschwanden in der Finsternis. In einiger Entfernung vom Explosionsherd, sobald das Knistern des Feuers leiser wurde, waren nur noch Geräusche wie leises Kichern zu hören.

***

Der Rest der Nacht vor dem Morgen danach gehört zu den härtesten Zeiten. Diese zwei, drei Stunden, in denen es noch angemessen wäre, weiterzufeiern oder zu schlafen, aber beides kannst Du nicht mehr, und bevor es noch angemessen wäre, ordentlich verkatert zu sein.

Zwei, drei Stunden, in denen niemand mehr da ist, noch niemand, abhängig vom Standpunkt. Diese zwei oder drei Stunden sind die einzige Phase des Tages, in denen die Zeit zu viel wird.

Bingo-Night, Tango-Abend, Evergreen-Bar – Rudi hatte das komplette Programm hinter sich. Er lehnte an der Reling, das Schiff näherte sich dem Donaudelta, Endstation.

Und dann würde es keine Entschuldigung mehr für durchfeierte Nächte an Deck geben, für fürsorgliche Begleiterinnen in Gestalt von Rumflaschen oder die zugleich belastende und erleichternde Distanz, die ihn immer denken ließ: „Ich bin nicht wirklich hier.

Ich gehöre gar nicht dazu. Und später, nächstes Mal, mach ich alles anders."

Zu viel quatschen. Die Rumflasche glänzte sanft in der Finsternis, wenn sie den schwachen Schein der Notbeleuchtung reflektierte.

***

Am nächsten Morgen führten vier Mitglieder der Besatzung zwei ausgemergelte verdreckte Männer im Polizeigriff von Bord. Sechs Uhr Morgens, kurz bevor das Schiff zu seiner letzten Etappe ablegte. Dennoch sahen einige Passagiere zu. „Diebe", flüsterten sie, „Ist jemand bestohlen worden?" „Wie konnte das passieren, so lange unentdeckt unter uns?" „Uns ist nichts passiert, wir fühlen uns hier sicher." „Ja, wir sind keine Opfer, sie haben hier einfach keine Opfer gefunden ..."

Die beiden Männer sträubten sich nicht. Sie ließen sich widerstandslos abführen, sahen nur immer wieder zurück, und trotz ihrer wie schmerzverzerrten Gesichter schien es, als kicherten sie dabei ...

Der alte Samurai versprühte Glück. Seine sparsamen Bewegungen, die spartanische Haltung, die Ruhe, mit der er sämtlichen Unebenheiten begegnete, halfen, alles anders zu sehen.

Ali liebte sein Auto. Den letzten Kauf seiner jetzt in unbrauchbare Teilchen zerstückelten Kreditkarte, ein letztes Stückchen Unabhängigkeit. Das letzte, das er noch brauchte. Fühlte sich an wie einer der längst verdrängten Kindheitsträume: Völlig versifft in einem coolen Auto durch den Süden kreuzen, nichts zu tun, den Kopf frei, morgens ein paar Liegestütz und abends bei ein paar Drinks auf die Nacht warten. Ali hatte die Notsitze hinten ausgebaut und einen Schlechtwetter-Schlafplatz eingerichtet, in Lautsprecher investiert und unter dem Beifahrersitz das Getränkelager aufgeschlagen.

Kam dem Kindheitstraum ziemlich nahe, fand er, als er in einer langen Schlange an einer Tankstelle nahe der serbisch-rumänischen Grenze warten musste.

Die Schlange war wirklich lang, zwei Stunden, schätzte Ali. Er griff nach seinem Smartphone, von dem er alle Kontakte gelöscht hatte, alle Social Network-Apps entfernt hatte, und von dem er alle Email-Accounts gelöscht hatte, nachdem er deren Passworte blind geändert hatte, um sie nicht wieder herstellen zu können.

Nachrichten waren ohnehin selten geworden. Erstaunlich, wie schnell eine soziale Tendenz gegen Null den Grund erreichte. Für eine relativ kurze Zeit nach dem Verschwinden stieg die Kommunikationsfrequenz stark an – wie im Streit oder in Wiedergutmachungsversuchen: Es wird dann mehr, wenn es zu spät ist. Und dann lernen beide Seiten: Es geht auch ohne ...

Und dann, noch einmal dann, wenig später, ist der Punkt erreicht, an dem der Großteil dessen, was einmal wichtig war, in völlige Vergessenheit gerät.

Der Spätsommer hatte die grünen Gebirgszüge ausgetrocknet. Die Autoschlange auf der kleinen Landstraße glänzte bunt und blechern gegen die dunkelgrünen Gipfel am nahen Horizont. Ein wenig Hitzeflimmern. Ali browste durch ein paar Nachrichtenseiten. In den letzten Tagen beherrschten Krisenmeldungen die Onlinezeitungen noch mehr als sonst. Entspanntes Kino, von hier aus.

Dürre und Plünderungen in Nordafrika, schlecht recherchierte und widersprüchliche Meldungen über mysteriöse Zustände in der Zentralsahara und nördlich davon. Manche versuchten, politische Bewegungen zu sehen, andere sprachen von Banden und drogensüchtigen Warlords.

Eine angeblich beginnende Energiekrise war das zweite große Thema sämtlicher Medien. „Russland dreht den Hahn zu", titelten die einen, „Putin im Öl" die anderen. Nette Schlagzeile, dachte Ali, und las den Artikel genauer. Die russischen Gas- und Ölexporte nach Westeuropa hätten sich um beinahe 80 Prozent reduziert. Während Staaten bereits ihre Gasreserven angreifen mussten, versuchten Ölkonzerne, die Lieferengpässe in Norwegen und in der Karibik wettzumachen. Auch dort wurden bereits Exporte gedrosselt – Hamsterkäufe auf höchstem Niveau, für die niemand plausible Gründe nennen konnte. Ängstliches Herdenverhalten bei den mittelamerikanischen und nordeuropäischen Exporteuren, aber bei den russischen Gemütsschwankungen war sich niemand sicher. Preistreiberei im großen Stil, spekulierte der Redakteur. Eine vertrauliche Quelle habe ihm vermittelt, dass diesmal keine politischen Kleinkriege hinter der Energieerpressung stünden, sondern eine groß angelegte Aktion gegen die Produzenten alternativer Energieformen. Durch die Verknappung von Öl und Gas werde die Nachfrage nach Biosprit, erneuerbarer Energie für Haushalte und nachwachsenden Brennstoffen steigen. Das, so die Theorie weiter, würde auch deren Preise in die Höhe treiben und damit den Markt auch für Konzerne attraktiv machen, die jetzt noch keine großen Margen vorfänden und sich nicht so schnell umstellen könnten, wie die bisher klein und effizient agierenden Newcomer. Er nannte keine Namen. „Die Big Player auf dem Energiesektor, die großteils in der Hand von Banken sind, drängen auf einen neuen Markt, der astronomische Renditen verspricht. Sie besitzen Plantagen, Vertriebsnetze, haben Kapitalströme unter Kontrolle und können marktbeherrschend auftreten. Ihr einziges Manko bisher: Glaubwürdigkeit – sowohl bei den Kunden als auch bei den Investoren. Wer kauft alternative Energie bei einem Ölkonzern, wenn er auch grüne Unternehmen unterstützen kann? Und wer investiert in neue Geschäftsfelder, so lange die traditionellen Cashcows noch Milch geben? Jetzt scheint es aber ein Agreement unter den Mächtigen zu geben, auch diesen Markt unter Kontrolle zu bringen. Russland spielt bereitwillig mit: Als Preis winken steigende Preise im hart umkämpften Öl- und Gasgeschäft und lukrative zusätzliche Nutzungsmöglichkeiten für die gigantischen russischen Getreidefelder."

Nicht schlecht, ein wenig weit hergeholt, so ohne jede Quelle und ohne irgendeinen Hinweis auf den Informanten oder die eigentlich handelnden Personen. Unter dem Artikel waren ein paar weiterführende Links aufgezählt. „Rückkehr zur Atomenergie?" Ali klickte. „Verlässlichen Quellen zufolge", schon wieder, „Bereiten Spanien, Frankreich und Italien angesichts der drohenden Energiekrise die Reaktivierung stillgelegter Kernkraftwerke vor. Hintergrund sind befürchtete Engpässe bei der Energieversorgung von Haushalten aufgrund der stark reduzierten Liefermengen für Öl und Gas aus Russland. Der erwartete höhere Stromverbrauch soll durch diese riskanten Maßnahmen abgedeckt werden. Kritiker warnen: Die Anlagen stehen teilweise schon seit zwanzig Jahren still, wurden auf Grund von Sicherheitsmängeln stillgelegt und seither nicht mehr gewartet. Allein die Lieferung des angereicherten Uraniums, das zur Inbetriebnahme notwendig ist, sei ein höheres Risiko als alle Entsorgungsaktionen in der Geschichte der Atomkraft bisher, meinen Experten."

Es kam Bewegung in die Autoschlange. Leute schüttelten die Köpfe, schlugen Türen und versuchten, mit ihren Autos aus der Schlange auszuscheren. Der Tankwart, er trug eine Arbeitsuniform mit dem Logo der Tankstelle, ging die Autoschlange entlang und rief etwas; er wiederholte es immer wieder. Ali verstand nichts.

Er stieg aus und sah sich um, hilflose Gesten. „Heute kein Benzin mehr." Eine Gruppe aus dem Auto vor ihm übersetzte. „Vielleicht morgen, vielleicht in drei Tagen. Heute ist aus." Die Männer stiegen wieder ein und fuhren weiter. Ali war schon gut zwanzig Kilometer mit der Reserve unterwegs, der kleine Vierzig-Liter-Tank des Samurai ließ wenig Risiko zu. Und jetzt? Der Tankwart hatte das Ende der Schlange erreicht und war wieder auf dem Weg zurück; er bewegte seine Arme, als wollte er Hühner scheuchen. Hier übernachten? Schien nicht willkommen zu sein.

Ali startete den Samurai und sorgte sich diesmal über das blecherne Klappern der Motorhaube, das er sonst so mochte; zurück ins Dorf und wieder hierher würde sich noch ausgehen, aber alles weitere? Wozu sorgen; es war Teil des Plans, der keiner war. Er wendete, löste sich mit der Schlange, die keine mehr war, auf, und fuhr zurück ins Dorf, in dem er eine Bar mit dem unvermeidlichen zeltüberdachten Gastgarten gesehen hatte. Drinks, wieder unter Menschen kommen, alles würde sich regeln.

Wieder unter Menschen kommen. Er hatte seit gut sechs Wochen nur noch das Nötigste geredet. Und nein, ihm fehlte nichts, fand er. Im Gegenteil. Lange nicht mehr so ruhig und zufrieden gewesen.

***

Es war wirklich nur der eine Fall. Tut mir leid, dass der so wichtig für Sie war. Alle anderen tracken problemlos." Chris' Entwickler hatte zwei Nächte durchgearbeitet, seit Chris die gesamte Frustration einer verkackten Vorstandpräsentation auf ihm abgeladen hatte. „Bringt mir jetzt auch nichts mehr", knurrte Chris. „Aber mach das fertig, damit wir von dem Misthaufen noch retten können, was zu retten ist."

Er dampfte ab. Kaum hatte Chris das Zimmer verlassen, ließ seine gespielte Anspannung nach. Das Projekt war verlängert worden. Die anderen nur nicht wissen lassen, dass es halb so schlimm war. Das sorgte für Motivation. Angst war immer noch die beste Motivation. Zumindest solange niemand darüber nachdachte, wovor sie Angst haben mussten. Angst um den Job? Vor einem Streit mit ihm? Oder einfach nur davor, in einer ungewohnten Situation zu landen?

Höchste Zeit, Lerner wiederzufinden. Er hatte die Pläne für den Life-Tracker, er hatte die Kontakte nach oben und er war schließlich derjenige, dessen Kopf rollen würde, wenn wieder etwas schiefging. Wieder so eine schöne Angstmetapher. Köpferollen. Wahrscheinlich ging es bei all der Angst nur um die Sorge, einmal etwas anderes machen zu müssen. Neu anzufangen, einen Vorsprung zu verlieren. Schade nur, dass er nicht direkt einspringen konnte, wenn Lerner tatsächlich versagte. So lief das nicht. Aasgeier verbreiteten einen strengen Geruch, und niemand wollte ihnen zu nahe kommen. So lief das.

Über Lerner gab es verschiedene Gerüchte. Psychiatrie, hieß es beispielsweise. Burn Out war die abgeschwächte Version. War sicher nicht leicht, das Leben knapp unter der Decke, nicht ganz oben und doch immer in der Auslage, wenn es darum ging, Kohlen aus dem Feuer zu holen. Vorstandsprojekte, geheime Missionen, war die andere Richtung.

Chris seufzte, versuchte es noch einmal und startete die Skype-Verbindung auf seinem Tablet.

Lerner saß wieder in seinem Containerzimmer im marokkanischen Camp. Der Hubschrauber hatte ihn direkt zurückgebracht, aus dem abgedunkelten Hotelzimmer in Belgrad in das grelle Wüstenlicht. Der Container ließ sich nicht abdunkeln. Nicht ins Freie gehen war die einzige Option. Aber halb so schlimm. Zweifel? Ja, wer nicht zweifelt, kann sicher sein, falsch zu liegen. Also war Zweifel nicht unbedingt ein Hinweis darauf, falsch zu liegen. Gut gelernt, oft geübt. Wir haben immer Recht.

Der Laptop, den er aufgeklappt auf seinem Tisch stehen hatte, meldete eine Skype-Verbindung. Antworten? Nein; er wusste schon alles, was er wissen musste. Wenige Tage, dann würde ihn ein Hubschrauber wegbringen, in die Nähe eines Flughafens, irgendwo in Europa wahrscheinlich; New York war die nächste Station.

Zweifel? In die Aktenberge, die er für seine Präsentation in New York durcharbeitete, waren einige abgefangene Nachrichten gemischt, Mails und Texte aus dem Untergrund, Recherchematerial und Dokumentationen aus einer Welt, die er nicht kannte. Gut. Denn wer nicht zweifelte, keinen Widerstand spürte, konnte sicher sein, falsch zu liegen. So falsch, dass es keine Reibungspunkte mehr gab, keinen Kontakt mehr zu einer spürbaren Welt.

Darunter war auch ein Zeitungsausschnitt. „Nach einem Notruf von Nachbarn, die verdächtige Geräusche gehört hatten, fand die Polizei drei Leichen in einer Wohnung in der Furskogorska Straße. Weitere Informationen wurden noch nicht freigegeben. Aus informierten Kreisen sickerte aber durch, dass auf Grund der Brutalität der Morde und der Vorgangsweise der Mörder ein Verbrechen in der sogenannten Satanistenszene vermutet wird." Die ausgemergelten Männer aus dem Container in Belgrad. Ihre verzerrten Gesichter. Die Hoffnung, es wäre kein Problem. Der Gedanke: Wir machen das nicht.

Die Nachrichten gaben keinen Hinweis auf einen Absender preis. Ein paar Zahlenreihen, die verschlüsselte Netzwerke beschrieben, handschriftliches Gekritzel der Analysten auf den Kopien, dabei immer wieder Auslassungszeichen – unvollständig, zu kurze Verbindungsdauer, kein vollständiges Tracken möglich.

Furskogorska. Dieser Anhaltspunkt kam auch zu spät. Dort war jetzt sicher niemand mehr, und die Umgebung stand unter Beobachtung.

Der Skype-Anrufer wartete noch immer. Lerner sah einmal kurz hin. Chris, der Streber, Schleimscheißer und Aasgeier aus seiner Marketing-Innovationsabteilung. Warum nicht.

Lerner antwortete.

„Hallo!?“, Chris klang überrascht. – „Was haben Sie denn erwartet?“, Lerner konnte nicht anders, als die Unterhaltung unfreundlich zu beginnen.

„Wir haben alle schon lang nichts mehr von Ihnen gehört“, Chris suchte Konversationsthemen. „Im Life-Tracker-Projekt sind ein paar Fragen aufgetaucht ...“

„Dann regeln Sie das. Das wird doch funktionieren, oder? Ich brauche jetzt etwas anderes. Büchels Büro hat mir Unterlagen für ein neues Projekt geliefert. Da sind auch einige Nachrichten und Informationen aus anderen Quellen dabei, nicht gut dokumentiert. Ich brauche mehr davon und mehr Hinweise. Reden Sie mit dem Vorstandssekretariat und organisieren Sie das, die Leute werden wissen, worum es geht. Ist das klar?“

Chris‘ Versuch, Notizen zu machen, scheiterte an der vagen Information. „Ja, und der Life-Tracker...“

„Sie regeln das. Melden Sie sich wieder, wenn Sie die Unterlagen haben. Oder schicken Sie sie gleich.“

Lerner trennte die Verbindung.

Vielleicht eine Spur. Vielleicht ein Schlag ins Leere. Er hatte noch einige Tage, um mehr herauszufinden.

***

„Was meinst du, wie lange können wir hier noch bleiben?“, Voija sah wie jeden Tag, seit sie sich versteckt hatten, unzählbare Male durch die Ritzen in der Bretterwand des grossen Schuppens in Starcevo.

„Das ist nicht so das Problem. Vorräte finden wir und Nachschub könnten wir irgendwie organisieren. Aber wir müssen raus und Lebenszeichen geben. Du weißt wie es läuft ... Da draußen gibts jede Menge Nachrichtenmüll – wahrscheinlich haben sie uns alle schon abgeschrieben“, Nastya drängte ruhig und bestimmt.

„Meinst du nicht, dass hier noch alles unter Beobachtung ist?“
„Damit müssen wir umgehen. Das war so und wird so bleiben. Raus jetzt.“

Vladi stand ängstlich in einer verstaubten Ecke. Altes Heu, Mistgabeln, Stallwerkzeug, ein Oldtimertraktor. Vladi strich schweigend mit dem Zeigefinger über den Staub auf dem Kotflügel des Traktors.

„Du kannst auch wieder zu dir kommen. Du hast Mist gebaut, damit müssen wir alle leben. Ohne dich würden sie noch leben, aber du hast sie auch nicht umgebracht. Scheißsituation, da gibt es keinen Ausweg. Liegt an dir, was du daraus machst“, Nastya war von Vladis Angst genervt.

„Und wo willst du hin?“, Voija suchte nach einem Ausweg. „Hier haben wir keine Anlaufstellen mehr.“

„Das wissen wir ja gar nicht. Wir schauen jetzt in die Stadt zurück, wir brauchen Gewissheit. Und wenn wir Pech haben, dann müssen wir eben verschwinden. Dann sind wir hier auch nicht sicher.“

Vladi sprach zum ersten Mal wieder. „Es sind ein paar neue Nachrichten hereingekommen.“ Er zog seinen alten Communicator aus der Tasche. „Ich war immer nur ganz kurz online.“

Nastya verdrehte die Augen. „Du siehst, wir müssen hier weg. So lange wir ihn dabei haben …“, sie verschluckte den Rest.

Voija überging seine Bedenken, sah sich noch einmal um, machte sich innerlich darauf gefasst, vom Leben, wie er es kannte, Abschied zu nehmen, und öffnete das Scheunentor. Nastya sah ihn überrascht an, ein Anflug von Lächeln in ihrem Gesicht.

Leben wie er es kannte. Voija ging langsam durch den kleinen Hof, der die Scheue noch von der Straße trennte, ein Einfahrtstor noch und dann war alles wieder öffentlich. Dreck auf dem rissigen Betonboden, vertrocknete Reste von Kuhmist, im Nachbargarten war ein Hahn zu hören. Scharrende Geräusche auf dem Beton, Knarren; Schritte? Es war nur das Scheunentor, das sich langsam wieder ein paar Zentimeter schloss. Die Fahrt nach Starcevo war die weiteste Reise der letzten Monate gewesen: vorsichtig zwischen zwei Belgrader Stadtwohnungen pendeln, Netze nach sinnvoller Information scannen, Datenmüll filtern, Hinweise analysieren, auf der Suche nach wenigstens dem einen entscheidenden Informationsbruchstück. Und dann war genau ihm das Missgeschick passiert. Missgeschick als Bezeichnung für drei Tote? Noch wussten sie es ja nicht ... Der Hahn krähte wieder, wenige Schritte bis zum Tor, in der Einfahrt hingen alte Sicheln, Sensen, Dreschflegel. Nastya stand im Scheunentor und sah ihm nach. Vielleicht war sie sich doch nicht so sicher und ließ ihn sich vortasten. Vielleicht tat sie aber auch nur so und wollte es ihn glauben lassen. Männer sind Helden, sonst sind sie es eben nicht. Natürlich dürfen Männer Schwäche zeigen, das ist heute kein Problem mehr. Es sei denn, sie wollen Respekt, Sex, Anerkennung, Macht, Geld. Von all dem hatte Voija im vergangenen Jahr nichts gehabt. Macht nichts.

Er griff nach dem Tor. Der Schritt nach draußen würde ihn nicht nur aus diesem Hof führen, es wäre der Schritt aus einem Jahr zwischen Verstecken und Ungewissheit, Fraglosigkeit in einer fragwürdigen Aufgabe, er wusste nicht genau, was er machte, wofür die Organisation stand und was die Fragmente, die er beisteuerte, wert waren, aber so lange es jemand forderte, so lange jemand sagte, das ist ok, gab es Anhaltspunkte. Hinein in eine neue Ungewissheit. Er sah noch einmal zurück. Mit ihr.

Entschlossen drückte er das Tor auf. Mit grellem Motorenkreischen rasten zwei Enduro-Mopeds auf ihn zu. Fahrer mit verdunkelten Vollvisierhelmen, die wild gestikulierten. Dreck und Steine spritzten gegen das Hoftor.

Spritzten gegen das Hoftor, als die zwei Mopeds vorüberfuhren, ohne ihn zu beachten. Zwei Bauernkinder vielleicht, die auf dem Rückweg von einer Motocrosstour ihre Fahrt besprachen. Voija winkte den anderen. „Ist ok, könnt rauskommen." Es fühlte sich gut an, einen Schritt nach draussen zu machen. Es fühlte sich gut an, nicht der einzige zu sein, der Angst hatte.

Nastyas Mini parkte noch einige Häuser weiter. Alles schien unberührt.

„Und jetzt?“

Vladi zog noch einmal seinen Communicator aus der Tasche. „Es sind ein paar neue Nachrichten reingekommen ...“

***

Ali saß in der Bar mit ihrem Zeltvordach, trank Raki, aß Strukle und sah den Spätsommerabend grau werden. Der Barmann stand gelangweilt vor seinem Regal mit einem Dutzend klarer und brauner Raki-Sorten, Wodka und zur Schau gestellten Bierflaschen. Unter dem Zeltvordach saßen alte Männer, die ihre verschlissenen Wollpullover jahrein jahraus bei jedem Wetter trugen, vielleicht schliefen sie auch damit, bis sie als fadenscheinige Gerippe von ihren Körpern fielen und die ärmellosen gerippten Unterhemden freigaben. Mopeds kreuzten vorbei, gelegentlich alte Frauen auf Fahrrädern.

Es war ein ruhiger Abend. Unter all den schweigenden Gästen fiel einer mehr nicht auf. Er zog noch einmal sein Smartphone und rief den Putin im Öl-Artikel auf. Neben dem Artikel zur angeblichen Wiederbelebung der südwesteuropäischen Atomkraftwerke hatte der Autor noch einige Links gepostet: Europas Ausstieg aus der Atomkraft – es war keine fünfzehn Jahre her, Deutschland, Frankreich und Italien hatten beschlossen, ihre Reaktoren stillzulegen. „Nordwestafrika – der Geisterkontinent?“, ein weiterer Link. Ali klickte. „Wir kennen die blutigen Massaker in Uganda und Ruanda, die seit dreißig Jahren immer wieder neu beginnen, wir kennen den alltäglichen Rassismus in Südafrika, wo die Rassentrennung nach einem kurzen Intermezzo wieder eingeführt wurde, und wir schauern gerne über blutige Piratenstorys aus Somalia. Aber Libyen, Tschad, Mali, Algerien, Marokko – diese Länder sind praktisch aus unserem Informationsuniversum verschwunden. Algerien hatte seine Revolution, Libyen hat seinen Diktator massakriert, Tschad hat die Vereinten Nationen unverrichteter Dinge nach Hause geschickt – das wissen wir noch. Das ist bald fünfundzwanzig Jahre her. Und dann? Wir haben von aufgeklärten Internetgenerationen gehört, revoltierenden muslimischen Frauen, Entführungen und Hungersnöten. Generationen von Fernsehkorrespondenten sind damit groß geworden, in ihren Reportagen diese Bilder zu zeichnen – ohne jemals etwas anderes zu zeigen, als ihren Torso auf dem Balkon eines immer anderen Hotels. Manche berichten von demokratischen Wirtschaftswundern durch raffinierte Energie- und Bewässerungskonzepte, andere von Plagen, Seuchen, in Monokulturen mutierenden Viren, Warlords und ihren drogensüchtigen Banden, die mit Amphetamin-, LSD und Meth-Cocktails aufgeladen alles töten, was sie nur erwischen können. – Aber hatten wir jemals den Eindruck, das könnte real sein? Das könnte uns irgendwie betreffen? Wo sind die befürchteten Migrantenströme geblieben, die im Meer verreckenden Schiffbrüchigen, die zu Anfang unseres Jahrtausends in Europa Panik ausgelöst haben? Hat sich alles in Wohlgefallen aufgelöst, hatten die Uneinsichtigen, die Europa als Schlaraffenland gesehen haben, plötzlich Einsicht und haben sie ihre Länder zur Zufriedenheit aller, vor allem jener, die es nichts angeht, in lebenswerte Landstriche verwandelt? Oder ist etwas anderes passiert? Etwas, das wir uns nicht einmal vorzustellen vermögen? Nennen Sie mich einen Paranoiker, einen paranoiden Schizophrenen oder schlicht einen Idioten - auf mich wirkt es, als wäre ein halber Kontinent entvölkert, ausgelöscht, nicht mehr existent. Vielleicht sollte ich einfach dorthin fahren. Vielleicht mache ich das. Bleiben Sie auf dem Laufenden."

Die Artikel waren nur mit „Erkan" gezeichnet. Spannend. Ali nahm sich vor, mehr über Erkan herauszufinden. Jetzt, an diesem grauen Spätsommerabend, der allmählich in Schwarz überging, war der nächste Raki wichtiger.

Da war sie.

Ali hatte die Nacht zusammengerollt auf dem Notschlafplatz seines Samurai verbracht, rakischwer ins Morgengrauen geblinzelt und nach seinem Sportfrühstück mit Liegestütz, zu denen er sich tatsächlich jeden Morgen zwang, festgestellt, dass es auch heute kein Benzin gegen würde. „Nemame", hatte der Tankwart gesagt, ihn mit den gleichen scheuchenden Bewegungen wie am Vortag verjagt und ihm auch nur widerwillig Mineralwasser und Früchte verkauft. Über der Kasse hing ein vergilbter Pirellikalender mit heißen Frauen in kontrastreichen Schwarzweißfotos, es gab Wunderbäume in Pinup-Form und deutsche Bärenbatterie-Schilder, die knapp fünfzig Jahre alt sein mochten.

Der Tag verlief zwischen Warten, in den Sand gezeichneten Figuren vor seinem Auto, die Ali nachdenklich an die Motorhaube gelehnt mit dem Absatz seiner Turnschuhe zeichnete, und Gedanken, die keine Gedanken hätten sein sollen: Ich bin hier, dachte Ali. Etwas anderes soll es nicht sein. Etwas anderes darf es nicht sein; geht ja auch gar nicht.

Sie saß in der Bar, auch dieser Tag hatte seinen Abend gefunden, in der Begleitung zweier Männer, einer sehr jung, der andere wirkte ängstlich. Blonder Pagenkopf, blaue Augen leuchteten aus dunklem Lidschatten, Sie war unruhig.

Es war definitiv sie.

Das klang jetzt fast zu intim, Ali musste sich zurücknehmen. Er kannte sie nicht, aber sie, die im Gegensatz zu den Rad fahrenden Dorfbewohnerinnen zu seiner Phantasie der schönen Frauen im Süden passte, sie war es.

Andere mochten unter Süden Italien, Spanien oder Griechenland verstehen. Andere mochten unter coolen Autos Ferraris oder Porsches verstehen. Aber über sie gab es keine Diskussion, keine Fragen. Definitiv nicht.

Auf einer kleinen Bühne im Inneren der Bar bereitete eine Mädchenband ihren Auftritt vor.

Sollte er sie ansprechen? Was für eine Frage. Mit vierzig Jahren noch immer solche Fragen zu stellen, erforderte Talent. Ein idiotisches Talent, das Jahrzehnten in geschützten Werkstätten entsprang, und einem Gefängnis, das andere als Sozialleben bezeichnen mochten. Ali hatte einige Raki hinter sich.

Und jetzt?

Die Mädchenband startete ihren Auftritt. Drei Frauen spielten eine Mischung aus serbisch-russich-türkischem Balkanpop mit zwei Gitarren, einer Schlagzeugerin, und eine der Gitarristinnen sang. Unglaublich sexy, fand Ali. Knie, die auf Barhockern sitzende Röcke freigaben. Raue Stimmen. Glattes Make-up im Scheinwerferlicht.

Die alten Männern in ihren zerschlissenen Wollpullovern lächelten, auch ein paar Mopedkids hatten sich in die Bar verirrt. Die

Mopedkids hatten Freundinnen mitgebracht, belauerten einander; angefeuert von der Mädchenband tanzten sie.

„Er gehört nicht hierher“, flüsterte Nastya. „Seht ihr ihn?“ Vladi und Voija folgten ihrem Blick. Inmitten der feiernden Bar saß ein Mann allein, sein Blick schweifte, kontaktsuchend und sich doch wieder versteckend, er folgte der Musik, den Mädchen, den Raki-Gläsern auf seinem Tisch, scheinbar zufrieden und doch unruhig. „Von hier ist er nicht. Einer von ihnen? Oder einer von uns?“

„Wir mussten damit rechnen, dass wir verfolgt werden.“ Voija war unglücklich.

„Ich werde das klären.“ Nastya stand auf. Knapp eine Woche auf der Flucht, im Zickzack über Landstraßen und Feldwege durch Serbien, die Wohnung in der Furskogorska war von der Polizei versiegelt, Zeitungen und Blogs berichteten von einem rituellen Massaker in der Satanistenszene, es war Gewissheit. Sie hatten das Notwendigste besorgt, um die Stadt für immer zu verlassen.

Ali hielt die Luft an. Sie kam auf ihn zu. Sie trug ein dunkles T-Shirt, enge Jeans und Stiefeletten mit hohem Absatz. Ihr Blick verriet nichts. Ali sah wieder weg, sie wollte sicher nur vorbei, sah ihn nur zufällig an, sie würde nicht …

Sie setzte sich an seinen Tisch. „Was führt dich in diese Sackgasse?“ Treffend. Ihr Blick war neutral, ein wenig streng, unergründlich. Ali suchte nach einer originellen Antwort, wie begannen Flirts?

„Ich habe alles verlassen, was ich hatte, lasse mich seit zwei Monaten vom Zufall treiben und stecke hier fest, bis es wieder Benzin an der Tankstelle gibt.“ Ihr Blick schien sich zu entspannen. „Und warum machst du das?“

Ali dachte kurz nach. „Mein Hund ist gestorben.“ Pause. „Mir ist irgendwann klar geworden, dass mein Hund das Letzte war, was ich nicht im Stich lassen wollte. Ich habe monatelang gedacht: Wenn der Hund nicht mehr lebt, dann mache ich mich auf den Weg. Krank, oder? Ich habe so ein schlechtes Gewissen dabei gehabt – als würde ich ihm den Tod wünschen. Und dann habe ich es einfach gemacht.“

„Ich hatte auch mal einen Hund. Eine Scotchterrier-Hündin, ein schreckliches Vieh. Aber ich habe sie geliebt.“

„Ganz schön schräge Zeiten. Und was führt eine Frau wie dich hierher?“

„Eigentlich geht es mir ähnlich. Und wir haben auch festgestellt, dass wir hier festsitzen, bis wir weiterkönnen.“

„Was möchtest du trinken?“, Ali deutete auf die leeren Gläser vor ihm.

Sie schüttelte den Kopf, „Tanz mit mir.“

Die unscheinbare Bar hatte sich in eine Party verwandelt. Ali tanzte unbeholfen, sie bewegte sich kaum, ihre hohen Absätze und die dunklen engen Jeans zauberten Sex auf den unscheinbaren Barboden. Ali beugte sich zu ihr. „Wie heißt du?“ Sie lächelte zum ersten Mal, drehte sich weg und tanzte weiter.

Es begann, Ali fühlte die warme Zufriedenheit eines sich erfüllenden Traums, die wie wohlige Nebelschwaden an einem warmen Morgen nach einer kühlen Nacht am Meer durch seinen Kopf zogen. Schräges Bild, irgendein Strand, vielleicht noch trockenes glattes Treibholz, das gutes Grillfeuer geben würde. Schluss jetzt. Ali schloss die Augen. Da war sie.

Eine der Radfahrerinnen hielt im Dunkeln. „Was ist denn mit euch? Kann ich euch helfen?“ Zwei verdreckte dürre Männer in zerrissenen T-Shirts, engen Jeans und Turnschuhen standen in ihrem Weg, ihr schulterlanges fettiges Haar verdeckte ihre Gesichter teilweise. Sie sahen erbärmlich aus. „Habt ihr euch verirrt, sucht ihr etwas zu essen?“

Die beiden näherten sich ihr.

„Es ist kalt. Spät heute, so spät bin ich normalerweise nicht mehr unterwegs.“

Einer nahm ihre Hand, hilfesuchend fast. Verbiss sich in ihren Unterarm. Der zweite packte sie an den Schultern, zerrte sie vom Fahrrad, warf sie auf den Boden, verbiss sich in ihren Schenkeln.

Fauchen, verzerrte Gesichter. Zähne. Dumpfe Schläge.

Dann ließen sie sie liegen, wischten über ihre Gesichter, schmierten Hände an ihren Hosen ab, nickten einander zu und verschwanden in der Dunkelheit.

Sie hieß Lyudmyla Dorsha, war einundsechzig Jahre alt und lag blutend im Staub des Feldwegs. Ihr Blut trocknete im Mondlicht. Verwandelte sich in braune, zähe Krusten.

Dann stand sie auf, ihre Haut war grau geworden, zerwühltes Haar, in dem Blutkrusten und Dreck klebten, sie sah suchend um sich. In ihren Augen blitzten Angst und Neugierde zugleich aus dem faltigen Gesicht. Lyudmila strich mit eckigen Bewegungen den groben Rock über ihrem zerrissenen Schenkel glatt; aus der Wunde in ihrem Unterarm sahen zersplitterte Knochen hervor.

Sie richtete ihr Fahrrad auf und schob es weiter den Feldweg entlang.

„Ich muss Kekse backen“, murmelte sie. „Besser Strukle, grosses Blech.“

III

Sie forschen

Büchel sah gedankenverloren aus dem Fenster seines Büros. Die lange Fensterfront im 27. Stockwerk öffnete den weiten Blick über die Stadt; Parks, Dächer, Geschäftigkeit aus über hundert Metern Höhe gut im Überblick.

Vor ihm saß Mise auf dem Fensterbrett. Er streichelte sanft über ihre Wange und lächelte. Mise war französisch auszusprechen, mit einem runden, weich ausklingenden S am Ende. Mise war ein Schimpansenweibchen aus der ersten Versuchsreihe zum Ethical Transformation Project. Sie war Büchel ans Herz gewachsen. Er nahm sie auf den Arm und sie sahen gemeinsam zum Fenster hinaus über die Stadt.

„Missy?“, fragten manche vorsichtig, die ihren Namen zum ersten Mal hörten. Das trieb Büchel die Zornesröte ins sonst so entspannte, gepflegte und sorgsam gebräunte Gesicht. „Mise“, antwortete er, mit dem rund ausklingenden französischen S am Ende.

Mise hatte Sheba in Büchels Gunst abgelöst. Sheba war als die Schimpansendame berühmt geworden, die die Entfremdung und Abstraktion unserer Wünsche durch Zahlen und Verpackungen demonstriert hatte. Jetzt verbrachte Sheba ihre Tage im Heim für aussortierte Versuchstiere in einem ehemaligen Tierpark.

Die Versuchsanordnungen damals waren einfach, dennoch war Heiner Grund, der Leiter der Forschungs- und Entwicklungsabteilung der Bank, damit berühmt geworden. Sheba war vor die Wahl gestellt worden: Vor ihr standen zwei Teller mit Keksen, ein großer und ein sehr viel kleinerer.

Worauf immer sie zeigte – es bekam eine andere Schimpansin. So sehr sie dieses Ergebnis auch empörte – ihre Zornausbrüche kosteten das Pflegepersonal einige Zähne, Knochenbrüche und tiefe Fleischwunden –, sie konnte nicht anders. Jeder Versuch brachte verlässlich das gleiche Ergebnis: Sie zeigte auf die große Portion.

Ein Beweis für den Drang zur Gewinn- und Profitmaximierung, feierten die Forscher. Und eine Demonstration der Überlegenheit von Strategen, Taktikern und deren Managementweisheiten, die raffinierte Vorgangsweisen erforderten, um auch unter widrigen Umständen die gewünschten Ergebnisse zu erzielen.

In der nächsten Stufe wurden die Teller verpackt. Gleich große Schachteln zeigten Nummern: eine hohe Zahl für den großen Keksteller, eine niedrige für den sehr viel kleineren. Nach ein paar Versuchen hatte Sheba es heraußen: Sie musste auf die kleine Zahl deuten, damit das andere Schimpansenweibchen auch die kleinere Portion Kekse bekam.

War das der Beweis, dass auch Schimpansen Managementtaktiken entwickeln konnten? Oder ein Hinweis darauf, dass Abstraktionen Bedürfnisse reduzierten? Sheba war glücklich: Sie wählte die scheinbar schlechtere Option; der Verzicht, der ihr Auge in Auge mit dem Keksteller nicht geglückt war, fiel ihr jetzt leicht. Souverän steuerte sie durch die nächste Versuchsreihe, aß in aller Zufriedenheit ihre Kekse und attackierte kaum noch Pfleger oder andere Versuchstiere.

Verhaltensforscher und Philosophen entwickelten daraus neue Ansätze in der Kommunikations- und Zeichentheorie: Je weniger die Verpackung dem Inhalt glich, desto leichter fiel es den Schimpansinnen, zu taktieren. Je inhaltsleerer und keksfremder das Zeichen auf der Verpackung war – eben eine schlichte Zahl – desto leichter war es, zwischen Wahrnehmung und Handlung zu unterscheiden. Die Geburt von Strategie und Lüge? Oder die Entdeckung einer grundlegend vermittelnden Funktion von Kommunikation durch Zeichen? Zeichen, so die Interpretation weiter, sind eine Art Puffer zwischen uns, unserem Gesprächspartner und unseren Wünschen. Sie erlauben es uns, Distanz einzunehmen, und sie sind Stellvertreter für den eigentlichen Gegenstand: Wir müssen nicht gleich alles aufs Spiel setzen, sondern wir können erst mal darüber reden.

Verhaltensforscher und Philosophen feierten. Heiner Grund, der Forschungschef der Bank, war unglücklich. Sicher erlaubten Zeichen, Wertpapiere, Derivate und ähnliche Abstraktionen Tradern irre Geschäfte, in denen sie sich rein auf Zahlen und Wachstum konzentrieren konnten, um alles andere – Sinn, Pleiten, Menschen – auszublenden. Aber Grund dachte weiter. Geld, Konten, Guthaben – alles nichts als Abstraktionen. Bedeutete diese Erkenntnis dann auch, dass Abstraktionen wie Geld eines Tages kein absolut erstrebenswertes Gut mehr wären?

Grund erzählte Büchel von seinen Sorgen; diese Unterhaltung lag keine zwei Jahre zurück.

Sheba, die die Überlegenheit des abstrahierenden, rationalen und an Zahlen orientierten Analysten demonstriert hatte, saß auf Büchels Schoß und deutete auf allerhand Dinge in dessen Büro. Reine Angewohnheit. Büchel fütterte sie ohnehin mit Keksen, wann immer er Zeit dafür fand. Der Keksnachschub musste von Mitarbeitern seines Büros aus nahen Gourmetläden besorgt werden. Täglich frisch, und täglich wechselndes Sortiment.

„Wir hatten hier klare und auch für die Versuchsteilnehmer – die Schimpansen – kontrollierbare Umgebungen", sagte Grund. „Vielleicht ist das für unsere Trader und Client Executives ähnlich nachstellbar: Sie beobachten laufend, analysieren, erkennen Zeichen und können ihre Strategien zu ihrem und unserem Vorteil ändern. Meine Sorge gilt den Endkunden: Für sie ist die Situation nicht annähernd kontrollierbar: Sie treffen Entscheidungen, ohne die Grundlagen zu verstehen oder alle Details zu kennen. Und dann sind sie möglicherweise enttäuscht. Darf ich Sie zu einem Gedankenexperiment einladen: Was, wenn die gleiche Handlung nicht immer zum gleichen Erfolg führt? Wenn der durch die Abstraktion ermöglichte Verzicht – wir entscheiden uns jetzt für weniger, damit wir später mehr bekommen – sich nicht verlässlich in einen Gewinn verkehrt, wenn die Verhältnisse so wechselhaft sind, dass wir nicht mehr klar zwischen Gewinn und Verlust unterscheiden können? Bedeutet das dann, dass uns die Abstraktion tatsächlich verzichten lehrt? Dass unsere Entscheidungen möglicherweise nicht immer der für unser Geschäft so wichtigen Logik der Gewinnmaximierung folgen?"

Auf Büchels Stirn zeichneten sich tiefe Falten ab. Er beobachtete besorgt, wie sich Sheba zufrieden an dem Keksteller bediente, den er ihr zur Gänze überlassen hatte. „Was schlagen Sie vor?"

„Wir sollten unsere Versuchsreihe erweitern, realen Marktverhältnissen anpassen. Die Rahmenbedingungen unserer Branche sind in Zeiten wie diesen wechselhaft und kaum prognostizierbar. Das sollten wir in irgendeiner Form nachstellen und beobachten, ob sich diese Befürchtungen bewahrheiten."

„Sie wollen Sheba also wieder ins Labor schicken?"

„Wir haben keine andere Wahl, wenn wir verlässliche Ergebnisse erzielen wollen."

Büchel wurde nachdenklich. Er teilte Grunds Befürchtungen. Nach den großen Crashes der letzten Jahre zeichneten sich Gegenbewegungen in Europa ab. Menschen bauten in den Hinterhöfen von Metropolen Gemüse an, tauschten Dienstleistungen untereinander und kehrten den finanzmarktgebundenen Vorsorgeprodukten den Rücken.

Die Auswirkungen waren minimal, es war noch immer ein Leichtes, diese Entwicklungen als Hirngespinste von Spinnern abzutun. Aber was, wenn diese Entwicklung um sich greifen würde?

„Tun Sie, was Sie für notwendig halten.“ Er hob Sheba von seinem Schoß, stellte sie auf den Boden und gab ihre Hand in Grunds Hand. „Aber achten Sie darauf, dass es ihr gut geht.“

Büchel blieb allein in seinem Büro. Er schüttelte den Kopf, beutelte Sorgen von seiner Stirn und kehrte an seinen Schreibtisch zurück.

***

Sheba saß wieder an ihrem Platz im Labor, ein Gurt um Brust und Hüfte schnallte sie an einen hohen Sessel. Nur der rechte Arm, mit dem sie auf unterschiedliche Verpackungen zeigen sollte, blieb frei. Ihr gegenüber saß Sarah, das andere Schimpansenweibchen, ähnlich festgeschnürt.

Sheba deutete verlässlich auf steigende Zahlen auf den Verpackungen, sorgte damit dafür, dass ihr Gegenüber nur wenig bekam, und streifte selbst die großen Portionen ein.

Nach zwei Tagen wurde die Versuchsanordnung geändert. Drei oder mehr Verpackungen, mit unterschiedlichen Werten beschriftet, standen zur Auswahl. Sheba deutete verlässlich auf die höchste Zahl.

Einen weiteren halben Tag später wurde die Belohnungslogik geändert. Anstelle der Zahl auf der Verpackung entschied jetzt der Zufallsgenerator, wo sich die größte Menge Kekse versteckte. Sheba blieb bei ihrer Taktik – und registrierte mit großer Enttäuschung den Fehlschlag.

Sheba deutete gleich noch einmal ungläubig auf die Verpackung mit der höchsten Zahl, 1.973 stand dort. Darunter war eine gigantische Keksplatte, die vor Shebas fassungslos traurigen Augen an Sarah verfüttert wurde.

Sheba blieb bei ihrer Strategie – mit wechselnden Ergebnissen: Manchmal gewann sie, manchmal verlor sie, manchmal bekam keine der beiden Schimpansinnen etwas. Grund beobachtete die Videoübertragung der Versuchsreihe von seinem Büro aus. Er ging dazu über, die Belohnungslogik von reinem Zufall an die Entwicklung eines aus den tausend volumenstärksten Aktientiteln aggregierten Algorithmus anzupassen: So wie sich diese Titel im Lauf einer Woche auf oder ab bewegten, Ups, Downs, die für jeden nicht täglich direkt involvierten Beobachter wie reiner Zufall wirkten, änderte sich Shebas Belohnung.

Am vierten Tag veränderte sich Shebas Verhalten. Sie lehnte zunehmend teilnahmsloser in ihrem Sessel, deutete manchmal auf alle angebotenen Verpackungen, manchmal auf keine, dann fauchte sie nur wild und schüttelte drohende Fäuste in Sarahs Richtung oder in Richtung des Pflegepersonals. Selbst wenn sie gewann, blieben jegliche Anzeichen von Freude aus. Manchmal aß sie die Kekse nicht einmal mehr, sie ließ den Teller einfach stehen und deutete wahllos auf die nächsten Verpackungen, egal ob die neue Runde schon gestartet war oder nicht.

Und dann geschah nichts mehr. Sheba ignorierte die Verpackungen, manchmal sah sie aufmerksam hin, zeigte aber keine weitere Reaktion, manchmal hob sie nicht einmal den Blick. Sie lehnte in ihrem Sessel wie ein frühpensionierter Schwerarbeiter beim Bier vor dem Fernseher, ihr freier Arm hing schlaff und regungslos senkrecht, ihre Miene verriet keine Reaktion.

Laborpsychologen versuchten, ihren Zustand zu diagnostizieren. „Depression“, sagten die einen. „Erleuchtungsähnlicher Zustand“, sagten die anderen, „Sie hat ihre unmittelbaren Bedürfnisse transzendiert“.

Selbst als die Gurte gelöst wurden, machte sie keine Anstalten, sich den Keksen zu nähern. Als die Verpackungen entfernt wurden und die Kekse an sich wieder sichtbar waren – ihr Verhalten änderte sich nicht. Sie saß einfach da, ließ Futter und Belohnungen vorüberziehen, zeigte keine Veränderung.

„Wir müssen den Versuch abbrechen.“ Grund ließ Sheba aus dem Versuchsraum in eine Zelle bringen, in der sie sich erholen sollte. Der helle, ruhige, freundliche Raum sollte ihr das Vergessen erleichtern. Eine im Raum installierte Webcam lieferte aktuelle Bilder an Grunds Schreibtisch oder an sein Tablet. Ihr Verhalten, ihre Miene ließen keine Rückschlüsse zu. Es war, als wollte sie nichts.

Grund brütete. War sie schlicht auf Grund unvorhersehbarer Konsequenzen ihres immer gleichen Verhaltens in eine etwas verwirrte Depression verfallen? Hatte sie erkannt, dass das Spiel sie nicht glücklich machte? Hatte sie einfach genug erreicht und brauchte sie nichts mehr? Verstand sie Zahlen nicht mehr? Oder hatte die Abstraktion der Zahlen, in Kombination mit dem wechselnden Erfolg, dafür gesorgt, dass sie die Lust verloren hatte, einfach nicht mehr wollte?

Hatte sie im Versuchsraum die Ausstrahlung eines überforderten Schwerarbeiters gehabt, so war es jetzt die Aura eines entrückten Yogis.

„Das können wir nicht zulassen", sagte Büchel, als Grund ihm den Livestream aus der Zelle auf seinem Tablet zeigte. „Ich kenne Ihre Hypothesen und Ihre Versuchsanordnung nicht im Detail, aber wenn Sie auch nur einen Moment lang daran glauben, dass diese Lustlosigkeit, diese Wunschlosigkeit ein Zustand ist, der unser Geschäftsmodell in Zukunft beeinflusst, dann unternehmen Sie etwas. Erfinden Sie etwas, starten Sie neue Versuche – tun Sie, was notwendig ist. Wir brauchen Gewissheit, wir brauchen Kontrolle."

***

Grund war in eine Skypediskussion mit einem Tierpsychologen vertieft, der für seine Arbeiten mit Versuchstieren berühmt geworden war. „Was Sie beschreiben, ist sehr ungewöhnlich. Grundsätzlich kennen wir Wunschlosigkeit bei Tieren nicht. Ihre Wünsche mögen einfacher sein, und vielleicht gibt es vorübergehende Phasen in denen momentan kein weiterer Plan verfolgt wird. Aber über Wochen …?" Der Experte verstummte. Grund verkleinerte das Skype-Fenster und schob es etwas zur Seite, um den Blick auf Shebas Livestream frei zu haben.

„Ich danke Ihnen. Wenn ich weitere Fragen habe, oder neue Erkenntnisse, dann melde ich mich noch einmal." Er beendete die

Verbindung und machte sich auf den Weg zu Shebas Zelle. Abends, kein Personal in Sicht. Der verbliebene Nachtdienst-Portier grüßte und beachtete ihn nicht weiter. Mit seiner Master-Keycard öffnete Grund Shebas Zelle, schloss das Gitter hinter sich und setzte sich zu ihr. Sie strahlte merkwürdige Ruhe aus und würdigte ihn keines Blickes.

Eine Weile saßen sie nebeneinander, das klinisch saubere Weiß der Zelle, der struppige Affe, Grund in seinem grauen Anzug, er hatte die Krawatte etwas gelockert.

Dann lehnte sie sich an ihn, ihre Schulter an seiner Brust, ihr Gesicht an seinem Hals. Zwei, drei Sekunden, er roch sie, spürte ihren Atem, ihren Herzschlag an seiner Brust. So friedlich. Dann verbiss sie sich in seinen Hals, schlug ihre Zähne in seinen Kehlkopf, kreischte wild und riss große Stücke Fleisch aus seiner Kehle. Grund verlor das Bewusstsein.

***

Büchel streichelte noch einmal über Mises Wange. Die Stadt vor der Fensterfront seines Büros legte sich langsam und sanft in die Dämmerung. Mächtiges Abendrot über Straßenzügen, die eine Weile dunkel sein würden, bevor sie hell erleuchtet bunte Lebensadern unter einem dunklen Nachthimmel wären.

Mise war nach dem österreichischen Ökonomen Ludwig Mises benannt.

Dessen vor bald zweihundert Jahren entwickelte Wirtschaftstheorie fußte auf der Annahme, dass Menschen immer mehr wollen, immer mehr bekommen, und sofortige Genugtuung deutlich höher bewerten als spätere. Das bedeutet auch: Sie sind bereit, mehr dafür zu bezahlen. Kleingeister hätten daraus vielleicht eine weitere Marktplatz-Theorie von Angebot und Nachfrage entwickelt. Mises stützte sein Zinsmodell auf dieses Konzept: Weil Geld jetzt wertvoller ist als Geld später, werden bereitwillig Kreditzinsen bezahlt, weil die Verfügbarkeit von Geld zu einem späteren Zeitpunkt so wenig anziehend ist, muss diese Vorstellung mit Zinsversprechen und der Aussicht auf spektakuläre Spekulationsgewinne schmackhaft gemacht werden. Ein geniales Konzept, das hedonistische

Aussteiger, sicherheitsbewusste Grübler und rationale Profitrechner gleichermaßen unter seine Fittiche nimmt. – Nur eine Voraussetzung darf nie ins Wanken geraten: die ungebrochene Gier nach Mehr, in welcher Form auch immer sich dieses Mehr manifestiert.

Mise war das erste Lebewesen, bei dem es gelungen war, das DRD4 Gen zu isolieren und zu verstärken, das für Gier verantwortliche Gen, das für den anhaltenden Trieb nach mehr sorgte.

Büchel griff nach einem Stapel Ausdrucke der neuesten Forschungsergebnisse, als sich die Tür seines Büros öffnete.

Er hatte Grund erwartet. Seit dem Unfall mit Sheba trug Grund einen Kehlkopfersatz, der die wenigen hörbaren Geräusche, die seine restlichen Stimmbänder noch produzieren konnten, in menschliche Sprache verwandelten. Das Resultat war nicht perfekt, Grund hatte verschiedene Stimmen einbauen lassen, zwischen denen er mit einer kleinen Fernbedienung von seiner Hosentasche aus wechseln konnte. Tiefe Bässe, sanfte Mädchenstimmen, rauchige Vamps, schnarrende Kommandotöne; was seine echte Stimme hätte sein sollen, war ein dunkles blechernes Scheppern, Darth Vader ähnlich, das auch jeden Atemzug dramatisch verstärkte, wenn er zwischendurch vergaß, das Gerät auszuschalten.

Jetzt hatte er die Originalstimme, oder was von ihr übrig war, eingeschaltet.

Büchel sah auf.

„Wir haben ein Problem“, schepperte Grund dunkel.

Der Auwald fraß das Licht gierig. Die hochstehende Sonne war durch die dichten Blätter eine blasse Scheibe hoch oben am Himmel, die sich gelegentlich im Wasser spiegelte. Mirko stand noch etwas unsicher auf dem Board und paddelte an bizarren Ästen, Schlingpflanzen, Wasserlilien und Schilfbüscheln vorbei. In das Platschen des Paddels mischte sich das Kreischen von Reihern, die aufgeschreckt empört das Weite suchten. Das dunkle Wasser gab an manchen klaren Stellen den Blick auf stehende Karpfenschwärme frei, und manchmal sonnten sich Kröten auf den großen Blättern der Lilien.

In Ufernähe, wo die bemoosten Steine auf dem Grund näher kamen und der Wasserstand niedriger wurde, war die leichte Strömung schneller.

Mirko paddelte zu einem der toten Bäume, die vom Ufer ins Wasser hingen und dunkle trockene Äste von sich streckten. Er hielt sich an einem Ast in Brusthöhe fest um das Board zum Stehen zu bringen, und griff nach der Wasserflasche, die er in einem Gurt mit sich trug. Bei der Bewegung geriet das Board ins Schwanken, Mirkos Ausgleichsschritt ging ins Leere, er fiel in das dunkle, unter dem Ast schnell dahinziehende Wasser. Die Leash, mit der Mirko das Board an seinem Knöchel befestigt hatte, verfing sich an einem Ast knapp unter der Wasseroberfläche, das Board dümpelte mit der Strömung weiter, Mirko trieb die drei Meter, die die Leash erlaubte, ab, und hing fest.

Von oben hatte die Strömung friedlich ausgesehen, jetzt zog sie an ihm, streckte ihn, ließ ihn nicht mehr los. Die Leash zog sein Bein nach oben, Gewicht und Strömung drückten seinen Oberkörper unter Wasser. Der Fluss war gerade einen Meter tief, tief genug, um keinen Halt zu finden; kein Ast in Reichweite. Mirko tauchte ab, krümmte sich nach vorn, erreichte mit den Fingerspitzen seinen Knöchel, aber der nasse Klettverschluss hielt fest und wehrte sich rutschig. Unter Wasser wirbelten braungrüne Schlamm- und Moosteilchen vor seinen Augen vorbei. Sahen ihm Fischschwärme zu und verwandelte sich das empörte Kreischen der Reiher in schadenfrohes Gelächter? Es wurde immer dunkler.

Walla ärgerte sich, als er das Board im Wasser sah. Er war hier, weil er eben keine Menschen sehen wollte. Endlose Wälder, dunkles Wasser und eine Hütte am Ende eines Feldwegs, die nur finden würde, wer garantiert nichts suchte. Dann sah er den im Wasser treibenden Körper und beschleunigte seine Paddelschläge. Mit einer scharfen Wendung brachte er sein Board unter dem Ast zum Stehen, ging in die Knie und löste die Leash. Cityslicker, mit Leash in der Strömung, er schüttelte leicht den Kopf, als er dem prustenden, in der Strömung rudernden Mirko nachsah. Walla fuhr ihm nach, hielt ihm das Paddel entgegen und zog ihn zu seinem Board. Mirko hielt sich am Bug fest und hustete und spuckte Wasser.

„Wolltest du dich umbringen?“, fragte Walla, als sie das Ufer erreicht hatten. „Heute nicht“, sagte Mirko.

***

In der Hütte tranken sie Ursus-Bier. Alte Boards, gekreuzte Paddel, eine fadenscheinige Flagge mit Totenkopf, der mit Ursus, Rum und Energydrinks gefüllte Kühlschrank und ein paar bäuerlich massive Holztische und -bänke waren die ganze Einrichtung.

„Es war nicht ausgemacht, dass er in die Strömung fährt“, sagte Balan nach Wallas vorwurfsvoller Predigt. „Eine Runde in der Bucht und ein paar Moves üben, – aber ich kann ja nicht jeden dauernd im Auge behalten.“ Bei zwei Besuchern pro Woche, die sich im Schnitt hierher verirrten, wäre das schon möglich gewesen.

Wallas Pickup stand vor der Tür, nur ein bis auf eine Spur verwachsener Wiesenweg führte noch zu dieser Hütte. Zum Wasser hin öffnete sich eine große Tür zu einer Terrasse, die auf Stelzen in die Bucht hinaus führte.

Walla zog sein Silberpfeifchen, stopfte es und nahm ein paar Züge. „Wie werden wir ihn jetzt wieder los?“ Balan zuckte die Achseln. „Hast du nicht gemeint, wir brauchen mehr Leute?“ „Wahrscheinlich nicht solche“, sagte Walla.

„Setz dich dorthin“, sagte er dann zu Mirko. „Ich bring dich nachher zur nächsten Straße oder meinetwegen zur Bushaltestelle.

Dann drehte er sich zu Balan. “Hast du die schon gesehen?“ Walla zog das Bündel Bad Money-Banknoten aus seiner Tasche.

„Nein, die kenne ich noch gar nicht. Wir konnten unsere Lieferung nicht mehr abholen. Wir sind ein bisschen im Arsch, glaube ich manchmal. Hier in der Umgebung ist alles dicht; wir können uns kaum noch rühren und sie sind nah an uns dran. Du weißt ja, warum wir uns hier verstecken ... In der Stadt ist alles, als hätte es uns nie gegeben. Boutiquen, Nobelautos, Aktienmärkte und Investmenthäuser, ich sage dir, wenn wir Ceauscesu nicht hingerichtet hätten, dann hätten wir den ganzen Müll jetzt nicht. Nicht dass ich ihm nachtrauere, aber du verstehst was ich meine ...“

„Vielleicht hast du recht“, sagte Walla.

„Seit sie uns in Bukarest ausgehoben haben, sind wir ziemlich im Arsch“, Balan sagte das oft. „Vorher keine Ahnung und jetzt finster wie im letzten Loch.“

„Wem sagst du das. Aber ich habe schon so oft versucht, mehr herauszulesen – ich glaube, ich kenne die Nachrichten auf unseren Terminals auswendig. Aber es ist zu wenig, um einen brauchbaren Überblick zu bekommen.“

Balan zuckte die Achseln.

„Gut, wir waren in den Zeitungen. Aber ich weiß auch nicht, ob ich dem trauen kann. Es soll Todesfälle gegeben haben. Unsere Leute, so wie es klingt. Aber von innen war nichts davon zu hören.“

Mirko meldete sich aus seiner Ecke. „Ich habe von euch gehört. Glaube ich.“

„Siehst du“, seufzte Walla. „Menschen hier bringen Ärger.“

„Und was glaubst du?“

„Ich kann dir das nicht sagen. Ada hat von einem vermissten Helfer erzählt. Der war aber wieder weit weg. Sonst kann ich niemanden klar zuordnen – ich weiß nicht mehr, wer übrig ist oder wer noch wo arbeitet. Manchmal glaube ich wirklich, dass sie uns in der Hand haben. Dass wir die traurigen Clowns sind, die mit bunten Papierfetzen spielen und planlos im Trüben fischen, während sie uns lachend beobachten und in aller Ruhe darauf warten, dass uns die Luft ausgeht. Oder dass wir die Lust verlieren. Und manchmal fühlt es sich auch so an, als wären nicht mehr weit davon entfernt.“

Walla startete seinen Communicator. Sie sahen entspannt zu, wie der Communicator die Verbindung zum Terminalserver aufbaute und bedächtig die Dateiliste lud.

„Ich glaube, ich kann euch helfen", meldete sich Mirko noch einmal. Sie ignorierten ihn.

„Ich suche immer wieder. Aber ich finde kaum Spuren. Also keine, denen ich trauen würde. Manchmal gibt mir das den Eindruck, wir wären komplett im leeren Raum unterwegs."

Walla drehte den Schirm in Balans Richtung. Keine Neuigkeiten. Die letzte Charge der Bad Money-Scheine war auf den Weg geschickt worden, er hatte seinen Anteil abgeholt. Und seither nichts mehr – keine Hinweise auf neue Filialen, neue Verteilaktionen oder Erfahrungswerte. Die Liste der Abholorte war nicht mehr online, es gab keine Berichte zu vergangenen Aktionen. „Selbst wenn jemand diese Aktionen weiterführt, dann wissen wir nicht, wer das ist, wo sie sind, und falls das nach wie vor ein Erfolg ist, wo unsere Finanzreserven landen. Wir sind blind."

Balan hörte diese Überlegungen nicht zum ersten Mal. „Und was schlägst du jetzt vor?"

Walla sah nachdenklich über den Fluss. Die Hütte lag an einem ruhigen Altarm, der nur leise bräunlich plätscherte. Gut hundert Meter geradeaus öffnete der Auwald zwischen zwei Halbinseln den Durchgang zum Hauptstrom, der eilig und rauschend dahinschoss. An trockenen Tagen im Herbst sank der Wasserstand manchmal so weit, dass der Altarm nur noch ein knietiefer Sumpf war und die beiden Landzungen vor dem Fluss langgezogene Schotterbänke freigaben, die sich tief unten, an anderen Tagen lag dieses Ufer drei Meter unter Wasser, in schmale Sandstrände verwandelten. „Ich habe dir gesagt, dass ich deine Idee mit dem Boardverleih für Unsinn halte."

„Ja, aber was genau ist das Problem? Das ist doch nicht wirklich, was dich jetzt beschäftigt."

„Nein, aber es ist ein Zeichen, wie weit wir uns schon mit planlosen Spielereien beschäftigen …"

Walla machte eine nachdenkliche Pause „Wir müssen Lebenszeichen von uns geben. Du siehst, die anderen hinterlassen kaum noch Spuren. Wir müssen sie wissen lassen, dass wir da sind. Und wie wichtig es ist, weiter Spuren zu hinterlassen. "

„Hier, mitten im Dschungel? Hier gibt's nichts … – hier bemerkt uns ja nicht einmal irgendwer.“

„Noch mal, ich hab da eine Idee“, sagte Mirko.

Nur nachts zogen sie ihre dunklen Anzüge aus, in denen sie tagsüber wie sittsame Uniformierte durch das Camp geführt wurden. Nachts trugen sie Kittel, Spitalsnachthemden, hinten offen. Lange Reihen im Schlafsaal.

Am Kopfende jedes Bettes standen die Mikroinjektoren, deren Schläuche durch die Nasen der Trainees zu feinen Nadeln in ihren Stirnhöhlen führten.

Die veränderte Erbsubstanz der Vorgänger-Trainee-Generationen wurde behutsam in die Zellen des neuen Jahrgangs verpflanzt.

„DRD4 ist das Fortschritts-Gen", hieß es in den Unterlagen zum Ethical Transformation Project. Menschen mit stark ausgeprägten DRD4-Genen streben nach mehr, treiben die Gesellschaft voran und sind Vorbilder in unserer Welt."

DRD4 ist das für Gier verantwortliche Gen, hieß es in historischen Dokumenten, die die Universal Bank Schritt für Schritt verschwinden ließ.

Ali atmete tief durch. Er ließ Vladi den geliebten Samurai fahren, nur um näher bei ihr zu sein. Sie saß vorne auf dem Beifahrersitz ihres Minis, er hinten, lehnte die Ellbogen auf die Rückenlehnen und strahlte. Voija fuhr.

Sie hatten in der Nacht lang geredet; Band und Gäste waren schon lange weg, die Bar war geschlossen, nur ein paar Stühle in dem Garten mit dem Zeltvordach waren noch übrig geblieben. Dann hatte sie sich verabschiedet und Ali hatte eine weitere Nacht auf der kleinen Ladefläche seines Samurai verbracht.

Ihm war, als rochen sogar die Autositze nach ihr. Tatsächlich verströmten die Benzinkanister aus dem Kofferraum, sie hatten Notreserven angelegt, als es endlich wieder Benzin gab, beißenden Geruch im Auto.

„Ich bin mir sicher, dass sie hier sind“, sagte Nastya. „Natürlich haben sie es nicht gesagt, aber ich kenne Balan. Und ich kenne Walla. Der ist auf dem Wasser – und die einzige Chance, ihn dort zu finden, ist diese Hütte.“ Sie näherten sich dem Donaudelta

„Was macht ihr eigentlich?“, manchmal fragte Ali. Zum Teil fragte er sich das wirklich, zum Teil war es ein Versuch, mit Nastya ins Gespräch zu kommen, ihre Stimme zu hören. Die Geschäftigkeit der drei, die, ganz anders als er, der planlos auf der Suche nach nichts war, gehetzt und wie auf der Flucht etwas oder jemanden zu suchen schienen, über das sie nicht sprachen, faszinierte und besorgte ihn. „Frag nicht.“ Nastya sah ihn kurz an. „Vielleicht erzählen wir es dir später.“

„Glaubst du, sie können uns helfen?“, fragte Voija. „Wir brauchen keine Hilfe“, Nastya war wieder streng. „Wir müssen helfen. Du hast die Nachricht gelesen.“

Vladi, der lange hilflos immer wieder neue Nachrichten erwähnt hatte, hatte ihnen am Morgen endlich die Neuigkeiten gezeigt. Seltsame Aufrufe nach Information, eine Vermisstenanzeige für eine junge Frau aus Deutschland mit einer Personenbeschreibung des Mannes, in dessen Begleitung sie zuletzt in einem Club in Frankfurt gesehen worden war, wieder eine Serie vager Berichte zu auffälligen, vielleicht chemisch, vielleicht gentechnisch verursachten Seuchen in Nordafrika, und eine schlichte Notiz zur bevorstehenden Tagungsordnung der Weltgesundheitsorganisation in New York.

„Und?“, hatte Voija gefragt. „Glaubst du, das hat mit uns zu tun?“ „Alles hat mit uns zu tun. Wir sind nur noch wenige, und wir brauchen einen Plan. Überleben ist zu wenig.“

***

Neue Spur: Wir haben ein Autokennzeichen!“ Chris las die kryptische Instant Message in seinem Büro und schüttelte den Kopf. Programmierer würden nie lernen, anständig zu kommunizieren; was auch immer gerade im Kopf dieses Freaks abging. Er scannte weitere Cases für die nächste Präsentation des Life-Tracker-Projekts, während er auf Nachrichten aus dem Vorstandsbüro wartete. Lerner hatte Information bestellt, die er noch nicht bekommen hatte.

„Zur Registrierung wurde die untergetauchte Kreditkarte benutzt!“, poppte die nächste Nachricht auf. Klang schon besser. Chris sperrte seinen Laptop und machte sich auf den Weg ein paar Türen weiter zum Büro des Entwicklerteams. „Du!“, rief er, kaum hatte er die Tür geöffnet. „Was willst du mir mit diesen Wortfetzen mitteilen? Findest du nicht, dass es die Vorteile der digitalen Kommunikation ein bisschen zunichte macht, wenn ich herkommen muss, um dich zu fragen, was das soll?“

Die Energie seines Auftritts verpuffte ins Leere; Maurizio, sein Entwickler, trug dicke Kopfhörer und sah erst auf, als Chris neben ihm stand.

„Super, wusste ich, dass Sie das interessieren wird. Sehen Sie: Hier haben wir den Beweis, dass die App funktioniert: Mit der All-in-Karte, deren Spur wir in Zürich verloren haben, wurde zuletzt ein Auto gekauft. Papierabrechnung, deshalb so spät bei uns. Und es wurde auch gleich zugelassen. Hier sind die Daten aus dem Europäischen Fahrzeugregister. Schaut etwas komisch aus; diese Quelle haben wir eigentlich noch nicht integriert. War auch nicht ganz leicht, an diese Daten zu kommen.“

„Schaut wie ein großer Misthaufen aus“, sagte Chris. „Was soll ich da sehen?“

„Einerseits: Wir haben keinen Fehler in unserer Anwendung. Andererseits: Das Kennzeichen, das bei diesem Registrierungsvorgang vergeben wurde, ist an mehreren Verkehrskontrollpunkten gescannt worden.“ Er öffnete eine Karte auf seinem Screen, die mit einigen Markierungen eine Route von Zürich Richtung Südosten zeichnete – Italien, Kroatien, Serbien, Rumänien. „Auch diese Quelle war eigentlich im Pflichtenheft zum Projekt nicht vorgesehen – was halten Sie davon, wenn wir diese Erweiterung für einen nächsten Schritt mit einplanen?“

„Mach deine Arbeit“, knurrte Chris. „Ich sag dir schon, was zu tun ist.“ Er drehte sich um und kam dann doch einmal zurück. „Wie genau können wir diese Verkehsinformationen tracken? Geht das auch in Echtzeit?“

„So bald sie einen Kontrollpunkt passieren, haben wir die Information. Aber das Auto ist ein älteres Modell, ohne GPS- oder SOS-Systeme. Das können wir nicht direkt orten.“

„Und wie sieht es mit anderen Daten aus, gibt es Handyverbindungen, Internetprotokolle oder sonst etwas, das wir damit verbinden können?“ „Das wird schwer, das würde bedeuten, sehr viel gleichzeitige Information zu analysieren. Nur weil zur gleichen Zeit einmal wo ein Netzwerkdienst benutzt wurde, heißt das noch nicht …“ Chris verzog wieder das Gesicht. „Erklär mir nicht, wie schwer dein Job ist. Mach ihn einfach. Dafür wirst du bezahlt.“ Er verließ den Raum.

Immerhin, eine Spur. Aber das reichte noch nicht, um seinen Hals endgültig zu retten.

***

Du kennst dich mit dem Zeug aus?“ Walla sammelte Gläser und Bierflaschen ein und sah über Mirkos Schulter.

„Einigermaßen. Immer wieder ein bisschen was dazugelernt, immer wieder ausprobiert. Ich sagte doch, ich habe eine Idee. Und hier ist es ja eigentlich wirklich einfach: Ihr wisst in Wahrheit gar nichts. Überhaupt nichts.“

Walla sah ratlos auf die bunten verschachtelten Zeilen auf Mirkos Laptop. „Ok, wenn du das sagst …“

Mirko arbeitete an einem Nachrichtenaggregator, der die Spuren der Bad Money-Scheine nachzeichnete, ihre bekannten Erscheinungsorte mit Erwähnungen der Scheine verknüpfte und so ein Bewegungsprofil erstellte. „Ihr seid völlig blind unterwegs. Die Dinger auszugeben und dann nicht zu verfolgen, keine Daten zu sammeln – das bringt ziemlich wenig. Gerade wenn ihr selbst kaum noch einen Überblick habt, was passiert und wo noch produziert wird. Was ich hier gerade ausprobiere, ist die Berechnung von Häufigkeiten: Ich messe, wo Erwähnungen besonders häufig sind, vergleiche das mit den Daten von bekannten Produktionsstätten und versuche hochzurechnen, wo mit hoher Wahrscheinlichkeit weitere Produktionsstätten liegen. Daten sammeln und beobachten ist wichtig – das ist ein erster Schritt in Richtung Kontrolle und um einiges besser, als nur selbst beobachtet zu werden.“

Walla nickte. „Das Problem ist aber: Wir vertrauen den Quellen nicht mehr. Deshalb haben wir unser eigenes Netz aufgebaut …“

„Ein Netz aus Textfiles, die praktisch nicht zu finden sind, wenn man sie nicht kennt – das liefert wenig neue Information. Und wenn ich das richtig verstehe, dann meinst du auch, dass das Internet nicht in allen Teilen der Welt gleich funktioniert, dass nicht überall die gleiche Information abrufbar ist, richtig?“

„Das liegt ziemlich auf der Hand. Auf der einen Seite wird spioniert, auf der anderen Seite verschwinden ungewünschte Informationen.“

„Ich habe so was mal gehört, im Geschichtsunterricht. Es soll mal chinesische oder andere asiatische Regierungen gegeben haben, die so etwas praktiziert haben. Russen glaube ich auch. Ziemlich unvorstellbar, oder?“

„Vielleicht“, sagte Walla nachdenklich, „Ist es nur deshalb so unvorstellbar, weil sie damit so erfolgreich waren …“

„Spielt halt heute leider keine Rolle mehr. Wir können nur mit der Information arbeiten, die vorhanden ist. – Und wir können uns unseren Teil dazu denken. Vorher müssen wir aber sammeln, wenn du versteht, was ich meine.“

Mirko vertiefte sich wieder in seinen Laptop. Neben der reinen Häufigkeit wären auch noch die inhaltlichen Zusmmenhänge wichtig: Waren es positive oder negative Erwähnungen? Und wie verbreiteten sich die einzelnen Nachrichten, wer übernahm Inhalte von wem und wann konnte vermutet werden, dass es sich um eine originale Quelle handelte? Mail- und anderer Nachrichtentraffic statt nur veröffentlichter Information wäre auch wichtiges Material. Er machte Notizen. „Aber ich brauche bessere Beispielquellen, wenn ich schneller weiterkommen will. Habt ihr jemals was anderes veröffentlicht als diese Textnotizen?"

Walla schüttelte den Kopf. „Das machen wir schon lange nicht mehr. Viel zu riskant. Und mir macht ehrlich gesagt schon Angst, wenn du hier mit deinem Laptop einfach online bist." „Das geht schon", sagte Mirko. „Wir sind hier anonym, verschlüsselt und gut versteckt. Da würde man sich ganz schön die Zähne ausbeißen." „Hoffen wir's."

***

Ich kenne den Weg auch nur von Bildern. Hier war ich noch nie." Seit sie von der Straße abgebogen waren, hatte sich ihr Weg in eine Schotterstrasse durch Felder, dann in einen Wiesenweg durch den Wald und schließlich in einen einspurigen verwachsenen Pfad durch das Dickicht verwandelt, Äste und Blätter streiften von beiden Seiten an den Autos. „Aber das ist der Vorteil am Urwald – es gibt nicht viel Auswahl, um sich zu verirren."

Voija bemühte sich, Löchern, Lacken von unvorhersehbarer Tiefe und Steinen auszuweichen. „Und wie sollen wir sichergehen? Ich meine, keiner kennt den anderen, wir wissen nicht einmal mit Sicherheit, dass die anderen irgendwas mit uns zu tun haben, oder ob wir ein eine Falle laufen."

„Wie konnten wir in Belgrad sicher sein? Waren wir sicher? Schau uns an, sieht mir jetzt nicht gerade so aus."

„Aber bist du deshalb bereit, alles hinzuwerfen?" „Ich seh das nicht so dramatisch. Sicher waren wir nie, davongekommen sind wir auch jedes Mal, und erreicht haben wir nichts. Warten wir ab, was die anderen machen."

Ali benutzte sein Smartphone zum Navigieren. „Weg ist hier keiner eingezeichnet, aber wenn die Ortung halbwegs stimmt, dann müssten wir bald da sein. Das heißt – dann geht es einfach nicht mehr weiter. Dreihundert Meter vielleicht, dann stehen wir im Wasser. Sagt zumindest die Karte."

Vladi hoppelte mit dem Samurai hinterher.

Auf dem Parkplatz vor der Hütte stand Wallas verbeulter Pickup, neben der Hütte waren Balans Surfboards gestapelt. Sonst kein Lebenszeichen.

„Also", Voija zog den Zündschlüssel aus dem Schloss.

„Wir brauchen keinen Plan." Nastya stieg aus und warf die Tür entschlossen zu.

Ali hatte ohnehin keinen Plan, schälte sich leicht verträumt aus dem Rücksitz, streckte sich in dem romantischen Urwaldgrün und atmete frische Luft. „Jetzt", dachte er. Weit weg, ohne sein Zutun, ohne Erwartung, ohne an etwas anderes zu denken. Außer Nastya. Der Plan, der keiner sein sollte, schien aufzugehen.

In der Hütte saß ein junger Skatertyp, der in einen Laptop hackte und erstaunt aufsah. Ein dürrer Jesusverschnitt mit Dreadlocks trug Boardshorts und ein verwaschenes ärmelloses T-Shirt und stand neben ihm; auch er sah schweigend und starr zum Eingang. Hinter der Bar stand der dritte, bärtig im Hawaiihemd, ließ drei Bierflaschen klirrend in einen Plastikmüllsack fallen und erstarrte dann ebenfalls.

Durch die offene Tür zur Terrasse klang das Rauschen des Flusses, zwei oder drei Reiher kreischten in die Stille.

Im Eingang stand Nastya. Sie trug die engen dunklen Jeans und die Stiefeletten, ein weit ausgeschnittenes T-Shirt. Sie stand entschlossen da, Hüften nach vorn gedrückt, einen Arm in die Seite gestützt, der andere baumelte lose wie neben einem imaginären Colt, den sie bei einer falschen Bewegung ziehen würde. Es war nur eine kleine Handtasche mit Plüschbesatz in Zebramuster, die zwischen Arm und Hüfte von ihrer Schulter baumelte. Superheldinnen-Auftritt, dem Voija und Vladi hinter ihr nicht ganz gerecht wurden. Voija trug unförmige Chargohosen, die einmal kognakfarben gewesen waren und sich jetzt einem unzerstörbaren beigebraun annäherten, rissige Turnschuhe in Größe sechsundvierzig und ein schlaffes schwarzes Poloshirt, dessen Kragen welk und fusselig um seinen Nacken hing. Vladi stand leicht gebückt und klammerte sich an seine Messenger-Tasche, die vor seinem Bauch hing. Ali marschierte unbeschwert durch die Stille, sah sich um und bewunderte die Surfer-Deko. „Cool. Echt cooler Platz." Ein paar Schritte durch die Hütte, eine Runde über die Terrasse, er zupfte an der Totenkopfflagge und drehte sich zu Balan hinter der Bar, der noch immer den Müllsack mit den Bierflaschen in der Hand hielt, mit einem auffordernden Kopfnicken in Richtung der Flaschen: „Hast du auch noch volle von denen?"

Erkan saß in seinem kleinen Apartment in Greenwich Village und scannte Nachrichten. Die Zwei-Zimmer-Wohnung war dunkel, nur die Screens seiner Laptops leuchteten. Draußen saßen europäischen Touristen auf den Stiegen der Postwar-Buildings, die ganze Straße entlang, tranken aus Brown Bags, um die Ecke im Washington Square vertickten harmlose Dealer Gras. New York hatte sich nicht viel verändert, seit die Twin Towers eingestürzt waren. Dieser Teil New Yorks vielleicht. Und auch nur dann, wenn man sich nicht aus dem Zimmer bewegte.

Erkan trug auch in der Wohnung sein Samtsakko und einen Schal. Unrasiert, nackenlanges Haar. Zwei Laptops auf dem Schreibtisch zeigten aktuelle Feeds und Berichte zu diversen Hashtags, die Erkan trackte, auf einem dritten Laptop tippte er.

Das Wallstreet Journal veröffentlichte seine Kommentare als exotisch-schräge Streiflichter aus einer anderen Welt. The Village gab ihm Raum für seine, wie manche meinten, zweifelhaft recherchierten Features, und die Phunk-Revue befütterte ihre Community mit seinen Artikeln, aus denen dann häufig andere Blogs und Magazine klauten.

Seine Quellen waren Direct Messages, SMS, Mails von obskuren Accounts, die ihn anonym oder unter Vorspiegelung irrwitziger Absender fast im Minutentakt erreichten. Sein Netzwerk umfasste knapp dreihunderttausend Kontakte. Anfangs hatte er gezweifelt – jetzt tippte er einfach. Energiekrise in Osteuropa, selbstmörderisch gefährliches Atomkraftrevival im Südwesten, bedrohliches Schweigen in Nordafrika. Er schoss Artikel raus, fügte manchmal noch ein wenig hinzu, und wartete auf Reaktionen. Die ergänzten dann ein oft lückenhaftes Bild, verselbständigten sich, lieferten neue Quellen … Es war einfach, in einer desinformierten Welt an mehr Information zu kommen – wenn man nur informiert und souverän genug wirkte.

Seit Erkan Europa verlassen hatte, war das Leben ruhiger geworden. New York, seit Jahren schon der Abklatsch einer Welt, die alles zu bieten hatte, von Glanz bis Elend, ein bisschen seit sechzig Jahren konservierten Geist dazu, und jede Menge Geld. Eine Plastikwelt, die kaum noch auf Reize und Einwürfe reagierte.

Sein Zimmer war von Bücherwänden eingerahmt, ein kleiner Schreibtisch, ein bequemer Polsterstuhl. Im Schlafzimmer fanden sich nur eine Matratze und eine Kleiderstange mit den Samtsakkos und Schals.

Auf seinem Schreibtisch stand neben den drei Laptops zwischen den Kabeln und zwei Notizbüchern der kleine Korb mit Gras. Immer wieder, wenn ihn die Sehnsucht überkam, rauszugehen, Menschen zu treffen, nach Hause zu fahren – das war ein Ort, den er nicht benennen konnte –, dann rauchte er. Das war morgens, abends, im Bett, und etwa fünf Mal zwischendurch. Auch jetzt qualmte ein schlanker Spliff in seiner Hand, der süßliche Geruch zog sich durch das einen Spalt geöffnete Fenster in den Hinterhof. „Fenster zum Hof" war einer der damals schon alten Filme, die Erkan als Zehn- oder Zwölfjähriger mit seiner Großmutter gesehen hatte. Verheißungen eines zukünftigen Lebens, so leicht konnten die Dinge sein, selbst wenn man gar nichts war. James Stewart, in seiner Rolle an den Rollstuhl gefesselt, beobachtete seine Nachbarn, hatte offenbar wochenlang keinen Stress, lebte anscheinend im ewigen Sommer, als einfacher Mann mit dem Luxus eines Balkons, war alt, altmodisch gekleidet, nicht besonders sportlich, und trotzdem hatte er diese junge heiße Frau, die auch als Krüppel auf ihn scharf war. Romantisch. Und saucool irgendwie. In Erkans Hinterhof gab es wenig zu sehen. Seine Frau hatte ihn verlassen, als er noch in England Fussball gespielt hatte. Einem Fan das Kiefer gebrochen, einem Gegenspieler die Stirn gegen das Brustbein gerammt und den Vereinspräsidenten als schwules Arschloch bezeichnet – das war die Bilanz seines letzten Monats in Manchester. Die zwangsverordnete Auszeit hatte er in Bars verbracht, danach war die Wohnung leer gewesen.

Erkan dachte jetzt ganz nüchtern daran zurück. Marseille, Mailand, Madrid waren weitere Stationen, Mickeymouse-Fussball in den USA, und dann hatte er sich aufs Schreiben verlegt. Darauf, ein Schatten, ein stichelndes Phantom zu sein, das seltsame Theorien veröffentlichte, großteils ignoriert wurde. Kaum noch jemand erinnerte sich an ihn.

Einer seiner Informanten veröffentlichte regelmäßig die Agenden der geschlossenen Sitzungen der Vereinten Nationen. „Kurz vor dem Abschluss: Das Ethical Transformation Project der Universal Bank. Roundup zu den Basics: Präsentation W. Lerner, Beschlussfassung. Entscheidungspunkte: Go/NoGo-Entscheidung, Unterstützung durch die WHO.“ Das war ein neuer Beitrag, diesemal aus eine unbekannten Quelle, eingelangt auf seinem anonymisierten FTP-Account.

Universal Bank. Erkan kramte auf seinem Schreibtisch. Bunte Geldscheine der Bad Money Bank, der Aufruf, bei der Universal Bank abgehobenes Geld in Bad Money einzutauschen; „Anlegen wie die Finanzelite“. Da war der Name wieder. Er hatte von Bankfilialen gehört, die so schnell verschwanden wie sie kamen, Menschen um ihr Geld brachten, ihnen wertloses buntes Papier verkauften und ihren einzigen Zweck darin sahen, Enttäuschung zu produzieren. Enttäuschung als Gegengift gegen ausufernde Heilsversprechen und die haltlosen Zusicherungen, alles werde überall immer mehr werden.

Ihm gefiel das ja.

Bad Money Bank. Ada hatte ihm die Papiere geschickt. Ein Wochenende in Kiew, der Stadt, von der damals niemand wusste, wie groß sie war, und ob die Lokale Rotlicht verwendeten, weil sie nichts anderes gefunden hatten, weil sie es cool fanden, oder weil sie tatsächlich Entertainment signalisieren wollten. Er hatte sie nach einem verlorenen Match kennengelernt, drei oder vier Cuba Libres, dann hatte sie ihn durch die Stadt chauffiert. In einem georgischen Restaurant, salziges Mineralwasser, Speisekarte im Las Vegas-Style, es gab Cesars Salad, Burger und Chips, die mehr mit Blini gemein hatten, fing sie an, von einer Organisation zu reden. Er mochte ihre Haut, ihre Stimme, ihren Mund, und sie hatte auch nicht unrecht mit allem, was sie sagte. Organisationen waren eine Pest. Sie war heiß. Er war stur. Und wechselte dann vom salzigen georgischen Mineralwasser zum ukrainischen Wodka mit Chili-Flavor. Der Abend war gelaufen. Sie mochte ihn, glaubte Erkan. Aber sie würde sich nicht von halbherzig treuherzigen Augen einkochen lassen, und er würde sich keiner Organisation anschließen,

Ada, es musste sie sein, auch wenn einige andere Quellen mitmischten, hinterließ in unregelmäßigen Abständen Nachrichten auf einem vorsintflutlichen Terminal. Kleine Textfiles, sie erinnerten an das Internet von vor vierzig Jahren. Sollte er? Schließlich war es seine Mission.

Er kopierte den Text seines UNO-Maulwurfs, fertigte einen Screenshot der Originalnachricht an und lud beides auf diesen kleinen Server. Falls es ihr nichts sagte – who cares?

Er griff in den kleinen Korb auf seinem Schreibtisch und baute den nächsten Spliff. Peace. Das Zeug machte wenigstens kein Kopfweh.

Neuigkeiten?“ Chris kaute an seinem Sandwich und sah über Maurizios Schulter.

„Ein paar Mautstellen, aber entweder fahren sie nicht mehr, oder sie halten sich jetzt von Autobahnen und Kontrollstellen fern. Wenn ich annehme, dass sie nicht mehr fahren, dann kann ich ihren Aufenthalt auf einen Umkreis von etwa hundert Kilometern eingrenzen. Die gute Nachricht dabei: Sie sind hier irgendwo“, Maurizio deutete auf einen Kreis durch die rumänischen Donauauen auf seinem Bildschirm. „Und hier gibt es keine Brücken. Das grenzt unser Gebiet auf einen Durchmesser von nur noch etwa fünfzig Kilometern ein. Die weniger gute Nachricht: Dort gibt es nichts. Keine Dörfer, keine Hotels, nicht mal Campingplätze. Unsere Karten kennen dort nichts und die Satellitenbilder zeigen nur Dschungel.“

Chris schwieg säuerlich.

„Warum ist das eigentlich so wichtig? Vielleicht hat der Typ ja einfach nur seine Karte weggeworfen, oder verloren oder was weiß ich … Auf dem Konto gab es schließlich auch schon lang keine Bewegungen mehr: Schon lange nichts mehr rein, und nur ein großer Betrag raus. Einfach pleite, oder?“

Keine Kontobewegungen? Chris horchte auf.

„Du weißt, schon, dass das nicht dein Job ist, oder? Spür sie einfach auf, mit allem was du hast.“

Keine Kartendaten, keine Kontobewegungen, keine Spur. Erst war es ein persönliches Ding gewesen – er wollte denjenigen, der ihn in der Vorstandspräsentation blamiert hatte, wenn auch ohne dessen Zutun, finden. Jetzt wurde die Sache ein Risiko, sagte sein Instinkt, eine Gefahr für das ganze Projekt. Graue Flecken durften nicht geduldet werden.

Zumindest nicht in seinen Projekten.

Sollte er Lerner informieren?

Lerner, seit Wochen auf Tauchstation, und nur für einsilbige Skype-Unterhaltungen erreichbar …

Sollte er sich gleich an Büchel wenden? Immerhin hatte Büchel persönlich die Fortsetzung des Projekts durchgesetzt …

Chris spürte diese nervöse stechende Hitze in seinem Körper aufsteigen, klares Zeichen dafür, dass etwas schieflief, Handlung notwendig war. Aktiv bleiben; hinterherlaufen sollen andere. Kein Schweißausbruch, keine feuchten Hände, nur stechende Hitze, die regelmäßig dafür sorgte, dass seine Hemden nach solchen Tagen stanken. Und das war das eigentliche Problem dieser Stresswallungen: Chris machte sich Sorgen, dass andere seine Angst riechen konnten. Sollten sie ruhig glauben, dass er stank. Solange nur keiner wusste, dass er Angst hatte…

Also?

Chris entschied sich für den sicheren Weg: Die Revisionsabteilung des Unternehmens hatte eine Meldestelle für vermuteten Betrug eingerichtet. Sollten die sich darum kümmern. Wäre zwar keine direkte Genugtuung, keine persönliche Angelegenheit mit dem Kartenbesitzer, aber auf irgendeinem Weg würde er schon an die notwendigen Informationen kommen. Irgendwie würde sich das schon regeln lassen.

Er öffnete das Onlineformular, Betrugsverdacht, Kartenmanipulation – das würde die Räder in Gang bringen.

***

Grund sog die Luft durch die Zähne. Das leise Zischen war ein überraschend natürliches Geräusch aus seinem Mund, gemessen an den Geräuschen, die er mit seiner Stimmbandprothese sonst produzierte. Er saß in seinem Büro und scannte Berichte, den Mailverkehr des Unternehmens, Auffälligkeiten in der Internetnutzung der Mitarbeiter. Eine Meldung über Betrugsverdacht, Manipulationen an einer der All-In-Karten und Unregelmäßigkeiten in der Kontoführung erregte seine Aufmerksamkeit. Nichts Außergewöhnliches, eher ärgerlich, dass Mitarbeiter solche Fälle nicht selbst regeln konnten. Ein an die Meldung angehängter Ausschnitt aus einer Karte war es, der ihn tief Luft holen ließ: Der Aufenthaltsort der angeblichen Betrüger war war auf einen Umkreis von fünfzig Kilometern im Gebiet des rumänischen Donaudeltas eingegrenzt worden. Das gleiche Gebiet, auf das auch die jüngsten abgefangenen Nachrichten nach einer zweifelhaft erfolgreichen Mission der Zweiten Brigade in Belgrad eingegrenzt worden waren. Und das war nicht die einzige Verbindung zwischen diesen beiden Berichten: Lerner hatte die Mission in Belgrad geleitet, Daten aus Lerners Kommunikation waren – auf welchem Weg auch immer – unter die abgefangenen Nachrichten gemischt worden, und, Grund prüfte noch einmal das Organigramm, die Meldung stammte von einem von Lerners Mitarbeitern.

Zu viele Risiken an einem Punkt. Lerner und diese – was eigentlich? – im Donaudelta. War es nur ein Serverstandort, über den Nachrichten liefen? Unwahrscheinlich, mitten im Urwald. Ein Aussteiger, der ohne Geld und Kreditkarten im Urwald leben wollte? Und dabei zufällig in der Nähe auffälliger Kommunikationsknoten gelandet war? Zufälle gibt es nicht, waren sich Psychoanalytiker und Riskmanager einig. Ein Widerstandsnest? Lächerlich, in einer organisierten und abgesicherten Umgebung. Aber: Jedes Risiko ist eines zu viel. Es sei denn, es verspricht Gewinn.

War hier Gewinn in Aussicht? Grund schüttelte für sich selbst den Kopf; zu gewinnen war hier nichts, nicht einmal kurzfristig. Nicht einmal mit besten Absichten.

Er öffnete die Vorlage für einen Einsatzbefehl und gab die Koordinaten ein. Mitten in Urwald? Und wenn schon. Er zögerte kurz. Dann tippte er. „Alle verfügbaren Ressourcen. Information nicht notwendig, keine Spuren."

Der Einsatzbefehl ging direkt an die Zweite Brigade. Der erste großräumige Einsatz. Egal.

Dort, mitten im Niemandsland, konnte nichts schiefgehen. Kollateralschäden würden sich beseitigen lassen …

Souveräne Präsentationen, die spontan und natürlich wirken, sind immer einstudiert. Es gibt kaum fatalere Fehler, als sich auf Charisma, Rhetorik, Selbstsicherheit und Fachwissen zu verlassen; ich weiß das alles, ich kann alle Fragen beantworten. Jeder Satz braucht seine Geschichte, es muss gut getaktete Höhen und Tiefen geben, kurze Zusammenfassungen zwischendurch, und die Momente, die Wirkung erzielen sollen. Nervosität ist die Stärke des erfahrenen Vortragenden, die ihn dazu treibt, die Dinge auf den Punkt zu bringen. Selbstgespräche – Würde ich mir glauben? Würde ich das spannend oder unterhaltsam finden? – sind die intensivsten Proben. Selbstsicherheit, die an Langeweile grenzt, ist die große Gefahr.

Niemand kann vom Gegenstand seiner Präsentation hundertprozentig überzeugt sein, dazu weiß jeder, der die Bühne betritt, einfach zu viel. Zweifel sind der beste Indikator von Wahrheit. Aber Zweifel haben auf der Bühne kein Platz.

Eine der größten Herausforderungen guter Vorbereitung ist es, die eigene Langeweile im richtigen Moment zu überwinden. Du hast es vielleicht schon hundert Mal gehört. Aber vermittle es so, als wäre alles eine spannende, sich genau in diesem Moment entscheidende Frage …

Lerner ließ seine Unterlagen sinken und sah durch das kleine Containerfenster in die stockfinstere Wüstennacht. Er war oft auf verschiedenen Podien gestanden, als Vortragender auf großen Bühnen, als Vertreter von großen Projekten oder tiefgreifenden Unternehmensprogrammen vor Vorstands- und Aufsichtsratsgremien. Noch nie auf einer großen politischen Bühne, noch nie vor den Vereinten Nationen.

Präsentationen konnten nur dann das Publikum treffen, wenn man sein Publikum kannte. Diesmal, dachte er, wusste er zu wenig. Waren es Sesselfurzer? Visionäre? Verwalter oder Gestalter? Funktionäre oder Bosse? Sein Auftrag war klar; die Präsentationsvorgaben waren strikt.

Aber die Informationen zum Publikum waren spärlich: Eine Namensliste, einige davon mit allgemeinen Lebensläufen verlinkt, sonst nichts.

Und dann nagte seit der Nacht in der Betonwüste von Novi Beograd, seit der Begegnung mit den zwei Gestalten aus dem Container, Zweifel an ihm, der nicht nur vernünftige Skepsis war, sondern sich zu lähmender Unsicherheit auswuchs.

„Wir stärken die Grundpfeiler unserer sozialen und ökonomischen Ordnung", hieß es in seinen Unterlagen. Das war der Grundsatz, den die Universal Bank vor sich her trug, seit das Unternehmen europäische Konkurrenten übernommen hatte, Regierungen und Staaten mit Krediten, Garantien und Förderungen unterstützte, Industrieunternehmen, Sportvereine, Medienkonzerne aufkaufte und dazu überging, die Regeln des vereinten Europa neu zu schreiben.

Nicht unplausibel. Obwohl dieser Anspruch in der spartanischen Einsamkeit eines bis auf Bett, Tisch und Stuhl leeren Containers in der marokkanischen Wüste etwas überzogen wirkte. „Wir stehen für Bildung und Weiterentwicklung der Zivilgesellschaft, die wir mit unserem Streben nach kontinuierlicher Verbesserung stärken", hieß es weiter. „Die Krisen der vergangenen dreißig Jahre haben gezeigt, wie gefährlich Stillstand ist. Wir lassen das nicht mehr zu."

Und dann: „Das Streben nach Glück ist in vielen Rechtsordnungen unseres Planeten als Menschenrecht verankert. Aber wie setzen wir es durch?" – Das war die schwierige Passage, die er gezielt vermitteln musste.

Die Informationen aus dem Vorstandsbüro lieferten eine klare Argumentationslinie – so klar, dass klar war, dass Teile fehlen mussten. Nichts funktioniert so reibungslos und ohne Widersprüche.

Rick klopfte an die einen Spalt offenstehende Tür; Lerner hatte ihn erwartet. „Das sieht nach einer langen Nacht aus", Rick deutete auf die in Lerners Containerabteil verteilten Papierstapel. „Wahrscheinlich ein paar lange Nächte, ich muss erst einen roten Faden oder einen grünen Pfad oder was auch immer finden."

Rick ließ den Sicherheitsmann, der ihn begleitet hatte, ein Tablett mit zwei Gläsern und einer kleinen Karaffe mit einer Mischung aus Absinth und Minzetee auf den Tisch stellen. Marokkanische Mischung, die über einen Zuckerwürfel eingeschenkt werden wollte und als Kompromisslösung zwischen Durst und dem im Camp herrschenden Alkoholverbot galt.

„Ich kann mich nicht wirklich konzentrieren, wenn ich trinke“, sagte Lerner zögernd. „Das ist wahrscheinlich unsere letzte Sorge“; Rick ließ die Reste der Zuckerwürfels aus der kleinen Zange in seinen Becher fallen. „Heute brauchen wir mehr Visionen als Konzentration.“

Er sah Lerners Notizen auf dem Schreibtisch. „Genialer Schachzug“, er nickte anerkennend. „Wir und das Menschenrecht auf Glück. Das lässt Strategen träumen.“

Sie stießen an. „Gibt es hier wirklich nichts, was sich als Bar oder Café verkaufen ließe? Ich weiß, ich habe das schon öfter gefragt, aber um diese Uhrzeit …“ Rick schüttelte den Kopf. „Wir haben das gezielt vermieden. Das lenkt ab, schafft Konkurrenz und eröffnet zu viele Perspektiven. Hier gibt es Arbeit, sonst nichts. Aber wenn Sie etwas Luftveränderung brauchen – nehmen Sie mit, was Sie brauchen, und gehen wir nach draußen. Jetzt ist alles ruhig; wir werden unter uns sein.“

Unter uns – bis auf den Sicherheitsmann, der in einigen Metern Abstand im Schatten stand und aufmerksam in die Nacht sah.

„Die Idee mit dem Glück ist etwas amerikanisch. Aber gut, die Entscheidung fällt ja in New York. Wie werden Sie argumentieren?“

In der Nacht war das Camp wie ausgestorben. Die dicken Stahlbetontüren, hinter denen Geräusche Verzweiflung, wilde Tiere oder einen bevorstehenden Ausbruch vermuten ließen, waren außer Hörweite. Die Traineegruppen schliefen, streng bewacht in ihren Containern die einen, im Labor an sedierende Lösungen angeschlossen die anderen. Sie mussten ruhig liegen, während ihre Körper analysiert wurden, DNA-Proben entnommen, Zusätze und Nährlösungen verabreicht wurden, um die in Gang gesetzten Prozesse zu unterstützen. Die Maßnahmen im Programm waren noch immer riskant. – Nur eine Frage der Perspektive: Ziele wurden erreicht, auf die eine oder andere Art.

„Wie argumentieren? Das habe ich mich gerade gefragt …“

„Ich denke, das ist nicht so schwer. Denken Sie noch mal an die ersten zwanzig Jahre unseres Jahrhunderts zurück, an die Jahre der finanziellen Repression. Da stand für kurze Zeit einiges auf der Kippe: Regierungen hielten die Zinsen niedrig, wir waren unter

Druck und konnten Margen nicht mehr rechtfertigen, Leute wollten Geld anlegen und dafür Zinsen bekommen, die mehr als die Inflation wettmachten, während Staaten nur darauf aus waren, ihre Schulden über Inflation zu reduzieren, wenn sie sie schon nicht zahlen wollten. Das waren Zeiten!"

Lerner erinnerte sich, konnte aber wenig Glamour in seinen Gedanken finden. Niedrige Zinsen und nicht mehr argumentierbare Margen brachten Banken an den Rand ihres Abgrunds. Banken appellierten an Staaten, ihre Schulden zu reduzieren, damit Zinsen und Inflation wieder in wirtschaftlich vertretbare Grenzen gebracht werden konnten. Staaten argumentierten umgekehrt, sie hätten all diese Schulden nur auf Grund der zahlreichen Zuschüsse und Kapitalgarantien für die Finanzwirtschaft. Banken wiederum hielten dem entgegen, diese Garantien seien nur auf Grund überzogener Sicherheitsvorschriften notwendig geworden: Erhöhte Eigenkapitalanforderungen, organisatorische Auflagen, neue Reports, zu finanzierende Kontrollinstitutionen – all jene Änderungen, die in den ersten Jahren der Krise eingeführt worden waren, verbrauchten bald nur noch Geld.

„Wir sind, was wir sind, weil wir auch in dieser Zeit gearbeitet haben, weil wir – und jetzt kommt der spannende Teil – Menschen in ihrem Streben nach Glück unterstützt haben. Während Menschen überall anders auf der Welt echte Sorgen ums Überleben hatten, hatten sie in Europa auch während der Zeit, die man Krise nannte, vor allem eine Sorge: Was mache ich mit meinem Geld? Menschen hatten Sorge um ihr Vermögen, um Gewohnheiten, die zuvor fünfzig Jahre lang klaglos funktioniert hatten: Sie geben der Bank Geld, die Bank wirtschaftet damit, und irgendwie wird es mehr. Niemand rechnet so genau nach – solange nachher mehr auf der Hand ist als vorher, solange funktioniert das Spiel. Genau dieses Spiel ist ins Wanken geraten, erst nur im Kleinen: bei zwei oder drei Prozent Inflation und einem halben Prozent Zinsen konnte sich jeder ausrechnen. Sie haben uns gehasst – aber sie wollten, dass unser Modell ewig lebt. Das war wirklich krass: Wir waren das Letzte, wir waren verachtet, politisch geächtet, wirtschaftlich geschwächt, aber wofür sie uns wirklich gehasst haben, war, dass unser Geschäftsmodell, das angeblich an allem Schuld war, nicht mehr so funktionierte, wie sie es gewohnt waren. Sie liebten es: Zinsen, Geld schaufeln, vielleicht kleine Geschenke bekommen – all das damals Unleistbare war ein Symbol der goldenen Zeit. Ein Weg zu ihrem Glück."

Rick war es gewohnt, Geschichten zu erzählen. Als Leiter des Traineeprogramms fesselte er sein Publikum seit Jahren, ein wenig Wissen, ein wenig Gehirnwäsche, ein paar Körner Wahrheit. Und ein wenig Überwindung, immer wieder mal über seinen eigenen Schatten zu springen.

Lerner nickte. „Niemand kann es sich leisten, auf Gier als die Tugend unseres Jahrhunderts zu verzichten."

„Das klingt ein bisschen trocken", Rick klopfte auf Lerners Schulter. „Gier, Glück – da muss man flexibler sein. Träume, Erfolg, Sex – das hat alles mit Geld zu tun. Denken Sie mal nach. Alles was uns glücklich macht, kostet. Und alles, was uns glücklich macht, liegt in der Zukunft, der Rest ist Sentimentalität. Hoffnung nennt man das. Hoffnung ist der Gebrauchtwagenhändler unter den menschlichen Werten – viele Versprechen, alles wird schon gut gehen, und dabei weiß der Kunde, dass es einfach ein Glücksspiel ist. Wir brauchen diese Träume, nennen Sie es Visionen, Strategien, Halluzinationen – Hauptsache, es geht weiter. Wir können unsere Versprechen selten halten, deshalb machen wir ja so viele davon. Aber denken Sie daran, was Menschen bewegt – Societykram, Erfolgsstorys, Romanzen, all das, was sie nie haben werden. Und es ist ganz egal, wie weit die Träume weg sind, es zählt nur, sie zu haben."

„Das ist aber, in unserem Fall, durchaus ins Wanken geraten."

„Deshalb haben Sie jetzt den Job, den Sie haben. Machen Sie ihn gut – und wir haben freie Bahn. Das Unternehmen hat die notwendigen Vorkehrungen getroffen. Es gibt Kritik, es gibt Gegenreaktionen, es gibt Versuche, uns zu unterwandern. Aber mit einem formellen, weltweiten Beschluss haben wir die Mittel, dagegen vorzugehen – viel besser, wir brauchen es gar nicht selbst zu machen: Denn wir sind die Garanten des Menschenrechts auf Glück. Und deshalb müssen die Regierungen und Polizeibehörden der Welt uns dann schützen. Wenn wir mit der Sache durch sind, können wir Polizei, Gerichte und alle anderen Behörden dieser Welt für uns einsetzen. Das ist schließlich, worum es hier geht. Also: Ihr Job ist wichtig. Sie machen das."

***

Die Wachen hatten Schichtwechsel. Neue Uniformierte bezogen ihre Posten, standen stumm in der Dunkelheit, andere zogen ab. Draußen, vor den Toren des Camps, bereitete sich die neue Schicht auf eine neue Mission vor. Der Stahlcontainer stand auf einem Pickup bereit, Netze, lange Eisenstangen mit Haken, Elektroschocker, Handschellen. Das erstickte Kreischen und Ächzen unter der dicken Stahlbetondecke ließ erkennen, dass sie es schon bemerkt hatten.

Eine dicht gedrängte Menge schwitzender Körper warf sich innen gegen die Befestigungen, Kratzen, Beißen; sie hatten das Tageslicht seit Monaten nicht gesehen. Bei manchen waren es Jahre.

„Abfahrt", der Wachkommandant winkte dem Fahrer, der restliche zehn Mann starke Trupp setzte sich in Bewegung. Einige hundert Meter weiter leuchteten die Scheinwerfer eines Wachturms. Scharfschützen bewachten einen weiteren Ausgang – eine dicke, mit mit einem dichten Netz aus Riegeln gesicherte Stahltür, die in eine betonierte Grube eingelassen war; in nur knapp einem Meter Abstand umgab ein massiver unter Strom stehender Stacheldrahtzaun den Ausgang.

Die Scheinwerfer leuchteten die kleine Fläche taghell aus, die Scharfschützen beobachteten jede Regung.

Der Ausgang war Teil eines Bunkersystems, der im Inneren durch Schotten von den anderen Räumen getrennt werden konnte. Sensoren und integrierte Kameras lieferten Bilder an die Überwachungsscreens der Sicherheitsleute. Sie wussten genau, wieviele Insassen sich gerade in diesem Teil aufhielten.

Jetzt waren es drei. „Wir brauchen nur zwei", der Kommandant schärfte es seinen Leuten nocheinmal ein. „Wenn der dritte mitkommt, müsst ihr ihn unbedingt wieder zurückbringen. Oder ihr erledigt ihn."

Die Tür wurde per Fernsteuerung geöffnet. Dann geschah einmal nichts. Eine schwarze Öffnung im grellen Scheinwerferlicht, umgeben vom Dunkel der Nacht. Staub tanzte in den Scheinwerferstrahlen nach draußen. Die Scharfschützen vermieden es, in den Lichtkegel daneben zu blicken, nur der dunkle Eingang war ihr Ziel. Es bewegte sich nichts. „Sie kommen gleich, sie lassen uns immer warten. Alle auf ihre Positionen!", auch der Kommandant sah angespannt in die Finsternis.

Mit einem leisen erstickten Kreischen näherten sich Schritte. In manchen Sekunden klang das Kreischen wie nervöses Kichern. Die Schritte eines zweiten mischten sich unter die Geräusche. „Zwei – wir müssen schnell sein."

Zwei ausgemergelte Männer, die nur noch zerfetzte Unterhosen trugen, standen zögernd im Scheinwerferlicht. Fettiges Haar fiel strähnig in ihre Gesichter, auf ihrer Haut glänzte Schweiß. „Lasst sie noch einen Schritt machen!"

Im Gang waren die vorsichtigen Schritte eines dritten zu hören. Die beiden andern sahen zurück, machten einen Schritt nach vorne. „Jetzt!" Die lauernden Wachposten steckten blitzschnell die langen Eisenstangen durch den Stacheldraht, die Ringe an deren Enden schlossen sich um die Hälse der beiden, die nächste Reihe Wachleute besetzte, Elektroschocker im Anschlag, beide Seiten des Ausgangs. Die Tür fiel zu, die Riegel gehorchten ihrer Fernsteuerung und schlossen sich schneller, als sich der herannahende Dritte gegen die Tür werfen konnte.

Das Tor im Stacheldrahtzaun wurde geöffnet. Wieder zwei Wachposten betraten den Kreis und schlossen die Ringe ihrer Stangen um die Hälse der Gefangenen. Wie Hundefänger, sicherer Abstand zu ihrem Fang. Wie wilde ausgehungerte Hunde, es kam Leben in die Gefangenen. Sie stemmten sich gegen die Stangen, rissen an den Halsringen, wehrten sich dagegen, zum Ausgang gezogen zu werden. Die Elektroschocks nahmen ihnen nur wenig Energie.

Der Container auf der Pickup-Ladefläche wurde geöffnet, ein letzter heftiger Elektroschock, der beide Männer für einen kurzen Moment umwarf, sie wurden in den Container gedrängt, die massive Tür fiel ins Schloss.

„Bringt sie zum Hubschrauberlandeplatz, wir sind spät dran."

***

Rick und Lerner saßen noch auf dem Platz vor Lerners Container. „Wir als Glücksfabrikanten – Sie meinen also, das geht so durch?"

„Hängt von Ihnen ab. Ich denke, die Story ist angekommen. Fangen Sie am besten bei der Sache mit den Träumen, der Hoffnung und der Zukunft an – das ist sicher für die meisten am ehesten verständlich." Rick stand auf. „Ich wünsche Ihnen alles Gute. Ich muss jetzt los; wir fliegen heute noch einen kleinen Einsatz – der Nächste, der seine erste Bekanntschaft mit der Zweiten Brigade machen wird." Er zwinkerte und verschwand, verfolgt von einem zweiten Wachmann, der wie aus dem Nichts aufgetaucht war und ihn begleitete.

Lerner zog sich in seinen Container zurück. Zukunft, Hoffnung, Glück. So weit klar. Das ergab einen schlüssigen Zusammenhang. Und alles war zugleich brüchig, schutzbedürftig. Jemand musste sich darum kümmern, Menschen Chancen einräumen, Menschen antreiben. Nur keine Stagnation. Einer der geheimen Wahlsprüche der Universal Bank. Nur keine Stagnation.

Dafür sorgte das ETP; Lerner hatte die Unterlagen schon oft durchgeblättert. Wie konnte jemand etwas dagegen haben? Er griff nach dem Stapel mit Informationen aus dem Untergrund. Untergrund, das klang sehr dramatisch; er lächelte.

Es waren wirre Textfragmente, die teils kindlich naive Aktionen ankündigten – die Verbreitung von Spielgeld, erfundene Fondsprodukte, Aufrufe zu Bankruns, die organisiert Bargeld aus Banken abziehen sollten. Teils Dossiers zu den Energiekrisen in Osteuropa und Südwesteuropa: Jemand wusste von Unfällen und Plünderungen entlang der russischen Gaspipelines, jemand war erstaunlich gut über die Schritte und Pläne des Anti-Atom-Protests informiert. Weitere Materialsammlungen.

Ein weiterer Zeitungsausschnitt, serbisch mit Übersetzung. „Nach einem Notruf von Nachbarn, die verdächtige Geräusche gehört hatten, fand die Polizei drei Leichen in einer Wohnung in der Fruskogorska Strasse. Weitere Informationen wurden noch nicht freigegeben. Aus informierten Kreisen sickerte aber durch, dass auf Grund der Brutalität der Morde und der Vorgangsweise der Mörder ein Verbrechen in der sogenannten Satanistenszene vermutet wird."

Lerner schluckte. In die Fruskogorska Strasse hatte seine Mission mit den zwei Containermenschen geführt.

Das war kontrollierte Information. Die Organisation hatte also Kontakt zu internationalen Behörden. Mehr, als er bisher gedacht hatte. „Für den Rest wird gesorgt", war die Information, die er damals bekommen hatte. „Das ist nicht mehr Ihre Angelegenheit. Sie sind nur für die Freisetzung zuständig. Wir melden uns, wenn es noch etwas zu tun geben sollte. "

Notizen zu kritischen Blogs und Kommentaren, ein wild spekulierender Autor, der, Lerner überflog ein paar Postings, entweder sensationelle inoffizielle Quellen haben musste, oder einen extravaganten Riecher.

Er hatte eine Art Hotline eingerichtet, einen anonymisierten Terminal-Server, der Daten empfangen konnte und keine Informationen zu Quellen oder Absendern speicherte. Das war auch zugleich die einzige Spur eines Kontakts.

Die anderen Informationen waren spurlos – als hätte sie jemand unbeobachtet in einen Zettelkasten geworfen und dabei noch Handschuhe getragen. Faszinierend, dass so etwas noch möglich war, in einem Netz, das so dicht und reich an Informationen war, dass es eine mittlerweile schon ergiebigere Informationsquelle war, als jemandem in die Augen zu sehen.

Die Anmerkungen des Sicherheitsdiensts der Bank enthielten keine Anmerkungen zur Herkunft dieser Daten. Eine handschriftliche Notiz auf einem der Scans, kaum noch leserlich, war der einzige Hinweis. Könnte der Beginn einer IP-Adresse sein, allerdings unvollständig. Lerner führte auf seinem Tablet eine IP-Suche durch. Keine Ergebnisse. Weitersuchen?

Eine halbe Stunde später wusste Lerner, dass die Zahlenkombination Teil der Vorwahl von insgesamt dreiundzwanzig Orten in vierzehn Staaten sein konnte, in über achtzehn Millionen Telefonnummern aus aller Welt vorkam, und Teil der IP-Adressen eines vor acht Jahren in den Konkurs verabschiedeten rumänischen Internetproviders sein könnte. Informationsbruchstücke zu diesem Unternehmen waren noch in diversen Firmenverzeichnissen zu finden. Lerner gab die IP-Adresse in seinen Browser ein. Keine Antwort. Aber auch keine Fehlermeldung.

Die Information war nicht schwer zu finden. Was mit Sicherheit bedeutete: Die Bank wusste mehr, als sie ihm verraten wollte.

Schutz? Vertraulichkeit? Manipulation? Lerner mochte diese Art von Zurückhaltung nicht.

Er öffnete seine Notizen für den Vortrag vor dem Weltgesundheitsausschuss der Vereinten Nationen. Er blätterte ein paar Mal schnell vor, zurück, wieder weiter. Wieder zurück. Er legte eine

Kopie an. Seine Notizen, Agenda am Anfang, Titelblatt und Entscheidungspunkte am Ende. Speicherte die einzelnen Seiten als Bilder und legte schwarze Balken über einige Details, die Unternehmenslogos der Vorlage. Ließ einen Filter darüber laufen, sie sollten nicht so neu aussehen, sollten aussehen wie schlechte Scans alter, irgendwo gefundener Ausdrucke.

Und dann wechselte er das Benutzerprofil seines Laptops, öffnete den Terminal von „Erkans World" und speicherte seine Dateien. Sie verschwanden sofort.

Das Ziehen um den Nabel war ein unsicherer Schmerz, den Lerner gut kannte. Ein untrügliches Zeichen, dass das Risiko jedes planbare, kontrollierbare Ausmaß überstieg. So wie der Bandscheibenvorfall und das nervöse Zucken in seinem Auge Zeichen dafür waren, dass Grenzen überschritten wurden.

Zu spät. Zu spät? Es hatte gerade erst begonnen.

Die gespenstische Siloanlage lag auch mittags unter der großen Dunstglocke. Maiskolben, riesige Weizenähren und vereinzelte Kürbisse faulten unter dem Dunst, über dem irgendwo die Sonne schien. Graue Betonwände, stillgelegte Anlagen, dazwischen die Abflussrinnen in der Breite vierspuriger Autobahnen.

Leons Hummer donnerte über eine der Abflussrinnen, endlich glatter Untergrund nach Stein- und Sandpisten. „Wir sind gleich da", Rick, der Leon begleitete, drehte sich vom Beifahrersitz nach hinten. „Die Präsentation startet dann in ein paar Minuten, es ist alles vorbereitet." Leon rückte seine Sonnenbrillen zurecht, die in seinem feisten blassen Gesicht ohnehin nicht verrutschen konnten. Seine Handflächen schwitzten in diesem verdammten Klima noch mehr als sonst. Nicht seine Idee, hierher zu fahren. Büchel hatte auf dem Lokalaugenschein bestanden.

„Das Programm funktioniert nur als gemeinsames. Wir müssen alle dahinter stehen, hinter allem, oder wir geben es auf." Ja, verdammtes Commitment. Leon erledigte seine Geschäfte lieber in den luxuriösen Büros seiner Kunden, lud sie zu Events ein oder veranstaltete Segeltörns.

Libyen mochte einmal eine Urlaubsdestination gewesen sein, vor dreißig Jahren vielleicht. Jetzt eine große verlassene Plantage, sein großes Projekt, das er vorübergehend stillegen musste. Vorübergehend. Die Luft in seinen Höhen war dünn. Ein paar Wochen Stillstand, und du bist ein Loser. Nachhaltig.

Aber wahrscheinlich, musste er zugeben, würde die Strategie aufgehen. Knappheit war für die Vollidioten dort draußen noch immer das beste Argument. Marketing, Werbung? Vergiss den Kinderkram. Sag jemandem, dass er etwas nicht haben kann, und sie reißen es dir aus der Hand. Künstler wussten das, Nutten wussten das. Es lag ja auf der Hand, zugegebenermaßen. Und diese Branche, Energie, Nahrung, das wusste er, hatte einen entscheidenden Vorteil: Künstler und Nutten waren in ihren Verknappungsstrategien auf soziale und moralische Rahmenbedingungen angewiesen. Das Verbotene,

Aufregende, Besondere. Arme Kreaturen, die Grenzen erst kennenlernen mussten, um sie überschreiten zu wollen. Süß, dachte Leon. Und das in einer Zeit, in der doch wirklich schon klar sein musste, dass Geschäfte keine Grenzen kannten. Ok, nicht ganz. Grenzen waren Grenzen. Aber niemand wusste genau, wo Grenzen waren. Grenzen konnten nicht überschritten werden, sonst wären sie keine Grenzen. Aber mit jedem Schritt wurde klar, dass vermeintliche Grenzen doch immer wieder einen Schritt weiter weg waren als gedacht. Leon kannte seine Grenzen nicht. Noch nicht.

Es ging darum, den Drang aufrecht zu erhalten.

„Wir sind da." Der Hummer hielt vor einem kleinen Stahlcontainer, vor dem einer der nächsten Wachtrupps stand. Rundherum noch immer graubrauner Silobeton, faulende Ernte, und Stacheldraht. „Ich empfehle Ihnen, im Auto zu bleiben", der Wachposten vom Beifahrersitz wandte sich noch einmal an Leon. „Ist das für Sie in Ordnung?" Leon nickte unmerklich und öffnete das Fenster zum Container hin.

Vor dem Container stand ein alter VW Golf, wirkte nicht mehr fahrtüchtig. Mann und Frau saßen darin, wirkten besorgt, ängstlich; sie konnten das Auto nicht verlassen.

„Die beiden wurden in der Nähe unserer Anlage aufgegriffen. Wir vermuten, dass sie den Widerstand unterstützen. Egal, jetzt helfen sie uns, die Präsentation zu veranschaulichen. Bereit?" Leon nickte, Rick gab sein Zeichen. „Die beiden sind gechipt. Das ist nicht unsere übliche Vorgangsweise. Normalerweise beseitigen wir sie einfach. Aber auf diese Weise können Sie sie leichter weiterverfolgen. Ich habe verstanden, dass Sie auf dem Laufenden über das Programm unserer Zweiten Brigade bleiben möchten."

„Jaja, los", Leon winkte.

Die Soldaten des Wachtrupps rund um den Container brachten ihre Waffen in Anschlag, Sturmgewehre und Elektroschocker.

Diese verdammte feuchte Hitze.

Verwesungsgeruch von faulender Ernte. In den sich andere Verwesung mischte. Leon kannte die Sümpfe ausserhalb des Stacheldrahts noch nicht.

Der Container wurde geöffnet. Wachen, Waffen im Anschlag, in gespannter Erwartung. Das Innere des Containers nur schwarz. Nichts.

Dann tastete sich eine hagere Gestalt zögernd ans Licht, ein Mann in dreckigem T-Shirt, zerrissenen Jeans, Turnschuhen. Blinzelte scheu ins Licht. „Seien Sie vorsichtig", Leons Begleiter drehte sich nach hinten.

Ein zweiter näherte sich dem Licht.

Erst standen sie fast scheu da, blinzelnd, als hätten sie lange kein Tageslicht gesehen. Dann klopften sie einander auf die Schultern, kicherten, ein heiseres Kreischen, und stürmten los. Der erste stürmte auf die Wachen zu, sein strähniges fettiges Haar flog mit seiner Bewegung, der zweite umlief die Wachen, flink wie ein Wide Receiver im American Football, ein Haken, zwei Sprünge, er stürmte auf Leons Hummer zu. Das unsäglich schrille heisere Kreischen, sein Körper klebte an der Tür des Hummers, das verzerrte Gesicht knapp vor Leons Augen, ein hagerer dreckiger Arm, auf dem Schweiß und Staub glänzten, griff durch das offene Fenster. Leon rutschte mit einem Satz an das andere Ende der Rückbank, der Typ grinste und kicherte, setzte an, durch das offene Fenster zu klettern.

Die Soldaten des Wachtrupps stoben auseinander, die einen umkreisten den ersten, der sie attackiert hatte, lange Eisenstangen streckten sich in seiner Richtung, Halsringe an deren Ende, die anderen stürmten mit ihren Elektroschockern zu Leons Hummer.

Leon drückte sich an die entgegengesetzte Tür, lange nicht mehr so viel Bewegung gehabt, sah genervt zu seinem Begleiter nach vorne. Der Chauffeur schloss das Fenster, Fernbedienung, drängte den Typen hinaus, nur sein Arm blieb noch, eingeklemmt vom sich schließenden Fenster, im Inneren des Hummers. Die Wachen erreichten ihn, vier Elektroschockgeräte an seinem Körper, er sank in sich zusammen. Nur der eingeklemmte Arm hielt seinen leblosen Oberkörper noch aufrecht.

Der andere stand, gebremst in seiner Energie, lauernd vor den langen Eisenstangen.

„Das ist normal", Rick sprach sehr sachlich zu Leon. „Wenn wir sie freilassen, müssen sie sich zuerst orientieren."

Das Paar in dem alten Golf beobachtete die Szene. Kein Ausweg.

„Das sind zwei zufällig ausgewählte Trainees aus unserem Programm", Leon hörte Rick zu wie einem Fremdenführer, „Ein wenig Geduld noch." Die beiden sahen einander in ihrer Verwahrlosung ähnlich, langes fettiges Haar, Strähnen, T-Shirt, Jeans und

Turnschuhe. Der vor Leons Hummer bewegte sich, stand auf, zog an seinem im Fenster eingeklemmten Arm, Hautfetzen blieben kleben, suchte seinen Partner. Der andere suchte ihn, nickte. Die Wachen gaben ihnen den Weg frei, Waffen, Fänger und Elektroschocker immer im Anschlag. Dieser faulige Geruch.

Sie fanden zueinander.

Leon rückte wieder näher.

Sie stießen einander kumpelhaft mit den Schultern, gingen langsam auf den alten Golf zu.

Zwei wehrlose Passagiere, die teilnahmslos um sich sahen.

Einer sprang auf das Dach des alten Golf, der andere auf die Motorhaube. Schlug die Windschutzscheibe ein, schlug noch einmal, riss mit blutenden Armen die gesplitterte Scheibe weg und streckte die Arme in den Himmel. In den dunstigen, verhangenen Himmel unter einer künstlichen Wolkendecke, Bewässerungs- und Befeuchtungsanlagen für gigantische Plantagen in der Wüste, das war Leons Projekt.

Der zweite sprang vom Dach auf die Motorhaube, beide hockten wie Affen, die Arme in den Himmel gestreckt, auf der Motorhaube. Dann schlugen sie zu. Stürzten sich durch die zerschlagene Windschutzscheibe wie zwei ausgehungerte Strassenköter in gefüllte Mülltonnen, dürre dreckige von Schweiß und Staub glänzende Arme um Hals und Schultern ihrer Opfer, sie verbissen sich in Nacken, Kehlen, Brust. Sie zogen ihre Opfer über die Motorhaube, ließen sie in den Staub fallen, blutverschmierte Hände und Kiefer.

Dann standen sie auf, dieses heisere Kichern, sie klopften einander auf die Schultern, sahen noch einmal in den Himmel, wie erleichtert, Wachen rundherum.

Dann gingen sie, sie liefen den Stacheldraht entlang, unter der Dunstglocke wie ein Paar in den Sonnenuntergang. Die Sonne schien hier nicht, gleichmäßig grelles Licht durch den dichten Dunst.

Die zwei lagen vor der Stoßstange des Golf, Blut, Staub, offene Wunden, die Fleisch und Knochen sehen ließen.

„Warten Sie“, Leons Begleiter entgegnete dessen Ungeduld. „Warten Sie.“

Eine Minute, zwei. Verdammte feuchte Hitze, schwitzende Handflächen. Leon war nicht freiwillig hier.

Sie bewegte sich zuerst. Brachte ihre verrenkten Knochen liegend in eine brauchbare Position, setzte sich auf, strich ihr Shirt glatt. Saß mit leerem Blick da, Blut verkrustete braun, sie fuhr durch ihr Haar, öffnete es, strich es mit den Fingern glatt, wartete.

Er drehte sich auf den Bauch, stützte sich ein wenig auf. Ein Blick rundherum. Dann stand er.

Er beachtete sie nicht, ein paar Schritte, kreiste seine Arme, wie um sie zu lockern, ging weiter. Er ging einfach.

Sie saß noch. Dann stand auch sie auf, strich wieder durch ihr Haar, klaffende Wunde im Hals, sie kam auf Leons Hummer zu, Leon rückte wieder nach hinten. Klaffende Wunde im Hals, blutende Wunde in ihrer Seite, sie zog noch einmal ihr Shirt zurecht, wie um es über die Wunde zu ziehen, sie lehnte sich, einen Arm auf dem Dach, an Leons Hummer, lächelte ihm zu. „Du kannst mich nicht haben", mit einem Hüftschwung drehte sie sich weg. Auch sie ging.

„Das war der Anfang", Rick gab dem Fahrer das Zeichen, den Motor wieder zu starten. „Sie haben gesehen, wie sie arbeiten. Jetzt halten wir Sie auf dem Laufenden."

Leon schwieg auf seiner Rückbank. Das war neu. Das war ein Bild, das er noch nicht hatte.

„Ich weiß, beim ersten Mal kann das etwas … verstörend sein. Aber glauben Sie mir, hier liegt unsere Zukunft. Die nächste Generation geht auch deutlich sanfter vor. Diese waren anfangs auch anders, aber sie haben sich eben … – entwickelt."

Rick zog sein Tablet, startete eine App und tippte. „Ich habe Ihnen gerade einen Link geschickt. Damit haben Sie direkten Zugang zu den Tracking-Daten, mit denen wir die zwei beobachten können. Kurzbiografien sind ebenfalls dabei; Sie können sich ein Bild machen, wo wir begonnen haben und was wir aus ihnen gemacht haben."

Sie fuhren eine Zeitlang schweigend.

„Zwanzig Minuten, dann haben wir den Hubschrauber wieder erreicht." Leon antwortete nicht. Auch Rick schwieg.

Information war schon lange durch Replikation ersetzt. Information, der Unterschied, der einen Unterschied macht. Information als der Teil unserer Umgebung, den wir eigentlich erst mal nicht erkennen können – könnten wir ihn erkennen und verstehen, wäre es keine Information, weil kein Unterschied. Wäre es kein Unterschied, kein Bruch mit dem Bestehenden, dann wäre es keine Information.

Mirko hatte diese informationstheoretischen Grundlagen alle gelernt, Russell, Bateson, Wiener, Carnap, Bar-Hillel. Nur traf das schon lang nicht mehr zu. Information, fand Mirko, stand mittlerweile einfach für Veröffentlichung. Online, Print, egal, alles schwirrte irgendwo herum und galt als Information. So unterschiedslos, dass die reine Menge von Öffentlichem gleichzeitig auch schon die beste Tarnung war. Liegt alles offen, unterschiedslos, in rauen Mengen – es liegt nur an dir, den Unterschied zu finden, der einen Unterschied macht. Veröffentlichung ist der neue Königsweg zur Geheimhaltung: Was offen daliegt, wird in der Menge schlicht übersehen. Manche konnten es natürlich trotzdem nicht lassen: Manipulation, Interpretation, das Ringen um präzise Formulierungen – das war der zeitgenössische Terror der vermeintlich Besserwissenden. Und zugleich immer wieder ein bewährtes Mittel, Aufmerksamkeit auf sich zu ziehen.

Es wäre also grundsätzlich einfach, genug Daten zu finden, Quellmaterial zu verarbeiten und Bewegungsspuren zu zeichnen. Allerdings blieben die Quellen dünn. Auf Wallas Terminal tröpfelte wenig Information ein, Medienberichte blieben spärlich, vereinzelt ein paar Vermutungen rund um Finanznachrichten oder um Spekulationen zu geplanten Attacken gegen Banken.

Mirko sah nur kurz von seinem Notebook auf, geradeaus der freie Blick auf den wilden Fluss, Weiden, Platanen und gelegentlich mit lautem Kreischen vorbeiziehende Reiher.

Sein Aggregator funktionierte – das wusste er vor allem, weil er ihn auch mit anderen Quellen testete. Denn die Weltkarte der Bad

Money-Scheine blieb bis auf die bekannten Punkte leer. Als hätte es sie nie gegeben. Oder nur dort, wo die Werkstätten und Lagerplätze schon ausgehoben waren: Überall dort, wo sich ein Hinweis rekonstruieren ließ, berichteten Zeitungen von mysteriösen grausamen Mordfällen. Und dann blieb es still.

Walla und Balan stellten Teller auf den Tisch und setzten sich zu ihm. „Es ist, als gäbe es die Bad Money-Scheine nicht“, sagte Mirko. „Entweder gibt es sie nicht – oder jeder Hinweis verschwindet. Ich kann jede andere Information nachverfolgen, Verbreitungsprofile nachzeichnen und Quellenwahrscheinlichkeiten berechnen. Aber hier gibt es einfach nichts. Wenn ich sie nicht gesehen hätte, müsste ich sie für eine Legende halten.“

Er schob das Notebook weg und griff nach dem Teller.

„So ist es uns immer schon gegangen“, Walla zuckte die Achseln. „Dabei waren wir früher noch draußen und hatten konkrete Spuren. Wir haben einige von diesen Freaks eingefangen und untersucht. Sind aber auch nicht weitergekommen. „Erst haben wir ja gedacht, es handelt sich um eine Krankheit, irgendeinen mysteriösen Virus, der Leute schwächt, gleichzeitig in geistig völlig eindimensionale Freaks verwandelt, die in der einen Richtung, die ihnen noch geblieben ist, unvorstellbare Energie entwickeln können. Viren, Bakterien – aber Bluttests und was auch immer es an Analysen gibt, ich bin kein Arzt, haben nie Hinweise geliefert. Für eine Krankheit war auch die Verbreitung etwas unklar: manchmal schnell und breit wie eine Epidemie, dann wieder gar nicht. Die Ärzte sind da nicht weitergekommen. Manche haben dann gemeint, vielleicht ist es auch nur eine Psycho-Sache: Keine körperlichen Ursachen, ein paar Symptome und Folgen vielleicht, wie eben die extrem konzentrierte Energie. Vielleicht steckt ja nur der Kopf dahinter: Überarbeitung, Stress, Burnout waren die Themen dieser Zeit. Es konnte aber jeden betreffen: Obdachlose, Hausfrauen, Schüler, Handwerker, Künstler - kein Unterschied. Gut, das hat man von diesem Burnout-Kram auch behauptet.“

Walla redete weiter, während sie aßen.

„Die nächste Theorie war Sucht. Irgendein neuer Drogenkram, wahrscheinlich synthetisiert aus leicht erhältlichem Hausfrauenzeugs. Musste höllisch schnell fahren, die Leute waren sofort drauf.

Klassische Suchtsymptome dabei: Sie haben alles aufgegeben, sich nur noch auf eines konzentriert, Freunde und Familie ignoriert, dazu ein paar körperliche Verfallserscheinungen. In der Zwischenzeit hatten wir eigene Laboratorien; erst wurde dort eben nach Krankheiten gesucht, jetzt nach Sucht- und Drogensymptomen. Das einzige Problem dabei: Es gab nie Spuren von Drogen. Keine einzige verdammte Substanz, die nicht in die untersuchten Körper gehört hätte."

Walla lachte mit einem leichten Keuchen. „Was da alles in die Forschung geflossen ist. Vollkommen umsonst. Und diese Analysen haben wir lang betrieben – und natürlich auch entsprechende Gegenmaßnahmen getestet."

Mirko dachte an Wallas Silberpfeifchen und hoffte auf eine nächste Portion Gras nach dem Bier. Also hörte auch er aufmerksam zu.

„Ganz genau lässt sich das so nicht mehr rekonstruieren. Es gibt anscheinend einige Vorläufer, die schon fünfzig Jahre und mehr zurückreichen. Damals hat man wohl versucht, diesem Drang mit Ruhe und Frieden zu begegnen. Habt ihr mal von DoG gehört?" Alle schüttelten den Kopf. „Ja, war nicht wirklich ein Erfolg. Dope against Greed, war ein interessanter Ansatz, Sucht mit Drogen zu bekämpfen. Aber was ist das schon für eine Droge, dem kann doch niemand böse sein …" Walla legte seinen Grasbeutel und das Silberpfeifchen auf den Tisch. „Die DoG-Initiative war jedenfalls kein rasender Erfolg. Aber es ist relativ schnell etwas nachgekommen, das sich dann in die Hippie-Bewegung verwandelt hat, die kennt ihr aber schon? Wobei – das Bild heute ist auch ein anderes, als es damals war: Friede, Freiheit, Liebe – Unsinn, es ging darum, Leute ruhigzustellen. Gib ihnen Drogen und Grillpartys, und sie vergessen ihren täglichen Stress. Ziele verschwimmen, und mit der Zeit ist es nicht mehr wichtig, irgendwas zu tun. Hat aber nicht funktioniert. Aus der Party wurde Kultur, aus der Kultur wurde Geschäft."

***

Das Internetcafé im Hafen von Tulcea war eindeutig zu weit weg von jedem Flughafen. Hafen war auch übertrieben, ein paar Yachten und Fischerboote lagen entlang einer Kaistraße im Wasser, ein paar Fischstände, und das nüchterne Internetcafé, in dem es eine Reihe von Kaffeesorten, Smoothies und Salate gab. Keinen Alkohol. Rudi seufzte.

Bis hierher hatte er es von der Anlegestelle der Kreuzfahrt, Endstation in einem rumänischen Nest, Rückfahrttickets gäbe es, sicher nicht, geschafft.

Cheap Calls, schrien bunt leuchtende Klebebuchstaben auf den großen Fensterscheiben des Cafés, Fast Internet.

Rudi klickte durch Seiten von Billigfluganbietern, Wellington, Hong Kong, Los Angeles.

Lebendige Städte, die allein durch ihren Namen Abwechsung versprühten, die Verheißung, dort zu sein und sich um nichts mehr kümmern zu müssen; Entertainment läuft von allein. Gut, Wellington vielleicht nicht; Neuseeland war Neuland. Und weit genug weg, um dank des Distanzbonus in das gleiche Abwechslungsrechtfertigungsschema zu passen.

Gut, und überall anders lief das genau so wenig. Rudi wusste, er war ein Meister in der Disziplin des „Das will ich nicht" als nachträgliche Erkenntnis: Allein ein paar Tage in irgendeiner Stadt zu verbringen – klang verlockend, war aber in der Regel ernüchternd. Nicht langweilig, im Gegenteil: voller bewegender ernüchternder Erfahrungen über die eigene Einsamkeit, die klar macht, dass dieser inszenierte Ausnahmezustand in Wahrheit der unvermeidliche Dauerzustand war: allein vor den lebendigen, für jeden Kontakt offenen Netzen egal welcher Gesellschaft. Will ich nicht. Zusammen mit einer Frau reisen, die immer etwas anderes wollte, shoppen, zu wenig Sex, Sex zum falschen Zeitpunkt – will ich nicht. Unbeweglich an einem Ort Dinge tun; Konzentration, nannten das manche, Organisation – will ich nicht.

Es wäre nur die Tarnung des Dauerzustands als vorübergehender Ausnahmezustand, jetzt einen Flug zu buchen, wusste Rudi. Er schloss die Webseiten und starrte durch die Klebebuchstaben aus dem Fenster. Trüber Tag, farblos hinter den grellen Buchstaben.

Er seufzte noch einmal und machte sich auf die Suche nach einem Drink. Konnte ja hier nicht so schwer sein …

„You need taxi?“ Der Kellner griff zum dritten Mal nach Rudis Schulter, nachdem er nach den ersten beiden erfolglosen Versuchen die letzten Gläser eingesammelt und Stühle auf die Tische gestellt hatte, diesmal fest entschlossen, Rudi nach draußen zu bringen. Er zog ihn von seiner Bank, drängte ihn zur Tür und setzte ihn in eines der Taxis, die die Sperrstunden der wenigen Bars gut kannten. Tag der Seufzer, dachte Rudi. „Go“, sagte er zum Fahrer. „Just drive. Some nice place“, murmelte er noch, bevor er wegnickte ...

***

Mirko hatte sein Pfeifchen geraucht, Nasyta musterte Ali, Balan sammelte Bierflaschen ein und machte sich auf, eine neue Runde zu holen.

„Kriegt man bei euch noch was zu trinken?“ Die Tür flog auf, ein leicht rundlicher Endfünfziger, unrasiert, das Hemd hing über seine Hose und in der Hand hielt er eine leere Havana Club-Flasche, stolperte in den Raum. „Das ist der reinste Dschungel da draußen, keine Ahnung, wo ich bin, einfach weitergefahren, dann war die Straße aus, finster, ein Wunder dass das Auto da durchkommt, und dann habe ich bei euch noch Licht gesehen. Gut versteckt, muss ich sagen; Geschäft wollt ihr wohl keines machen? Also, gibt‘s jetzt noch was zu trinken?“

Wir haben ein Problem.“ Grund legte einen Stapel Unterlagen auf Büchels Schreibtisch. Seine Darth-Vader-Stimme, kratzig, dunkel, die die eines kranken Obdachlosen im Delirium sein könnte, war ein harter Gegensatz zu Büchels hellem, nüchtern-noblem Büro, und zu seinen klaren und präzisen Ausführungen.

„Sie nähern sich einer Spur. Und jemand von uns nähert sich ihnen. Wir haben einen Maulwurf.“

Büchel kannte den Inhalt der Unterlagen. Die digitalen Analysesysteme der Bank berichteten täglich und öfter. Datenflüsse, kategorisiert, priorisiert und unter verschiedenen Gesichtspunkten aufbereitet, waren für ihn immer verfügbar.

Wenn Grund Papier mitbrachte, dann war es besonders ernst. Papier ist endgültig, die flüssige Formbarkeit digitaler Information in haltbarer Form erstarrt. Der sauber geknüpfte Bindfaden um einen Stapel besonders wichtiger und vertraulicher Information war das intime Zeichen von Endgültigkeit: Hier kommt nichts mehr dazu, hier wird nichts mehr entfernt. Büchel schätzte Grunds altmodische Gründlichkeit.

„Werden sie uns gefährlich?“, fragte Büchel.

„Sie kennen unsere Einstellung“, Grunds Stimme kratzte durch den Raum wie der Klang einer verhallenden, weit entfernten, abgedunkelten Sirene, begleitet vom vielstimmigen Heulen heiserer Straßenköter. „Was wir nicht kennen, was wir nicht kontrollieren – es ist eine Gefahr für uns. Wir können uns diese Ungewissheiten nicht erlauben.“

Das Informationspaket enthielt Nachrichten von anonymen Servern, Verbindungsprotokolle einer Vielzahl von Smartphones und Tablets, Material aus dem Untergrund wie bunte Phantasie-Banknoten, Investmentprospekte von nicht existierenden Institutionen, Medienausschnitte kritischer Kommentatoren, unternehmensinterne Hinweise zu Betrugsfällen, und einzelne Zeitungsberichte zu Ereignissen, die Anlass zu Spekulationen gaben, dazu die zusammenfassende Analyse.

„Sie sind also noch immer aktiv?“ In Büchels Frage schwang etwas wie Trauer mit. Grund zögerte mit seiner Antwort. War es Trauer? Resignation? Ärger? War es ein leicht entnervtes Täuschungsmanöver, das darüber hinwegtäuschen sollte, das Büchel schon lange auf der Lauer lag? Ihn belauerte?

„Aktiv würde ich nicht sagen. Sie sind nicht mehr organisiert, sie sind weit zerstreut, haben kaum noch Kommunikationsmöglichkeiten und keine Mittel mehr. Aber ja, es gibt Aktivitäten. Und sie setzen dazu an, unsere wichtigsten Projekte zu kreuzen. Ich glaube zwar, dass sie noch gar nicht wissen, was sie tun, aber wie ich gesagt habe: Sie kommen näher.“

Der Sicherheitsdienst der Universal Bank nutzte die verzweigten Netze des Unternehmens, um Information zu sammeln. Der Ausbau digitaler Kommunikationssysteme in Osteuropa, Russland, Nordafrika, Südamerika – in allen großen Entwicklungsregionen und Schwellenländern – war ein Sozialprojekt: Wir errichten Leitungen, investieren in lokale Dienstleister und stellen unsere Verbindungen auch der Öffentlichkeit zur Verfügung. Wir wollen nicht nur finanzielle Bildung in die Regionen bringen, in denen wir arbeiten, wir nutzen unsere Mittel auch, um die digitale Kluft zu schließen. Damit war die Grundlage geschaffen, Kommunikation zu kontrollieren.

„Prüfen Sie das noch einmal. Wir müssen sicher gehen“, Büchel blieb ruhig. „Sie kennen unsere Grundsätze: Information ist gefährlich. Und selbst wenn keine konkrete Gefahr besteht – wir müssen handeln. Wir lassen nichts entstehen. Und was Ihren anderen Verdacht betrifft: Machen Sie das fest. Liefern Sie noch weitere Hinweise. Und wenn sich ihr Verdacht erhärtet – dann schalten Sie den Maulwurf aus. Besser früher als später.“

Unter dem Deckel der mit dem Bindfaden ordentlich verknoteten Mappe war ein Foto von Wilfried Lerner das erste Blatt. Gefolgt von Nachrichten, die er aus dem Camp in Marokko an einen anonymen Server geschickt hatte. Ratlosigkeit, der Versuch, selbst Recherchen in die Hand zu nehmen? Vielleicht aber auch Zeichen aufkeimenden Zweifels, Zeichen von Unsicherheit, die gefährlich zu werden drohte. Zweifel war kein schlechtes Zeichen. Solange er nur die Sinne schärfte und nicht zu Dummheiten führte. „Prüfen Sie das und melden Sie sich wieder. Dann werden wir handeln.“

Grund verließ den Raum; sein Stimm-Encoder begleitete den Abgang mit einem heiseren Krächzen anstelle eines Grußes.

Mise saß wieder in ihrem Käfig in Büchels Büro. Büchel sah kurz nach ihr, freundliches Lächeln, das er nur ihr in dieser Offenheit und Großzügigkeit schenkte, in seinem sorgsam gebräunten und gepflegten Gesicht, bevor er die Tür zu seinem Vorzimmer öffnete. „Ruft Poche zu mir."

Dann öffnete er Grunds Dossier und vertiefte sich schweigend in den Bericht.

Lerner. Der Mensch war eigentlich der Inbegriff von Loyalität. Hatte viel auf sich genommen, lang vieles mitgemacht, immer ein Ziel vor Augen gehabt. Familie, Karriere, Verantwortung, Stolz. Keiner, der aus Dummheit riskierte, keiner, der sein Ego in den Vordergrund stellte und zu viel auf einmal wollte. Eine Spur zu intelligent vielleicht. Neugierig und daran interessiert, wie die Dinge wirklich liefen. Vielleicht hatte ihn das veranlasst, zu weit zu gehen. Zu weit? Noch war nichts passiert, noch war nicht wirklich etwas geschehen. Aber in diesem Geschäft gab es kein kleines Risiko. Jedes Risiko war zu viel. Schade um ihn. Wirklich schade. Büchel schlug die Mappe zu, als Poche den Raum betrat.

„Wir kann Ihnen helfen? Ich freu mich, Sie zu sehen!" Poche war immer die Freundlichkeit in Person, immer der erfreute, gut gelaunte Lebemann, der keinen Zorn kannte – allenfalls Entrüstung, die aus seinem Mund immer so ehrlich klang wie die Werbespots der Universal Bank. Perfekte Inszenierung eben.

Weißes Haar, sonnengebräunte Haut, der aus Zeitmangel eine Vielzahl an Cremes nachhalfen, stahlblauer Anzug und eine markante Stimme. „Schön Sie zu sehen", wiederholte er und setzte sich auf einen der Sessel vor Büchels Schreibtisch.

„Sind Sie vorbereitet?" Mit einem flüchtigen Nicken in Richtung der wieder verknoteten Mappe, einem dezenten Hinweis, den nur aufmerksame und eingeweihte Beobachter entschlüsseln konnten, sah er Poche eindringlich an. Der leicht schiefgezogene Mund, ein Markenzeichen für Büchels Konzentration, den nur wenige, und das nicht lange, als bübisches Grinsen auslegten. Jetzt verzog Poche das Gesicht. „Sie erwarten das wirklich von mir? Sie wissen doch, ich habe einen Ruf zu verlieren …"

„Deshalb haben wir Sie dafür ausgesucht“, jetzt war es tatsächlich ein leichtes Grinsen in Büchels Gesicht. „Frauen, Skandale, Erregung – da sind Sie unser Mann, nicht wahr …?“

„Schon“, Poche kokettierte, „Aber welche Frauen … Welche Frauen! Das könnten Sie schon mir überlassen. So ist das unter meiner Würde …“

„Hier geht es nicht um Ihre Würde, hier geht es um unser Geschäft.“ Büchels Grinsen verschwand wieder. „Und wir sind kein Bordell und keine Partneragentur, sie wurde von unserem Rechtsbüro ausgesucht. Sie, ihre Umgebung, ihre Vergangenheit – alles passt perfekt zu unserem Plan. Genug, um den gewünschten Skandal auszulösen, nicht genug, um Sie ernsthaft in Schwierigkeiten zu bringen.“

Poche seufzte.

„Und vergessen Sie nicht. Sie müssen erwischt werden. Sie müssen Sie kriegen – keine Diskretion, keine Flucht, verstehen Sie? Der Plan macht nur Sinn, wenn Sue die Öffentlichkeit auf sich ziehen, ist das klar?“

„Ist da wirklich niemandem etwas anderes eingefallen? Wozu haben wir unsere Strategieabteilungen, unsere PR-Menschen? War das wirklich alles?“

„Es war Kulnarowas Vorschlag. Und ich finde ihn brillant. Sex, Zweideutigkeit, Gewalt, Unsicherheit, Misstrauen, Probleme und Ängste ohne Ende, ein mächtiger Mann vor dem Fall … – und dann löst sich doch alles auf, allerdings mit dem geheimnisvollen Beigeschmack des Ungeklärten. Wir werden es nie wirklich wissen …“ Büchel schwärmte selten. „Glauben Sie mir, wahrscheinlich werden sie Filme über Sie drehen oder Romane schreiben. Ihre Würde verträgt das.“

„Irina“, Poche seufzte nocheinmal, „Kann ich sie wenigstens mitnehmen?“

„Ausgeschlossen. Das lenkt den Plan nur in die falsche Richtung. Wir bleiben dabei. Ist das klar?“

„Ich diene meinem Beruf …“ Poche stand auf und deutete eine Verbeugung an. – „Sie folgen doch nur Ihrer Berufung …“ Da war wieder ein leises Grinsen.

Poche verließ den Raum.

IV

Sie warten

Poche atmete wenige Schritte Frischluft zwischen der Ankunftshalle des Flughafens und dem Taxi. Kein Privatjet diesmal, kein Sonderservice. Neun Stunden in einem Businessclass-Sitz – das erste Opfer für diese Mission.

Er blieb kurz stehen, sah in den Himmel, streckte sich, strich seinen stahlblauen Anzug glatt und machte die letzten Schritte in Richtung der wartenden Taxis. Sein treuer Trolley folgte ihm gehorsam.

„Sofitel, Midtown Manhattan", sagte er dem Taxifahrer knapp. In New York gab es wenigstens noch die realistische Chance, dass Taxifahrer Adressen auch finden würden.

Auf dem Rücksitz des Taxis öffnete er das Aktenfach seines Trolleys und zog die dünne Mappe mit den wichtigsten Daten heraus. Ein Foto seiner Zielperson, ein Zeitplan, ein Briefing zur gerade stattfindenden Versammlung der WHO. „So viel Politik", dachte Poche. „Traurig." Jede Zeit forderte ihre Opfer. Er kannte diesen Lerner nicht, er wusste nur das notwendigste über Büchels Programme, und er achtete immer darauf, in seinem Ressort zu bleiben. Riskmanagement, Controlling – Bilanzen ziehen, mögliche Szenarien entwerfen. Die Entscheidungen blieben anderen überlassen.

„Woher kommen Sie?", fragte der Taxifahrer. „Italien, Spanien?"

Poches gepflegter Teint, er lächelte. „Frankreich", sagte er mit dem bisschen Stolz, das für Franzosen seines Alters immer noch in diesem Wort mitschwang, „Aber ich lebe dort schon länger nicht mehr."

„Was führt Sie hierher, gerade jetzt?" Der Fahrer sah über den Rückspiegel nach hinten, rundliches Gesicht mit Bart, vom Rückspiegel baumelten Gebetsketten und kleine Säckchen mit Gewürzmischungen, die dem Wageninneren einen orientalischen Touch verliehen. „Ich hoffe, Sie werden eine gute Zeit haben, aber es ist nicht leicht in diesen Tagen. Viele Demonstrationen, Straßensperren, sogar Auseinandersetzungen mit der Polizei. Ich weiß nicht, was die Leute haben; wir haben hier eigentlich geglaubt, so was gibt es nur noch in Europa. Muss was Politisches sein. Viel zu viel Politik dieser Tage."

Poche lächelte. Zwei, drei Sätze und sie waren sich unausgesprochen einig? Oder zwei, drei Sätze, und sein Gegenüber öffnete ihm Wege zu allem, was er wissen musste? „Da gebe ich Ihnen recht", sagte er freundlich. „Viel zu viel Politik. Aber was ist es denn, das die Leute so aufregt?"

Der Taxifahrer zuckte die Schultern. „Weiß ich nicht genau. Wirtschaftskrise, wie immer, zu viele Gesetze, zu wenig Gesetze, Energieprobleme, irgendwas mit Banken. Dazu immer größere Flüchtlingswellen, die es jetzt auch bis hierher geschafft haben, Menschen, die in Lagern eingesperrt werden, andere, die dagegen protestieren. Das ist einfach ein ganzer Haufen Chaos."

„Hier draußen ist es ruhig", der Taxifahrer redete weiter, „Aber warten Sie mal, bis wir in Manhattan sind. Da geht es fast jeden Tag rund. Die Schwester meiner Frau ist beim Einkaufen, sie wollte nur zum Deli um die nächste Ecke, in eine Demonstration gekommen. Sie wollte weitergehen, schnell ihre Dinge erledigen und wieder weg. Die haben Steine geworfen, Flaschen, Schaufenster eingeschlagen. Die haben sie am Kopf getroffen, zum Glück nur mit einer kleinen Flasche. Aber trotzdem: Platzwunde; sie hat zehn Tage lang ausgesehen wie Frankenstein, mit dieser großen blutigen Beule mitten auf der Stirn. Verdammte Chaospartie, warum kriegen die das nicht in den Griff? Und dann wieder: Der Bruder meines Onkels ist nachts, er wollte von der Subway nach Hause, zwei Straßenecken wären es gewesen, von der Polizei angehalten, mitgenommen und einen ganzen Tag lang festgehalten worden. Die haben ihn verhört, sie haben ihn nicht schlafen lassen, sie haben ihn beschuldigt, Terrorist zu sein, gut das ist ja schon normal, das kennen wir seit zwanzig Jahren, ich bin mir sicher, dass sie ihn überwachen, Telefon anzapfen, Internet, und wahrscheinlich die ganze Familie, mich auch. Würde mich nicht wundern, wenn ich hier Wanzen im Taxi hätte", er lachte.

„Und warum das Ganze? Nur weil an diesem Abend, irgendwo in der Nähe, eine andere Demonstration oder Straßenbesetzung oder was weiß ich stattgefunden hat. Da denk ich mir nur: Die Polizei ist um nichts besser, die Regierung ist genau so eine Chaospartie wie die Demonstranten. Du weißt überhaupt nicht mehr, zu wem du halten sollst. Und es fragt dich ja auch keiner. Das einzige was du daraus lernst: Du bist nicht wichtig."

Poche sah aus dem Fenster. Queens war friedlich. Noch immer ziemlich grün. Reihenhäuser und Parks rund um den Expressway. Sah gar nicht nach Problemen aus.

Der Taxifahrer plapperte weiter. „Was auch immer da abgeht, ich frage mich – was geht mich das an? Sie sind aus Frankreich, oder? Ja, dieses Europa. Wir hören hier auch viel, Wirtschaft, naja, und diese Energie- und Rohstoffkrisen. Muss echt schlimm sein, was da im Osten abgeht, rund um die Gaspipelines. Die ukrainischen und polnischen Einwanderer machen ganze Heldensagen daraus, Brooklyn ist voll davon, die sind teilweise dumm und teilweise echt gruslig, die Storys. Kennt ihr das überhaupt, da drüben in Europa? Bei uns sagen sie, die Gasknappheit ist ein künstliches Problem, das die Russen absichtlich herbeiführen, um ich weiß nicht was zu erreichen. Reißt ihnen doch eh jeder das Zeug aus der Hand. Und dann soll es noch Wachtrupps geben, weil verzweifelte Einheimische immer wieder versuchen, die Pipelines zu knacken. Müssen Werwölfe oder so was sein, die durchs Feuer gehen und Menschen in Stücke reißen. Ich sage Ihnen, diese polnischen Winter müssen hart sein, wenn einem dabei solche Geschichten einfallen. Ja und bei euch, Spanien, Frankreich und so: Zu diesen Atomenergieproblemen kann ich nur sagen – selber schuld. Wir in Amerika waren uns immer schon sicher, dass das naiv ist, auf Atomkraft zu verzichten. Eine moderne Zivilisation braucht das. Und jetzt, wo ihr die ganzen alten Anlagen wieder anschalten wollt und sich alle in die Hosen machen – klar ist das ein Risiko, aber man hätte die Dinger gar nicht ausschalten sollen, in the first place. Dann wüsste man jetzt noch genau, wie sie funktionieren. Aber was rede ich, man sieht ja, dass wir auch um nichts besser sind ..."

Poche schwieg. Das Taxi tauchte aus dem Midtown-Tunnel auf. Auch Manhattan schien an diesem Abend ruhig. Rechts hinter ihnen lag das UN-Hauptquartier.

„Woher kommen Sie?", fragte Poche. „Algerien", sagte der Taxifahrer. „Und was ist in Ihrer Heimat so los?"

Der Taxifahrer sah ihn im Rückspiegel an und antwortete nicht.

***

Das war nicht das richtige Zimmermädchen. Poche saß im Bademantel in seiner Suite, einen Drink in der Hand, wartete. Als das Zimmermädchen die Suite betrat, Poche hatte auf ihr Klopfen nicht geantwortet, entschuldigte sie sich sofort, wollte wieder zurück. „Nein, nein, kommen Sie nur. Es stört nicht“, rief Poche. Sie huschte durch die Suite, strich Polster glatt, sah ihn nicht an, „Sir, möchten Sie frische Handtücher?“

„Nein meine Liebe, keine Umstände.“ Er zog noch einmal das Bild aus der Tasche seines Schlafrocks, das war sie nicht. „Besten Dank für Ihre Bemühungen.“

Ein Nachmittag im Hotel, und sie war nicht da. Wenn sie ihm nun gar nicht begegnete? Das würde nicht passieren, die Aktionen der Universal Bank waren immer gründlich vorbereitet. Nur heute konnte er nichts mehr ausrichten. Bald zehn Uhr abends, das war die letzte Runde gewesen.

Poche zog sich an, ließ ein Taxi rufen und fuhr nach Greenwich Village. Französische Cafés, endlich.

Der Fahrer ließ ihn an der Südseite des Washington Square Parks aussteigen, „Sie kommen zurecht?“

Poche spazierte durch den Park, Spätsommernacht, Skater rund um den Triumphbogen, gut besetzte Bänke und Wiesen, Brown Bags, harmlose Dealer. Vor dem runden Brunnen in der Mitte des Parks stand ein Straßenprediger, weite Sirwal-Hosen, einen Turban um den Kopf gewickelt, dazu eine Baseballjacke der New York Mets. „Und siehe, ein großer, roter Drache, der hatte sieben Häupter und zehn Hörner und auf seinen Häuptern sieben Kronen, und sein Schwanz fegte den dritten Teil der Sterne des Himmels hinweg und warf sie auf die Erde. Und der Drache trat vor die Frau, die gebären sollte, damit er, wenn sie geboren hätte, ihr Kind fräße.“

Er hatte eine keine Gruppe Zuhörer um sich versammelt, einen Pappbecher mit Kleingeld in der Hand, und sah leicht abwesend in den Himmel, während er einfach weitersprach. „Und ich trat an den Sand des Meeres und sah ein Tier aus dem Meer steigen, das hatte sieben Häupter und zehn Hörner und auf seinen Hörnern zehn Kronen und auf seinen Häuptern Namen der Lästerung. – Das ist ein Kompliment, Leute, das sind wir alle. Wir haben sieben Mäuler zum Lästern, solange wir sie uns nicht stopfen lassen, wir haben sieben Köpfe, die uns keiner wegnehmen kann, solange wir sie uns nicht mit Müll vollräumen lassen, und wir haben diese zehn Hörner, mit denen wir alles aus dem Weg räumen könnten – wenn wir nur wollten. Diese Welt ist nicht unsere, wir sind der Drache, der sie sich zurückholen kann. Wer sind schon die Götter, die gestürzt werden wollen, habt ihr euch das jemals gefragt? Und vor allem: Was passiert danach? Was ist dann? Wir haben alle Mittel, diese Welt anzuzünden, in Schutt und Asche zu legen, keinen Stein auf dem anderen zu lassen. Warum tun wir es nicht?“ Er sah konsequent über sein Publikum hinweg, verlorener Blick in den Himmel.

„Wir sind der Drache, wir können uns erheben, wir haben die Macht, aus Schafen zu feuerspeienden Monstern zu werden, denen nichts und niemand etwas entgegensetzen kann. Wir. Aber wir kennen die Schattenseite, wir kennen sie nur zu gut: Mit Macht und Freiheit geht Verantwortung einher. – Wir können es, aber wir müssen es auch tun. Niemand anderer wird es tun. Es bleibt uns nicht erspart, unsere Gesichter aus dem Fastfood zu ziehen, über dem wir eingeschlafen sind, den Fernseher abzudrehen, vor dem wir sitzen und uns über den Müll und die Langeweile ärgern, die Nasen aus den Büchern zu ziehen, die uns Wissen und Erweiterung versprechen, und doch immer nach dem Prinzip funktionieren, dass wir in ihnen nur das lesen, was wir immer schon geglaubt haben, und wir müssen uns selbst den Arschtritt geben, der uns von der Couch befördert, auf der wir liegen, uns selbst dafür hassen und dann doch einfach nur einschlafen.“

Poche blieb stehen. Was würde der Typ dann versprechen? Wo war seine Mission? Er fühlte sich beinahe verbunden.

„Aber was dann?“ Nach einer kleinen Kunstpause sprach der Prediger weiter. „Stellt euch vor, wir erheben uns, kriegen unsere Ärsche in Bewegung und geben uns und der Welt den fetten Tritt, den jeder verdient – was dann? Nehmt ihr euch alles was ihr wollt, Partys ohne Ende, Nichtstun, Freiheit und Gerechtigkeit für alle, aber am meisten für euch, stellt ihr euch allem entgegen und errichtet ihr eine neue Weltordnung? Ja, um genau das zu wiederholen, was immer schon passiert ist ... Der Drache mit den sieben Köpfen ist kein Schreckgespenst, wir sind der Drache – weil das einfach der Weg ist, den die Welt immer schon geht. Leute, denkt einmal kurz nach, nur einmal: Wer von euch hält sich nicht für den Mittelpunkt

der Welt, für den, der die Dinge am Leben erhält und der eine Horde fauler Idioten vor sich hertreibt? Du? Du, die sich aus allem heraushält, ein friedliches Leben von einem Tag in den anderen führt und nimmt, was das Leben ihr bietet? Oder Du, der als natural born leader nicht darauf angewiesen ist, sich selbst in den Mittelpunkt zu stellen, weil ihm alles zu Füßen gelegt wird? Ihr habt euch selbst nur in ein System verwandelt, hinter der ihm euch versteckt, ihr tut so, als wäre es nicht euer Kram – aber ihr könnt nicht aus ... Ihr wiederholt immer das gleiche. Je mehr ihr euch abgrenzt, euch selbst bestätigt und euch gegen den Rest neben den Rest stellt, desto mehr bestätigt und befestigt ihr das, was ihr nicht sein wollt. Und darin, in diesem trostlosen Zustand, nebeneinander schwebend wie Präparate in Spiritus, isoliert und doch an den Fäden jener hängend, die ihr nicht wolltet, darin seht ihr dann euer Glück. Glück ist die Marke, das Produkt, die Ware, die euch zu Lämmern, meckernden Ziegen und Lemmingen macht. Und während ihr glücklich, frei, anarchisch, selbstherrlich und unabhängig durch die Welt streift, werde ich mich wie der Drache aus dem Meer erheben und mit lautem Gebrüll und siebenfachem Strahl auf eure Couches pinkeln, auf die ihr dann doch am Ende des Tages zurückkehren werdet."
Jetzt sah er sein Publikum an.

„Ihr wollt euch wehren? Seid langweilig, mürrisch, unglücklich! Aber nur, wenn ihr es um eurer selbst willen macht. Ihr wollt euch nicht wehren? Ihr werdet nicht gefragt ... Ihr wehrt euch jeden Tag."

Noch immer standen einige Leute um ihn. Er atmete schwer, wie nach einer Runde im Boxring, wie ein übergewichtiger Botenfahrer nach einer Lieferung in den sechsten Stock ohne Lift, öffnete seine Mets-Jacke und fächelte seinem Oberkörper Luft zu, seine Ellbogen flatterten wie gestutzte Flügel.

Dann hielt er sich mit geballten Fäusten am Reißverschluss fest, sah herausfordernd mit geschürzten Lippen in sein Publikum, irgendwelche Reaktionen? Und begann von vorne: „Ein großer, roter Drache, der hatte sieben Häupter und zehn Hörner und auf seinen Häuptern sieben Kronen, und sein Schwanz ..."

***

„Mon Dieu, so viel Renitenz. Und so stillos." Poche saß im Pescadeux ein paar Straßen weiter, der angesagteste Franzose in Soho, und chattete mit Irina Kulnarowa, sein Tablet neben dem Weinglas.

„Da tut es wirklich gut, Seelenverwandte zu haben, ma chère – Sie sind wie ich ..."

„Das schmeichelt mir aber ..."

„Keineswegs, es ist eine Ehre für mich, mit ihnen verkehren zu dürfen ..."

Ihre Affäre hatte sich immer auf die Büroräume der Bank beschränkt. Auf Sex in den Büroräumen; nüchterne Klarheit ist der Umgebung angemessen. Poche gab ihrem streng aufgesteckten Haar nach, den knielangen Röcken und den nie zu hohen und doch immer aufregenden Schuhen.

Sie seinem Teint, seinen blitzenden Augen, gepflegten Händen, dem für sein Alter noch immer straffen Körper.

Er dem Übergang zwischen ihren Strümpfen und ihrer Unterwäsche. Manchmal fehlenden Unterwäsche.

Sie seinen sorgsam kosmetisch nachgeformten Lippen und dem gepflegten Duft.

Er …

„Wie ist New York? Ist die Stadt wirklich so in Aufruhr, wie man sagt?"

„Ma chère, warum so förmlich? So reserviert? Ich vermisse Sie, keine Küsse?"

„:-x, xxx"

„:D"

„;-p ;-x"

Sex ist Terror.

„Monsieur, ich küsse sie überall, je veux vos baisers partout … je …"

„C'est mieux, donnez moi … Schicken Sie mir ein Foto, ich will Sie jetzt sehen, Sie wissen was ich sehen will."

„Impossible, ich bin im Meeting."

„Ma chère …!"

„Non, stellen Sie es sich vor … ;-) Und denken Sie an Ihre Mission!"

Sie beendete den Chat, etwas abrupt.

Poche blieb mit leicht verklärtem Lächeln sitzen und starrte auf die glänzend weiße Tischdecke.

„Fisch?", fragte der Kellner.

Es wunderte mich nicht, wäre die geisterhafte Informationslücke durch Mutantenviren und gigantische Schädlinge genmanipulierter Pflanzen entstanden. Durch Viren und Bakterien so groß wie Elefantenbullen und so aggressiv wie wütende Werwölfe."

Erkan schrieb wieder.

„Sie wissen es schon: Auch heute geht es um Nordafrika. Ein Kontinent ist zur Hälfte lahmgelegt und von der Informationslandkarte verschwunden, und wir verlieren keine Worte darüber. Die Stille, muss ich gestehen, regt meine Phantasie an: Ich sehe Plantagen, künstliche veränderte Landschaften, auf Leistung optimiertes Zuchtgetreide und industrielle Todeszonen. Vielleicht aber auch nukleare Verbotszonen, Quadratkilometer an Totalausfällen, vielleicht aber auch missglückte Energieprojekte: strahlende Stromleitungen, gebrochene Dämme, Klimagrenzgänge.

Wir spekulieren ungehemmt, es spricht niemand mit uns, es widerspricht uns niemand. Meine Wahl fällt auf die Monster. Apokalyptische Bestien in Form von Pollen gentechnisch behandelter Pflanzen, Viren in der Größe von Basketbällen, die durch vereinsamte Landstriche treiben, Werwölfe und ihre Hüter, die das Land einsam halten. Ich sehe alles unter einem düsteren, künstlich veränderten Himmel, schwülem Dauernebel über Steinfeldern, denen giftige Technik Leben abringt. – Zeichen einer im Überfluss erstarrten Welt, der misslungenen Utopie, die Leere zu bekämpfen. Einer Utopie, die die Leere so effektiv bekämpft hat, dass jetzt kein Raum mehr ist, keine Bewegung."

Sein Schal, seine Samtsakkos, sein Gras. Informationsbruchstücke aus seinen Quellen, die er zu bunten Bildern zusammenmischte.

„Aber denken Sie nicht an Mystik, nicht an übermenschliche Einflüsse. Wir wissen alle: Es ist Geschäft. Es muss nicht immer Gewinner geben. Business um des Business willen: Experimentieren wir, fangen wir Dinge neu an. Oder bauen wir Geschäfte auf, nur um den anderen verlieren zu lassen. Es nützt uns nichts – aber bevor ein anderer die Chance hat, herauszufinden, dass es auch ihm nichts nützt, schließen wir die Lücke trotzdem. Platz besetzt, Reserve vernichtet; um diesen Ort müssen wir uns nicht mehr kümmern."

Er lehnte sich zurück. So gut wie frei erfunden, und eher poetische Interpretation als Recherche, musste er eingestehen. Musste an der Stimmung in der Stadt liegen. Nervöse Unruhe, Polizei, viel zu viel Polizei, Demonstrationen, Internierungslager, Obdachlose. Nur die Angst war klar: Würde die Stadt auch eines Tages brennen, wie London oder Athen?

Erkan seufzte; das klang dramatisch. Viel zu dramatisch. Er veröffentlichte das Posting trotzdem. Ein ungezielter Stoß ins Leere – brachte immer wieder Reaktionen und mehr Information; einfache Taktik.

Er schob das Graskörbchen zur Seite und zog den zweiten Laptop darunter hervor. Ein neues Dossier war auf seinem Terminal gelandet, ungeklärte Herkunft, eine lange Geschichte. Erkan begann zu lesen.

„Wir vermissen zwei Freunde. Sie wurden im Süden der libysch-ägyptischen Grenze entführt, manche sagen hingerichtet. Muammar war ein Freund, Aktivist auf der Suche nach Information, und Koch im Sallam, Massawa, Eritrea. Safiya war Malerin und Fotografin. Muammar begleitete Safiya während einer Recherchereise, als sie verschwanden." Der einfachen Notiz waren zwei Fotos angehängt.

„Wir haben von einer Hinrichtung gehört, Leistungsschau eines Schlägertrupps. Wir haben auch von Erpressungen gehört, von neuen Identitäten, verändertem Leben. Wir sammeln Hinweise." Wieder der anonymisierte Server, der Erkan schon öfter untergekommen war. Ada?

Die gesammelten Hinweise und Notizen erzählten eine Vielzahl von bunten Geschichten.

Erkan las weiter.

Muammar war Teilhaber des Sallam in Massawa. Reisende liebten das Restaurant für seine Fischspezialitäten, Muammar liebte sein Lokal als einen Ort der Begegnung, der Menschen seine Kochkunst zeigte, der ihn mit dem Rest der Welt verknüpfte, der einer täglich neuen Mischung aus Menschen aller Art einen vorübergehenden Platz bot. „Mir geht es gut, und wenn es uns gutgeht, müssen wir der Welt etwas zurückgeben", erzählte er dem Reporter des europäischen Magazins, der ihn für seine Social Business-Story interviewte. „Das ist Johnny", er deutete auf einen Hilfskellner, der gerade einen hohen Stapel schmutzige Teller in die Küche balancierte. „Johnny war einer der Beachboys in Kenia, Entertainment für weiße Touristinnen. Jetzt arbeitet er hier, und kann sich überlegen, was er wirklich machen möchte. Oder Murat: Er weiß nicht genau, wo er herkommt, vielleicht Algerien, vielleicht Libyen. Seine Familie wurde vor über zwanzig Jahren vertrieben und er hat niemanden mehr. Alle meine Mitarbeiter haben einen ähnlichen Hintergrund. Ich sehe das als meinen Beitrag, ein paar Dinge in der Welt zurechtzurücken,"

Als die Wachen den Container öffneten, schloss Muammar die Augen. „Es ist ok", sagte Safiya, „wir können nichts mehr tun." Ihre Hände waren mit Kabelbindern an die Sitze des alten Golf gefesselt. „Es ist ok." Dann passierte nichts. Muammar öffnete die Augen wieder und folgte Safiyas Blicken. Feuchte flimmernde Hitze, Sand, die geisterhafte Anlage. Die Wachen hatten zwei ausgemergelte Männer aus dem Container befreit, dreckige T-Shirts, langes fettiges Haar. Einer von ihnen stand zögernd vor den Wachen, die Waffen, Schlagstöcke und Elektroschocker auf ihn richteten. Der andere hing leblos, den Arm im nur noch einen Spalt geöffneten Fenster eingeklemmt, an der Tür eines Hummer, der mit etwas Sicherheitsabstand hinter den Wachen parkte.

Dann kamen sie auf sie zu. Sprangen um das Auto wie Hyänen, sie würden gerne beißen, aber die Beute bewegt sich noch.

Als die Windschutzscheibe splitterte, blieben nur noch Sekundenbruchteile. Augenblicke ziehen vorüber, dachte Safiya, das Leben in wenigen Sekunden. Ging sich nicht aus. Ihr Atelier unweit von Muammars Restaurant, ihre Fotos, Reportagen für das Afrika-online-Netzwerk, ihre …

Dann, heiseres Kreischen wie Kichern, etwas schloss sich um ihren Hals; Ende.

„Ich liebe diesen Job", sagte Safiya. Sie blickte über den friedlichen Hafen, blitzende Yachten und dahinter glitzernd sanfte Wellen, Möwen, ein Latte Macchiatto mit perfektem Schaum vor ihr.

Die Neue stieg unruhig von einem Fuß auf den anderen. „Halt still. Hostessen sind souverän, nie überfordert und können alles lösen. Das muss der Gast in deinen Handlungen, deinen Blicken, und auch in deinem Körper erkennen können. Dafür bezahlt der Gast. Und wir schaffen ihm die Illusion, dass für ihn nichts auf dieser Welt ein Problem ist."

Der Kikki Beach Club in St. Tropez schmiegte sich in perfektem Design an den Strand. Terrassen aus Massaranduba-Bohlen, Teakmöbel, weiße Sonnenschirme, Magnum-Champagnerflaschen entlang der Bars.

„Tauchausflüge, Speedboatausflüge, Yachtcruises, Gästeliste in egal welchem Club, Shoppingbegleitung – wir machen das möglich. Kontakt egal in welcher Form – wir sind dafür da. Und denk immer an eines: Du wirst unsere Gäste manchmal bewundern, manchmal wirst du sie beneiden. Sie haben alles, sie gehören zu den schillerndsten, erfolgreichsten und wichtigsten Persönlichkeiten unserer Welt. Und es ist uns ein Vergnügen, ihnen ihr Leben noch ein wenig schöner zu machen."

Sie nippte von ihrem Latte. „Pierre!", rief sie, „Du bist ein Gott, ein Genie! Dein Latte ist eine Offenbarung …"

Lina trug noch den kurzen paillettenbesetzten Rock, die High Heels hatte sie ausgezogen. Sie war abgemagert, der Ausschnitt ihres engen Tops ließ Knochen sehen. Der Hilfskellner aus dem Club hatte erst die Hände um ihren Nacken gelegt. Die Wunden, die tiefen Risse in ihrer Brust und ihrem Hals heilten. Strähniges Haar, sie saß auf einer dreckigen Matratze und starrte gegen die Wand. Es war warm hier unten, ein hoch angesetztes Kellerfenster, sie konnte nicht hinaussehen, ließ angenehme Sommertemperatur erahnen. Nur die Nächte waren kühl, und zu lang. Die nackte Glühbirne an der Decke leuchtete immer. Jetzt war es wohl Morgen.

Dann öffnete sich die Tür. Lina sah nur aus den Augenwinkeln hin, bemühte sich, das Gesicht nicht zu bewegen. „Mach dir keine Sorgen", sagte eine sanfte Stimme. „Du kannst bald hier raus." Weißes hauchdünnes Sommerkleid, verlockender Duft, seidig glatte Haut. „Aber du bist noch nicht ganz so weit. Lass deine Wunden noch verheilen, nimm dir Zeit. Und denk immer daran, auch wenn es dir jetzt vielleicht noch nichts sagt: Sie werden dich lieben; du bist ihre Muse. Ohne dich sind sie nichts. Du lenkst ihr Begehren, du bist ihre Sehnsucht. Lass dir Zeit, nimm dir ein paar Tage, und du wirst es verstehen."

Der Duft verschwand aus dem Zimmer, das lautlose Wehen eines hellen Kleides mit ihm. Lina sah weiter gegen die Wand.

War das Meeresrauschen, das durch das Kellerfenster drang? Und darüber das entfernte Kreischen von Möwen?

Muammar jagte seinen Porsche Cayenne über die steilen holprigen Straßen von Beyoglu. Spät dran, er rückte nervös sein Bluetooth-Headset zurecht, dunkelblauer Anzug, zwei Knöpfe zu weit offenes weißes Hemd, das Smartphone an der Freisprecheinrichtung wählte. „Komm schon", knirschte er. Der Makler, mit dem er einen Termin zur Besichtigung eines neuen Standorts, Spitzenlage, eine Seitengasse der Istlikal Caddesi, vereinbart hatte, würde nicht länger auf ihn warten. Muammar hatte wie aus dem Nichts die neue Shooting-Star-Kebab-Kette von Istanbul aufgebaut. Acht Standorte in Beyoglu, Fatih und Kadiköy, Kebab, Burger und Kaffeespezialitäten, türkischer Kaffee in verschiedenen Geschmackssorten, Starbucks-Modell, das Touristen anlockte, Muammars Kebab & Flavors. Der Porsche schrammte einen Mistkübel, ein eben noch schnarchender Straßenhund sprang kläffend zur Seite, Muammar sah den Makler nervös telefonierend vor dem Lokal auf und ab gehen und hupte hektisch.

„Du kannst dir auch vorstellen: wir sind Musen", sagte Safiya. Sie begleitete die Neue zur Rezeption des Clubs. „Du hilfst den Menschen zu Glück und Vergnügen. Und dabei geht es nicht um dich. Auch wenn dir der Job Spaß macht und du das Leben hier zwischen Reichtum und Schönheit genießt – das steht nicht im Vordergrund. Keiner hat etwas dagegen, wenn du dein Leben genießt, und wenn man dir etwas anbietet, kannst du es ruhig annehmen. Aber verwechsle das nicht mit Freundschaft. Nimm dir was du willst, wenn du es bekommst. Solange dir nur klar ist: Hier ist niemand dein Freund."

Sie sah den Rezeptionisten auffordernd an, „Und?" Er reichte ihr einen Ausdruck mit den nächsten Buchungen, „Monsieur Strauss, mein besonderer Gast! Das ist eine Freude!", rief sie, laut genug, dass er es hören musste, falls er schon in der Lobby saß. Sie ging suchend los und drehte sich noch einmal um. „Ich auch nicht“, sagte sie noch.

„Du bist draußen“, sagte Muammar zum Putzmann seines Lokals in Kadiköy. Er war wieder zurück, sein erstes Lokal und altes Hauptquartier im asiatischen Teil Istanbuls, hatte den überteuerten Mietvertrag mit dem hektischen Makler abgeschlossen, sicher wird sich das Geld verdienen lassen, irgendwer zahlt drauf, aber nicht Muammar. Er sagte es im Vorbeigehen, der Putzmann sah nur kurz auf und machte dann weiter, schlecht gehört, Muammar brummte oft irgendwas im Vorbeigehen.

„Pack dein Zeug und verschwinde!“ Muammar drehte sich um und fauchte den Arbeiter an. „Meinetwegen pack dein Zeug auch nicht“, er ging auf ihn zu und stieß ihn hinaus. „Raus“, er schloss die Tür von innen.

„Seinetwegen habe ich fast den Makler verpasst. Er hat das Auto zu spät fertig gemacht“, sagte er nach einigen Zügen einer Zigarette zum übrigen Personal, das geschäftig die Köpfe unten hielt, aber doch erkennen ließ, dass eine Antwort Erleichterung bedeuten würde.

Safiya stand im Empfang des Kikki Beach Club und wartete. Reichtum, Schönheit, alles da. Ein Leben, das sich um Champagner und Schönheitsoperationen drehte. Sorgenfrei. Ein Heer an Personal, das auf ihr Kommando Probleme aus dem Weg räumte. Rundherum Vergnügen. Alles innerhalb der streng bewachten Grenzen des Clubs. Sie lächelte.

Muammar saß auf der Dachterrasse eines Cafés, sechster Stock, zwei Ecken von seinem künftigen Standort. Blick auf den Bosporus, Nargile und Chai auf dem Tisch. „Was zögert ihr noch? Unseren türkischen Kaffee habt ihr auch immer genommen. Genau so wird auch dieses Konzept in euren Märkten funktionieren. Also, sind wir im Geschäft?“ Seine Gegenüber, rumänische Investoren, die über Muammars Franchiseplänen brüteten, sahen einander unschlüssig an. „Mag sein. Aber wir sind nicht sicher, ob wir Sie in diesem Deal brauchen. Welchen Mehrwert bringen Sie?“

Muammar lächelte. „Ihr seid fast 700 Kilometer von Bukarest hierher gefahren, um euch diesen Plan und meine Lokale anzusehen. Meine Lokale, nicht irgendwelche anderen. Wer sonst hier zieht noch Investoren an? Und was glaubt ihr, wenn die Marke erst bei euch bekannt ist, wie weit werden eure Kunden fahren, um das Geheimnis von Muammars Kebab & Flavors kennenzulernen?" Muammar legte als Trumpf eine Ausgabe des türkischen Esquire über seinen Businessplan.

„Muammar, der Sieger aus dem Nichts – Über seine Vergangenheit schweigt der Mann ebenso hartnäckig, wie er seine Businesspläne predigt. Fakt ist: Niemand sonst hat es geschafft, orientalische und amerikanische Tastes so nahtlos zu verbinden – und damit so erfolgreich zu sein. Muammar bleibt unser Erfolgstip für den Aufsteiger des Jahres. Und dazu hat er einen Fixplatz unter den heißesten Singles der Stadt." Sein Bild in den Kurznotizen, dunkler Anzug, Smartphone und Porsche. Die Investoren sahen einander deutlich weniger unschlüssig an.

Bunte Bilder, Erkan schloss die Dateien des Dossiers. Notizen, Hinweise zeichneten ein Bild, das sich deutlich vom vorigen Leben der beiden Hauptdarsteller unterschied. Ein letztes Fragment war mit diesem Dossier verknüpft, ein schlecht lesbarer Textscan, nur eine Seite. „Wir müssen uns der Verantwortung stellen, unsere Welt zu erhalten. Die ökologische Ordnung unserer Welt ist dabei genauso wichtig wie die soziale. Unsere Ordnung beruht auf Wachstum, auf der festen Überzeugung, dass wir als Gesellschaft uns weiterentwickeln können. Das stellt uns auch als Menschen vor große Herausforderungen. Es gibt immer mehr Aspekte unseres Lebens, in denen wir nie am Ende sind, nie genug wissen und nie genug getan haben. Dem stellen wir als Unternehmen uns mit diesem einzigartigen Projekt, das wir in großer Dankbarkeit und mit großem Respekt für alle Menschen auf unserer Welt beginnen", entzifferte Erkan.

Dann einige geschwärzte Blöcke. Das Blatt sah aus wie Unternehmensdokumentvorlagen: schlechtes Layout, phantasielos gesetzt, unter den geschwärzten Blöcken Kopf- und Fußzeilen, ebenfalls geschwärzt. Ein Mission Statement? Die Präambel zu einer Dokumentation, zu einem Beschlussantrag?

Erkan rauchte. Die erheiternde Wirkung des Zeug blieb schon lange aus. Kichernde Kiffer, lustige Abende ohne Zeit- und Raumgefühl? Erkan blieb allein in seiner Wohnung, nicht mal der Pizzamann kam bis zu seiner Wohnungstür, Erkan bestellte nicht beim Pizzaservice, einkaufen beim Deli ums Eck, manchmal Papers kaufen, ganz selten eine Runde um das Haus. Unweit vom Washington Square Park.

Geschichten von verlassenen Landstrichen, Geisterkontinent Nordafrika. Geschichten von verschwundenen Menschen, Entführung? Hinrichtung und Auferstehung? Transformation zu einer neuen Identität? – Und ein Programm zur Verbesserung der Menschen? Businessplangestreamlinete Restidentität? Ethisch idealisierte Phantomexistenzen? Auf welchem Weg auch immer infiltrierende Sucht nach mehr?

Vielleicht wirkte das Zeug ja doch besser als er dachte.

Jemand plante Maßnahmen zur Veränderung – durch Bildung und Förderung? Durch Kidnappen und Brainwashen? Terror?

Er öffnete die Notizen von letzter Woche, geleakte Agenda? „Kurz vor dem Abschluss: Das Ethical Transformation Project der Universal Bank. Roundup zu den Basics: Präsentation W. Lerner, Beschlussfassung. Entscheidungspunkte: Go/NoGo-Entscheidung, Unterstützung durch die WHO."

Würde eine ziemlich runde Geschichte geben. Ein Weltverbesserungs-, Umerziehungs- oder Brainwashingprogramm zur Absegnung durch die Weltgesundheitsorganisation, für einen weltweit vernetzten Konzern?

Noch nicht. Noch mal drüber schlafen. Noch einen Ofen rauchen.

Er schickte eine kurze Notiz an den anonymen Terminal.„Ihr kennt meine Veröffentlichungen. Ihr seid smart genug, Fakten von Spekulation zu trennen. Wir kennen uns nicht. Und ich sage diesmal: Ich kann diese Information nicht einschätzen. Ich ziehe mich ganz offen auf mein Gefühl zurück, und das sagt mir: Etwas wird passieren. Nichts gutes, wahrscheinlich."

Er schickte das ganze Paket weiter: das Dossier, die Agenda, seinen letzten Post. Die immer gleiche Taktik. Mal sehen, was die anderen daraus machen. Mal sehen, was passiert.

Leon checkte die Tracking-App, die Rick auf seinem Smartphone installiert hatte. Bunte Geschichten, kurze Notizen, Zeitschriftenausschnitte von beeindruckenden Karrieren. Er hatte die zwei im Golf nur aus der Entfernung gesehen; waren es die beiden? Er hatte es offenbar in den türkischen Esquire geschafft, Leon las den Text nicht, nettes Foto, nettes Auto. Muammars Kebab & Flavors; warum nicht, manche konnten auch mit Snacks Geld machen. Sicher besser, als in irgendeinem afrikanischen Nest darauf zu warten, dass die Welt besser wird, Leon fühlte sich nahezu gut.

Er saß im Dachgeschoss der Zentrale, ein rundum verglaster Ausbau, davor eine Terrasse, Blick über die Stadt, hinter ihm die Bar. „Darf ich Ihnen etwas bringen?“ Das Personal hier oben war immer ausgesucht freundlich, hübsch, vielleicht hatten sie sogar etwas im Kopf. Mussten schließlich ein gutes Bild vor Investoren und Private Banking-Kunden abgeben. Die Kellnerin lächelte zurückhaltend herzlich. Ausgesucht hübsch.

So wie sie. Leon wandte sich wieder seiner App zu. Sie arbeitete jetzt im Kikki Beachclub; Leon kannte den Club, veranstaltete dort gelegentlich Kundenevents und ließ sich von den Hostessen bedienen. Sie ignorierten seine feuchten Hände, seine schweißglänzende hohe Stirn. Sie war vielleicht einen Besuch wert, im Kopf ging Leon die nächsten Eventtermine durch. Müsste sein Büro für ihn abklären. Ihr Bild, lächelnd unter den weißen Sonnenschirmen auf den dunklen Terrassenbohlen …

„Sie haben also alles gesehen?“ Büchel setzte sich schwungvoll zum ihm. „Bringen Sie uns nur Wasser“, sagte er zu der Kellnerin, die sich höflich wieder zurückgezogen hatte.

Leon nickte. „Abstoßend. Geht das nicht mit einer feineren Klinge? Aber der Effekt“, er winkte mit seinem Smartphone vor Büchels Gesicht, „Ich muss sagen, der Effekt ist beeindruckend.“

Büchel sah ihn prüfend an. „Wir müssen dazu stehen. Geschäfte am Verhandlungstisch, Kundenbetreuung, Events, Kontakte – das ist alles wichtig. Aber wenn Sie die Sorgen der kleinen Menschen nicht kennen und nicht bereit sind, die Dinge neu zu sehen, dann verliert unser Geschäft seine Basis." Mit einem Schluck Wasser holte er weit aus. „Regierungen haben wir unter Kontrolle, Konzerne brauchen uns dringender denn je, aber wir dürfen den Kontakt zu den Menschen nicht verlieren. Wenn all die armen kleinen Schlucker uns mögen, dann kann uns niemand etwas anhaben."

Leon dachte an splitternde Windschutzscheiben, an den sehnigen, dreckigen, schweißglänzenden Arm, der nach ihm gegriffen hatte, offene Wunden und Knochensplitter und die Stille unter dem stickigen Wüstendunst, lange Minuten, in denen Blut in den Sand sickerte.

„Sie sind blass." Büchel lächelte freundlich. „Was sie gesehen haben, war die erste Generation, in gewisser Weise der Ausschuss, aber so wollen wir nicht von unseren Mitarbeitern reden. Die kommenden Generationen, leider konnten wir ihnen die nicht präsentieren, können das deutlich besser. Es ist unser erklärtes Ziel, die Infektion wesentlich unauffälliger zu gestalten. Aber Hand aufs Herz: Sie haben gesehen – der Mensch verträgt etwas. Wir dürfen nur eines nie zulassen, es darf nie passieren, es darf nie so weit kommen: Menschen dürfen nie ihre Ziele verlieren. Fühlen Sie sich manchmal von Forderungen bedroht, geht es Ihnen wie mir, macht es Sie auf den ersten Blick traurig oder skeptisch, wenn Menschen Forderungen stellen? Sehen Sie es anders: Je mehr Menschen wollen, je unverschämter sie sind – desto besser können wir mit ihnen Geschäfte machen. Wachstum, egal wohin; jeder ist seines Glückes Schmied. Wir sind in der glücklichen Position, hier neutral sein zu können: Unsere Ware braucht jeder, egal, in welcher Branche er sich bewegt."

Die Bilder in Leons Kopf beruhigten sich. Nicht wegen Büchels Ansprache; den Text kannte er, das Ethical Transformation Project kannte er. Beruhigende Aussicht über die Stadt, warm duftende Kellnerin, die in ihrer eng sitzenden weißen Bluse Wasser nachschenkte, speckfreie Hüfte, auch wenn sie sich zur Seite beugte, warmes Lächeln, als wüsste sie über alles bescheid. Alles, nichts – zu oft lief es auf das gleiche hinaus.

„Aber ich wollte etwas anderes mit Ihnen besprechen."

Leon verdrängte die Wärme aus seinem Bauch und von etwas tiefer, Hostessen waren keine Liebesdienerinnen und auch Kellnerinnen nicht. Stressmomente, Angst, das wusste er über sich aus jahrelanger Beobachtung, ließen ihn seine Energie unangebrachterweise anderswohin lenken. Erfolglos. Immer erfolglos. Er wusste, dass Irina Kulnarowa seit langem eine hitzige intime Affäre mit Poche hatte, dass seine Haltung ihr gegenüber, sein zuvorkommendes Lauern, Gesprächsthema unter den Bereichsleitern und Landesdirektoren war, dass sie ihn freundschaftlich missachtete und sich darauf verließ, dass er immer wieder da sein würde. Unterhaltung zwischendurch, sofern Poche anderweit beschäftigt war. Besser, als einer anderen Form der Wahrheit ins Auge sehen zu müssen: Leon, der Mann mit dem Namen eines Löwen und dem schlaffen feuchten Händedruck einer Schnecke …

„Es wird, Zeit, die Produktion in Libyen wieder anzufahren." Büchel war sachlich und nahezu fröhlich. „Wie lang brauchen Sie, um die Anlagen wieder in Betrieb zu nehmen?"

Leon war überrascht. „Wir haben die Anlagen verfallen lassen, das Personal infiziert und alle Versorgungswege brach liegen lassen. Ich kenne keine Details, aber einige Wochen, zwei Monate vielleicht wird es dauern, bis alles wieder produktiv ist."

„Ich kann Ihnen zwei Tage geben."

Leons Augen weiteten sich. Der Produktionsstop war erst wenige Wochen her, die Wirkung setzte gerade ein – die Kombination mit dem russischen Öl- und Gasembargo gegen Europa hatte im krisengewohnten Osten sofort Panik ungelöst, die sich gerade auch Richtung Westen verbreitete, Gerüchte von Unfällen in reaktivierten Atomkraftwerken im Süden Europas stachelten den Untergrund auf, lenkten ihn ab und beschäftigten die Menschen, und endlich, zum ersten Mal seit langem, vielleicht sogar zum ersten Mal in der Geschichte, ohne Kriege, Seuchen und Naturkatastrophen, begannen sich auch in Europa einige skeptische pessimistische Geister zu fragen, wie lange die Lebensmittelreserven reichten, was nach dem Ende des Überflusses käme – und wovon sie, das war die dringendste Frage – wovon sie bis jetzt gelebt hatten.

„Wir hatten das anders beschlossen", war alles, was er sagte.

„Ich weiß. Pläne ändern sich. Wir brauchen einen Pluspunkt in der Welt, eine kleine Bonusrunde für die Öffentlichkeit. Denken Sie an meine Worte gerade eben: Wir müssen die Guten sein, die Menschen müssen uns mögen."

Büchel lächelte so herzlich. „Wir müssen unterstreichen, dass wir die Menschen glücklich machen. Neue Verfahren in der Gewinnung erneuerbarer Energie, erfolgreiche Ernten an exotischen Standorten. Träume, Produktivität, Wachstum – ich muss Ihnen das doch nicht erklären."

Leon nickte, „Zwei Tage …"

„Ja. Es stehen wichtige Entscheidungen an. Es sind nur noch wenige Tage bis zur Versammlung der Weltgesundheitsorganisation. Dort werden wir als die Heilsbringer, als die Boten des Glücks hervorgehen. Mein Gott, wie dramatisch. – Machen wir den Leuten die Entscheidung leicht. Positive Nachrichten. Das ist alles."

Der Trupp lief durch den Wald. Sie waren zu acht, ausgesetzt am Waldrand, liefen durch das Unterholz. Blätter, kleine Zweige. Ein Reh flüchtete vor ihnen. Der letzte blieb stehen, sah dem Reh nach, halb verträumt, halb gierig, blutige Schrammen in seinem Gesicht unter dem langen Haar, zerrissenes dreckiges T-Shirt. Ein anderer kam zurück, stieß ihn in den Rücken, weiter. Dämmerung setzte ein.

Walla stand hinter der Bar der Surferhütte und polierte Töpfe. Mirko tippte, Voija und Vladi schliefen auf einer Bank auf der Terrasse. „Ich finde das gut", Walla schlug das Geschirrtuch über die Schulter und suchte einen Platz für zwei saubere Töpfe. „Ich versteh dein Ding nicht ganz, mein Technikverständnis ist vor zehn oder fünfzehn Jahren stehen geblieben, aber vielleicht hilft es uns ja, uns neu zu organisieren."

Mirko brütete über seinem Laptop.

Hinter Walla war ein kleines Fenster; Blätter, Unterholz, die Dämmerung setzte ein.

„Ich muss sagen, ich glaube bald nicht mehr dran. Das Ding funktioniert. Aber wir finden keine Spuren. Wir sind völlig blind unterwegs, und wahrscheinlich, wenn ich jetzt darüber nachdenke, hattest du mit deinen Sorgen am Anfang recht. Wahrscheinlich bleiben wir blind, und sie beobachten uns."

Walla sah kurz aus dem Fenster. Blätter, knackende Zweige.

Sie liefen unschlüssig durch den Wald. Wechselten die Richtung, hielten an. Und liefen wieder; weiter war am wichtigsten.

„Das ist, was ich eigentlich erreichen wolllte: Dieses Stück Information ist zwei Mal zu uns gekommen, auf sehr unterschiedlichen Wegen, wie man hier sehen kann. Ich habe es immer wieder für Tests verwendet, jemand hat sich durchaus Mühe gegeben, aber es hängt noch einiges an Information dran."

Mirko drehte den Laptop, damit Walla mitlesen konnte. „Kurz vor dem Abschluss: Das Ethical Transformation Project der Universal Bank. Roundup zu den Basics: Präsentation W. Lerner, Beschlussfassung. Entscheidungspunkte: Go/NoGo-Entscheidung, Unterstützung durch die WHO.“ Dazu einige Seiten Notizen, schwer lesbare schlechte Scans, in denen es um Glück, Menschenrechte und Fortschritt ging.

„Das Projekt sagt mir nichts, aber ich habe den Text ein paar Mal durch den Tracker laufen lassen und bin jedes Mal zu den gleichen Ergebnissen gekommen: Es gibt zwei verschiedene Wege, auf denen dieser Text zu uns gekommen ist. Und beide Male, das finde ich auch interessant, anscheinend sind die Leute wirklich schon so paranoid, also ich habe das eigentlich selten gemacht, und wenn, dann immer nur aus Neugier, beide Male wurden eine Reihe von Anonymisierungstools verwendet. Normale Trackingsysteme steigen da aus, da wäre Schluss, aber ich zapfe hier andere Protokolle an, eigentlich sagt man, dass das nicht funktioniert, und deshalb gibt es zwei konkrete Spuren. Die eine führt nach New York, die andere endet irgendwo in Afrika, könnte Marokko sein, oder was ist dort?“

Walla kam von hinter der Bar hervor und beugte sich über Mirkos Laptop. Die zwei nebeneinander geschobenen Browserfenster zeigten grobe Karten, eine Linie von Markierungen führte direkt von New York Richtung Rumänien, die andere schlug einen scharfen Haken von Marokko nach Zentraleuropa, konnte Wien sein, von dort nach London, dann nach Spanien und erst von dort Richtung Rumänien.

„Ich bin noch nicht so weit, dass ich das verlässlich interpretieren kann, aber wenn du mich fragst: Das erste Mal wurde die Datei direkt auf deinen Terminal geladen, der zweite Weg könnte ein Unternehmensnetzwerk sein – das würde die vielen Umwege erklären: vom Ursprungsort in das Heimnetzwerk des Benutzers, von dort vielleicht in die Unternehmenszentrale, dann weiter in ein allgemeines Rechenzentrum oder einen Proxystandort, der den ausgehenden Traffic bündelt, und erst von dort zu uns. Ist aber nur eine Hypothese, ich kann das noch nicht ganz auflösen.“

Walla sah auf die Karte. Containercamp, in den Sandboden eingelassene Stahlbetonbecken, Falltüren. Staub auf schweißglänzender Haut, Staub zwischen knirschenden Zähnen. Schlafsäle, mit

Gurten an Liegen gefesselt, starr und ausgeliefert wie Gekreuzigte. Injektionen, Elektroschocks.

***

Die bunten Klebebuchstaben auf dem Schaufenster des Internetcafé in Tulcea leuchteten auch in der Dämmerung in kräftigem Neon. „Ich muss sofort kassieren", sagte der Kellner, als er zwei Männern ihre Getränke servierte; Cola. „Gehören die zu Ihnen?" Er drehte sich kopfschüttelnd weg, verdreckte T-Shirts, alte Turnschuhe und Gesichter, deren Alter uneinschätzbar war, und wandte sich an einen jungen Mann im dunklen Anzug, der mit den beiden hereingekommen war, jetzt aber am Nebentisch saß.

Er bekam keine Antwort. Der Anzug stand auf, ging die Reihe der Computer entlang als ob er etwas suchte, ging zurück und noch einmal entlang. Vor einem blieb er stehen, beugte sich über die Tastatur, über den Hocker davor.

Der Kellner beobachtete die seltsame Spurensuche, unheimlich, als wollte er eine Fährte aufnehmen. „Sind sie von der Polizei oder so was?"

Keine Antwort.

„Hier", sagte der Anzugträger. Die beiden anderen sprangen auf und liefen zu ihm, eilig, unterwürfig, ein Rudel abgerichteter Hunde, das auf Kommandos und Belohnungen wartet. Sie beugten sich ebenfalls über die Tastatur, den Hocker, sahen einander an, nickten und liefen hinaus.

Der Kellner blieb mit seinem Kopfschütteln allein. Die Neonbuchstaben leuchteten noch einmal gegen den Hintergrund des dunklen Anzugs, als er draußen vorbeiging, dann verschwanden sie.

***

Ali und Nastya erwachten in ihrem Zimmer im Obergeschoss der Hütte. Balan hatte das Obergeschoss, eher ein Dachboden, mit Matratzen ausgestattet, vier getrennte Zimmer, eher Bretterverschläge. Es reichte, um ungestört zu sein.

„Guten Morgen“, sagte er und streckte sich noch einmal unter der groben Wolldecke. „Morgen“, sagte sie, stand auf, schlüpfte in Jeans und T-Shirt und stieg die steile Treppe hinunter.

Er drehte sich um, stützte die Ellbogen auf und sah ihr nach. Dann ließ er den Kopf wieder auf den Polster sinken. „Du bist ungreifbar“, dachte er, „Du bist faszinierend und erschreckend, in meiner Hand und gleichzeitig weit weg, bei mir und doch auf einem anderen Stern.“ Er sagte nichts.

Rudi stand in der Küche und mixte seinen Frühstücks-Cuba Libre. „Cola enthält auch Koffein. Ist fast wie ein Espresso“, sagte er auf Nastyas kritischen Blick. „Möchtest du auch einen?“ Sie schüttelte den Kopf.

„Nimm‘s mir nicht übel, ich bin ein alter fetter Sack, aber ich kann dir sagen: Es würde dir gut tun.“

Nastya öffnete die Tür zur Terrasse, lehnte sich mit einem Glas Wasser in der Hand an den Türstock und sah ihn abwartend an, „Ach ja?“

Rudi nahm einen Schluck. „Ich bin nicht gut in so was. Ganz im Gegenteil. Ich sage einfach nur, was ich sehe, ohne Wertung, ohne Urteil. Und den meisten fällt es schwer, das so zu sehen. Jeder schleppt seinen Rahmen mit sich und kann den nicht loswerden. Da kann ich mich nicht ausnehmen, auch wenn ich mich bemühe. Vielleicht bist du ja gescheiter, ich traue es dir jedenfalls zu.“

Sie lächelte, nackte Füße auf dem Terrassenboden, außer ihnen war noch niemand auf. „Das war jetzt kein besonders guter Einstieg.“ Er Cuba Libre, sie Wasser. „Aber sprich ruhig weiter, es kann ja nicht mehr viel schlimmer werden ...“

„Du bist wie eine Frau beim Fremdgehen. Schön hier, der Moment ist toll, jede Minute ist jeden Schritt und das Risiko wert. Aber trotzdem denkst du dir: Du darfst es nicht wirklich genießen. Du solltest nicht hier sein. Das ist kein schlechtes Gewissen, nur – es gibt anderes zu tun, es ist nicht, was du wolltest. Und eine Stimme fragt dich: Ist das alles? Weiter bist du nicht gekommen? Ist das die große Freiheit, das neue Ziel – mehr vom gleichen, der nächste Dummkopf?“

Nasyta lachte kurz, Entspannung demonstrieren, Rudi nickte. „Glaub mir, damit kenn ich mich aus.“ Er leerte den Cuba Libre zur Hälfte. Die tiefstehende Morgensonne tauchte den Wald in lange klare Schatten, beginnendes Vogelzwitschern, erste wenige Sonnenstrahlen, die sich durch die Baumspitzen kämpften, streichelten Nastyas T-Shirt.

„Der Junge liebt dich, und zwar mehr, als es ihm gut tut. Nein, verdreh jetzt nicht die Augen, das wird keine Story über männermordende Frauen oder Herzen kälter als das Bier in unserer Bar. Es ist seine Sache. Du könntest dich darauf einlassen; nimm dir die Freiheit, dich auf ihn einzulassen. Oder denk dir: Ich muss meine Freiheit bewahren, ich kann mich auf nichts einlassen."

Nastya schwieg. Die besten Fragen, hatte Rudi den Account Managern, also Verkäufern, in seiner Agentur immer gepredigt, sind die, auf die du erst mal keine Antwort bekommst. Nur hatte er jetzt nichts gefragt.

Nastya lächelte noch einmal kurz und ging mit ihrem Glas in der Hand auf die Terrasse hinaus. Rudi füllte sein Glas mit dem zweiten Cuba Libre. „Vielleicht hast du nicht Unrecht", sagte Nastya, als sie den Raum wieder betrat. Ali kam die Treppen herunter. „Morgen! Worüber redet ihr?", fragte er fröhlich.

***

Nebelmaschinen, Palmen, Securities, die den abgesperrten VIP-Bereich bewachten. Glatte Flächen, gedämpft bunt ausgeleuchtet. Strahlende Gesichter, suchende, betont gelassene.

Der Barmann kämpfte seinen Weg durch die Tanzenden und stellte einen Champagnerkübel auf einen der Tische, auf dem zwei Frauen saßen. Lange Beine übereinander geschlagen, High Heels; beide mit dem betont gelassenen Blick. „Mit besten Empfehlungen", sagte er dezent aber deutlich, schenkte zwei Gläser ein und zog sich zurück. Die betont gelassenen Blicke trafen suchende Blicke, verwandelten sich in ein amüsiert triumphierendes Lächeln und wurden von erhobenen Champagnergläsern gekreuzt.

95 Prozent der One-Night-Stands entscheiden sich in der ersten Minute. Oder schon vorher. Beschnuppern, kennenlernen? „Wie lange müssen wir noch tun, als ob wir flirten, bevor wir vögeln gehen?", heißt die Regel im ungeschriebenen Rollenspiel.

„Gefällt er dir?“, fragte die Blonde. Die Dunkelhaarige nickte unentschlossen. Die erste Minute drohte abzulaufen, gefährlich ereignislos.

Vor der Tür des Bastards-Club in Bukarest staute sich eine Schlange, die Straßenbeleuchtung auf der Lipscani Strada war ausgefallen, wie fast jeden Abend, Türsteher in Bomberjacken kontrollierten den Eingang. Zwei Hummer hielten vor der Tür, zwei junge Männer in schwarzen Anzügen und weißen Hemden stiegen aus, dazu eine Gruppe von Männern, die aussah, als hätte man eine Horde Obdachloser in teure schwarze Anzüge gesteckt. Sie nickten den Türstehern zu und gingen schweigend an der Schlange vorbei in den Club.

„Ich weiß nicht“, zögerte die Dunkelhaarige, „Heute ist mir nicht so danach.“ „Zu spät“, ihre Freundin hatte den Champagnerspender schon herbeigelächelt. In Begleitung eines Freundes stand er unschlüssig vor dem Tisch, vier Mal lange Beine, zwei Mal betont entspannte Blicke.

„Warum seid ihr zu zweit? Ok, meine Freundin kann Unterhaltung brauchen.“

Die zwei Anzugträger streiften mit ihrem Gefolge suchend durch den Club. Mit unmerklichem Kopfnicken verteilten sie ihre Leute in verschiedene Richtungen. Sie selbst bestiegen das DJ Pult, hielten sich im Hintergrund, guter Überblick. Ein letztes Nicken, los gehts.

Die Dunkelhaarige tanzte mit dem Freund des Champagnerspenders, die Blonde ließ es zu, dass sich der Spender wie zufällig an den Tisch und an sie lehnte, eine Hand auf ihren Beinen, beim Reden legte sie einen Arm um seine Schultern. Zwei aus der Anzuggang steuerten auf sie zu. Etwas wie Lächeln auf den gequält unsicheren Gesichtern, linkisch in den Anzügen, und obwohl die Hände frisch gewaschen sein mochten, verrieten sie lange Zeiten von Dreck und Staub.

So entschlossen wie es ihr unsicherer Eindruck zuließ legte jeder einen Arm um eine der Frauen, die Männer überspielten leichte Empörung mir Coolness; Pech, wenn es die Regeln verlangen, mal was anderes, bloß nicht spießig sein, verdammt, umsonst in den Champagner investiert, schoss es dennoch durch ihre Köpfe. Die Frauen duldeten es amüsiert. Gesichter kamen einander näher, schmeichelhaft dunkles Licht gemischt mit Trockeneis, Nasenspitzen streiften Wangen, atmeten zarten Duft, und Lippen berührten den Hals, sanftes Saugen bis sich vorsichtig Zähne an Haut vortasteten, ein unmerklicher Biss.

Die Szene wiederholte sich zeitgleich an all den Orten des Clubs, an denen die Gang verteilt worden war. „Du bist ein Wahnsinn“, sagte er zu der Blonden, lächelte ihr gequält unsicher in die Augen, eins, zwei, Blick lang genug, und überließ sie wieder ihrem Flirt.

„Du bist ein Wahnsinn“, lächelten zwanzig Agenten zeitgleich in die Augen von zwanzig Frauen.

Die beiden auf dem DJ Pult filmten die Umarmungen mit ihren Smartphones mit. Sie waren zufrieden. „Zweite Brigade, 2nd Generation, Vampire Edition“, tippten sie als Kommentar dazu, bevor sie die Aufzeichnungen abschickten. Vampire Edition hörten sie in der Zentrale nicht gern.

Die Blonde blieb amüsiert lächelnd zurück, ihre Freundin schon wieder in enger Umarmung mit dem anderen. „Du bist ein Wahnsinn“. Keiner davon gefiel ihr. Aber eine ungewisse, unstillbare Gier, ewige Sehnsucht nach mehr, die sie schleichend befallen hatte, ließ Rückzug nicht zu. Keine Pause.

Die Anzugträger hatten sich in schattige Winkel des Clubs zurückgezogen, warteten einige Minuten, bis alle die merkwürdigen Aktionen vergessen hatten, und kamen dann wieder aus den Schatten. Sie suchten die nächsten Opfer.

„Warum haben wir eigentlich keine Frauen in der Brigade?“, fragte einer der Aufseher. „Dann wäre die Infektion noch viel einfacher ...“ – „Irrtum, du denkst nicht weit genug. Vielleicht ist die erste Runde eine Glückspiel, aber es geht jetzt erst los. Schau ihnen zu, sie sind schon welche von uns ...“

Die Blonde nahm den Champagnerspender an der Hand und verschwand mit ihm.

„Wir sehen uns morgen. Ich habe ein gutes Gefühl, sie werden unserem Deal zustimmen. Keine Sorge.“ Zwei Männer verabschiedeten sich vor der Bukarester Nationalbank. Die historischen Ausgrabungen vor dem Gebäude waren noch immer ein brachliegender Haufen Schutt und Müll. Mit dem ersten Plastikbecher, der in dem zum Ende des vergangenen Jahrhunderts sauber hergerichteten Graben gelandet war, war dessen Schicksal besiegelt gewesen.

Es raschelte unter ihnen, niemand verschwendete einen weiteren Gedanken. Ratten, manchmal Straßenhunde, die in den Graben gefallen waren und manchmal von der städtischen Hundversorgung abgeholt wurden, manchmal verhungerten sie wohl auch oder verschwanden auf andere Weise.

Unten duckten sich fünf Männer gegen die Mauerreste. „Nicht", einer schüttelte den Kopf. „Die nicht."

***

Muammar steckte die Hände leger in die Hosentaschen seines dunkelblauen Anzugs. Das Reina in Istanbul war gesteckt voll. Er hatte eine Gruppe Männer in schwarzen Anzügen hereinkommen sehen, schräge Typen, martialisch, als hätten sie einen Anführer, und dann doch unsicher wie geprügelte Hunde.

Nicht sein Problem. Babes, Botox, Champagner, er wandte sich wieder den eigentlichen Themen des Abends zu.

„Du bist ein Wahnsinn. Süß …"

Zwei, drei Minuten vergingen, dann kamen sie wieder aus den Schatten. Muammars dunkelblauen Anzug im Blick, das strahlend gestärkte weiße Hemd. „Der nicht. Das ist schon einer von uns."

***

Zweige, Unterholz. Sie gingen langsamer. Auf der Jagd im Auwald, immer auf der Suche. Sie näherten sich einem Seitenarm des Flusses. Auf ein Handzeichen blieb der Trupp stehen.

Walla schob sein Board ins Wasser und stieg auf. Dämmerung, Zeit, nach den anderen zu sehen. Er hatte den Kleinen schon vor knapp einer Stunde zurückgeschickt. Sie waren auch hier.

Unruhe im Trupp, sie wollten weiter. Der Anführer legte einen Finger auf seine Lippen. „Der nicht." Er sah seine Leute an, sah noch einmal zu Walla. „Er nicht."

***

Walla und Nastya fuhren in das nächste Dorf; Balan hatte ihnen eine Einkaufsliste mitgegeben. „Du willst etwas sagen“, sagte Nastya fragend. Walla schwieg. „Ok, ich kann warten.“

Sie hatten das Ende des Waldwegs erreicht, von hier aus ging es auf einer nur wenig breiteren Schotterstraße weiter.

„Aber da ist noch etwas, das du noch keinem erzählt hast. So gut kenne ich dich, auch wenn wir uns lang nicht mehr gesehen haben.“ Nastya drehte sich zu ihm und sah ihn mit ihren blauen Augen, noch immer sorgfältig dunkles Make-up, erwartungsvoll an. Dieser Blick funktionierte immer; leider, wie sie sich selbst oft sagte.

„Der Kleine, Mirko, hat dieses Programm geschrieben, mit dem er Information zurückverfolgt. Historisch, man sieht also, wer zuerst damit draußen war, und geografisch – aus welcher Gegend kommt die Information, auf welchem Weg hat sie sich verbreitet. Und du kennst diesen Auszug aus der UNO-Agenda, den Erkan uns vor ein paar Tagen geschickt hat. Ich war zuerst auch nicht sicher, was ich damit anfangen soll.“ Nastya nickte.

„Mirko hat diesen Text als Beispiel für seine Tests genommen. Und das Tool hat festgestellt, dass diese Information auf zwei Wegen zu uns gekommen ist. Einmal über New York – das war Erkan, und einmal auf Umwegen über Marokko.“

„Und?“

„Wir sind in ein paar Minuten da. Wo willst du zuerst hin?“

„Mir ist das egal. Ich hoffe nur, dass ich mal wieder eine Netzwerkverbindung bekomme.“Sie waren mittlerweile auf der Landstraße. Ein graues Band durch abgeerntete Felder, auch hier spazierten noch Reiher und Störche über die Äcker, immer auf der Suche nach Fressbarem, dann ein Ortsschild und einige Häuser. Walla hielt vor einer Tankstelle mit kleinem Shop.

„Warte“, sagte Nastya; er drehte dich zur Tür und wollte aussteigen. „Jetzt musst du die Geschichte zu Ende erzählen. Was ist mit dieser Agenda?“

Er sah sie erst einmal lang an. Sein uneinschätzbares Gesicht, kein Alter, keine Regung. Dann sah er wieder nach vorn. „In Marokko ist das größte Camp. Dort laufen die Fäden zusammen, von dort schwärmen sie aus. Zumindest war das früher so.“

„Woher weißt du das alles? Ich meine – und bist du dir sicher? Marokko, dort gibt es sicher auch andere Standorte, vielleicht.

Vielleicht ist es auch jemand von uns, wenn dort unser Terminal benutzt wird, warum nicht …“ Nastya spürte leise Unsicherheit gegenüber Wallas Schweigen.

„An Zufälle glaube ich nicht. Ich stelle mir jetzt nur noch zwei Fragen: Haben sie uns gefunden? Oder haben wir einen Verbündeten, gibt es jemanden, der zu uns Kontakt sucht? Und das geht so weiter: Sind sie dabei, unsere letzten Informationskanäle lahmzulegen, oder ist das nur ein Versuch, uns aus der Deckung zu locken? Möchte jemand mit uns in Kontakt treten, oder ist das eine Falle? Und sollen wir uns, wie immer, mit der nackten Information zufrieden geben, oder müssen wir nicht diesmal, dieses eine Mal, wo wir alles wie serviert bekommen, nicht auch wieder aktiv werden?“

Er stieg aus und wartete auf Nastya.

Sie ging an seiner Seite durch den Tankstellenshop, Chips, Zigaretten, Süßigkeiten, beide sahen wenig von den Regalen vor ihren Augen. „Du weißt, UNO-Beschlüsse bedeuten nicht unbedingt etwas; vielleicht hilft uns auch hier die Dokumentation. Wir werden nicht eingreifen können, das sind offiziell demokratische Prozesse, gut geschützt und abgeschirmt durch Heere von bezahlten Lobbyisten. Aber ein formaler Beschluss wird die Lage nicht verändern.“

Walla griff nach Bananen, Erdnüssen, einem Sixpack Ursus und Zigaretten. „Das ist auch nicht meine Sorge. Setzen wir uns.“

Er ging zu einem der runden Plastiktische, dreckige Sessel rundherum, Blick auf die Tankstelle; das improvisierte Café im Tankstellenshop. „Das ist nicht meine Sorge.“ Er öffnete ein Ursus, hielt es Nastya hin und nahm sich auch eines.

„Nehmen wir an, jemand möchte mit uns in Kontakt treten. Erinnerst du dich an die anderen Nachrichten, die schon vorher eingetroffen sind? Die konnten wir noch nicht zurück verfolgen. Die Bastelei von dem Kleinen hat sich schon ausgezahlt. Meine Sorge ist: Das wird nicht unbeobachtet bleiben. Wer auch immer uns diese Nachricht geschickt hat – er setzt sein Leben aufs Spiel. Wahrscheinlich ohne es zu wissen.“ Er setzte sein Bier ab, sah einem Youngster beim Tanken zu, Sport-Honda mit Spoiler, Blitze auf der Seite, dicke Silberkette um den Hals des Fahrers.

„Für uns heißt das: Wenn wir die Chance nutzen wollen, mehr zu erfahren, haben wir nicht viel Zeit. Es sind nur noch ein paar Tage zu diesem Termin.“

„Was hast du vor?"

„Wir müssen mehr herausfinden. Wer ist das, warum sucht er uns? Was hat er selbst mit dieser Präsentation zu tun? Und was weiß er, wie weit kann er uns helfen?"

Nastya legte die Stirn in Falten. „Du möchtest dich wirklich mit ihnen einlassen? Das ist noch nie gut ausgegangen; sie waren immer mächtiger …"

„Und wir hatten nie jemanden, der unsere Informationen geteilt hat. Wir konnten nie öffentlich werden, waren immer eine schräge Randnotiz. Stell dir vor, wir hätten hier einen Aussteiger, einfach jemanden, der Informationen bestätigen kann – oder jemanden, der mehr weiß als wir."

Trockener Staub, dicker Beton, Schweiß, Sand, Hitze. Walla öffnete die Augen wieder. „Wenn er in Marokko im Camp sitzt, dann ist er mitten drin. Er muss bescheid wissen."

Der Sport-Honda draußen, innen war die Zeit stehen geblieben; der Tankwart, zugleich Kassier und Lebensmittelhändler, trug einen ölverschmierten blauen Overall, eine weit zurückgeschobene Schirmmütze, brüchige Arbeitsschuhe; Kunststeinplatten und eine Plastik-Theke, hinter deren Plexisichtfenster Schokoladeriegel gammelten als wäre es Hundekot. Trotz Verpackung.

„Ich fürchte", Walla zögerte auch bei diesem Satz noch, „Wir müssen wirklich einiges daran setzen, herauszufinden, wer das ist. Und wir müssen versuchen, sein Leben zu retten – nicht um seines Lebens willen. Das ist unsere einmalige Chance, mehr zu erfahren. Und vielleicht, aber ich fürchte, so weit kommt es gar nicht, auch die Chance, etwas von der Information, die wir in den vergangenen Jahren gesammelt haben, bestätigen zu lassen und öffentlich zu machen."

Er rauchte ein wenig zitternd, nippte von seinem Bier, und sah Nastya dann wieder ruhig und friedlich an. Sie hatte ihre Coolness wieder. „Ok, das ist ein Auftrag. Was kann ich tun?" Sie sah ihn erwartungsvoll an. „Besser, als nur hier im Urwald zu sitzen und zu warten. Das war nicht der Plan …"

Walla kramte in seiner Hosentasche. „Fürs erste müssen wir uns um Balans Einkaufsliste kümmern."

Ali war nahe bei ihr. Sie lächelte ihm zu und drehte sich weg. Vladi beugte sich zu ihm, der Kleine war mal wieder aus seiner Ecke gekommen, er hielt fröhlich eine Flasche in der Hand, eines seiner gestreiften Poloshirts und die unvermeidliche Tasche um die Schulter. „Cool hier", brüllte er in Alis Ohr. „Ich war schon lange nicht mehr aus." Voija stand in einem seiner weiten beige-grün-farblosen T-Shirts vor einer Zimmerpalme und strich gedankenverloren über ihre Blätter.

Samstagabend im Keller einer Pizzeria im Niemandsland am Rand des Auwalds. „Wir müssen raus, ihr müsst alle mal raus", hatte Walla gesagt, den Pickup gestartet und Ali gedeutet, seinen Samurai zu holen.

Walla und Balan unterhielten sich mit dem Barmann, Rudi wankte, seinen Cocktailbecher fest in der Hand, als Tanzbär über die Tanzfläche, rumänischer Clubpop; Mädchen wichen ihm besorgt aus und kicherten dann. Niemand wollte seinen Cocktail kosten; er trug ihn schwankend vor sich her, bot ihn allen an und trank dann doch selbst.

Vladi war wieder still, grinste freundlich und sah Ali erwartungsvoll an. Ali sah Nastya nach, die freundlich mit Abstand um Rudi tanzte und nach Walla sah. Auf vergitterten Podesten an beiden Seiten der Bar tanzten Gogos. Rudi schwankte vor dem Käfig und hielt der Tänzerin seinen Cocktail hin. Sie lachte, strich über ihre Hüften, ihr Becken, schwang ihr Becken vor seinem Glas. Rudi saugte an seinem Strohhalm.

Zwei Uhr morgens, das Gedränge im Keller wurde dichter. Ali sah Nastya tanzen, manchmal im Gedränge verschwinden, manchmal mit geschlossenen Augen die Tanzenden auf Abstand halten. Vladi behielt sein Lächeln, das alles von Zufriedenheit bis Verzweiflung bedeuten konnte, ließ sich durch die Menge schieben und bemühte sich, Ali nicht zu verlieren.

Mirko unterhielt sich mit Händen und Füßen mit zwei Mädchen, Sommerkleider, freundliche, neugierige Gesichter, Arme, die sich um seine Schultern legten und sein Ohr zu Mündern zogen, flüchtige Berührungen.

Nastya und die Tanzfläche. Magische Verbindung zwischen der Musik, ihren Absätzen und ihren Hüften. Sie sah Rudi und den Tänzerinnen zu, froh alleine zu sein. Geschlossene Augen, Kopf ausschalten. Dort wartete Ali. Kein weiterer Gedanke; gut so. Sie sah zu Walla. „Was wirst du tun?“, war die unbeantwortete Frage.

Voija blieb bei seiner Pflanze, der Party den Rücken zugekehrt. Er konnte so tun, als sähe er die Wand entlang in den dunklen bruchstückhaft von Lichtblitzen erhellten Raum und blieb doch bei seiner Pflanze. Es war ok, wenn die anderen Spaß hatten. Er würde sie nach Hause bringen. Die Wohnungen in Belgrad waren leer. Nicht so leer, wie es ihm lieb gewesen wäre: zersplitterte Türen, abgerissener Vorhang, Polizeiabsperrungen, Blutspuren. Er war nicht dort gewesen, nur seine Vorstellung.

Vladi pendelte wie sein Lächeln zwischen Zufriedenheit und Verzweiflung. Am Rand der Tanzfläche schoben ihn fremde Körper vor sich her. Er hatte seine Tasche bei sich und konnte jederzeit etwas tun; Nachrichten checken, analysieren. Gutes Gefühl. Das war eine Party. Er sollte nicht daran denken, was er noch tun konnte, er sollte nicht dämlich grinsend am Rand stehen und wie eine Boje in den Wellen hin- und hergeschoben werden; er sollte inmitten der Menschen sein wie alle anderen. Sagte man doch so, oder? Kein gutes Gefühl. Sein Lächeln saß. Er sah nach Ali, der auch allein war. Vielleicht nicht so falsch?

Vladi stand auch dann noch mit seinem dämlichen Grinsen am Rand der Tanzfläche, als ihm ein Betrunkener im Vorbeigehen Bier aus einem Plastikbecher in den Nacken schüttete. Vladi drehte sich um und sah in ein herausforderndes Gesicht, lächelte noch immer und prostete mit seiner kleinen Bierflasche gegen den fast leeren Plastikbecher. Ali schüttelte den Kopf.

Dann kamen sie.

Eine Stahltür in einem dunklen Winkel des Kellers öffnete sich, vier Männer gingen zielstrebig durch den Club. Dreckige T-Shirts, zerrissene Jeans, alte Turnschuhe, strähniges langes Haar hing in ihre Gesichter. Sie gingen auf die Käfige zu, Gitterstäbe, verzerrte Gesichter, Tänzerinnen lächelten spielerisch. Mirko sah auf. Nastya blieb stehen. Voija sah seine Pflanze.

Sie zerrissen die Gitterstäbe, zwängten sich in die Käfige und zogen die Tänzerinnen zu sich, Bisse, in den Hals, Schenkel, blutverschmierte Gesichter, Blut spritzte über die Tanzfläche. In die Gesichter der Tanzenden, die ihnen mit erhobenen Händen zujubelten. Sie zerrten die Tänzerinnen auf den Boden, bedeckten sie mit ihren Körpern und Bissen.

Der Keller tanzte. Unschuldiger Clubpop, Blitze im Dunkeln und zwei zerfressene, blutende Körper auf Podesten ausgestellt.

Nastya wischte einen Blutspritzer aus ihrem Gesicht, es war klebrig und roch süßlich. Die Angreifer sahen auf, hoben ihre blutverschmierten Gesichter von den Körpern der Frauen. Die Tänzerinnen standen auf, strichen über die Gesichter, die Körper ihrer Angreifer, tanzten über ihnen, die jetzt auf dem Boden lagen, schmierten glänzendes Blut über ihre Körper. Ein paar Sekunden Dunkelheit. Dann blutrotes Licht und grellweiß blitzende Stroboskope, lautes Kreischen erfüllte den Keller, Mirkos Mädchen zogen ihn zu sich, eine Tänzerin zwinkerte Nastya zu, die Tanzenden schubsten Vladi.

Auf dem Boden der Gogokäfige lagen Männer in Blut, das nicht ihres war; die Party lief weiter.

Der Barchef beugte sich lachend zu Balan und Walla, „Die Leute sind so verrückt danach, das ist irre." Er schüttelte den Kopf, zappelte gut gelaunt hinter seiner Bar und sah den Tänzerinnen zu. „Kennt ihr die Geschichten? Völlig irre. Das ist aus Polen oder aus Russland zu uns gekommen, die Leute erzählen sich Geschichten von Werwölfen, Zombies, die durchs Feuer gehen, Menschenfressern. Crazy. Sie sind jetzt bei uns, sie streifen durch den Auwald und suchen jemanden, sie sind in den Städten und überfallen Menschen, bringen sie um, richten sie fürchterlich zu, stecken sie irgendwie an, jedenfalls stehen sie wieder auf, und so werden sie immer mehr." Balan und Walla sahen sich an. „Wir sind so, wir lieben eben Geschichte, erzählen sie blumig und lieben das Grauen. Unsere poetischen rumänischen Seelen … Und seit ich diese Shows veranstalte, ist der Club jedes Wochenende so voll, es könnte nicht besser laufen. War gar nicht leicht, das Personal zu finden, das zu den Beschreibungen in diesen Geschichten passt … – Was brauchst du?" Er wandte sich einem Gast zu, der an der Bar mit einem Bündel Geldscheine winkte.

„Ihr seid Idioten", Rudi stützte sich schwankend, die letzten Schritte mehr fallend als gehend, zwischen Walla und Balan an die Bar. „Das muss ich euch jetzt einfach einmal sagen. Ich schaue euch zu – ihr seid so ein armseliger Haufen, wisst ihr das? Ein hoffnungsloser Haufen, verspielt, orientierungslos, unsexy. Und nichts passiert. Ich muss hier weg." Er stützte die Ellbogen auf die Bar, legte den Kopf auf seine Unterarme und bewegte sich nicht mehr.

***

Ich möchte Ihnen noch einmal für Ihre Aufmerksamkeit danken. Es war sehr umsichtig von Ihnen, diese Meldung zu machen." Grund sah Chris mit stechendem Blick an. Sein Stimm-En war auf einen dunklen Bass geschaltet. „Sie haben damit einen wichtigen Baustein in einer größeren Ermittlung geliefert."

Chris saß auf einem nüchternen Holzsessel in Grunds noch nüchternerem Büro, in dem nur die Technik verriet, dass seit dem letzten Update des Mobiliars gut dreißig Jahre vergangen waren.

Grunds Blick wurde noch stechender. „So wichtig, dass ich mich frage, was Sie wissen."

Grund kramte in Unterlagen auf seinem Tisch, wischte gleichzeitig auf dem Screen seines Tablets und ließ Chris nicht aus dem Augen. „Woher wussten Sie denn, dass diese Information für uns wichtig war?"

Chris war unruhig, bemühte sich, nicht auf dem Sessel zu rutschen. „Es sind … Wir sagen … Generell sind doch alle Hinweise zu Karten und Kartenmanipulationen für uns wichtig. Gerade in unserer Abteilung, wir beschäftigen uns mit neuen Tools, Innovationen – alles baut auf Karten auf, wir sind darauf angewiesen, dass sie funktionieren."

Grund sah ihn schweigend an.

Der Raum war abgedunkelt, draußen war es Vormittag. Grund verzichtete auf Licht; die Bildschirme waren hell genug.

„Wir haben lang an diesem Projekt gearbeitet, auch der Vorstand interessiert sich dafür. Ich möchte einfach alle Fehlerquellen ausschalten. Solche Manipulationen gefährden unsere Entwicklung."

Grund schwieg noch immer.

„Und ich hatte den Eindruck, dass sich auch mein Chef für diese Themen interessiert. Aber ich konnte ihn nicht erreichen."

„Wie kommen Sie darauf?" Grunds knappe Frage war geradezu erleichternd.

„Er hat sich vor ein oder zwei Wochen Informationen bestellt, ich habe sie ihm geschickt. Seither habe ich nichts mehr von ihm gehört."

Noch ein paar Sekunden qualvolles Schweigen. „Gut, ich danke Ihnen." Chris blieb unsicher auf seinem Sessel. „Danke, Sie können gehen".

Chris stand auf, deutete ein Kopfnicken an, „Ich hoffe, ich konnte Ihnen helfen"; er ging.

Grund wartete, bis die Tür geschlossen war, dann zog er die Mappe mit Lerners Unterlagen hervor. Er klebte einen Zettel auf die Innenseite des Umschlags und notierte knapp: „Schnüffelt."

***

Rudi lehnte in einem Liegestuhl auf der Veranda. Balan stand hinter der Bar, Walla brachte Bier nach draußen. Der Rest schlief noch; der frühe Vormittag nach der Party.

„Was soll ich mit dem Zeug?", fragte Rudi, ohne die Augen zu öffnen.

„So wie du aussiehst, musst du erst mal langsam runterkommen", Walla stellte die Flasche neben Rudis Liegestuhl. Der Abend war lang gewesen.

„Lauter Kinderkram. Ihr habt keine Visionen. Ich habe Dinge umgesetzt, Projekte realisiert, Unternehmen aufgebaut, Frauen gehabt, ich fetter Sack, mehr als du wahrscheinlich in deinem Leben gesehen hast. Ich habe mir irgendwann gedacht: Ich will nicht mehr, ich muss etwas anderes tun, vielleicht etwas, das echt Sinn macht, das mir Freude macht. Etwas, bei dem es nicht entweder um Macht oder um Unabhängigkeit geht. Und jetzt sitze ich hier bei euch, scheiß drauf, in diesem gottverlassenen Nest, und sehe euch bei euren nerdigen Lächerlichkeiten zu. Was soll denn der Zirkus? Ihr wollt was tun und tut nichts, Information, drauf geschissen, sag ich, blöde Besserwisserei. Ich fang mir damit wirklich nichts mehr an." Walla setzte sich neben ihn, „Sprich ruhig weiter, das geht vielen so."

Rudi blinzelte ins Licht, zog Sonnenbrillen aus seiner Tasche, setzte sie auf und schloss die Augen wieder. „Ich war am Ende, ich habe kein Problem, das zuzugeben. Ich wollte nicht mehr weiter, ich wusste nicht mehr weiter. Das war, als ich vor ein paar Wochen losgefahren bin. Ich wollte nichts mehr, nur weg, vielleicht Frieden finden oder so einen Scheiß."

Auch Walla und Balan hatten Schwierigkeiten, an diesem Vormittag die Augen offenzuhalten. Sie hatten Rudi, der mitten in der Nacht, es mochte vier Uhr morgens gewesen sein, beschlossen hatte, er würde ab sofort sein nächstes Unternehmen aufbauen, endlich wieder Geld machen und seine selbstgewählte Hausfrauenisolation aufgeben, sanft nach Hause gebracht und immer beruhigend begleitet; nie aus den Augen gelassen. „Ich komm hier weg, ich komm wieder groß raus", hatte Rudi gesagt, sich auf den Liegestuhl auf der Terrasse gesetzt und kein Wort mehr geredet. Die Sonne ging währenddessen auf.

„Eure Kindergartenaktionen – da versauf ich lieber mein Leben, als euch auch nur zuzusehen. Ihr habt nicht Unrecht. Aber genau das macht alles so unsinnig und kindisch. Geld ist eine gefährliche Droge, sie hat Macht, vereinnahmt dein Leben, versteckt sich hinter vielen Symptomen, bringt dich dazu, Beziehungen und Freundschaften aufs Spiel zu setzen – und der einzige Ausweg ist, gar nicht damit anzufangen. In halluzinogene Pilzsauce getränkte Banknoten, die schon über die Berührung durch die Haut in den Kreislauf und in das Gehirn gelangen, das wäre eine sinnvolle Aktion, eine die der Wahrheit entspricht. Wahrheit, jetzt sag ich auch schon so lächerliches Zeug. Aber auf solche Ideen kommt ihr ja nicht. Ich hätte das Zeug, euch aus dem Sumpf zu ziehen, ich kann der ganzen Aktion hier eine Richtung geben. Aber es interessiert mich nicht. Ich schlafe jetzt meinen Rausch aus, und dann werde ich verschwinden." Rudi verschränkte die Arme vor der Brust, rutschte noch ein Stück tiefer in die Stoffkuhle des Liegestuhls und machte klar, dass er kein Wort mehr reden würde.

„Wir sollten ihn nicht gehen lassen." Balan sah besorgt in den Wald. „Ich weiß", Walla folgte seinen Blicken. „Sie sind dort draußen, du hast recht."

Sie sahen einander schweigend an. „Ich frage mich manchmal“, sagte Balan lang und ohne Walla aus den Augen zu lassen, „Warum sie uns noch nicht geholt haben.“ Walla blickte schweigend zurück.

„Wir sollten jetzt auch eine Runde schlafen“, sagte er dann.

***

Lerner hatte noch einige Tage im Camp. Er hatte die letzte Zeit allein verbracht, saß jetzt auf einem unscheinbaren weißen Plastiksessel vor seinem Container und blinzelte in das grelle Licht und sein tanzendes Sandflimmern. Sein weißes Hemd war zwei Knöpfe weit offen, die Anzughosen stilecht ausgebeult, und er hatte sich alte Stiefel von einem der Wachposten organisiert. Auch jetzt stand ein Posten in unauffälligem Respektabstand wenige Meter neben ihm an der Ecke seines Containers. Helm, Sonnenbrille, Waffe über der Schulter.

Lerner genoss die Tage in ungewisser Ruhe. Seine Präsentation war fertig, der Auftritt einstudiert. Und keine Antworten. Weder aus dem Headquarter noch aus dem, Lerner zögerte, Untergrund. Ein Traineetrupp marschierte vorbei, die gleiche achtlose Zielstrebigkeit, die er schon seit Wochen beobachtet hatte. Nur sahen die Leute jetzt anders aus. Hatten sie sich zu Beginn, als Lerner in das Camp gekommen war, zusehends in verdreckte, verkommene Gestalten verwandelt, achtlos, uniformiert in T-Shirts, zerrissenen Jeans und alten Turnschuhen, so blieben sie jetzt bei der Uniform ihrer dunklen Anzüge. Sorgsame Haarschnitte, die allerdings verstaubten, auf schnell zu dünn werdenden Hälsen saßen, dazwischen blasse Gesichter, schuppige Haut; sie sahen aus wie eine Truppe Obdachloser, die jemand in dunkle Anzüge verpackt hatte.

Er winkte jedes Mal, wenn sie in ihren geschlossenen Reihen vorbeigeführt wurden. Reaktionen gab es nie. Sie sahen ihn nie.

Auch wenn er wusste, dass es nicht so war – diese Tage im Camp fühlten sich an die wie letzten Tage eines zu Ende gehenden Urlaubs. Freude auf etwas Neues, gemischt mit leichter Wehmut, nachdem sich das anfängliche Befremden in Vertrautheit verwandelt hatte. Die Wachposten, die von jeder Bequemlichkeit befreiten Container, die Einsamkeit waren ein mittlerweile lieb gewonnener

Kontrast zur Geschäftigkeit im Headquarter, Büchels Privatjet, den Clubs in London, Paris oder Budapest.

Lerner ging zurück in seinen Container, prüfte noch einmal Emails und andere Nachrichten auf seinem Laptop. Nichts.

Vielleicht war hier auch wirklich nichts. Das glaubte er nicht. Das glaubte er selbst nicht. Er griff nach seinen Sonnenbrillen und ging wieder hinaus.

Das Camp bestand aus etwa zwanzig Containern, dazu die zwei großen Baracken, in denen die Trainees schliefen, jeweils hundert Betten, und ein großer Container für die Ausbildungs- und Untersuchungsräume. Menschen müssen etwas wollen, hatte er in seiner Analyse des Programms gelernt. Das hält sie und die Welt am Leben – und das ist zugleich eine Bedrohung der Macht. Wünsche sind unkontrollierbar, wenn sie nicht gelenkt und gesteuert werden, Wünsche sind unvorhersehbar, wenn sie nicht eingeschränkt sind. Wunschlose Menschen gibt es nicht. Nur manche wünschen sich bloß Zufriedenheit, Ruhe, Gesundheit – kein Problem, das ließ sich auch leicht in Geschäfte verwandeln.

Kontrolle. „Wir handeln mit Menschen", mit diesen Worten begann Rick jedes neue Traineeprogramm.

Jeder Wunsch war kontrollierbar, wenn er nur stark genug war, wenn der, der ihn als seinen betrachtete, zusehends zum Wirt seines Wunsches wurde. Vielleicht dachten sie anfangs: Ich habe diesen Wunsch, um mich zufriedenzustellen, um mich zu entwickeln und eine nächste Stufe zu erreichen. Es dauerte nicht lang, dann wurde der Wunsch zum Parasit des Wünschenden, der sich einem Ziel unterordnete und sich in der Erfüllung aufgehen sah. Und dann? Zeit für den nächsten Wunsch.

Der Wille musste nur stark genug sein.

Lerner stand vor dem großen Container mit den Untersuchungsräumen. Wünsche machen Menschen glücklich. Und es war so leicht, das Rad am Laufen zu halten: Milliardärswitwen, die mit Kinderwunschstiftungen auf Wohltätigkeitsveranstaltungen Waisenkinder anfixten. Zukunftsvisionen, die mit der Aussicht auf Wachstum für alle klare Perspektiven vorspielten. Kollektivverträge mit jährlichen minimalen Gehaltssteigerungen für alle. Die Angst, keine Zeit mehr zu haben. Die Sehnsucht nach Zufriedenheit und Glück, für die es ausreichend einzuhaltende Fahrpläne gab.

Der Wille durfte nur nie schwach werden.

Lerner schlenderte, Hände in den Hosentaschen, Sonnenbrille auf der Nase, wie ein Tourist um Sehenswürdigkeiten um die Container. Egal wovon, Hauptsache mehr. Das Gen DRD4, hatten Forscher rund um Heiner Grund, den Forschungs- und Entwicklungschef der Universal Bank, herausgefunden, verstärkte den menschlichen Willen. Manche nannten es Gier.

Er öffnete die Tür zu den Untersuchungsräumen. Zwei Probanden waren auf Betten, die gegen das Wundliegen in alle Richtungen gedreht werden konnten, festgeschnallt. Einer war gerade in aufrechte Position gerückt und sah teilnahmslos wie ein Gekreuzigter durch den Raum. Der zweite lag flach auf dem Rücken und schien zu schlafen. „Hallo", sagten der Arzt und die Pfleger, die Lerner von seinen vielen Besuchen kannten. „Sie werden immer friedlicher", der Arzt notierte etwas auf einem Klemmbrett und steckte den Kugelschreiber in die Brusttasche seines Kittels. „Ich hätte nicht zu hoffen gewagt, dass wir so schnell Fortschritte machen."

Zwei Generationen der Zweiten Brigade, ausgebildet, um der Welt ihren Willen zu erhalten.

„Wir waren nicht immer ganz nett zu denen", der Arzt deutete auf den wie Gekreuzigten. Einer der Langhaarigen, deren Gesichter immer wie schmerzvoll verzerrt waren, auch wenn sie kicherten, und die sich immer mit ihrem kichernden Kreischen verrieten. Manchmal angsteinflößend, manchmal wie Tiere auf der Flucht. Der Arzt tippte ihn in die Rippen und erntete einen trägen Blick. „Sehr effektiv, aber auf Grund der vielen Kollateralschäden ließen die Effizienzquoten zu wünschen übrig. Im Detail schwer lenkbar, Infizierte sind mit längeren Erholungszeiten erst einmal ausgefallen oder waren so übel zugerichtet, dass sie einige Tage nicht unter Menschen gehen konnten. Kaum zu glauben, wie entspannt der Bursche schon ist." War es ein leises Zähnefletschen oder der Anflug eines Lächelns?

Wenige hundert Meter weiter, außerhalb der Stacheldrähte um das Camp, in Betonbunkern unter dem Sand, tobte eingesperrte Wut. Schweißbäche auf dreckiger nackter Haut, wunde Finger auf der Suche nach Ausgängen in ewiger Dunkelheit.

„Das hier sind unsere Darlings", der Arzt deutete auf den zweiten Probanden. Adrette Frisur, blass, schuppige Haut, mager, und als er die Augen aufschlug, blickten sie groß und unsicher in den Raum. „Süß wie die Engel, aber nicht minder infektiös. Unsere Prachtstücke. – Elvis, kennen sie Elvis noch? ‚She looks like an angel, walks like an angel, lalalalala, but she's the devil in disguise ...' Wirklich schade, dass wir keine Frauen für die Primärinfektion züchten können. Das hätte Spaß gemacht. Die Jungs hier können wir ja nicht zu Superhelden tunen, das wäre ein wenig auffällig. Aber ein Heer von sexy Infektionswirtinnen, denen jeder freiwillig nachgibt, das wäre ein Spaß." Er seufzte.

„Aber da müssen wir Wissenschaftler uns dem Controlling beugen. Es ist einfach effizienter, Frauen erst in der zweiten Welle einzusetzen. Als Sekundärwirtinnen, die nicht aus ihren familiären und sozialen Netzen entfernt werden, nützen sie uns einfach viel mehr. Haben Sie die letzten Studien dazu gelesen?"

Lerner nickte. In den letzten Tagen seiner Vorbereitungszeit hatte er alles zum Ethical Transformation Project gelesen. Steigende Infektionsraten in Europa, sich rasant entwickelnde Glücksquotienten, Menschen brauchen eben Ziele; Meinungsforschungsinstitute berichteten von steigender Zuversicht und Entschlossenheit nach den Jahrzehnten der Krise.

„Ich fürchte nur, wir werden nicht genügend Zeit und Budget bekommen, um die Jungs aus der ersten Generation noch einmal zu behandeln. Sie haben eben alle ein Problem mit ihrer Aggressivität. Jetzt wissen wir es besser. Aber gut, ich tröste mich damit, dass sie schon noch ihren Zweck erfüllen werden; sie werden sicher zum Einsatz kommen."

Lerner dachte an eine Nacht in Belgrad.

„Ja, manchmal ist das nicht ganz leicht zu verdauen, das sehe ich an Ihrem Gesicht. Aber wir wissen doch alle, dass wir an einer besseren Welt arbeiten, oder?"

Der Gekreuzigte verfiel in ein lautes Kreischen und zerrte an den Riemen, mit denen er an sein Bett geschnallt war. Sein abgemagerter Körper zuckte wild unter dem Spitalsnachthemd, das Bettgestell knirschte. Die Pfleger, die bisher dem Arzt auf jedem Schritt gefolgt waren, stürzten sich auf ihn, drückten Arme und Beine nieder, bereiteten eine neue Infusionsflasche vor und schlossen sie an die in seinen Körper führenden Schläuche. Erste Tropfen flossen, der Patient entspannte sich.

Sie drehten ihn wieder auf den Rücken, er lag still, sein langes Haar im Gesicht.

Der Arzt sah genervt zu und notierte wieder etwas auf seinem Klemmbrett. Er schüttelte den Kopf, „Rückfall, das wird unsere Position in den Budgetverhandlungen nicht gerade stärken. Leute, warum macht ihr denn so was ..."

Lerner winkte; er ging weiter in die Unterrichtsräume.

Ricks Mitarbeiter dozierten Teil zwei des Traineeprogramms. Die Gruppe im Lehrsaal stand ganz am Anfang. Leicht infiziert, sie waren blass und träge. Kaum von anderen Studenten zu unterscheiden. „Stillstand ist die große Gefahr unserer Zeit. Sie erhalten im Lauf Ihrer Ausbildung alle Mittel, um dem entgegenzuwirken. Wir brauchen Wachstum. Und Sie sind unsere Hoffnungsträger dabei."

Das Programm lief immer gleich. Zwei Wochen, dann waren sie bereit für die ersten Einsätze. Ein Monat, dann mussten sie nicht mehr wiederkommen.

Lerner nickte auch hier grüßend und verabschiedete sich nach draußen. Sonnenbrille, viel Zeit, flirrendes Licht. Außerhalb, einige hundert Meter hinter dem Stacheldrahtzaun, lag die Hindernisbahn im Sand. Die Trainees magerten so schnell ab, sie mussten ein wenig körperlich auf Trab gehalten werden. Auch während des Hindernistrainings trugen sie immer ihre dunklen Anzüge. Bärengrube, Steilwand, Seilgarten – Lerner lächelte, als sich die schmächtigen Jungs an den Hindernissen abmühten. Hier draußen sahen sie so harmlos aus ...

Der Rest schlief. Nur zum Schlafen und in den Untersuchungsräumen tauschten sie die dunklen Anzüge gegen Spitalskittel. Und Mikroinjektoren führten über feine Sonden durch ihre Nasen in ihre Stirnhöhlen.

Der Reiseauftrag war da. Lerner saß wieder in seinem Container vor dem Laptop und prüfte die Flugdaten. Ab hier mit dem Hubschrauber, dann Marrakesch-London und von London-New York.

Die Präsentationsslides versteckten sich, verschlüsselt und mit einem 26stelligen Passwort gesichert, auf seinem Laptop, auf einem USB-Stick, der nur an seinem Laptop geöffnet werden konnte, und auf einem virtuellen Laufwerk der Universal Bank, von wo sie nur mit einem nur Lerner bekannten Code, in Kombination mit einem immer neu an eine zuvor hinterlegte Mobiltelefonnummer verschickten Pin downgeloadet werden konnten.

Lerner würde sie nicht noch einmal durchsehen. Ethical Transformation Project – im Kampf gegen Stagnation sind wir die Paten des Glücks der Menschheit. Er würde sich bemühen müssen, in seiner Präsentation keinen Sarkasmus durchklingen zu lassen.

Schatten von Zweifel, große schwarze Schatten. „Ich war zu lange hier. Zu lang allein“, dachte Lerner. „New York, Little Italy, Zivilisation, Kollegen, ein Kapitel abhaken, etwas Neues beginnen“. Projekte, die sich zu lang hinzogen, hatten immer etwas Schales an sich, nichts zu gewinnen, keine Zufriedenheit. Selbst hundert Prozent Zielerreichung waren nach langer harter Arbeit nichts als das selbstverständliche Resultat langer harter Arbeit.

Zweifel?

„Sie werden im Midtown Sofitel empfangen, ausgestattet, und noch einmal gebrieft. Wir wünschen Ihnen gute Reise und angenehmen Aufenthalt“, hieß es in dem Mail der Reisestelle. Hotel statt Container, Zimmerservice statt militärischer Kantinen. Ja, diese Seite der Welt hatte ihrer Vorteile.

Vorteile, die er aufs Spiel gesetzt hatte, als er seine Notizen für diese Präsentation auf Erkans geheimen Terminal geladen hatte. Das stechende Ziehen in seinem Bauch ließ nicht nach. Stechende Schmerzen, die sich vom Nabel abwärts zogen, das untrügliche Zeichen dafür, dass es kein Zurück gab.

Bis jetzt keine Antwort.

Und keine spürbare Reaktion aus dem Inneren der Bank.

***

Ada ließ den Markt und die Wellblechhütten hinter sich, roter Staub auf den Straßen und Ziegenherden begleiteten ihren Weg, auch als nicht mehr kleine Hütten und einfache Gärten, sondern vereinzelte Wolkenkratzer mit blitzenden Glasfassaden die Straßen begleiteten.

Dann waren es wieder Hütten, Stadtvillen, sagte Ada zu sich, sobald die Hütten aus Stein gebaut waren, manche hatten sogar Zäune um ihre Vorgärten. Die Ziegen waren überall. Sie steckten ihre

Köpfe durch Zäune, rupften trockene Halme aus rissigem Beton und standen ausdauernd auf ihren Hinterbeinen unter trockenen Bäumen. Einige besonders geschickte konnten dabei sogar gehen.

Ada lächelte.

Tisch und Sessel auf der Terrasse im Vorgarten ihres Hauses waren leer. Die Jungs waren also bei der Arbeit. Sie öffnete die Haustür, legte ihre Tasche in ihr Arbeitszimmer und verschloss die Bürotür.

Miro und Tsu standen, jeder einen Marker in der Hand, vor einem Whiteboard und diskutierten. „Infektion ist das Kernthema unserer Zeit, Subversion ist so … altmodisch", sagte Tsu. Miro schüttelte den Kopf, „Infiltration, Viralisation – das gefällt mir deutlich besser." „Versteht niemand", jetzt schüttelte Tsu den Kopf. Sie hatten das Whiteboard mit kleinteiligen Ablaufdiagrammen bedeckt, an denen beide eilig weiter zeichneten.

Walla glitt mit seinem Board über einen Altast der Donau, das Wasser war spiegelglatt wie ein friedlicher See. In seinen Camou-Boardshorts das Pfeifchen und der wasserdichte Grasbeutel, schwarze Sonnenbrillen auf dem faltig werdenden Gesicht.

Aus dem seichten stillen Wasser sprangen von Zeit zu Zeit erschreckte Karpfen und Barben über den Bug seines Boards, die Sonne tauchte das Wasser in ein tiefes spiegelndes Schwarz. Sein Ziel war eine flache Schotterinsel inmitten des Altarms, ein Baum mit im seichten Wasser bloßliegenden Wurzeln, abgeschieden wie eine Insel im See.

Die Tage der Ruhe waren vorbei. Walla wusste es, als er ausgestreckt neben seinem Board auf dem weißen Schotter lag, brennende Sonne, und beschloss, sich die nächsten Stunden hier nicht wegzubewegen.

Brennende Sonne, glühender Staub, Schweißbäche, Fesseln und Infusionen, Injektoren. Der Bunker. Finster, rundum Beton. Kreischen, das zu leisem Scharren verebbte, das Scharren von Fingern auf Beton in der Finsternis, bis in einem neuen Anlauf dürre Gestalten gegen nicht vorhandene Türen liefen. Es hatte nicht funktioniert. Walla öffnete die Augen nicht.An den entfernten Ufern knackten Zweige im dichten Auwald. Zischeln, bohrende Blicke.

Nastya sah Walla erwartungsvoll an, als er später sein Board neben der Hütte verstaute. Sie hatte ihn erwartet.

„Hast du kurz Zeit?"

Sie gingen zurück in die Hütte.

„Und? Hast du jetzt einen Plan?" Nastya war ungeduldig, während Walla noch das Handtuch weglegte und ein frisches seiner Bulldog-Gym Shirts überzog. „Ich doch nicht. Du kennst mich." Er ging mit ihr in den Nebenraum der Bar, ein enges Zimmer mit einem kleinen Fenster zum Wald, das Balan als Vorratslager und Büro nutzte.

„Erkan sagt, wir sollen die Chance nützen und nach New York", sagte er zu Nastya, klappte seinen Communicator auf, startete die Verbindung und schickte den gleichen Satz an den Terminal, auf dem auch Ada ihn lesen konnte. „Ich verwende das noch immer. Mirko hat mir schon viel gezeigt, aber irgendwie kann ich nicht mehr so leicht umsteigen", er lächelte fast entschuldigend.

„Erkan? Das ist doch ein Spinner", Ada war online und schrieb zurück. „Mag sein, aber hat wer eine bessere Idee?"

Alle drei schwiegen.

Walla schrieb wieder.

„Wir haben die Chance, vielleicht einen Verbündeten zu finden. Vielleicht jemanden, der uns noch etwas erzählen kann, das wir noch nicht wissen, der uns helfen kann, etwas mit dem anzufangen, das wir schon wissen. Und vielleicht, sagt auch Erkan, jemanden, der nicht mehr lang zu leben hat. Sie sind auf seiner Spur. Und sie werden es sich nicht gefallen lassen."

„Aber was möchtest du machen?" Nastyas Tatendrang tat ihrer Ratlosigkeit und der der anderen keinen Abbruch.

„Ich habe eine ganz naive Vorstellung; verzeiht das einem alten Mann. Wir finden diesen Menschen, wir reden mit ihm, und wir überzeugen ihn, seine Zeit als Redner vor den Vereinten Nationen nicht wie geplant zu nutzen, sondern sie zu nutzen, um ein Streiflicht auf die andere Seite zu werfen. Auf die Camps, die Traineeprogramme, die Landkäufe, die Überwachung hinter den All-In-Karten, die Kehrseite der Anti-Stagnationsprogramme, die Mutantenexperimente, die kriegerischen blutigen Unfälle dahinter, die ... – Wenn wir nur einen Bruchteil davon anbringen, bin ich schon sehr neugierig auf die Reaktionen."

Walla hörte auf, zu tippen; Nastya hatte mitgelesen. „Ich glaube manchmal, du weißt viel mehr, als du uns wissen lassen möchtest."

„Du brauchst nicht zu flüstern, das ist keine Skype-Verbindung." Walla deutete auf den alten Communicator, der seine Textdaten noch immer unter dem Zeichen der schwankenden Schaukelwaage durch das Netz schickte. Adas Antwort kam überraschend schnell. „Ich glaube an nichts davon. Ich halte Erkan noch immer für einen Spinner. Und ich kann mir nicht vorstellen, dass irgendwer von uns auf diesem Weg etwas erreicht; nicht persönlich nehmen. Aber ich gebe dir recht. Es wird Zeit für uns. Wenn wir keinen anderen Plan haben, dann wir es eben Zeit für diesen. Sag uns, wenn wir von hier aus etwas tun können."

Ein paar Sekunden später folgte eine zweite Nachricht. „Ist Nastya bei dir? Lass mich kurz mit ihr reden."

Walla schob ihr den Communicator zu. „Ich geh inzwischen zu den anderen. Langsam müssen wir es ihnen erklären ..."

Walla trat auf die Terrasse, legte seinen Grasbeutel auf den Tisch, „Wer möchte?" Mirko nahm sich, Balan schob Walla eine Flasche zu.

Walla sah in die rauschenden Baumkronen, Himmel dahinter, und der Fluss rauschte in unaufhörlichen und doch immer anderen Strudeln vorbei.

„War schon schön hier", sagte Walla.

Nur Balan sah ihn aus den Augenwinkeln abwartend an, aber auch er sagte nichts.

Schon wieder Libyen. Leon saß zusammengesunken auf seinem bequemen Bürosessel, seufzte schwer und gab sich keine Mühe, seine mangelnde Begeisterung zu verbergen. Er war allein im Büro. Sofern er das, bei all der Überwachungstechnologie, deren Innenleben und deren geheime Wege auch er nicht kannte, so sagen konnte. Leon wusste nichts von Überwachung in seinem Büro. Aber Grund, der Forschungs- und Sicherheitschef, war ein unheimlicher Typ, den er nie danach fragen würde. Winken? Lieber doch nicht. Er wüsste auch gar nicht, wohin.

Sein Büro hatte einen Dreitages-Trolley mit Anzügen, Outdoor-Outfits und Wäsche gepackt, länger würde das hoffentlich nicht dauern. Die Damen aus seinem Büro wussten, dass sie auch die Frisiercreme für seine um die hohe Stirn gelegte Frisur und das Talkumpuder für die schweißfeuchten Hände dazupacken mussten, nie vergessen durften, aber auch nie davon reden durften. Das Zeug nutzte ohnehin nichts. Leon trug das Haar wieder kürzer, aber auch bei dem Drei- bis Fünf-Zentimeter-Schnitt duldete er keine Abweichungen. Jeden Morgen rieb er seine Hände mit dem Puder ein, fühlte sich an wie ein Turner oder Kletterer, er vor dem Badezimmerspiegel. Kaum hatte er das Hemd übergezogen, waren die Hände schon wieder feucht.

Gut. Er griff nach seiner Aktentasche. Aufbruch, hoffentlich zum letzten Mal. Leon sehnte sich zurück nach Geschäften auf samtbezogenen Sesseln über Tischen mit grünem Filzbelag und Buffets mit Jourgebäck und anständigem Espresso.

Drei Stunden später landete der schlanke Jet auf dem Flughafen von Marrakesch. Der Flughafen und seine Umgebung waren bis auf zwei einsame Grenzpolizisten menschenleer.

Die beiden Uniformierten ignorierten jede Bewegung ebenso wie die Stille, sie saßen auf weißen Plastiksesseln vor dem kleinen Ankunftsgebäude, blickten auf die Landebahn und tranken Tee. Die Gepäcksförderbänder standen still, Röntgenstationen der verwaisten Sicherheitsschleusen dienten wilden Katzen als diskrete und luxuriöse Katzenkörbe.

Viel Staub, aber erstaunlich wenig Verfallserscheinungen, dachte Leon.

Rick begrüsste ihn mit dem immer gleichen souveränen Grinsen. „Wir fahren jetzt ins Camp, dort wartet der Helikopter auf Sie und der bringt Sie dann zur Anlage. Alles klar, hatten Sie bis jetzt eine gute Reise?“

Leon nickte und gab seinen Koffer etwas zögerlich an eine der ausgemergelten Gestalten mit langem fettigem Haar, dreckigem T-Shirt und zerrissenen Jeans, die schleichend hinter Rick auftauchten. „Keine Sorge, wir haben sie schon gefüttert‘“, lachte Rick. Einer trug Leons Koffer, die anderen schlichen suchend durch die ausgestorbene Flughafenhalle. Sie sahen in die Röntgenschleusen, aus denen ihnen Katzen wild entgegenfauchten, strichen durch die Toiletten und gingen entlegene Winkel ab. Sie folgten Rick und Leon in einigem Abstand Richtung Ausgang.

„Spaß beiseite“, sagte Rick, als sie wieder in einem der dunkel getönten Hummer saßen. Die Trainees hatten ihre Runde beendet, zogen sich in einen bereitstehenden Container zurück und saßen dort wartend auf dem Boden. „Wir haben am Aggressionslevel gearbeitet. Die zweite Generation ist noch zivilisierter, die hier sind eine Zwischenstufe. Die wilden Zeiten sind vorbei; irgendwie fast schade. In Ihrer Anlage werden Sie noch einigen von den alten Jungs begegnen, aber keine Sorge, die sind unter Kontrolle.“

Leon prüfte sein Smartphone, die Presseabteilung hatte schon die vorbereitete Aussendung geschickt. „Haben Sie Informationen über den aktuellen Stand?“, fragte er.

„Ich war nicht vor Ort und ich werde Sie auch nicht begleiten. Aber so weit ich die Berichte mitverfolgt habe, ist alles schon wieder recht herzeigbar.“

Leon öffnete die Aussendung. „Beiträge zu einer besseren Welt – Universal Bank bringt neue Produkte auf den Rohstoffmarkt“, titelten die Pressemenschen. „Blühende Plantagen, Pionierleistungen in erneuerbarer Energie, Anhebung der Lebensqualität in Problemgebieten. – John Leon, Vorstand für Corporate und Investment-Banking der Universal Bank, stellt kommenden Montag im Rahmen einer Pressekonferenz die neuesten Projekte der Universal Bank vor. Energiegewinnung in einer ökologisch nachhaltigen Anlage in der Nordsahara, Biorohstoffe aus jahrhundertelang als unfruchtbar geltenden Anbaugebieten Nordafrikas, sowie Investmentprodukte, die auch Kleinanleger an diesem wirtschaftlichen Erfolg teilhaben lassen, sind nur die Speerspitze der vorgestellten Innovationen. Leon: ‚Es freut mich außerordentlich, dass wir vor allem nach einer langen schwierigen Vorbereitungsphase mit so vielen neuen Produkten an den Start gehen können. Mit diesem wichtigen Schritt setzen wir unser Engagement in Nachhaltigkeit und sozialer Verantwortung fort.‘

Zum richtigen Zeitpunkt – die Umweltorganisation Glocal wird im Rahmen der Pressekonferenz eine aktuelle Studie präsentieren, die belegt, dass sich Europa nicht nur dem Peak Energy, sondern auch dem Peak Food nähert. Während Peak Energy auf natürlich bedingte Rohstoffengpässe zurückzuführen ist, ist Peak Food ein vor allem durch Preis- und Distributionspolitik herbeigeführtes Katastrophenszenario. Glocal-Vorsitzender Mathias Lot: ‚Angesichts dieser Tatsachen sind Initiativen wie die der Universal Bank zur Unterstützung der wichtigsten Wirtschaftssektoren weder in ihrer ökologischen noch in ihrer ökonomischen Bedeutung hoch genug einzuschätzen.‘

Für Ihre Anmeldung und Rückfragen usw. usf.“

„Herzeigbar, sagten Sie?“, fragte Leon. „Würden Sie auch eine Pressereise mit gutem Gewissen zulassen?“

„Das kann ich Ihnen nicht sagen“, Rick zog sich aus der Affäre. „Sie werden es sehen.“

***

Die Hütte war still. Nastya sah sich im Dunklen um, Ali schlief fest. Sie griff nach einem seiner T-Shirts, zog es über und schlich die Treppen hinunter. Die Bretter knarrten unter ihren nackten Füßen.

Unten leuchteten Mirkos Laptops. Sie setzte sich, zog einen der Computer zu sich und begann zu lesen. Sie überflog Erkans Blog, „Es wunderte mich nicht, wäre die geisterhafte Informationslücke durch Mutantenviren und gigantische Schädlinge genmanipulierter Pflanzen entstanden. Durch Viren und Bakterien so groß wie Elefantenbullen und so aggressiv wie wütende Werwölfe ... Apokalyptische Bestien in Form von Pollen gentechnisch behandelter Pflanzen, Viren in der Größe von Basketbällen, die durch vereinsamte Landstriche treiben, Werwölfe und ihre Hüter, die das Land einsam halten ...

Aber denken Sie nicht an Mystik, nicht an übermenschliche Einflüsse. Wir wissen alle: Es ist Geschäft."

Der Text, den er mit diesem Eintrag geschickt hatte, nur wenige Stichworte in der Kürze einer Kalendernotiz. „Kurz vor dem Abschluss: Das Ethical Transformation Project der Universal Bank. Roundup zu den Basics: Präsentation W. Lerner, Beschlussfassung. Entscheidungspunkte: Go/NoGo-Entscheidung, Unterstützung durch die WHO."

Neu waren ein paar eingescannte Blätter, Slides einer Präsentation, Bruchstücke wie Agenda und Beschlussfassungsvorlage am Ende. „Basics, Vision, Ausblick, Entscheidung." Sehr klassisches Programm. „Die Vereinten Nationen, vertreten durch ..... stimmen dem Antrag der Universal Bank zu."

Eine nüchterne Checkbox daneben.

Mehr Dokumente, Textbruchstücke. Ein ausführliches Dossier über zwei vermisste Personen, Muammar und Safiya; las sich wie die Geschichte der zwei Königskinder, dachte Nastya mit dem Rest von Zynismus, den sie immer noch nicht ablegen konnte. Die Geschichte begann mit einer Vermisstenanzeige und endete in einer Sammlung von Beobachtungen und Hinweisen – wer hatte wen wo gesehen, was machten die beiden. Merkwürdige Verwandlung von Aktivisten zu Glamour-Victims; erfolgreich und immer auf der Suche. Walla hatte von Infektionen erzählt …

Sie scrollte weiter.

Aus Erkans Hinweisen: „Wir müssen uns der Verantwortung stellen, unsere Welt zu erhalten. Die ökologische Ordnung unserer Welt ist dabei genauso wichtig wie die soziale. Unsere Ordnung beruht auf Wachstum, auf der festen Überzeugung, dass wir als Gesellschaft uns weiterentwickeln können. Das stellt uns auch als Menschen vor große Herausforderungen. Es gibt immer mehr Aspekte unseres Lebens, in denen wir nie am Ende sind, nie genug wissen und nie genug getan haben. Dem stellen wir als Unternehmen uns mit diesem einzigartigen Projekt, das wir in großer Dankbarkeit und mit großem Respekt für alle Menschen auf unserer Welt beginnen." Schwer lesbar. So, als sollten sie aussehen wie oft kopiert, lang gelagert und schlecht gescannt. Geschwärzte Stellen, schwarze Balken, wo wohl einmal ein Unternehmenslogo gewesen war. So schlechte geheimnisvolle Abnutzungserscheinungen auf einem jetzt nur noch digital vorhandenen Blatt – als wollte jemand, dass dieses Blatt so aussah, als sei es durch viele Hände gegangen.

„Macht Menschen glücklich", dachte Nastya. „Gebt ihnen, was sie zu wollen glauben. Und nehmt ihnen dafür die Chance, zu wissen was Glück ist. Sogar die, auf die Idee zu kommen, diese Frage zu stellen. Oder die, warum sie das wollen. Oder die, zu fragen, warum sie überhaupt Fragen stellen sollten."

Sie starrte auf den Bildschirm.

„Wer immer mehr will, hat keine Zeit, sich zu fragen, was das eigentlich ist. Verdammt einfaches Prinzip."

Sie las den Auszug noch einmal. „Unsere Ordnung beruht auf Wachstum, auf der festen Überzeugung, dass wir als Gesellschaft uns weiterentwickeln können."

Schlau. Ziemlich schlau formuliert. Natürlich würde das abgesegnet werden; ein schnelles Häkchen in die nüchterne Checkbox, fertig.

Auch das würde keinen Unterschied machen. Es würde nur das bestehende Problem ganz dezent verstärken und pflegen, die bestehende Schieflage des watteweichen Nichts, in dem keine Entgegnung möglich war.

***

Vom Helikopter aus sah die Anlage nicht vertrauenswürdig aus. Die Sümpfe im Südwesten, Abwässer in den breiten Kanälen. Den Schrott zwischen den Silos kannte vielleicht nur Leon als Schrott. Wer nie in der Nähe gewesen war, hielt das für einen etwas gealterten, aber immer noch brauchbaren Fuhrpark.

An den Knotenpunkten der großen Kanäle häuften sich Berge der letzten Ernte, die Weizenähren groß wie Bananen und die Maiskolben in der Dimension von Holzscheiten. „Fotografieren

Sie das“, sagte Leon zu dem Mitarbeiter der Presseabteilung, der ihn seit dem Camp begleitete. „Aber ohne die Sümpfe ins Bild zu nehmen, klar?“

Sie landeten außerhalb der Stacheldrahtzäune an der Ostseite der Anlage, weg von den Sümpfen. Ein Wachkommando stand bereit, Elektroschocker, Schlagstöcke. Beim Aussteigen behielt Leon den PR-Menschen im Auge; er ließ die Kamera in der Tasche. „Gut, vielleicht kein vollkommener Idiot“, dachte er.

Der Kommandant trat einen Schritt vor und grüßte. „Womit möchten Sie anfangen?“

„Erzählen Sie mir mal, was bisher passiert ist, wo wir stehen, und was wir davon wie verkaufen können.“

„Jawohl. Bitte folgen Sie mir.“

Sie betraten die Anlage, der Wachtrupp folgte ihnen in einigen Schritten Abstand. „Wir haben die Anlage gesäubert, Dächer und Fassaden renoviert, Spuren organischer Kollateralschäden aus der Umgebung beseitigt und erste Ernten aus den Plantagen eingezogen.“

„Stop“, sagte Leon. „Was heißt ‚wir‘? Und ‚organische Kollateralschäden‘? Sie meinen, Sie haben Leichen weggeräumt?“

Der Kommandant nickte.

Sie gingen an Gruppen dünner blasser Männer in dunklen Anzügen vorbei, die fauligen Dreck wegkehrten, Ölkanister und Werkzeug zu den Maschinenräumen trugen, oder in einer langen Menschenkette Maiskolben von einem Lastwagen zu einem großen Haufen vor einem Förderband bewegten. Sie waren alle im gleichen Alter, Mitte zwanzig. Der Lastwagen lag mitten in einem der Kanäle wie ein Kriegsrelikt.

„Wir haben nicht alles flott bekommen. Ein paar von den Dingern“, er deutete mit dem Kopf auf den Lastwagen, „sind uns auch unterwegs, mitten beim Transport verreckt.“

„Räumen Sie das weg. Meinetwegen im Sumpf versenken oder in Einzelteile zerlegen und irgendwas damit machen, aber so kann das nicht stehen bleiben.“

Der Soldat nickte und ging im Kopf seine Checkliste weiter durch. „Rohstoffe sind in den Produktionsanlagen, ein Teil ist transportbereit. Sobald neue Fahrzeuge eintreffen, können wir ausliefern, ein Teil ist direkt zur Verwertung hier bestimmt und eingelagert. Die

Fachleute schätzen fünf Tage, bis wir mit der Energiegewinnung starten können."

Leon sah sich um. Wracks aus dem Weg räumen, die Leute ordentlich anziehen, waschen, Fotos beim Beladen der Lastwagen, ein paar Fotos vielleicht auf den Plantagen.

„Wie sieht es auf den Plantagen aus?"

„Abgeerntet, um das hier in Schwung zu kriegen. Die sind jetzt Brachland."

Leon legte die Stirn in Falten.

„Bis auf das fotogene Weizenfeld, das bestellt wurde. Wir haben eine Perspektive freigelassen, das Feld noch einmal gesäubert und auf freien Blick im Horizont geachtet. Alles wie geordert."

Leons Stirn glättete sich wieder; gegen den feuchten Schweiß auf seinen Handflächen war er machtlos.

Fotos auf dem Feld, beim Verladen, an der Biogaspipeline, vielleicht ließen sich noch ein paar Einheimische auftreiben, wenn sie noch nicht ausgerottet waren.

„Möchten Sie mehr sehen?" Der Soldat stand stramm.

Leon sah die jungen Anzugträger arbeiten, die Wachposten rundherum, seinen Pressemenschen, der in einigen Schritten Abstand folgte. „Wo sind die anderen?"

Der Soldat schwieg, große Augen.

„Na kommen Sie, Sie wissen schon wen ich meine. Das alte Wachpersonal."

„Sie ... Sie meinen die erste Generation?" Dem Soldaten war sichtlich unwohl. „Sie ..."

„Ja, die Langhaarigen. Ziemliche Freaks, oder, vor denen ist nichts sicher ..."

„Wir haben sie eingesperrt." Der Soldat deutete auf einen der grossen Silos, dicke Betonwände, Stahltüren, Stacheldraht, verstärkte Wachposten mit Eisenstangen und Elektroschockern.

Leon dachte kurz nach. Bewachte Bunker in einer frei zugänglichen Anlage? Personal unter dauernder Bewachung? Kein gutes Karma, nicht bei Presseterminen und nicht bei der Arbeit. „Lasst sie frei." Der Soldat reagierte nicht. Einsetzende Blässe war das einzige Anzeichen, dass er verstanden hatte.

„Ja, Sie haben richtig verstanden. Lasst sie frei. Nicht jetzt sofort, überlegt euch einen Plan und dann raus mit ihnen."

„Alle?“

„Ich verstehe die Frage nicht.“

„Wir haben über zweihundert von ihnen eingefangen und dort eingesperrt.“

Leon sah noch einmal nach dem Bunker. Zweihundert. Das bedeutete wieder: Schweiß, Dreck, heiseres Kichern, Scharren, wütende Körper die sich gegen Stahltüren warfen. Er hörte nichts.

„Sehr gut. Bringt sie nach draussen, lasst sie frei – und passt auf euch auf. Kann doch kein Problem sein, ihr habt sie ja vorher auch im Griff gehabt.“

Banden von marodierenden Freaks rund um die Anlage, gut, vielleicht würde das die Arbeit auf den Plantagen etwas unangenehm machen. Aber es war noch immer die effizienteste Abwehr unerwünschter Besucher.

Leon hielt kurz inne. Konnten die sich eigentlich vermehren?

Nicht sein Problem.

„Klar? Aber zuerst machen wir die Fotos. Los.“

Leute – das war's dann." Rudi stand vor der Tür der Hütte, drehte sich noch einmal um, und winkte. Der verwilderte Parkplatz, Wallas Pick up und Alis Samurai standen in der Wiese. Nastyas Mini parkte etwas weiter weg.

„Keine Sorge, ich werde abgeholt. Kann nicht mehr lang dauern. Ich habe ein Taxi bestellt." Rudi hatte kein Gepäck. Er stand mit leeren Händen da, so wie er gekommen war. Nicht ganz, bei seinem Einzug hatte er noch die Rumflasche in Händen gehalten.

Walla und Balan standen in der Tür und sahen ihm besorgt, aber freundlich lächelnd zu.

„Ich hoffe, ihr nehmt mir das nicht übel. Ich war sehr ... direkt, um es mal so zu sagen. Ich bin der Letze, der jemanden verurteilt oder jemandem vorschreiben möchte, was er tun soll. Ich sage eben nur, was ich denke. Ist so."

„Kein Problem", sagte Walla. „Aber bist Du sicher, dass du allein los willst? Sollen wir dich nicht nach Tulcea bringen? Oder zumindest raus aus dem Wald?"

Rudi hatte die Hände in den Hosentaschen und hob die Schultern. „Nicht nötig, wirklich. Aber danke für das Angebot."

Walla und Balan sahen einander schweigend an.

„Ich werde ihm dann mal entgegengehen", Rudi deutete den schmalen Weg entlang in den Wald. „Vielleicht will er hier nicht bis hierher fahren. Nur dastehen und warten macht ja auch keinen Sinn." Er machte einige Schritte, winkte.

Walla hob die Hand, Balan nickte.

Rudi ging weiter.

„Wir sollten ihn nicht gehen lassen", sagte Balan leise. „Sie sind überall."

Walla nickte. „Aber wir können ihn nicht aufhalten. Und wenn er sich entschieden hat, dann kriegen sie ihn überall."

Rudi verschwand im üppigen Grün über dem verwachsenen Weg.

***

Leon sah noch aus dem Helikopter zu, wie die Wachen einen großen Stahlcontainer vor den Türen des Bunkers platzierten.

Die Rotorblätter liefen.

Leon verabschiedete sich von dem Wachkommandanten mit einer Daumen-Hoch-Geste und gab dem Piloten das Zeichen zum Starten.

Er ließ den Helikopter so lange über der Anlage kreisen, bis der Container auf einem Lastwagen verladen war, der Lastwagen das Camp verließ und einige Kilometer weiter entlang des Sumpfs im Südwesten stehen blieb.

Aus dem Hummer, der den Lastwagen begleitete, stiegen vier Wachposten, drei mit Eisenstangen und Elektroschockern bewaffnet, einer näherte sich vorsichtig dem Container und öffnete die Verriegelung. Dann liefen sie zum Hummer, der sofort startete, scharf wendete und zurück ins Camp fuhr.

Ein paar Minuten lang geschah nichts. Leon ließ den Helikopter kreisen.

Dann öffnete sich der Container. Zwei, drei dürre Gestalten, verdreckt, in zerrissenen Jeans und mit langem strähnigem Haar, kletterten nach draußen, sahen sich um. Die anderen folgten.

Immer mehr Männer kletterten aus dem Container, schlichen um den Laster, streckten sich, bewegten sich, als wären sie lange schlecht gelegen, schlichen um die Lenkerkabine wie Hyänen.

Der Lastwagen fuhr los.

Die Gruppe erstarrte. Dann liefen fünf, sieben, mehr von ihnen los, sprinteten in unglaublichem Tempo dem Lastwagen nach, hängten sich seitlich an die Türen, versuchten, über die Windschutzscheibe zu klettern. Der Lastwagen schleuderte panisch, versuchte, die Verfolger abzuschütteln. Die anderen blieben zurück, sahen sich weiter um.

Die Verfolger an der Fahrerkabine des Lastwagens fanden keinen Halt, sie gaben auf, ließen sich in den Sand fallen. Zwei hatten versucht, über die Windschutzscheibe zu klettern, beide verloren den Halt, gerieten unter die Räder. Leon glaubte, offene Brüche und Knochensplitter im Sand zu sehen. Er deutete dem Piloten, weiter zu kreisen.

Drei, vier Minuten, dann richteten sich die überrollten Männer wieder auf, standen erst ein wenig unsicher, begutachteten ihre Kochenbrüche, gequetschten Körperstellen und verdreckten Jeans, und gingen langsam, erst eckig, dann immer flüssiger, den anderen nach.

Weg hier, deutete Leon dem Piloten.

***

Seine Augen waren stumpf. Der graue Schleier wie über den Augen eines toten Vogels am Straßenrand ließ nicht erkennen, wohin sich sein Blick richtete. Haar hing in sein Gesicht, die alten Turnschuhe waren brüchig. Löcher im T-Shirt ließen schweißglänzende Haut erkennen, Rippen.

Er saß auf der Ladefläche des Pickups, hielt den Kopf gesenkt und wartete.

Grauer feuchter Nebelhimmel über der Steinwüste, die Plantage nebenan war abgeerntet; trockene Stengel von Maispflanzen standen braun in den Himmel.

Die anderen näherten sich langsam. Eine kleine Armee in löchrigen T-Shirts und brüchigen Turnschuhen. Sie sahen einander schweigend an.

Dann machten sie sich auf den Weg. Eine lange Reihe langsam schleichender verdreckter Gestalten, vorbei an abgeernteten Plantagen, die im Lauf des Weges verschwanden. Dann nur noch Steinwüste, verlassene Dörfer, in denen sie zwischen rostenden Landrovern manchmal ihresgleichen begegneten. Sie gingen weiter.

Büchel las eine SMS von Leon, „Plan hält, wir geben das Go für die Pressekonferenz.“ Dazu ein Link auf einige Fotos, die Leon vor einem Weizenfeld, im Kreis von Arbeitern, vor einem Silo mit einem gigantischen Maiskolben in den Händen zeigten.

Büchel klickte das SMS weg und las die Nachricht von Grund noch einmal, die wenige Sekunden vorher eingetroffen war. „Unkontrollierte Aktivitäten um das Camp. Wir beobachten das.“ Dazu ein Link auf Satellitenaufnahmen, die lange Menschenkolonnen wie Ameisen auf dem Marsch durch die Steinwüste zeigten.

Er ignorierte Leons Nachricht, schrieb zurück an Grund: „Beobachten und lenken. Alles andere wie geplant.“

Ada versteckte ihre besorgte Miene nicht mehr, als sie die Werkstatt betrat. „Es gibt neue Nachrichten, wir sind hier nicht mehr sicher. Nicht mehr lange jedenfalls.“

Miro und Tsu waren es gewohnt, keine Fragen mehr zu stellen.

„Sie kommen näher, in Horden. Ein paar Tage vielleicht noch ...“

Sie verließ den Raum, drehte sich in der Tür noch einmal um. „Keine Sorge, ich halte euch auf dem Laufenden.“

Muammar saß auf der Terrasse seines neuen Lokals. Er wusste, dass sie ihn beobachteten. Er winkte souverän, setzte seine Sonnenbrillen wieder auf und vertiefte sich in die Mails auf seinem Tablet.

***

Es gibt diese wenigen Momente, in denen klar ist: Jetzt ist wirklich etwas passiert. Nicht nur Vermutungen, nicht Hinweise. Schlichte, unumkehrbare Tatsachen.

Rudi lag im Gras, ein wenig abseits des Weges, eine klaffende Wunde im Hals, zersplitterte Rippen starrten aus seiner Brust. Sein Blick war trüb, Grauschleier wie über den Augen eines toten Vogels am Straßenrand.

„Was machen wir mit ihm?“ Balans Blick war traurig.

„Er wird bald aufwachen.“ Walla sah sich um. Der Auwald war friedlich, leises Rascheln von Blättern.

„Wird er gefährlich?“ Balan kraulte nervös sein Brusthaar im drei Knöpfe zu weit offenen Hawaiihemd.

„Es gibt Wege ...“, Walla war nachdenklich, „Aber er wird nicht bei uns bleiben wollen. Er hat sich entschieden, er hat seine Infektion, er wird hinaus wollen.“ Ein Blick in den Himmel. „Vielleicht kann er uns nützlich sein. Wir sollten ihn mitnehmen.“

Balans kraulende Hand erstarrte. „Ist das dein Ernst?“

Walla nickte.

Poche hatte einige Tage wartend verbracht. Unfreiwillige Spaziergänge durch New York, immer wieder pünktlich zum Zimmerservice im Morgenmantel in seiner Suite. Sie kam nicht. Noch nicht.

„Die Tage sind lang", chattete er mit Irina Kulnarowa. „Ich wünschte, wir hätten mehr Zeit miteinander."

„Sie kommen wieder", antwortete sie. „Dann haben wir Zeit."

„Ich wünschte, ich könnte bei Ihnen sein."

„Ihre Mission, lenkt sie das denn nicht ab?"

„Sie sind so süß …"

„Sie auch. Und: wie Sie möchten."

„Ich möchte Sie …"

Poche konnte sich des Gefühls nicht erwehren, dass sie sich von ihm entfernte. Er schloss den Chat, legte sein Tablet weg, seufzte und wartete weiter.

***

Büchel saß Auge in Auge mit Mise an seinem Schreibtisch. Sie schwiegen einander an. Schwachköpfe als Vorstandskollegen, ein paranoider und kampflustiger Sicherheitschef, Maulwürfe und andere betrügerische Mitarbeiter, Regierungen, die Verantwortung forderten und in ihren machtlosen Rundumschlägen die schrägsten Reformvorschläge für die Finanzindustrie lieferten – je machtloser die Institutionen wurden, desto unterhaltsamer fand Büchel diese Vorschläge.

Er löffelte die basische Gemüsesuppe, die sein Arzt ihm als Grundrezept für Gesundheit und schönen Teint empfohlen hatte.

Mise sah zu. Die Suppe interessierte sie nicht sonderlich.

Dazu ein irgendwo wachsender, von den Spürorganen der Bank schon oft aufgespürter, in als Winde zerstreuter, und doch immer wieder neu entstehender Untergrund.

Büchel lächelte. Gutes Umfeld. Die richtige Atmosphäre für Geschäfte. Angst ist immer der effizienteste Treiber. Und sollten Menschen einmal tatsächlich keine Angst haben, dann rede es ihnen einfach ein – und erklär ihnen, dass es normal ist, Angst zu haben …

Schade.

Schade war nur, dass immer wieder Leute aus den eigenen Reihen, die ein strahlendes Leben vor sich hatten – Eigentumswohnung mit Terrasse, Strandhaus, vielleicht eine Yacht dazu, Dinner mit Kaviar und Mädchen – dieses Leben oft aus unerklärlichen Gründen wegwarfen. Für Büchel unerklärlich.

„Ich muss das mal mit meinem Kinesiologen klären“, dachte er. „Vielleicht ist da tatsächlich noch etwas, das ich nicht verstehe, eine neue, mir unbekannte Dimension. Vielleicht bekommen sie dafür tatsächlich etwas, das ihnen wichtiger ist, das sie glücklich macht.“ Vielleicht aber auch nicht.

Die rechte Hand löffelte weiter, die linke blätterte ein weiteres Mal flüchtig durch Lerners Akte. Dieser Lerner hatte sich tatsächlich die Mühe gemacht, Information zurückzuverfolgen, Zusammenhänge herzustellen und herauszufinden, ob ihm etwas verschwiegen wurde. Schade. Gefährlich. Und andererseits so egal, dass Büchel nur milde lächelte. Seit die Menschen Information hatten, war die Welt friedlich. So beschäftigt damit, zu sehen, zu lesen, zu sammeln, zu vervollständigen. Information, in Verbindung mit der Freiheit, sie zu deuten, sie zu verwenden, sie zu veröffentlichen, ist die friedlichste Lähmungstherapie, friedlicher und effizienter als jeder Elektroschock.

Trotzdem schade, und trotzdem unmöglich, das durchgehen zu lassen. Auch Kinder durften nicht endlos spielen. Anstatt ihnen etwas zu verbieten, ließ man sie einfach erwachsen werden. Und wer nicht erwachsen werden wollte – der sollte es eben auch nicht werden …

Büchel schob seine Suppe beiseite, nickte Mise zu und öffnete einen Chat mit Grund.

„Vorbereitungen?“, fragte er nur kurz. Grund war immer online, wie auch immer er das machte.

„Laufen“, antwortete er knapp. „New York und Donaudelta sind besetzt. Erste Maßnahmen sind getroffen. Wir warten auf weitere Anweisungen.“

„Camp, Nordafrika?“, fragte Büchel zurück. „Kurz vor dem Ziel. Bis jetzt keine Eingriffe notwendig“, schrieb Grund.

Büchel schloss den Chat und sah sanft lächelnd in Mises Augen.

***

Poche fühlte sich alt. Untertags in Morgenmantel und Pantoffeln in seiner Suite. Vorsichtiges Klopfen an der Tür. Er antwortete nicht, huschte außer Sichtweite in das Badezimmer.

Sie öffnete die Tür, summte leise, als sie das Bett machte und prüfend zu Minibar, Kleiderschrank und Wäschesack sah.

Poche hatte ihr Foto in der Tasche seines Bademantels und zog es noch einmal vorsichtig heraus; ihm blieben nur noch wenige Sekunden. Er sah durch die einen Spalt geöffnete Badezimmertür.

Sie war es. Diesmal war sie es.

Ihr Hintern spannte stramm unter dem Rock der Zimmermädchenuniform, als sie sich über das Bett beugte, um das Leintuch glattzustreichen.

Poche griff nach einem Handtuch, drapierte es über seinen Kopf und ging fröhlich pfeifend aus dem Badezimmer. „Oh, ma chère, ich habe sie nicht gehört …“

„Entschuldigen Sie Sir, ich werde später wieder kommen, ich bitte vielmals um Verzeihung.“ Sie sah ihn nicht an und ging zur Tür.

Poche hatte ihr schon den Weg abgeschnitten.

„Nicht nötig, lassen Sie sich nicht stören meine Liebe.“

„Sir, kein Problem, ich mache das später.“

Sie standen einander im Weg, sie auf der Suche nach einem Ausweg, er im Bemühen, ihr den Weg abzusperren, zwei Schritte zur Seite, zur anderen Seite, wieder zurück; sie kamen sich näher.

„Sir?“

Dann packte er ihre Handgelenke, drängte sie zur Couch, teures Ledersofa, das schwarz glänzend vor dem großen Fenster seiner Suite stand. Er drückte sie nieder und nestelte am Gürtel seines Morgenmantels. Sie sah ihn entsetzt an.

Poches Morgenmantel öffnete sich.

Er legte eine Hand über ihren Mund, hielt mit der anderen Hand ihre Handgelenke fest und drängte sich an sie.

Poche sah an sich hinunter.

Ihr Hintern stramm unter dem Rock der Zimmermädchenuniform ... Poche schloss die Augen; er dachte es noch einmal: „Ihr Hintern ...“

In ihr Entsetzen mischte sich ein wenig Verwunderung, dazu Ekel.

Seine Hand umschloss ihre Gelenke eisern. Kieser-Training, vier mal wöchentlich; Poche war fit.

Sie versuchte, ihn zu treten, er war zu nah bei ihr.

Poche sah noch einmal an sich hinunter. Nichts. Es rührte sich nichts.

Er ließ den Kopf hängen und seufzte tief.

„Na schön. Das ist nicht mein Stil. Ich habe ja gewusst, dass das nicht mein Stil ist.“

Ein paar Sekunden Schweigen.

„Sie warten 45 Minuten, dann alarmieren Sie die Polizei und erzählen allen, was passiert ist. Halten Sie sich daran, und Sie werden es nicht bereuen. Klar?“ Er lockerte seinen Griff etwas. „Und kein Wort über das da, haben Sie verstanden?“ Er sah in seinen Schritt.

Sie nickte, wollte nur weg von ihm.

Er ließ sie los, zog sich eilig an, griff nach seinem Trolley und verließ das Hotelzimmer.

Sie saß noch auf der Couch, entsetzt, verwundert, sich ekelnd, das sah er noch, bevor er die Tür schloss.

Auf dem Weg durch die Hotellobby war es als folgten ihm tausend Blicke, stechend wie Akupunkturnadeln im Rückenmark, brennend im Magen wie die zwei Wodkas, die man nicht mehr hätte trinken sollen; rasende Gedanken.

Er stieg in ein Taxi.

„Nicht mein Stil.“

V

Sie machen Geschäfte

Erkan fühlte sich unsicher. Blitzendes Glas rund um den Meetingraum, strahlender Sonnenschein; in Samktsakko und Schal wurde ihm heiß. Er legte seine Hände flach auf die Tischplatte; sah das entspannt aus? Er lehnte sich zurück, schlug die Beine übereinander und legte die Hände auf seine Knie. Besser? Erkan hatte zum ersten Mal seit drei Monaten sein Haus verlassen und sich weiter wegbewegt als drei Blocks rund um seine Wohnung in der Bleecker Street. Er saß in einem Besprechungszimmer des Wall Street Journal, ihm gegenüber zwei Redakteure und ein Mitarbeiter der Rechtsabteilung.

„Ok", sagte der Jurist, „Aber was sollen wir Ihrer Meinung nach mit dieser Information machen?"

Erkan sah ihn an, musterte ihn von Kopf bis Fuß und bemühte sich, seinen Blick neutral zu halten. Abgetragene Schuhe, leicht spiegelnde Cordhose, keiner der slicken Rechtsverdreher, untere Liga. Aber genauso verbohrt.

„Kein Zweifel an den Fakten. Aber Ihre Behauptungen – das ist abenteuerlich."

Er blätterte durch den Draft, den Erkan mitgebracht hatte. „Deutschland ist bankrott, das wissen wir. Unsere Afrika-Korrespondenten haben nichts Neues aus dem Nordwesten – ok. Das sind alles keine Neuigkeiten. Wir wissen auch, jeder weiß, dass es in Spanien und Frankreich einige Probleme im Kernenergiebereich gegeben hat. Aber der Rest Ihrer Behauptungen ..." Er schüttelte den Kopf und lächelte bemüht amüsiert, ein leichtes Schnauben durch die Nase.

„Falloutszenarien in Südeuropa? Ich bitte Sie – es ist hinlänglich dokumentiert, dass wir es hier mit Naturgewalten zu tun haben. Aschewolken, verminderte Sonneneinstrahlung, Behinderungen im Flugverkehr sind die Folgen vermehrter Vulkanaktivität. Nicht wahr?" Aus dem amüsierten Lächeln wurde Selbstzufriedenheit.

„Und geradezu großartig ist ja die Story von der ukrainisch-russischen Grenze. Sehr phantasievoll. Was sind das eigentlich für Kreaturen? Das ist mir nicht ganz klar geworden. Werwölfe? Söldner? Untote?" Er schob die Papiere von sich weg.

„Erkan. Wir haben Ihre Kolumnen lange Zeit publiziert und Ihnen freie Hand gelassen. Die Mischung aus Fakten und Phantasie verkauft sich gut. Ein bisschen literarisch, ein bisschen schräg. Amüsant. Aber damit", er beugte sich nach vorn, „Hier haben Sie sich übernommen. Das muss ich Ihnen ganz direkt sagen. Der investigative Journalismus ist nicht Ihr Metier. Und lassen Sie mich noch eines sagen: Selbst wenn das handwerklich sauber gemacht wäre, wir könnten es trotzdem kaum veröffentlichen. Wenn Sie ernsthaft das Metier wechseln wollen – fangen Sie klein an, machen Sie sich einen Namen, versuchen Sie, ernst genommen zu werden. Oder bleiben Sie der schräge Vogel, der Sie sind, und überlassen Sie die großen Themen den anderen. Nichts für ungut."

Erkan mochte das Gegenlicht nicht. Wo andere die Aussicht über die Stadt genossen, sah er zu viel Sonne.

Die beiden Redakteure sahen an ihm vorbei, suchten Spuren und wichtige Indizien im grauen Teppichboden des Besprechungszimmers und warteten ab, ob der Jurist noch etwas sagen würde.

„Hör mal, das ist jetzt nicht persönlich. Wir haben dich immer unterstützt. Aber das hat jetzt einige Wellen geschlagen." Ein vorsichtiger Blick, leidend fast. „Und warum hast du das nicht an uns geschickt? Warum gleich an die Chefredaktion? Alle Leute alarmiert?" Immer dieses leidende Kopfschütteln.

Für ein paar Sekunden herrschte Schweigen.

„Glauben Sie das eigentlich wirklich?" Der Jurist schon wieder. „Sie werden ja nicht mal konkret. Sie verdächtigen Regierungen, ok, das hat Tradition, sie beschuldigen Unternehmen, auch das wäre in Ordnung, wenn Sie irgendeinen Hinweis hätten, und Sie schütten Menschen an, die in einer Woche mehr leisten als Sie in Ihrem ganzen Leben. Auch das geht in Ordnung, verspricht große Geschichten. Leider ein leeres Versprechen. Und dann noch diese schräge Geschichte mit diesem Pärchen, ich weiß die Namen nicht mehr, Gott sei Dank tue ich mir mit dem Vergessen recht leicht, sonst müsste ich hier schon lang ein Magengeschwür bekommen, dieses Pärchen und seine mystische Verwandlung – was möchten Sie damit sagen? Was genau möchten Sie wirklich damit sagen? Ich versteh das auch wirklich nicht einmal ansatzweise, sind das auch Untote, gehirngewaschene Manipulationsopfer, auferstandene Helden der lokalen Wirtschaft? Welches Problem haben Sie damit? Für mich sieht das nach zwei Menschen aus, die sich ganz einfach entschlossen haben, sich auch ihr Stück vom großen Kuchen in dieser Welt zu holen. Ich kann daran nichts Falsches entdecken – was meinen Sie?"

Erkan sah ein letztes Mal aus dem Fenster. Gut, den Versuch war es wert gewesen. Den Versuch, einmal die üblichen Wege zu verlassen, anders zu arbeiten, die Wohnung zu verlassen. Aber hier war nichts zu holen.

„Wir möchten gern mit dir weiter arbeiten. Aber bevor du uns noch einmal was schickst – denk genau nach. Du tust uns allen einen Gefallen. Vor allem dir selbst."

Erkan stand auf und verließ das Besprechungszimmer, das Redaktionsgebäude, grußlos und ohne sich umzusehen. Draußen war es heiß; Erkans unvermeidliche Samtsakkos.

***

Ich glaube, dass das alles viel einfacher ist. Du machst dir zu viele Gedanken." Martin Duck betrieb einen der größten Spamserver, der Potenzmittelwerbung, Lustförderer für Frauen, Investmentangebote und politische Skandale gleichermaßen vertrieb. Millionen Email-Adressen wurden täglich mit seinen Nachrichten attackiert, sein Blog listete die skandalträchtigsten Stories und diente anderen Medien als Zitatquelle, die schmutzige Stories rechtfertigte, ohne andere dazu zu zwingen, sich die Hände schmutzig zu machen. Ducks Geschäftsmodell war vielseitig – er verdiente an Leuten, die ihn dafür bezahlten, Information zu verbreiten, und an solchen, die ihn dafür bezahlten, das nicht zu machen. Zwischendurch war er gern gesehener Talkshowgast. „Ich habe grundsätzlich keine Zweifel daran. Aber ich sehe die Ursachen anders. Alles was du vermutest – in meinen Augen ist das nicht notwendig. Menschen sind auch so dumm genug und haben sich immer gängeln lassen."

Ducks Büro war ein abgedunkeltes Zimmer, alte Ledercouches, ein schwerer dunkler Schreibtisch, dicke Teppiche; vor den Jalousien tanzte Staub in vereinzelten Sonnenstrahlen.

Erkan sah ihn ruhig an. „Du meinst also, du kennst das alles? Warum war bei dir dann nie etwas zu lesen?“

„Das habe ich gerade zu sagen versucht – denk die Geschichte noch einmal genau durch: Es bleibt nichts übrig. Niemand ist schuld, kein Skandal, keine Bösewichte, nicht einmal Unfähigkeit, die irgendjemandem unterstellt werden könnte. Die Welt ist schlecht – na und? Oder noch viel einfacher, vielleicht verstehst du es dann auch: Die Welt ist schlecht – und genau davon leben wir, Leute wie du und ich, genau deshalb können wir unsere Geschichten machen.“

Ducks Arbeitszimmer war dem von Erkan nicht unähnlich, protziger, aber genauso auf das Notwendige reduziert, und Laptops waren die einzige Lichtquelle.

„Ich will dir die Story nicht schlecht machen, aber gehen wir das der Reihe nach durch: Was bleibt übrig? Menschen sind gierig, das ist so und das war schon immer so. Ihr in Europa habt damit vielleicht ein moralisches Problem, das war auch schon immer so, wir gehen hier drüben viel entspannâter damit um. Klar ist das nicht immer schön, und es gibt Arschlöcher. Aber das sind eben Arschlöcher, und noch lange keine Mutanten von einem anderen Stern. Regierungen sind in der Geiselhaft, von wem noch einmal? Das ist ja geradezu rührend, aber glaubst du nicht, dass Regierungen selbst blöd genug sind, um allein auf ihrem eigenen Mist den Unsinn zu veranstalten, den sie veranstalten? Energiekrise, drohende Ernährungsknappheit – das klingt krass, aber ich muss dir sagen: Erstens habe ich kaum etwas davon gehört, und zweitens – das wäre wirklich ein ausgefuchster Plan. Da verstehe ich auch, warum du so an dieser Story hängst. Aber ich erkenne nur leider beim besten Willen keinen Zusammenhang. Im Gegenteil, wenn ich nur ein bisschen recherchiere, bekomme ich dutzende Gerüchte und hunderte verschiedene Spekulationen serviert. Und das könnte jetzt den ganzen Tag so weiter gehen.“

Duck stand auf und ging zur Tür. „Sei mir nicht böse. Ich brauche simple, handfeste Skandale, klar verteilte Rollen und starke Appelle an die niederen Instinkte. Das ist der Teich, in dem ich schwimme. Mit dieser Art, Stories zu machen, fange ich mir nichts an.“

Die Hand auf der Türklinke, „Kein Problem“, sagte Erkan. „Wir hören sicher bald voneinander.“

„Nichts für ungut“, sagte Duck.

Duck ging zwei Mal quer durch sein Zimmer, von der Tür bis zum abgedunkelten Fenster und wieder zurück, dann wieder zum Schreibtisch. Er tippte einen seiner Laptops an, um ihn aus dem Ruhezustand zu wecken. Er ging den gleichen Weg noch einmal, blieb vor dem Laptop stehen und startete ein Video. Verwackelte unscharfe Bilder von etwas, das ein Spitalsbett sein mochte, darin wie ein Gekreuzigter festgeschnallt eine Kreatur, die kaum noch etwas Menschliches an sich hatte, kreischende Schreie auf einer stark übersteuerten Tonspur. Der Gefesselte riss ein paar Mal an seinen Hand- und Fußfesseln und sank dann in sich zusammen.

Nur ein paar Sekunden.

Duck spielte das Video noch einmal ab.

Mit einer Tastenkombination, die nur er kannte, und einem zusätzlichen Passwort öffnete er die Chatanwendung, die er eilig geschlossen hatte, als Erkan den Raum betreten hatte. „Ich wiederhole mich: Ich habe da etwas, das Sie interessieren wird. Und mittlerweile habe ich auch noch um einiges mehr an Information. Was ist Ihnen das wert?“

Es dauerte vielleicht eine Minute, dann kam eine knappe Antwort.

„Ok, wir sind im Geschäft. Ich schicke jemanden vorbei.“ Dann stieg sein digitales Gegenüber aus.

In Gedanken schlug Grund auf seine Tischplatte. Es war so vorhersehbar. Dieser Film musste irgendwo wieder auftauchen. Er hatte Büchel damals davon abgeraten, auf dieses Video zu reagieren. Aufspüren, vernichten, schweigen, der übliche Weg. Die Versuche, den Dingen auf den Grund zu gehen, gingen Grund auf die Nerven. Klären, ok, aber erst, nachdem reiner Tisch gemacht worden war; Zeugen und Beweise ausschalten als oberste Priorität.

Anstelle des Schlags auf die Tischplatte war nur das rasselnde Geräusch seines Stimm-Encoders zu hören.

Gut, kein Grund zur Sorge. Dann gab es in New York eben noch etwas mehr Arbeit für die Brigade.

Er tippte wieder.

***

Sonnenstrahlen. Es war die untergehende Sonne; Manhattan, Westside, eine der wenigen Minuten des Tages, während derer die Sonne ungehindert durch die geraden Straßen schien. Aus Erkans Wohnung war die Sonne konsequent ausgesperrt, sie verirrte sich auch selten dorthin, er sah sie nur mittags für knapp eine Stunde, nicht die Sonne, nur helle Flecken, die sie an die Wand des gegenüberliegenden Hauses warf.

Er saß in einem kleinen Straßencafé, hier gab es Zeitungen, Croissants, Smoothies, Longdrinks, europäischen Wein.

„Sie müssen Erkan sein." Vor ihm stand eine freundliche Gestalt, Peter Gaffer, Herausgeber des Gaffer-Magazine.

„Was kann ich für Sie tun?" Gaffer setzte sich, seine freundliche Erscheinung ergänzte die letzten Sonnenstrahlen dieses Tages zu einer süßlichen Annehmlichkeit, die wenig zu Erkans vergangenem Tag passte.

Erkan schwieg erst einmal, schon wieder. „Sehen Sie, ich fürchte, da ist nicht viel."

Eine große Kunstpause.

„Lassen Sie uns zusammenfassen. Deutschland ist pleite, eine der ehemals mächtigsten und ordentlichsten Volkswirtschaften der Welt. Bankrott und in der Hand von Zentralbanken und Fonds, wie vorher schon Griechenland, Spanien, Frankreich, Italien, Portugal und Irland. Spanien, Portugal und Italien leiden unter massiven Nuklearproblemen, reaktivierte Kernreaktoren legen ganze Landstriche lahm, verbreiten Angst und Unsicherheit, in Geisterstädten herrschen Banden, denen aus Angst vor Kontaminierung niemand das Handwerk legen will. Mysteriöse Gasexplosionen in der Ukraine, in Polen und in Weißrussland lassen Mythen von Werwölfen, Wächtern, Killerkommandos und Helden entstehen. Energie ist ein Problem."

Erkan machte Pause.

„Und kurz bevor Ernährung ein Problem wird, meldet eine Bank Erfolge mit Experimenten im Norden Afrikas. Dürre Landstriche sind wieder fruchtbar. Ein halber Kontinent, von dem fast ein Jahrzehnt nichts zu hören war, vermeldet blühende Erfolge, glückliche Menschen, Reichtum, und Lösungen für Probleme ungeahnten Ausmaßes. Neben der Lebensmittelproduktion entstehen hier auch Biotreibstoffe, die die irren Ausschläge der Gas- und Ölpreise lindern. – Und Menschen machen mit, als wäre nichts. Wir sind dabei, diesen Zustand begrüßen zu lernen, wir mögen es, weil unser Leben ansonsten langweilig wäre. Es bewegt sich etwas, Dinge sind in Schwung, wir wittern Chancen. Wir machen weiter, immer weiter, wir sind nicht die, die auf der Strecke bleiben werden. Was treibt die Menschen an; welche Erklärung fällt Ihnen dazu ein, warum wir mit der verkorkstesten Situation, die wir kennen, so umgehen, wie wir umgehen?"

Peter Gaffer lächelte freundlich. „Wow, das sind schwere Geschütze, die Sie hier auffahren. Ich muss sagen, ich habe Ihr Dossier nur einmal kurz überflogen, aber Ihr Vortrag macht mir Lust, das noch einmal in Ruhe genauer zu analysieren. Aber helfen Sie mir, was ist Ihr Punkt? Was ist die Geschichte in diesem beeindruckenden Chaos?"

Erkan wurde gesprächig. „Der Punkt steckt in der letzten Frage. Warum machen wir das? Warum spielen wir mit, lassen uns Hoffnung vorgaukeln, von der wir wissen, dass sie der mieseste Gebrauchtwagenhändler unter den sogenannten Tugenden ist, und tun so, als stünde uns die Welt offen, obwohl wir schon lange wissen, dass die Dinge anders liegen?"

Gaffer sah Erkan mit ehrlichem Erstaunen an.

„Ich weiß", Erkan sprach weiter, „Ihr Amerikaner habt keinen Sinn für so etwas. Land of the Free, Glamour, Freiheit, Reichtum und dieses Zeugs, das beeindruckt euch und beantwortet alle Fragen. Nein, stimmt nicht, ich muss mich korrigieren. Es gibt ja gar keine Fragen. Wozu fragen, wenn es kein Problem gibt, oder? Wenn der Weg von will ich und will ich nicht klar vorgezeichnet ist, stimmt es nicht? Und weißt du, ich darf doch du sagen, was die krasseste Veränderung ist, die ich an mir selbst feststelle? Ich frage mich heute selbst, wozu ich mich das frage. Meine Wohnung gefällt mir, ich könnte ab und zu spazieren gehen, die Leute schätzen mich als Entertainer, solange sie mich nicht kennen. Nur ein bisschen lesen, ein bisschen lächeln, ein bisschen vielleicht sogar kurz nachdenken, und dann weitermachen. Drei Wodka Martini bitte", er rief der vorbeigehenden Bedienung nach.

„Ich habe echte Zweifel an dem was ich mache. Ich habe keine Zweifel daran, ob es richtig ist, nur daran, ob es in irgendeiner Form relevant oder sinnvoll ist. Ob ich mich nicht lieber darauf konzentrieren sollte, mehr Sex zu haben, immer gut auszusehen und die besten Lokale der Stadt zu kennen. Was meinst du, wäre das eine bessere Beschäftigung?"

Gaffer schüttelte sich, „Naja, ich bin mir nicht sicher, ob ich verstehe …"

Die drei Wodka Martini wurden auf den Tisch platziert, die Bedienung war etwas ratlos; drei Drinks, zwei Gäste. Erkan kippte den ersten, schob den zweiten vor Gaffer und nippte am dritten.

„Danke", sagte Gaffer. „Ein Drink ist jetzt keine schlechte Idee. „Ich weiß noch immer nicht, wie ich Ihnen helfen kann, aber ich habe immer mehr Lust dazu. Was kann ich tun?"

Erkan verfolgte die Olive in seinem Drink konzentriert mit seinen Blicken. „Meine Quellen", sagte er langsam, „Meine Quellen, von denen ich selbst die geringste Ahnung habe, wie weit ich ihnen trauen kann, sagen mir, dass die Vereinten Nationen in einer ihrer Sitzungen der nächsten Tage, es dürfte eine Veranstaltung der Weltgesundheitsorganisation sein, diesen Zustand zementieren werden. Es geht darum, formell zu verankern, dass wir alle auf diese Art und Weise glücklich werden: Mehr haben, mehr wollen. Ganz einfach."

„Davon habe ich noch nichts gehört. Was meinen Sie, wäre eine angemessene Reaktion? Ist das zu erklären? Zu verhindern? Zu publizieren? Zu verändern? Mich interessiert das auf jeden Fall, aber wo können wir eingreifen, wie können wir aus dieser Geschichte etwas machen?"

„Noch zwei Wodka Martini bitte!"

Erkan verfolgte auch die Olive in seinem neuen Glas aufmerksam. Sie bewegte sich nicht, bis er den Drink kippte. „Keine Ahnung. Und ich muss sagen: Ich weiß auch nicht, ob es mich noch interessiert. Wenn Sie möchten, dann machen Sie was draus. Ich schenk Ihnen die Story. Wenn nicht … – dann eben nicht."

Erkan stand auf und ging.

„Glück ist die Marke, das Produkt, die Ware, die euch zu Lämmern, meckernden Ziegen und Lemmingen macht. Und während ihr glücklich, frei, anarchisch, selbstherrlich und unabhängig durch die Welt streift, werde ich mich wie der Drache aus dem Meer erheben und mit lautem Gebrüll und siebenfachem Strahl auf eure

Couches pinkeln, auf die ihr dann doch am Ende des Tages zurückkehren werdet“, sagte der Prediger auf dem Washington Square.

„Vielleicht sollte ich öfter spazieren gehen, einfach außer Haus“, dachte Erkan, bevor er die Haustür hinter sich schloss.

Business. Ihr versteht das vielleicht noch nicht, aber das einzige, das auf dieser Welt zählt, ist dein Erfolg. Kannst du dir alle Frauen leisten, die du willst, siehst du jeden Tag zu jeder Zeit gut aus, und wollen alle etwas von dir? Egal was. Das ist das Einzige was zählt." Rudi schwankte durch die Hütte, er war blass, sein Haar strähnig, und er hatte abgenommen. Seine Fülle reduzierte sich auf hängendes Fett und einen mächtigen Schwimmreifen. Er trug ein ärmelloses Unterhemd, dessen Vorderseite die Spuren seiner Mahlzeiten der letzten Tage zeigte, und seine Hosen waren löchrig.

„Das Einzige", wiederholte er, „ist der Erfolg. Mit allem anderen machst du dich lächerlich. Ich meine, ich urteile nicht, deine Sache. Ich geh ganz einfach nur dort hin, wo das Leben für mich angenehm ist, jeder macht das so. Glaub mir, drei Ex-Frauen, sage ich nur." Er kicherte nervös, ein gereiztes Lachen, das in ein bösartiges Fauchen auslief. Aus seinem Mundwinkel rann ein Tropfen schwärzlichen Schleims, als hätte er Kautabak im Mund.

Walla trat auf die Terrasse. „Hast du alles, was du brauchst? Wir fahren morgen früh."

Mirko nickte. Viel war es nicht. Sein Rucksack, der ihn seit der Nacht auf dem Felsen begleitete, war auf ein paar T-Shirts und eine zweite Jeans geschrumpft. „Als erstes kaufe ich Socken, wenn wir hier rauskommen." Walla lachte.

Rudi saß still, während der Schleim aus seinem Mundwinkel langsam verkrustete. „Willst du ihn wirklich mitnehmen?", fragte Mirko. „Es wird nicht leicht sein, mit ihm unter Menschen zu sein."

„Wir wissen nicht genau, was uns erwartet. Ich rechne damit, dass sie alle Kräfte in Bewegung setzen. Sie werden überall sein. Und glaub mir, es gibt keinen bessern Schutz als die Infektion. Das war mit allen Infektionskrankheiten immer schon so."

Mirko duckte sich unter Rudis über ihn gebeugten Kopf und stand auf. „Unser homöopathischer Zombie", sagte er mit einem leicht verzweifelten Lächeln. „Sabbernder Schutzengel. – Aber warum greift er uns nicht an?"

„Ich denke, sie wollten ihn töten“, sagte Walla langsam. „Aber darin sind sie nicht gut. Menschen sind ihr wichtigstes Kapital. Zynischerweise wirklich. Sie können nicht töten, sie können nur besitzen.“

Er und Mirko standen einander gegenüber, Abenddämmerung, der rauschende Fluss, in den Wäldern rundherum erwachten Wildschweine, Hirsche tasteten sich auf sonst zu helle Lichtungen und Reiher zogen hoch über Baumkronen. Ein wenig Pink in den Wolken. Wie eine Umarmung. Ein Himmel, Wolken, Wasser, ein Abend wie eine Umarmung; „Morgen müssen wir um halb vier los. Wir fahren mit meinem Auto und lassen es stehen, sobald wir einen Zug nach Bukarest erreichen. Schlaf noch ein wenig.“

Dann drehte Walla sich noch einmal um. „Hast du dich von den anderen verabschiedet?“

Mirko nickte. Sie waren allein auf der Terrasse. Balan rührte in der Küche gedankenverloren in einem seiner Töpfe, scharfe rote Sauce, irgendwann wirst du mit deinen Chili-Knoblauch-Kombinationen noch einmal jemanden umbringen, Voija lehnte an der Bar, vor ihm lag Wallas Silberpfeifchen und süßer Marihuanaduft mischte sich in den Chili-Knoblauch, Vladi war in seinem Verschlag im Dachgeschoss und las, recherchierte, schrieb; immer bei der Arbeit, unermüdlich und ziellos; kein Ziel zu haben macht noch viel unermüdlicher als auf ein Ziel hinzuarbeiten, es sei denn, es ist dein Ziel, kein Ziel zu haben.

„Das Einzige was zählt, ist Erfolg. Und Frauen“, sagte Rudi. „Aber das geht ohnehin Hand in Hand.“

Niemand sah auf. Walla nickte unmerklich, als er von der Terrasse durch die Bar nach draußen auf den Parkplatz ging. Er hatte die Dachträger von seinem Pickup abmontiert, sein Board zu Balans Boards neben die Hütte gestellt und die Ladefläche freigeräumt. Heute würde er draußen schlafen, Schlafsack auf der Ladefläche. Den Schlafsack würde er auch zurücklassen.

Walla breitete das alte Teil auf der Ladefläche aus; man musste wissen, wie man auf der Ladefläche lag, den Körper zwischen die harten Blechrillen verteilen, möglichst wenig Bewegung im Schlaf, um dieses Gleichgewicht nicht zu verlieren. Nächte in der Au, zwischen feuchten Wäldern, rauschendem Wasser, und viel Einsamkeit. War kein schlechtes Leben. War vorbei.

Er zog seinen Grasbeutel aus der Tasche der Boardshorts, morgen früh würde er sich umziehen, sein Silberpfeifchen hatte er Balan und Voija geschenkt, und baute mit kalten Fingern und einem letzten Paper einen letzten Joint. Jetzt war es dunkel.

Schwankende Baumkronen gaben immer wieder den Blick auf den Sternenhimmel frei.

„Ihr zieht das also durch." Voija richtete sich ein wenig auf, stopfte das Pfeifchen noch einmal und hielt es Mirko hin. „Danke", der schüttelte den Kopf. „So viel Zeit ist nicht mehr." Voija nickte und zog bedächtig selbst an der Pfeife.

„Das ist gut. Es tut mir leid, dass sich unsere Wege trennen, aber eigentlich ist es gut. Wenn wir keinen anderen Plan haben, dann probieren wir es eben so. Jemand muss das machen." Balan nickte, „Genau. Einer muss dort raus." Er rührte weiter in seinem Topf, kostete zwischendurch. „Ich bin das nicht."

„Leute, ich schlafe jetzt eine Runde. Ich bin mir sicher, wir sehen uns wieder. Wenn nicht hier, dann werden wir unsere Wege eben anderswo wiederfinden. Jeder seinen, vielleicht ein paar gemeinsame … – Was weiß ich. Macht es gut."

Alle nickten, Mirko stieg die Holztreppe zu seinem Verschlag auf dem Dachboden hinauf und streckte sich auf der Matratze aus. Sein Rucksack und die Laptoptasche standen am Fußende der Matratze bereit.

Rudi blieb allein auf der Terrasse. „Mich kriegt keiner klein", murmelte er und kratzte eingetrockneten Schleim von seinem Kinn. „Ich mache was ich will, mir egal, was ihr davon haltet. Das ist mein Leben."

Unter seinem Unterhemd verkrusteten Wunden in seiner Brust und seine Augen hatten ihren Glanz wieder, den grellen beißenden Glanz einer schlammigen Wasserlache im Sonnenlicht. Er schlurfte über die Terrasse zur Hütte hin, lehnte sich an die Wand und ließ sich zu Boden sinken. Rudi rollte sich ein und schlief. „Keiner", murmelte er noch.

***

Wir sind hier ziemlich allein", Balan und Voija saßen auf der Terrasse, sahen auf den Fluss und hatten sich die letzten Stunden kaum bewegt. „Komm gleich wieder", sagte Balan. Er stützte sich auf den Tisch, schlich zwischen Tischkante und Bank seitlich davon und verschwand Richtung Küche.

Voija blieb allein. Walla und Mirko waren den zweiten Tag unterwegs, noch keine Nachricht von ihnen. Etwas früh, sagte er sich selbst. Vladi checkte regelmäßig Nachrichten; keine Neuigkeiten. Ada hatte ihren Stützpunkt aufgegeben und war unterwegs. Die letzten Nachrichten zeigten Bilder von ausgemergelten Gestalten in der algerischen Steinwüste, sie bewegten sich ostwärts. Erkan hatte einen neuen Blogpost veröffentlicht, wirr und unartikuliert entgegen seinen Gewohnheiten; er erzählte von unter den Tisch gekehrten radioaktiven Fallouts in Südeuropa, griff die Legenden von Kämpfen um Gaspipelines entlang der russischen Grenzen auf und sprach vom Schweigen. Seither veröffentlichte er nur noch Fotos von sich und einem Straßenprediger, unterwegs in New Yorker Parks. Der Prediger gestikulierte, Erkan stand entweder im Hintergrund, oder fotografierte sich selbst, langes Haar und Sonnenbrillen, mit dem Prediger über seine Schulter im Hintergrund. Lange nicht mehr so viel draußen gewesen.

***

Sollen wir ihn wirklich laufen lassen?" Mirko sah Rudi besorgt nach. Walla saß und sah nicht so aus als wollte er seinen ergatterten Sitzplatz jemals wieder aufgeben. Flughafen Heathrow, Menschenmengen schoben sich durch Shopping-Arkaden und Systemgastronomie-Stände; Rudi hatte sich langsam und in kleinen Schritten von Rudi und Walla wegbewegt und mischte sich jetzt unter die anderen.

„Lass ihn", sagte Walla dann. „Er läuft nicht weg. Noch nicht. Sie werden ihm schon einen Plan verpasst haben. Bis dahin bleibt er bei uns."

Mirko wirkte noch immer besorgt. Seine Socken hatte er gekauft, Mr. Tie, Krawatten, Socken und all die anderen unliebsamen Accessoires, die unvermittelt zu Notfallsgeschenken für Männer wurden,

Shops, die die Shoppinglounges der Welt übersäten und in grellen Farben leuchteten. So wie die Socken, die es dort zu kaufen gab. Mirkos Socken waren rot, mit dem Portrait einer Bulldogge auf Knöchelhöhe. Das zweite Paar war dunkelblau mit weißen Punkten. Wenn er die Schuhe auszog, die Zehen bewegte und seine Füße lang betrachtete, hatte das eine dezent psychedelische Wirkung. Sie hatten noch drei Stunden bis zum Abflug nach New York.

„Du behältst viel für dich", sagte Mirko.

„Mmmh." Wallas Antwort war nicht wirklich eine.

Mirko seufzte. Fragen stellen schien keine sinnvolle Option. „Ich finde es gut, wenn wir unser Versteck verlassen und Kontakte suchen", sagte er. „Wir leben von Information, das sind die einzigen Bruchstücke, die wir noch haben. Wir können versuchen, sie zu Geschichten zusammenzusetzen, wir können Sinn und Bedeutung darin suchen. Aber wahrscheinlich können wir die Teile, die wir sammeln, erst dann auch nur annähernd verstehen, wenn wir sie mit anderen teilen, wenn wir zweite, dritte, vierte Meinungen hören. Wenn wir Unsinn aussortieren können. Vielleicht weiß man da draußen in der Welt ja vieles von dem, was uns wichtig erscheint, schon lang. Vielleicht haben nur wir in den Monaten in der Au einfach nichts mitbekommen. Kann doch sein, oder? Wann hast du das letzte Mal eine Zeitung gelesen? Vor ein paar Jahren war das noch einfacher. Informationsoverkill, jeder hatte zu allem etwas zu sagen, jeder hatte eine Meinung, bevor man noch wusste, wozu eigentlich, und alle haben zu allem ihren Senf dazu gegeben. Hätte nicht gedacht, dass das einmal aufhören kann."

Walla sah Mirko an und schob ihm den „Guardian" zu, den er gekauft hatte, während Mirko seine Socken kaufte. „Ist es ein Wunder? Oder nur gute Arbeit?", titelte die Zeitung. „Fruchtbare Plantagen in Libyen: Getreide und Gemüse für Nordafrika, Biomasse für die Treibstoffproduktion. Ein Forschungsprojekt trägt Früchte – buchstäblich."

„Vielleicht", sagte Walla. „Aber vielleicht denken sie sich auch nur: Wir müssen raus an die Öffentlichkeit. Wir müssen Verbündete suchen – und dafür sorgen, dass es keine zweite Meinung gibt."

Mirko las von blühenden Feldern, gefüllten Silos, Jobs in Feldarbeit und verarbeitender Industrie. Von sicheren Transportwegen durch den schwarzen Kontinent, Sicherheitstrupps, die sich gegen manchmal aus dem Nichts aufttauchende Banden wehrten, glücklichen Händlern, Bäckern und Wirten in entfernten Ländern, und von einer blühenden Biogasindustrie, die umweltfreundliche Autos für überlastete Metropolen konzipierte und Europa aus dem Würgegriff der russischen Gasventile befreite.

Kurze Gedanken an durch das Feuer gehende Werwolfswächter; kilometerweit dumpf wahrnehmbare Explosionen in kalten verlassenen Grenzwäldern.

„Die wichtigsten Forschungsprojekte wurden über lange Zeit im Stillen von der Universal Bank finanziert. John Leon, Mitglied des Vorstands und für die Afrika-Geschäfte verantwortlich: 'Wir stehen zu unserer Verantwortung, für eine bessere Welt zu sorgen. Das sind wir uns und allen Menschen, die uns vertrauen, schuldig. Es ist uns eine große Ehre, wenn wir ein kleines bisschen dazu beitragen können, dass Menschen vielleicht heute glücklicher sind.' Über weitere Investitionen und die Beteiligung der Bank an den Folgeprojekten wollte Leon zum aktuellen Zeitpunkt noch nichts sagen."

Dann schwiegen Mirko und Walla eben.

„Zwanzig Jahre später, vielleicht ja auch schon früher, ist das alles einen Haufen wert. So habe ich mir das gedacht." Rudi wischte mit dem Handrücken über seine Mundwinkel, sein Haar war gewachsen, sein T-Shirt war fleckig und zeigte erste kleine Löcher, fadenscheinig, als wären er und sein T-Shirt einige Jahre mit Motten in einem finsteren muffigen Kleiderschrank gelegen. Ein Schluck Bier aus der Flasche, dann wischte er noch einmal über seine Mundwinkel. Da kam kein Schleim mehr.

„Aber ich habe auch Havanna hinter mir gelassen und nichts von dem gemacht. Ärgerlich. Manchmal, kann ich nur sagen, braucht man eben eine Auszeit. Aber jetzt geht es wieder aufwärts, das kann ich euch sagen, jetzt zählt der Erfolg." Er beugte sich zu einem der Mädchen, an deren Tisch er sich gesetzt hatte, seine Stirn berührte fast ihre, er hob seine Hand, als wollte er ihre Wange streicheln und ließ sie dann doch wieder sinken. Die Mädchen sahen einander an, unschlüssig, ob sie belustigt oder beeindruckt sein sollten, unsicheres Lächeln auf den Lippen, das Menschen wie Rudi immer nur anspornte. „Das Geld liegt auf der Straße. Manche wissen das vielleicht nicht. Manche glauben, es zu wissen. Manche glauben, es nicht zu brauchen. Ich habe das auch eine Zeit lang gedacht. Ich habe wirklich gedacht, Freunde, Frauen, Zeit und all das wäre wichtiger. Vergeht alles, sag ich euch. Und dann kann man sich wieder auf das Wesentliche konzentrieren."

Er ließ die Worte ein paar Sekunden sickern.

„Was trinkt ihr? Und wohin fliegt ihr eigentlich?" Er winkte einen Kellner herbei, „Eine Runde Gin Tonic für die Damen."

„Barcelona", antwortete eines der Mädchen. – „Sehr vernünftig, schöne Frauen gehören in den Süden. Luft, Licht, Sonne, Liebe, kurze Röcke – das ist gut so."

Es war eine Mischung aus Neugier, Ekel, Unterhaltung und Faszination, mit der die Mädchen Rudi betrachteten. Er hatte Charme, war hässlich, roch seltsam und redete wirres Zeug, von dem man nicht klar sagen konnte, ob es Unsinn war oder ob nur sie es nicht verstanden. Damit unterschied er sich nicht viel von den Typen, die sie sonst in Londoner Bars anquatschten.

„Solltet wir dich von irgendwo kennen?", fragte eine von ihnen. Rudi nahm einen Schluck und sah sie zufrieden über den Rand seiner Flasche an; der Kellner lieferte die Gin Tonics. „Vielleicht. Vielleicht aber auch erst in ein paar Monaten. Wartet es ab."

„Du bist ein lustiger Vogel", sie hob ihr Glas, drehte sich ihm zu und ihr Blick suchte seine Augen. Rudis Blick suchte ihren Hals, Sehnen, die Grube zwischen den Schlüsselbeinen, sicher angenehm weiche Haut, sicher duftend, eine pulsierende Schlagader, Nacken waren immer empfindsame Stellen …

„Da bist du ja. Wir müssen dann los."

Genau jetzt. Rudis Miene verfinsterte sich, theatralisches Leiden. Walla hatte ihn schon lang beobachtet, als Rudis Blicke sich an dem Hals des Mädchens festfraßen, war er aufgestanden und hatte langsam die Flughafenlounge von den Wartesesseln zu den Bartischen durchquert. Keine Eile, kein Grund Rudi zu erschrecken; keine anderen Wächter neugierig machen. Aber er wollte Rudi wieder bei sich wissen, lieber in seiner Nähe als zu nah beim Hals eines Mädchens. „Wir brauchen dich."

Rudi seufzte. „Seht ihr? Wenn man wieder auf dem Weg ist, hat man eben keine ruhige Minute mehr." Er wandte sich Walla zu, sodass die Mädchen sein Gesicht nicht sehen konnten, ein kurzes böses Funkeln, dann überzog wieder der starre Glanz einer Lacke im grellen Sonnenlicht seine Augen. Da war auch wieder grüngelber Schleim in seinen Mundwinkeln.

***

Die letzte Strecke legte Ada mit dem Schiff zurück. Richtung Norden zur Mittelmeerküste, mit dem Bus, per Anhalter, auf alten Fuhrwerken oder in modernen Touristenvans, die leer zurückfuhren, nachdem sie ihre Fuhre abgeliefert hatten.

Im Hafen hatte sie sich von Miro und Tsu veabschiedet. „Ihr lernt neue Leute kennen. Und ihr werdet euch gut verstehen." Sie hatte ihnen den alten Communicator in die Hand gedrückt, die Adresse des Internetcafés in Tulcea, Schiffstickets für die Überfahrt und einen Rest Bargeld.

„Und was wirst du machen?", hatte Tsu gefragt. „Wir bleiben in Kontakt", hatte sie gesagt. „Ich werde euch finden."

Sie saß an Deck im Wind des offenen Meers, Kurs auf Athen und nichts mehr im Gepäck. Fühlte sich gut an. In Athen hatte es schon lange nicht mehr gebrannt, dachte sie, wenn sie sich selbst über ihre Pläne befragte. Die anderen waren unterwegs, ihre Leute, was davon übrig war, waren in Sicherheit, so gut es eben ging. Damit war es Zeit, etwas Neues zu beginnen.

***

Vladi hatte sich die letzten Tage in seinen Nachrichten vergraben. Dann saß er im ersten Stock der Hütte und war oft tagelang nicht zu sehen. Jetzt kam er die Treppen zur Küche hinunter; er hatte etwas Neues.

„Wir bekommen Besuch", sagte er als ihn die anderen mittelmäßig erwartungsvoll ansahen. „Also, nicht gleich", sagte Vladi noch, als hätte er ein schlechtes Gewissen, zu viel angekündigt zu haben. „Sie melden sich noch einmal, wenn wir sie abholen sollen."

Zwei Minuten noch, wenn seine Uhr richtig ging, der Sekundenzeiger bewegte sich schnell, obwohl die Zeit nicht zu vergehen schien. Duck schloss die Tür zu seinem Büro hinter sich, im abgedunkelten Raum tanzten Staubkörner in den wenigen Lichtstrahlen, die durch die geschlossenen Jalousien drangen. Er ließ sich in eine der schweren Ledercouches fallen, stand gleich wieder auf, nein, Schreibtisch. Im Chefsessel hinter dem Tisch wirkte alles wichtiger. Nein, wobei, auch egal, er würde ihnen ohnehin aufstehen und die Tür öffnen müssen.

Punkt vier Uhr nachmittags. Jetzt mussten sie kommen.

Duck hatte den Nachmittag zwischen unruhigen Schritten in seinem Büro, Runden um den Häuserblock und schnellen Espressi in der Bar gegenüber verbracht. Nicht zu weit weg gehen, er hatte seinen Termin. Nicht wartend im Büro sitzen, unruhig werden und an Souveränität verlieren.

Während der unruhigen Stunden zwischen der Bestätigung des Termins und dem Termin hatte er seinen Preis gemacht. Information veröffentlichen oder nicht veröffentlichen; alles hatte seinen Preis. Und als Draufgabe noch Erkans Dossier. Er hatte Erkan weggeschickt, nicht ohne Notizen zu machen, Fotos der Unterlagen und eine Sammlung seiner bisherigen Veröffentlichungen.

Duck blieb in seinem Chefsessel, drehte sich zu den Fenstern, verschränkte die Hände im Nacken und sah den tanzenden Staubkörnern zu.

Sie klopften nicht. Ein leises Kratzen an der Tür, Stochern im Schloss, Duck spürte den Luftzug als die Tür plötzlich offenstand. Die tanzenden Staubkörner flüchteten panisch.

Leise hastige Schritte auf dem schweren Teppich. Heiseres Kichern, fast wie Kreischen. „Was zum …“ Duck drehte sich zur Tür und kam nicht dazu, die verschränkten Hände aus dem Nacken zu nehmen. Zu dünne Hälse in dunklen Anzügen, weiße Hemdkrägen. Fadenscheinige T-Shirts, zerrissene Jeans, alte Turnschuhe.

Sie waren zu viert. Hände schlossen sich um Ducks Hals, rissen sein Hemd auf, zerrten ihn zu Boden, Fauchen, heiser zischendes Kichern, rissen ihn wieder hoch, drückten ihn gegen die Wand und ließen ihn atemlos zappeln; Blut tränkte die schweren Teppiche, die gierig saugten als wären es nur wenige Tropfen. Sie warfen den Schreibtisch um, nahmen Ducks Handy auseinander und ließen es in die Blutlache fallen, nahmen seinen Laptop, ein paar weitere Unterlagen, USB-Sticks und Festplatten und verschwanden.

Hätte Duck ihnen nachsehen können, er hätte große überraschte Augen gehabt. Über seinen Augen lag ein grauer milchiger Schleier.

Zwei Minuten später sahen Menschen auf der Straße vier Männer, zwei in dunklen Anzügen, zwei in alten T-Shirts, sie hatten es eilig und sahen, nachdem sie das Haus verlassen hatten, einmal kurz zurück. Alle haben es eilig um diese Tageszeit.

Einer trug einen Laptop unter dem Arm. Alle wischten immer wieder mit dem Handrücken ihre Münder ab.

***

Lerner stellte seinen Koffer ab, warf die Zeitung auf das Bett und zog seine Jacke aus. New York, anständiges Hotel, gute Klimaanlage. Er hatte fest vor, das beste aus diesen paar Tagen zu machen.

Wir sind die Guten.

Wir stehen für das Recht der Menschen auf Glück.

Die Universal Bank verbrieft allen Menschen dieser Erde das Recht auf Wachstum und Wohlstand. Dafür brauchen wir Handlungsspielraum. Ich danke Ihnen.

Gut, die Präsentation kannte er. Das stechende Ziehen im Bauch hatte nachgelassen; er hatte die vergangenen Tage kaum daran gedacht. Das Gefühl: „Jetzt ist wirklich etwas passiert." Business-Class-Flug, Taxi zum Hotel, Zimmerservice und Kleiderservice; die Reisestelle der Universal Bank hatte zwei Anzüge in seiner Größe bereitlegen lassen, grau und dunkelgrau, Hemden und Unterwäsche. Friseur, Rasieren, Gesichtspflege. Als hätte er eine ausgedehnte Expedition oder langwierige Gefangenschaft hinter sich gebracht.

Niemand beachtete ihn hier in New York. Außer den für ihn hinterlegten Gegenständen gab es keine Anzeichen dafür, dass man ihn hier erwartete. Als wäre er nicht da. Würde es auffallen, wenn er einfach verschwand? Wenn er jetzt, eine Nacht hier noch schlafen, einmal frische Bettwäsche ohne die muffige stickige Containerluft, alles liegen lassen und irgendwo, vielleicht in Südamerika, vielleicht auf dem Balkan, verschwinden würde?

Lerner lächelte kopfschüttelnd, lachte über sich wie man über ein Kind lacht, das sich einer Selbstverständlichkeit schuldig macht, die wir als Fehler erachten. Verschwinden?

Er hatte die All-In Karte auf den Markt gebracht, den Life-Tracker weltweit ausgerollt und die Analyseinfrastruktur der Universal Bank organisiert. In diesem Netz war Verschwinden zu einer schlichten Unmöglichkeit geworden.

Lerner behielt das milde Lächeln in seinem Gesicht, machte es sich auf der Couch seiner Suite bequem und schlug die Zeitung auf.

„Horror im Village. Grausam entstellte Leiche lässt Ermittler spekulieren. Der umstrittene Webseiten-Betreiber Martin Duck wurde heute in seinem Büro in Greenwich Village tot aufgefunden. Duck war als Betreiber eines großen Spamnetzwerks ein berüchtigter Player der Digitalszene, der seine Mailings auch für Erpressungen und Schutzgeldzahlungen eingesetzt haben soll, und hatte Kontakte zur organisierten Kriminalität. Die Ermittler fahnden nun in alle Richtungen. Die Leiche soll, sickerte aus Polizeikreisen durch, derart entstellt gewesen sein, dass ein Racheakt vermutet wird. ‚Es sieht aus, als wäre Duck im Rahmen eines okkulten Rituals geopfert worden‘, sagt einer der Ermittler, dem sichtlich andere Worte fehlen, um das Erlebte zu beschreiben.“

Lerner ließ die Zeitung sinken. Er dachte an heiseres Kichern, Fingernägel, die an stählernen Containerwänden kratzten, fadenscheinige T-Shirts, zerschlissene Jeans. Heiseres Kichern aus Gesichtern, die sich gegen Scheiben pressten, ausgemergelte Körper, die sich mit unbändiger Kraft gegen Ketten und Elektroschocks wehrten.

Nein. Verschwinden war ganz sicher keine Option mehr.

***

Der gelbgrüne Schaum in Rudis Mundwinkeln war verkrustet und sah aus, als hätte er einen dreckigen Schwamm im Mund, der links und rechts aus seinen Mundwinkeln hervorquoll. Walla und Mirko saßen links und rechts neben ihm auf der Terrasse eines Starbucks nahe der Wall Street im Schatten der Granit- und Glasfassade gegenüber. Der Schatten war kühl und dunkel wie die Luft über dem Boden eines leeren Swimmingpools im Winter. Rudi war ein wenig lethargisch; er träumte von Mädchen am Flughafen, die ihn zum Immobilien-Besichtigen nach Havanna, beim Spaziergang über die Ramblas von Barcelona oder Palma und beim Frühstück auf der Terrasse mit Blick über das südsteirische Hügelland begleiten würden. Immer im Süden.

Walla kniff wie verschlafen die Augen zusammen und dachte nach. Zwei Tage blieben noch. Zwei Tage in einer Acht-Millionen-Stadt ohne weitere Kontakte als eine prähistorisch anmutende Terminalverbindung auf dem Stand der Technik von vor 40 Jahren und eine vage Vermutung.

Mirko drehte den Laptop zu Walla, „Es gibt Neuigkeiten von zuhause: Sie haben Besuch bekommen. Adas Mitarbeiter sind jetzt in der Hütte."

„Das ist gut." Walla nickte. „Sie werden zurechtkommen." Er zog seinen alten Communicator aus seiner Tasche und verband ihn mit den selbst zusammengeflickten Kabeln mit dem Laptop. „Wir brauchen einen Termin." Die quälend langsam schaukelnde Wippe des Communicators stellte eine Verbindung zu Erkans Terminal her, schwarze Pixelbuchstaben auf dem mattgrünen, kaum noch leuchtenden Display. Walla dachte nur nach, tippte eine Notiz. „Wir sind in der Stadt. Wir brauchen ein Treffen."

Walla speicherte, klappte den Communicator wieder zu. „Jetzt müssen wir warten."

Rudi hustete, richtete sich auf und klopfte mit beiden Händen auf seine Schenkel. Er wollte etwas sagen; es kam nur ein krächzendes Grunzen aus seinem Mund. Sein Blick ging an Mirko und Walla vorbei; er stand langsam auf, streckte sich wie nach einer langen unbequemen Nacht und ging los. Mirko sah ihm mit offenem Mund nach. „Lass ihn", sagte Walla. „Er ist nicht mehr der, der er war. Wir können ihn nicht halten. Und er ist uns auch nicht mehr nützlich. Wir sind jetzt unter Beobachtung, wir sind mitten in ihrem

Nest. Wenn sie uns wollen, dann finden sie uns. Lass ihn gehen." Rudis erste Schritte waren unsicher, er warf immer wieder kurze verstohlene Blicke nach hinten; sahen sie ihm nach, hielten sie ihn auf, vermissten sie ihn? Es waren kurze Blicke, niemand sollte bemerken, dass er sich umdrehte.

Seine Schritte wurden sicherer. Langsam erwachten auch wieder Gedanken. Wie nach einer schlechten Nacht, Träume und Gedanken vermischen sich, sind manchmal hinter dichten Nebelschwaden versteckt, manchmal kurz und klar wie Blitze. Oft nicht klar, ob es um die Vergangenheit oder um die Zukunft geht, um eigene Gedanken oder um Fetzen aus Gesprächen, Radiosendungen, weitergesponnene Fetzen von irgendwo. „Ich muss." Das war einer der Gedankenfetzen, die immer wieder auftauchten.

Die Stadt glitzerte. Männer in Anzügen mit Handys, Aktentaschen oder Umhängetaschen, die unverkennbaren Signale gut bezahlter Sklaverei, Frauen, Spaziergänger, Jogger. Laufen war eines dieser wichtigen Dinge. Laufen in hellen Farben, in sauberen T-Shirts und engen Hosen, mit bunten Schuhen, das war eines der Dinge, die man machen musste, notierte Rudi gedanklich. Junge Frauen, die auch im Alltag schöne Wäsche und hohe Schuhe trugen, deren Hals einladend über ihrem Ausschnitt trohnte, und deren langes Haar um ihr Lächeln wehte. Vielleicht kein Auto. Bleib erst mal in der Stadt. Eine Wohnung mit großen Fenstern. Am liebsten bis zum Boden reichende Fenster, gleich eine ganze Glasfassade. Fenster mit dem Ausblick über diese glitzernde Stadt, tagsüber und nachts.

Rudi sprach eine dieser Frauen an, eines jener von langem Haar umwehten Lächeln. Sie trug ihr Lächeln wie eine Diamantkrone, telefonierte mit Freisprechanlage im Ohr und trug neben ihrer Handtasche eine kleine Papiertasche einer sicher teuren Boutique; Rudi kannte den Namen nicht.

Rudi trug noch immer das Shirt und die Hose, in denen Walla und Voija ihn im feuchten Gras unweit der Hütte gefunden hatten; tiefe Risse in der Brust und die fahlen Augen eines toten Vogels am Straßenrand. Die Risse in der Brust waren nahezu wieder verheilt. Er hatte sich nicht gewaschen, räusperte sich und machte einen Schritt auf sie zu.

„Darf ich Sie heute Abend zum Essen einladen?", fragte er, als sie ihm gerade ausweichen wollte. Sie hatte ihn nicht verstanden, aber ihr Lächeln fror ein, sie stolperte drei Schritte zurück, ihr Blick war Abscheu und Ekel.

„Du kannst dir nicht vorstellen, was mir gerade für ein Freak über den Weg gelaufen ist", sagte sie in ihre Freisprechanlage.

Rudi nickte. Er nickte noch einmal. Das wird schon. Ihr Hals war wunderbar fein gezeichnet. Warte, bis es dunkel wird.

Hinter den Fenstern eines Cafés auf der anderen Straßenseite beobachteten ihn zwei junge Männer in dunklen Anzügen. Zu dünne Hälse aus weißen Hemdkrägen; sie waren blass und hatten schmutzige rissige Hände. Sie nickten einander zu.

Rudi drehte sich noch einmal nach ihr um. Warte, bis es dunkel wird. Er stand vor einem Kebab-Laden, „Muammars Meat Place". „Ich muss."

Rudi betrat den Laden. „Ich brauche einen Job." „Was willst du denn?" Der Mann hinter der Theke wischte seine Hände ab und sah ihn mit einer Mischung aus Verwunderung und Geringschätzung an. Rudis Stimme kratzte noch immer, er räusperte sich und seine Stimme klang, als müsste er seinen ganzen Mut zusammennehmen, um ein paar wenige Worte zu sagen. „Ich will reich werden", sagte Rudi.

***

Es ist ärgerlich", dachte Büchel. „Wirklich ärgerlich", sagte er dann laut und gab Mise noch eines ihrer Lieblingskekse. „Wir haben alles gut organisiert, für alle vorgesorgt, alle mitmachen lassen. Niemand kommt zu kurz. Wir wissen alles und regeln alles. Und dann wollen manche mehr. Sie wollen Helden sein. Wir wollen sie ja zu Helden machen, aber sie wollen die Helden in ihrer eigenen Geschichte sein."

Mise wartete auf das nächste Keks.

Sie waren in seinem Büro. Über der Stadt verdunkelten sich Wolken schwarzgrau nach Sonnenuntergang.

„Wir werden ihnen mit ihrer Geschichte helfen, was meinst du?"

Büchel gab Mise die ganze Keksdose und setzte sich an seinen

Schreibtisch. Die Agenda für die UN Generalversammlung war bestätigt. Lerner hatte in seinem Hotel eingecheckt. Zwei Tage. Und es lag nicht allein an ihm, wie diese zwei Tage ausgehen würden.

Er öffnete ein Messaging-Fenster auf seinem Laptop. „Neuigkeiten?“, fragte er Grund.

***

Morgen. Lerner hatte die Nacht im sauberen, gut riechenden Bett seines Hotels verbracht. Hotelmorgenmantel und Kaffee; auch in den teuersten Hotel fanden sich immer nur Plastikwasserkocher, die streng rochen, wenn sie heiß wurden, und das Zimmer mit ihrem Dampf füllten, und löslicher Kaffee in kleinen Plastikbeuteln auf den Zimmern.

Morgen nachmittag würde er die UN Zentrale betreten, seine Präsentation halten und wieder gehen. Thema erledigt.

Dann würde er, zurück in Wien, einen ganz normalen Bankjob machen, einmal nachsehen, wieviel Geld eigentlich schon auf dem Konto war, und sich fragen, ob er wirklich noch länger weitermachen wollte.

Dann stieg er doch wieder bei Erkans World ein. War seine letzte Nachricht angekommen?

Die bescheiden leuchtende Pixel-Art – der Schriftzug „Erkans World“ – war überdimensional aus verschiedenen Zeichen zusammengesetzt, so wie Osterhasen oder Rentiere aus Buchstaben und Sonderzeichen, die manche zu Ostern und Weihnachten verschickten. Nostalgisch wie Elfen und Lebkuchenfiguren. Und er sollte hier genauso wenig stöbern wie er als Kind vorzeitig unter dem Weihnachtsbaum stöbern sollte. Hatte er nie gemacht. Immer in Ordnung, immer zurückhaltend, als Kind wie jetzt.

Da war eine Nachricht für ihn.

„Jemand muss mit Ihnen reden. Es geht um Informationen für Ihre Präsentation am Donnerstag. Wichtig für beide Seiten. Vorschlag: Mittwoch, vier Uhr nachmittags, Washington Square Park, beim Prediger.“

Sonst nichts, kein Name, keine Details.

Aber Angst.

Lerner schloss die Verbindung wieder. Er zog sich hastig an und verließ das Hotel. Keine Antwort, keine Entscheidung. Auch wenn das nichts mehr nutzte. Dafür war es zu spät.

***

Gibt's eine Antwort?" Walla lag noch auf dem Bett; Mirko saß auf dem Fensterbrett des Pensionszimmers. „Keine ausdrückliche. Aber jemand hat die Notiz gesehen, sagt Erkan."

„Gut dann werden wir das machen. Sonst bleibt uns nicht viel für heute."

Walla ließ seinen Blick teilnahmslos im Zimmer schweifen. Dreckiges Plastik und verstaubtes Metall; war wohl früher mal ein billiges Designhotel gewesen, jetzt verdreckte der aus der Mode gekommene Kram.

„Ich bleibe hier. Wenn du raus willst, sei zwei Stunden vorher wieder hier und hol mich ab, ok?"

Mirko nickte.

***

Gerade eben", tippte Grund in den Messenger, der ihn direkt mit Büchel verband. „Jetzt gibt es Neuigkeiten. Er hat eine anonyme Einladung zu einem Treffen bekommen. Heute nachmittag; 16 Uhr."

Grund hatte die Nacht in seinem Büro verbracht, auch jetzt, draußen ging gerade die Sonne auf, blieb es dunkel im Raum. Sein Stimm-Encoder schnarrte leise bei jedem Atemzug in der Stille.

Ein paar Minuten, dann kam Büchels Antwort. Auch Büchel konnte in dieser Nacht nicht viel geschlafen haben.

Büchel fasste sich kurz.

„Infizieren."

***

Rudi stand nackt vor dem Badezimmerspiegel. Er hatte abgenommen, war blass und hatte mächtige Augenringe. „Wird wieder"; das war einer der weiteren Gedankenfetzen neben „Ich muss", die immer wiederkehrten. Zwischendurch war es manchmal schwarz; dunkle Lücken zwischen den Gedanken, wie schwarz vor den Augen.

Es war früh am Morgen, im hässlichsten und billigsten Hostel New Yorks schien nie die Sonne. Rudi hatte frische T-Shirts gekauft, zog die neue Hose an und strich sein noch nasses Haar mit den Händen zurecht.

Er hatte einen Job: Teller abräumen und Gläser einsammeln. Und er hatte einen Plan. Dann wurde es wieder schwarz.

Ein letzter Blick in den Spiegel.

Bevor er das Zimmer verließ, deckte er sie zu. Er zog das Leintuch über ihren Körper, ihr erstarrtes Lächeln über dem wunderschön gezeichneten Hals, in dem eine große Wunde klaffte, ihr gestern noch wehendes Haar war blutverkrustet. Er hatte versucht, das Lächeln in ihrem Gesicht in der Starre nachzuformen. Nicht ganz gelungen.

Sie würde sich erholen. So wie er.

Er schloss die Tür hinter sich.

Aber meine Herren … Sehe ich aus, als hätte ich das nötig?" Pierre Poche hatte seinen Pass auf dem Weg zu Flughafengate vorgezeigt und war angehalten worden. „Messieurs … Ich … Das ist ein großes und hässliches Missverständnis."

Sie hatten ihn mitgenommen. Seither saß er in einem abgesperrten Raum im Transitbereich des Flughafens, sie hatten sein Gepäck weggenommen und ihn mit einer Flasche Wasser und einem Espresso im Plastikbecher alleingelassen. Nach drei Stunden hatte er seine Krawatte gelockert.

„Kommen Sie mit." Zwei Männer in grauen Anzügen, begleitet von drei Polizisten, standen in der Tür. „Gegen Sie wurde Anzeige erstattet. Sie sollen im Sofitel Manhattan versucht haben, ein Zimmermädchen zu missbrauchen. Sie bleiben in Arrest, bis über eine Anklage entschieden wird, jedenfalls die nächsten drei Tage."

Poche stand langsam auf. „Meine Herren – ich habe es den Kollegen schon gesagt – es ist ein furchtbares Missverständnis. Ich bin mir sicher, dass wir das mit der Dame schnell aufklären können. Und außerdem müsste ich dringend ein paar Telefonate führen. Wäre das vielleicht möglich?"

Die beiden deuteten ihm schweigend, mitzukommen. Draußen wartete ein schwarzer Mercedes, zwei der Polizisten nahmen Poche auf der Rückbank in die Mitte. Sie fuhren zurück in die Stadt.

„Sie bleiben bei uns. Wen werden Sie anrufen?", der Graue auf dem Beifahrersitz drehte sich zu ihm. „Ich möchte Ihnen eigentlich raten: Verhalten Sie sich lieber ruhig. Die Presse hat schon Wind bekommen. Wo auch immer das durchgesickert ist."

***

Sie haben ihn endlich". Grund stand in der Tür zu Büchels Büro. „Festgenommen", kratzte sein Stimm-Encoder.

„Ich weiß“, Büchel nickte. „Wir haben die Information schon sickern lassen. Ohnehin reichlich spät.“

Hinter ihm stand Irina Kulnarowa. In ihr Makeup war ein mitleidig bestürztes Lächeln gezeichnet. „Der Ärmste. Nachdem was wir gehört haben, ist es ihm nicht ganz gelungen.“ Sie schwieg kurz und taktvoll. „Aber es wird für unsere Zwecke reichen.“ Das klang scharf und kalt.

„Gut“, sagte Grund.

„Ich bezweifle, dass es reicht, sagte Büchel. „Wir haben unseren Maulwurf nicht unter Kontrolle. Das gefährdet den Plan. Ablenkung allein wird nicht reichen; wir dürfen kein Risiko eingehen.“

„Die Sache läuft“, sagte Grund. „Ich warte auf Bestätigung, dass wir Lerner unter Kontrolle gebracht haben. Muss jeden Moment kommen.“

„Danke für jetzt“, sagte Büchel und nahm einen seiner minutiös gespitzten Bleistifte.

Grund mochte es nicht, wenn er aus dem Raum geschickt wurde. Nicht als letzter. Er nickte und verschwand.

„Was schlagen Sie vor?“, fragte Büchel, nachdem Grund den Raum verlassen hatte. „Unser Plan ist ein bisschen … – sagen wir mal: herausgefordert.“

Kulnarowa trug einen knielangen Rock, ein streng zugeknöpftes Jackett und hohe Schuhe, glänzend poliert, die ihren Rist überspannten und ihre Knöchel so zerbrechlich aussehen ließen wie den Stiel kristallener Sektflöten.

Büchel sah gedankenverloren auf ihre Knöchel, ihre Strümpfe, während er auf eine Antwort wartete. Sie ging ein paar Schritte durchs Büro.

„Was ist Ihr Ziel?“, fragte sie. „Danach müssen wir unsere Prioritäten ausrichten.“

„Für heute zählt: Wir müssen die Entscheidung bei der WHO durchbringen. Das Projekt darf nicht gefährdet werden.“

„Was würde das Projekt gefährden?“

„Zu viel Aufmerksamkeit, Kritik. Zu viel Nachdenklichkeit.“

„Lenkt Poche zu viel Aufmerksamkeit auf uns? Oder lenkt er ab?“

Büchel schwieg einen kurzen Moment. „Er war zu spät dran. Ein paar Tage früher, dann hätten wir uns gut hinter dieser Aufregung verstecken können. Aber jetzt … Ich bin skeptisch. Wir können das so nicht riskieren."

„Die Medieninformation haben Sie trotzdem veranlasst."

„Da können wir noch behaupten, er ist Opfer eines Komplotts."

Jetzt schwieg Kulnarowa.

„Ich habe das Gefühl. Sie haben ohnehin schon einen neuen Plan", sagte sie langsam.

Büchel klopfte mit seinem Bleistift auf den Schreibtisch und sah sie schweigend an. In solchen Momenten durchzog ein bubenhafter Charme seine Miene.

„Wir müssen das anders lösen, fürchte ich. Aber ich danke Ihnen für Ihre Anregungen." Das war das Zeichen für Kulnarowa, ebenfalls sein Büro zu verlassen. Sie nickte stramm, wie ein Soldat beim Abtreten, Büchel lächelte ihr knapp zu, sah auf ihre Knöchel und sah ihren Schritten aus seinem Büro zu.

Die Entscheidung der WHO, das Ethical Transformation Project zu unterstützen, würde ihn auf eine Ebene mit Staats- und Regierungschefs und mit angesehenen Non Profit Organisationen katapultieren. Handlungsspielraum, keine blöden Fragen mehr. Ein gewichtiges international anerkanntes Argument gegen Kritiker. Ein Grund mehr, Staatsanleihen zu kaufen und zu verkaufen.

Er schlug die Mappe auf, auf die er während des Gesprächs mit seinem Bleistift geklopft hatte. Sie kamen näher. Grund Sicherheitsnetzwerke hatten unangenehme Aktivitäten festgestellt, ungeklärten Datenverkehr. Vereinzelt waren sogar Informationen online gewesen, die nicht durch die Prüfungen der Telekom-Partner der Universal Bank gelaufen waren. Das war ein Risiko.

„Universal Bank liefert Mitglied des eigenen Vorstands ans Messer", hieß es in einem der Auszüge in Büchels Mappe. Jemand verfolgte Kommunikationsaktivitäten im Netzwerk. Und schaffte es bis an die Grenzen des Unternehmens. Das war unangenehm. Sehr unangenehm.

Büchel seufzte. Er hatte Lerner losgeschickt, er hatte Poche losgeschickt. Er hatte beiden vertraut. Jetzt würde er die Angelegenheit selbst in die Hand nehmen. Für Sicherheit sorgen.

***

Vladi und Voija steckten die Köpfe über dem Laptop zusammen. Gerade machte die neue Story ihre Runde: Pierre Poche, Vorstandmitglied der Universal Bank, war in New York verhaftet worden. Der Vorwurf: Er sollte ein Zimmermädchen missbraucht haben. Die eigentliche Story: Die Story war auf einem der Portale von Martin Duck veröffentlicht worden. Einen halben Tag nach dessen Tod. Und die Spuren des Postings ließen sich bis in das Netzwerk der Universal Bank selbst zurückverfolgen. Inszenierte die Bank das? Lieferte sie einen ihrer Bosse ans Messer? Warum zur einen Tag, bevor sie sich von der Weltgesundheitsorganisation als Heilsbringer gleichsam selig sprechen lassen wollte?

„Irgendetwas stimmt nicht", der immer besorgte Vladi. Die Angriffe waren langsamer geworden; die Story war nahezu schon eine Stunde lang online. „Sie wollen, dass wir uns sicher fühlen. Aber sie können nicht so naiv sein, zu glauben, wir wären so naiv …"

Das dichte Laub des Auwalds versteckte vieles. Lauernde Blicke. Rauschende Blätter und knickende Äste, jeder Luftzug, übertönten leise, heisere Atemzüge. Wir warten.

***

Mirko trank einen Zimt-Kardamon-Pfeffer-Gurken-Smoothie in einer kleinen Bar. Er hatte nur Sonne gesucht und Abstand von Walla, der schweigend im Hotelzimmer vor sich hin starrte. Der Smoothie kostete 16 Dollar und schmeckte in erster Linie bitter. In der Bar lief ein Fernseher. „Pierre Poche, Vorstandsmitglied der Universal Bank, wurde heute am JFK-Flughafen verhaftet. Er soll ein Zimmermädchen in einem Hotel missbraucht haben. Die Story ist brisant: Die Universal Bank soll morgen von den Vereinten Nationen in den Partner-Status erhoben werden und damit ähnliches Gewicht bekommen wie eine nationale Regierung. Sprecher der Bank dementieren Zusammenhänge und sprechen von Poches privaten Ungereimtheiten. Sein Aufenthalt in New York stehe auch nicht in Zusammenhang mit den Aktivitäten der Bank."

Der Fernseher hinter der Bar quatschte weiter. „Rund um die geplante Versammlung der Vereinten Nationen morgen formieren sich einige Protestkundgebungen. Mehr dazu gleich in den Kurzmeldungen. Für unsere Late Night-Ausgabe bereiten wir ein Portrait von Pierre Poche vor und bemühen uns um weitere Informationen. Als Studiogast werden wir Martin Gaffer begrüßen, der in seinem Gaffer-Journal neue Leaks aus der Finanzwelt ankündigt und einen Zusammenhang mit diesem Skandal vermutet."

Es war kurz nach zwölf. Zeit, Walla abzuholen.

***

Büchel klappte seinen Laptop zu. Gut. Für das wichtigste war gesorgt. Die Dinge würden laufen. Heute abend wäre alles wieder im gewohnten Rahmen. Büchel hasste es, zu warten.

***

Es waren nicht nur vereinzelte Demonstrationen. Die Stadt war in Unruhe. An Straßenecken positionierte Polizistengruppen trugen Knie- und Schulterpanzer und Helme. Menschen in Anzügen neben ihnen verteilten falsche Geldscheine und Investitionsprospekte für absurde Anlagen. „In Goat we Trust", stand auf den Banknoten. „Goat Cycle Investments", hieß es auf dem Investitionsprojekt.

Auf allen Fernsehern in der Auslage eines großen K-Mart flimmerte ein knapp 30 Sekunden langer Spot im Loop. Jemand lief durch Ruinen, verfolgt von einer maskierten hinkenden Gestalt.

Mirko ging weiter.

Der gleiche Spot lief auf dem großen LED-Display des Nintendo-Stores. „Unsere Aufgabe ist es, die Ordnung unserer Welt zu erhalten"; sagte eine heisere Stimme auf der Tonspur. Und endete mit: „Deshalb jagen wir alle, die diese Ordnung nicht teilen, bis in den hintersten Winkel dieser Erde." Es waren Auszüge aus den Dokumenten, die sie wieder und wieder gelesen hatten. Auszug des Ringens um Loyalität und Freundlichkeit. Verkaufsargumente, hinter denen eine strikte neue Herrschaftsordnung steckte. Wir müssen deutlicher werden, dachte Mirko.

Und wusste zugleich: Es war nach wie vor zu riskant, die Universal Bank direkt anzusprechen. Es würde noch riskanter werden, wenn sie mit ihrem Plan durchkamen.

An manchen Ecken war die Stadt ruhig.

Im Central Park waren wieder die Banknotenverteiler. Polizisten in normalen Uniformen, begleitet von solchen in Panzern, prüften gerade die Scheine. „Sie sollten das nehmen", sagte eine Frau im grauen Businesskostüm. „Denken Sie an Ihre Altersvorsorge. In zwanzig Jahren wird das viel mehr wert sein als das Geld, das Sie heute kennen."

„Sie wissen, dass Sie kein Geld fälschen sollten?", sagte der Polizist.

„Wie kommen Sie auf die Idee, das wäre eine Fälschung?", fragte die Frau.

Vor dem Gerichtsgebäude versammelten sich Fernsehteams, Zeitungsreporter und Onlinejournalisten. Neben ihnen stand eine kleine Gruppe mit „Rape is Murder"-Transparenten. Später am Nachmittag sollte eine Untersuchungsrichterin nähere Details zu den Vorwürfen gegen Poche bekanntgeben.

In Richtung des UN Hauptquartiers wurden kleine Gruppen, Transparente und Luftballons dichter. „Unterordnung ist keine Ordnung", hieß es da. „Glück ist keine Summe". „Ich wäre gern wieder unsichtbar".

Mirko ging zurück zum Hotel.

Walla lag noch immer auf seinem Bett. Wenn er sich in den vergangenen vier Stunden bewegt hatte, dann merkte man nichts davon. „Poche ist …", sagte Mirko.

„Ich weiß", unterbrach ihn Walla. „Und sie wollen ihn wohl über die Klinge springen lassen. Bauernopfer als Ablenkung. Wenn nicht noch mehr."

„Wie meinst du das?"

„Warten wir ab."

Mirko wartete auf mehr. Da kam aber nichts. „Wir sollten los", sagte er dann.

***

Rudi hatte seine Schicht für heute beendet. Er ging nach Hause, in das dreckige kleine Pensionszimmer, das er schon sein Zuhause nannte, steckte seinen Verdienst des Tages in eine Sparbüchse, den Trinkgeldanteil in eine andere. Dann setzte er sich zu ihr auf das Bett. Er zog das Leintuch ein wenig zurück und streichelte ihr Haar, ihre Wange. Das Lächeln auf ihren Lippen hatte er so vermisst, es kehrte langsam zurück.

Wenn sie ihn ansah, verzogen sich die Lippen, ein kaum merklicher, vielleicht noch schüchterner Bogen. Dazu fehlten nur noch die Augen. Die waren noch fahl und trüb wie die Augen eines toten Vogels am Straßenrand.

Er zog das Leintuch weiter zurück und betrachtete ihren Hals, ihre Brüste. Die Wunden schlossen sich. Bald würden sie das blutverkrustete Haar waschen können. Ihr Lächeln, sie zog das Leintuch wieder bis zum Hals hoch.

Ein paar Tage noch.

Sie würden ein schönes Paar abgeben.

***

Sie waren ein schönes Paar. Nastya und Ali hatten den Wald verlassen, hatten Rumänien verlassen und hatten es, wie viele andere Rumänen, bis nach Spanien geschafft.

„Ein neuer Stützpunkt", dachte Nastya.

„Ein Platz für uns", dachte Ali.

Ali hatte den Platz für eine kleine Strandbar im Südwesten von Mallorca gemietet; ein Bretterverschlag, den er renovierte.

Nastya stand davor, den Rücken zum Meer gewandt, sie trug Shorts und ein Bikinioberteil, prüfte Neuigkeiten auf ihrem Smartphone und sah Ali bei der Arbeit zu.

„Glaubst du, ich kann mit dir hier glücklich werden?" fragte sie.

Ali ließ sein Werkzeug sinken, wischte Schweiß aus seinem Gesicht und sah sie abwartend an. Leiser Schmerz in der Herzgegend, wenn sie solche Fragen stellte. Wenn sie zu viel in Frage stellte. „Vieles darf man nicht wörtlich nehmen", dachte Ali.

„Schau doch nicht so ernst", sagte sie. Sie sah noch einmal auf ihr Smartphone. „In ein paar Stunden geht es in New York los. Dann wissen wir, was wir als nächstes tun können.“ Sie legte das Telefon weg drehte sich um und ging zum Meer hinunter.

Ali sah ihr nach. Er mochte ihre Füße im Sand.

Sie ging weiter, bis das Salzwasser an ihre Knie reichte. Drehte sich zu Ali und winkte fröhlich.

***

Wilfried Lerner hatte sein Hotel vor über fünf Stunden verlassen. Er war planlos durch die Stadt gegangen, hatte für jeweils etwa sieben Minuten drei Cafés besucht und dort je einen Espresso getrunken, er hatte seiner Umgebung keine Aufmerksamkeit geschenkt und er hatte vor allem nur eine Richtung gemieden: die zum Washington Square Park. Das wussten er und die Überwachungskameras der Drohne, die ihm folgte, seit er in New York angekommen war.

Er wusste genau, wo er war. Zum Washington Square Park waren es drei Kreuzungen, dann einmal nach links, noch zwei Kreuzungen. Lerner nickte. Ein letztes dieser Cafés, in denen der Espressomaschinenbediener Barista heißt und ein ehemaliger Kunststudent ist, die Kellner Haftentlassene, Sozialarbeiter oder Gärtner und die Stammgäste Lehrer oder Hipster-Unternehmer sind.

Lerner hatte an diesem Morgen Zigaretten gekauft. Vor langem das Rauchen aufgegeben, Einfamilienhaus, Auto, täglich zum Abendessen zuhause. Später nur noch zum Schlafen. Dann an den Wochenenden. Wenn es ausgemacht war. Lucky Strikes mit dem beruhigend runden Logo auf der Packung. An diesem Tag erschien es ihm passend. Er ging vor das Café, außerhalb der Absperrung des Gastgartens, jenseits des benötigten Respekt- und Sicherheitsabstandes, fischte eine Zigarette aus der Packung und zündete sie an.

Lerner verwendete Streichhölzer. Mit der zischenden Flamme und jedem Zug festigte sich sein Entschluss. Was soll's. Das Einfamilienhaus mochte er ohnehin schon lange nicht mehr. Vielleicht würde ja auch alles anders ausgehen. Alle mochten sich wieder, warum auch nicht. So wie Menschen, die einander auf Flughäfen abholten und sich dann lang und innig küssten und umarmten. Paare, die zusammenfanden und deren Konversation auch gegenüber dritten sich nicht darauf konzentrierte, negative Veränderungen am jeweils anderen hervorzustreichen. Und die von den Flughäfen fuhren dann nach Hause in ansehnliche Wohnungen, Häuser mit gepflegten Gärten, gut gedämmt und hell zugleich, und verbrachten wunderbar fröhliche Tage und Abende.

Lerner zündete die nächste an. Er hatte Information weitergegeben. Gut, die war nicht geheim, aber auch nicht für jeden bestimmt. Er hatte Netzwerke und Terminals benutzt, ohne alle Hintergründe zu kennen und ohne die Sicherheitsvorschriften der Universal Bank zu beachten.

Er hatte sich in die Nähe eines Treffpunktes begeben und war dann doch nicht ganz hingegangen.

Da lässt sich was machen, dachte er. Schnippte die Zigarette an den Gehsteigrand, steckte eine neue zwischen die Lippen und ging los. Zügige sichere Schritte, gut sitzender Anzug, entschlossener Blick, umsichtig, Hauptsache entschlossen. Cool wie ein Agent, ein Mann mit einer Mission. Und mit so vielen Möglichkeiten.

Vorne war der Platz; eine letzte Kreuzung.

Als er von der Straße in den Park einbog, die Grenze überquerte, dort wo Asphalt in Wiese und Büsche überging, gekieste Wege dazwischen, zwischen den Büschen Schatten, spürte er es nur heiß entlang seiner Wirbelsäule als Zähne in sein Genick schlugen, Klauen seinen Hals umschlossen und seine Augen verdeckten. Sie waren schneller geworden. Die Zigarette blieb geknickt auf dem Kiesweg zurück.

***

Das ist jetzt sehr unangenehm. Wie sollen wir vorgehen?" Eric Bahrner, Protokollchef der Menschenrechtsabteilung der Vereinten Nationen hatte gerade den Telefonhörer weggelegt und wandte sich in seiner Ratlosigkeit an seine Assistentin.

„Das war Albert Büchel, Vorstandsvorsitzender der Universal Bank. Sie haben darauf gedrängt, in unserem Meeting morgen angehört zu werden und haben einen eigenen Punkt auf unserer Agenda. Jetzt hat er angerufen und sagt, sie werden nicht kommen. Sie hätten uns ihre Punkte geschickt und bitten um Beschluss."

„Das ist wirklich unangenehm. Das ist sehr unhöflich, uns in diese Situation zu bringen."

„Es geht um diese Glückssache. Keine Kleinigkeit. Büchel sagt, er möchte jetzt keine Aufmerksamkeit. Nach dieser, Sie wissen, Vergewaltigungsgeschichte. Er fürchtet, dass in einer Diskussion viele Nebenthemen aufkommen und Entscheider sich von der Öffentlichkeit und Demonstrationen beeinflussen lassen."

„Das ist wirklich schwierig für uns. Können wir sie von der Tagesordnung streichen?"

Bahrner wiegte nachdenklich seinen Kopf hin und her.

„Nein. Dann sieht es so aus, als hätten wir uns beeinflussen lassen und dem Druck der Straße nachgegeben."

„Können wir vertagen oder ablehnen?"

Bahrner schüttelte den Kopf.

„Wir werden die Agenda nicht verändern. Und wir werden auch niemand wissen lassen, dass ein Bankchef uns seine Termine diktiert und Meetings platzen lässt. Das darf unter keinen Umständen an die Öffentlichkeit."

„Was machen wir dann?"

„Beschließen wir es einfach. Machen wir das schriftlich. Kein Aufsehen, keine Diskussion, keine Berührung. Sie haken diesen Punkt, diese Glückssache, jetzt ab, verweisen in der Agenda auf das Protokoll und schicken den Beschluss nach dem Meeting gemeinsam mit dem Protokoll in den Rundlauf. Verstehen Sie, was ich sagen möchte?"

Sie nickte.

***

Und siehe, ein großer, roter Drache, der hatte sieben Häupter und zehn Hörner und auf seinen Häuptern sieben Kronen, und sein Schwanz fegte den dritten Teil der Sterne des Himmels hinweg und warf sie auf die Erde. Und der Drache trat vor die Frau, die gebären sollte, damit er, wenn sie geboren hätte, ihr Kind fräße. Wir sind der Drache, wir können uns erheben, wir haben die Macht, aus Schafen feuerspeiende Monster zu werden, denen nichts und niemand etwas entgegensetzen kann. Wir. Aber wir kennen die

Schattenseite, wir kennen sie nur zu gut: Mit Macht und Freiheit geht Verantwortung einher. – Wir können es, aber wir müssen es auch tun. Niemand anderer wird es tun. Es bleibt uns nicht erspart, unsere Gesichter aus dem Fastfood zu ziehen, über dem wir eingeschlafen sind, den Fernseher abzudrehen, vor dem wir sitzen und uns über den Müll und die Langeweile ärgern, die Nasen aus den Büchern zu ziehen, die uns Wissen und Erweiterung versprechen, und doch immer nach dem Prinzip funktionieren, dass wir in ihnen nur das lesen, was wir immer schon geglaubt haben, und wir müssen uns selbst den Arschtritt geben, der uns von der Couch befördert, auf der wir liegen, uns selbst dafür hassen und dann doch einfach nur einschlafen. – Stellt euch vor, wir erheben uns, kriegen unsere Ärsche in Bewegung und geben uns und der Welt den fetten Tritt, den jeder verdient – was dann? Nehmt ihr euch alles was ihr wollt, Partys ohne Ende, Nichtstun, Freiheit und Gerechtigkeit für alle, aber am meisten für euch, stellt ihr euch allem entgegen und errichtet ihr eine neue Weltordnung? Ja, um genau das zu wiederholen, was immer schon passiert ist ... Der Drache mit den sieben Köpfen ist kein Schreckgespenst, wir sind der Drache – weil das einfach der Weg ist, den die Welt immer schon geht. Leute, denkt einmal kurz nach, nur einmal: Wer von euch hält sich nicht für den Mittelpunkt der Welt, für den, der die Dinge am Leben erhält und der eine Horde fauler Idioten vor sich hertreibt? Du? Du, die sich aus allem heraushält, ein friedliches Leben von einem Tag in den anderen führt und nimmt, was das Leben ihr bietet? Oder du, der als natural born leader nicht darauf angewiesen ist, sich selbst in den Mittelpunkt zu stellen, weil ihm alles zu Füßen gelegt wird? Ihr habt euch selbst nur in ein System verwandelt, hinter der ihm euch versteckt, ihr tut so, als wäre es nicht euer Kram – aber ihr könnt nicht aus ... Ihr wiederholt immer das gleiche. Je mehr ihr euch abgrenzt, euch selbst bestätigt und euch gegen den Rest neben den Rest stellt, desto mehr bestätigt und befestigt ihr das, was ihr nicht sein wollt. Und darin, in diesem trostlosen Zustand, nebeneinander schwebend wie Präparate in Spiritus, isoliert und doch an den Fäden jener hängend, die ihr nicht wolltet, darin seht ihr dann euer Glück. Glück ist die Marke, das Produkt, die Ware, die euch zu Lämmern, meckernden Ziegen und Lemmingen macht. Und während ihr glücklich, frei, anarchisch, selbstherrlich und unabhängig durch die Welt streift, werde ich mich wie der Drache aus dem Meer erheben und mit lautem Gebrüll und siebenfachem Strahl auf eure Couches pinkeln, auf die ihr dann doch am Ende des Tages zurückkehren werdet."

„Man sollte solche Freaks von der Straße holen", sagte eine gut gekleidete Mittvierzigerin, die vor wenigen Wochen als Eingeständnis an ihr Alter begonnen hatte, Perlenohrringe zu tragen, zu ihrer Begleiterin. „Es ist wirklich nicht schön, von solchen Menschen täglich belästigt zu werden. Und das täglich. Er steht ja jeden Tag hier. Egal welches Wetter. Und furchtbar – er sagt immer das gleiche."

Ihre Begleiterin nickte.

„Furchtbar. Und jeden Tag Obdachlose im Park. Sie liegen in den Büschen und schlafen als ob die Welt sie nichts anginge. Furchtbar."

Lerner lag in der Wiese, im Schatten einer dichten Reihe von Zierbambus. Die Wunde in seinem Genick war vom aufgestellten Revers seines Sakkos verborgen. Die dunklen Blutflecken konnten auch Dreck oder feuchte Erde sein.

Seine Augen waren grau und trüb wie die eines toten Vogels am Straßenrand.

***

Irina Kulnarowa trug ihren Bademantel, griff zum Tablet und öffnete ein Chatfenster. Büro, After Work Drink, Fitnessprogramm, Massage, Sauna, Dusche und dann noch eine Kleinigkeit, die sie erledigen musste.

Ein Glas Wein und eine kurze Nachdenkpause.

Sie musste nur zwei Buchstaben abschicken: „Ok".

Rund um Poches Zelle war es ruhig. Abends, draußen Dämmerung, nach Dienstschluss, innen gleißend gelbliches Licht, das sich in glänzenden Fussböden spiegelte und dennoch nicht an die Helligkeit des Tages heranreichte. Bett, Tisch, Sessel, Klo – Poche hatte alles in seiner Zelle. Nur keine Ahnung, was weiter passieren würde. Er trug noch immer den gleichen Anzug, Krawatte gelockert, saß auf dem Bett und lehnte den Rücken gegen die Wand.

Über den Gang, Poche konnte nicht sehen woher, klangen Schritte. Gedämpfte Stimmen. Schabende, klopfende Geräusche, erstickte Stimmen. Geräusche wie über den Boden geschleifte Körper. Dann wieder Schritte.

Als fünf junge blasse Männer dunklen Anzügen mit zu dünnen Hälsen vor seiner Zelle standen, und die Tür aufschlossen, sprang Poche auf. „Endlich, mes amis.“ Der erste Reflex war, die Krawatte wieder zu richten. „Ihr habt mich recht lange warten lassen, aber gut, ich verstehe, dass das keine einfache Situation war. Wie geht es weiter; was steht bereit? Limousine, Helikopter? Ich brauche wirklich etwas Ablenkung …“

Sie drängten ihn gegen die Wand, ausgebreitete Arme, eine eiserne Klaue fixierte seine Kehle; sie hielten ihn fest wie einen Gekreuzigten.

„Mes amis …“

Diesmal ließen sie nur einige blutige Klumpen zurück, die einen blutdurchtränkten teuren Maßanzug trugen. Sie wischten notdürftig über ihre blutverschmierten Münder, trockneten ihre Hände in Taschentüchern und sperrten die Zelle wieder ab.

Ihre Schritte klangen schüchtern auf dem spiegelnden Gang unter seinen blitzenden Lichtern.

Ein paar Minuten später kann die Antwort. Auch nur wenige Buchstaben: „done“. Irina Kulnarowa schaltete das Tablet aus, streifte den Bademantel ab. Als sie die seidenweiche Bettdecke über ihren Körper zog konnte sie es selbst nicht genau sagen, ob da aus ihrem linken Auge gerade eine einsame und einzelne Träne rollte.

Mirko saß allein an einem der Docks vor dem West Village. Möwen, ranzige Meeresbrise, Teer in der Sonne. Dreckiges Wasser mit leichtem Ölfilm, auf dem Möwenfedern tanzten. Sonne und Wasser hatten hier wenig gemeinsam. Im öligen Wasser schien die Sonne fahl. Trotz Sonne war jede Idee von Baden weit weg.

Manche Orte müssten ihrer abstrakten Beschreibung nach perfekt sein: Wasser, laut streitende Möwen, Sonne, am Rand einer großartigen Stadt, in die du mit wenigen Schritten wieder zurück kannst. Du setzt dich dort hin, in der Erwartung, dass sich die abstrakte Perfektion dieser Orte im ganz konkreten Wohlbefinden, im sanft sickernden Gefühl „Das Leben ist in Ordnung, du bist in Ordnung" niederschlagen müsste. Auch diese Orte sind aber nicht perfekt.

***

Walla saß an einem anderen Strand. Die Sonne ging merklich früher unter, aber die graue Dämmerung war wärmer als erwartet. Zwischen Tang, Treibholz und den trockenen gebrauchten Kondomen des letzten Wochenendes saß Walla am erbärmlichen Strand von Tijuana, auf der Straße hinter ihm stand sein neuer alter Pick Up, noch verbeulter und kantiger als der, den er in Rumänien zurückgelassen hatte, dahinter warf sich ein Hund bellend gegen Zaun seines Hofes.

Ihn begleitete leise Verwunderung: Er hatte die Grenze überquert, hatte ein Auto gekauft, und war noch immer am Leben. Nicht nur am Leben, auch in Freiheit. Hatten sie kein Interesse mehr? Hatten sie gewonnen? Waren sie sicher genug, dass er nichts mehr ausrichten konnte? So sicher, wie er war, dass er nichts mehr ausrichten wollte?

Die leise Verwunderung begleitete ihn seit Tagen mit einem unlösbaren Dilemma: Sollte er den Abend in Gedanken verbringen, unfähig, sich von ihnen zu lösen und eine schlaflose Nacht mit der Vorstellung verbringen, sie morgen hinter sich zu lassen, morgen sich und die Welt anders zu sehen? In einem Morgen, das in der schlaflosen Gedankenverlorenheit nie beginnen würde? Oder sollte er diesen Abend schlafend verbringen, eine Flasche billigen Mezcal aus dem Tattoo-Café, dessen Hund sich so erbost gegen den Zaun warf, holen, in der Hoffnung, mit diesem bleiernen Schlaf den ersehnten Schnitt herbeizuführen? Und im Bewusstsein des Risikos, dass er am nächsten Tag dann, verkatert und antriebslos, es wieder nicht zuwege bringen würde, sich selbst aus dem immer gleichen Gedankenspiel zu nehmen?

Er schloss die Augen und sah sich selbst ähnlich unentschlossen wie jetzt; dunkler Anzug, weißes Hemd, er stand, eine altmodische Aktentasche über der Schulter, vor dem Tower der Universal Bank in London und war zehn Jahre jünger als heute. Dann fuhr der Van vor, der ihn und eine Handvoll Kollegen, alle galten sie als High Potentials, auf die die Bank in Zukunft nicht verzichten wollte, zum Flughafen brachte.

Dann wachten sie in Spitalsbetten auf; Arme und Beine mit Gurten befestigt, Infusionsschläuche, Ärzte mit Klemmbrettern, Notizen, und prüfendem Blick wanderten von einem Bett zum nächsten. Es war heiß, die kurzen Momente, in denen sich die Tür ihres Raums öffnete, offenbarten einen unsicheren Blick auf weißgrauen Himmel. Sonst schien da draußen nichts; sonst erinnerte er sich an keine Eindrücke.

Danach landete ein Teil von ihnen wieder in einem Bus. Der andere Teil wurde in einen abgezäunten Bereich gebracht; hinter Stacheldraht öffneten Wärter eine schwere stählerne Falltür, stießen die kleine Gruppe ein paar Treppen hinunter und schlossen die Tür wieder. Hinter den Schritten der Wärter tanzten schwache Sandfahnen im Wind, als sie den eingezäunten Bereich verließen und es blieb ruhig wie vorher.

Walla horchte noch einmal angestrengt hin. Die Tür blieb geschlossen – unscheinbar und scheinbar unberührt wie eine Abwassergrube. Niemand wollte in ihrer Nähe sein.

Als er wieder in London auf der Straße stand, gerade aus dem Bus ausgestiegen, war es, als hätte er diesen Punkt auf der Straße nie verlassen. Vielleicht kurz zum nächsten Mistkübel gegangen, ein Sandwichpapier vom Mittagessen unterwegs weggeworfen, und dann wieder an diesem Punkt, wenige Schritte vom Eingang zum Tower der Universal Bank, gewartet.

„Ihr werdet erwartet", sagte eine anderer Mann im dunklen Anzug und weißen Hemd, den er noch nie gesehen hatte. „Gleich nach dem Eingang rechts in den Besprechungsraum Zwei, es geht in zehn Minuten los. Der Empfang weiß bescheid." Walla ging auf ihn zu und wollte nach der Zeit fragen. Der Mann drehte sich weg und sprach mit einem hageren, streng blickenden Typ, der auf ihn zu warten schien. „Wir wissen es noch nicht", sagte er. „Sie waren unser erster Versuch; eher ein Prototyp als eine erste Generation. Wir brauchen Tests und müssen beobachten …" Dann verlor sich die Stimme; die beiden betraten das Gebäude.

Walla und die anderen warteten draußen.

Er machte einige Schritte. Griff in seine Hosentasche, fand ein Taschentuch. Machte tatsächlich einige Schritte auf den nächsten Mistkübel zu. Niemand folgte ihm.

Walla warf das Taschentuch weg und ging weiter. Die Erwartung, gleich etwas in seinem Rücken zu spüren, Hände, die nach seinen Schultern griffen und ihn umdrehten, blieb unerfüllt. Es waren immer nur ein paar Schritte. Auf die die nächsten folgten. Er ging weiter.

„Zeit", dachte Walla. Er stand auf, ging an seinem Pick Up vorbei, sah den kläffenden Hund hinter dem Zaun freundlich an und betrat das Tattoo-Café. Natürlich gab es keinen Mezcal. Er kaufte ein Sixpack Bier.

Der Strand lag mittlerweile in der Finsternis; die meisten Häuser entlang der Küstenstraße, es war eigentlich nur ein einspuriger Weg, standen leer. „Zu verkaufen" und „Zu vermieten"-Schilder säumten den Weg. Er öffnete die Laderaumklappe des Pick Up, stellte das Bier ab und setzte sich auf die Ladefläche. Mildes Pazifikrauschen, mit der Flut würde es lauter werden, weiße Wolkenfetzen im blauschwarzen Sternenhimmel. Walla öffnete eine Bierflasche und stopfte ein Pfeifchen.

Alles gut.

Sie hatten gewonnen. Aber sie hatten ihn nicht. Sie hatten die anderen nicht. Und es würden neue Netzwerke entstehen. Vielleicht war es nicht wichtig. Vielleicht war es nur wichtig, dass sich andere um das Problem kümmerten. Dass sie davon wussten. Vielleicht war es auch kein Problem. Irgendwer wollte immer irgendetwas. Sie hatten ihr Stück vom Kuchen. Er hatte keines.

Er wollte auch keines. Trotz allem …

Das war das eigentliche Rätsel. Walla streckte sich auf der Ladefläche aus und sah in den schwarzblauen Himmel. Das Pfeifchen begann zu wirken. Er wollte keinen Kuchen. Aber er wollte etwas anderes. Etwas, das ihn die letzten Jahre angetrieben, durch die Welt geschickt, zu dem wunderlichen Einzelgänger gemacht hatte, der er heute war. Etwas, mit dem er die anderen nicht anstecken sollte. Sein Blick blieb im Sternenhimmel hängen.

***

Erkan suchte nach Neuigkeiten. Er wusste, dass das Reloaden in Zwei-Minuten-Abständen nicht helfen würde. Aber irgendetwas musste geschehen sein; die Stille war ihm unerträglich. Wobei – er wusste: Wann ist schon wirklich etwas passiert? Wann war der Punkt, an dem wir Sinn und Bedeutung nachträglich festmachen, jemals der eine konkrete und erkennbare Zeitpunkt, den wir uns, als er noch Zukunft war, erhofft hätten?

„Alter, davon kriegst du Kopfweh“, lachte Erkan, lehnte sich zurück und betrachtete den ruhig blinkenden Cursor auf dem dunklen Bildschirm der keine Neuigkeiten auswerfenden Terminal-Verbindung. Es blieb dabei: Sie hatten es einfach getan. Und niemand hatte etwas dazu gesagt. Abgehakt, beschlossen, ins Protokoll und Übergang zum nächsten Tagesordnungspunkt.

Die Universal Bank war von den Vereinten Nationen als offizieller Sponsor des Menschrechts auf Glück anerkannt. Eine bescheidene Notiz in den diesmal öffentlichen Beschlussprotokollen; keine Diskussion, keine Antwort, nicht einmal Fragen. Yoga-Lehrer, Mediationsexperten und Lifestyle-Publisher als Konkurrenten um die Hoheit über das Glück eiskalt ausgestochen. Und noch dazu eine aalglatte Definition von Glück festgeschrieben. Eine, die vor allem eines bedeutete: Wir sind glücklich. Wir müssen es sein, wir haben gar keine andere Wahl. Denn wenn wir es nicht wären, dann wäre es unser Problem. Und: Glück ist etwas, das du erreichen musst, in messbarer und manifestierbarer Form. So wie Erfolg, Reichtum und Erleuchtung.

Sehr dynamischer Ansatz. Du hast das Recht, zu streben. Mit Krediten, Konten, Kreditkarten, Leasingautos und Hypotheken. Mit Zinsen, Guthaben und Schulden. Und mit monatlichen Abrechnungen, die du auch laufend online oder auf deiner Smartphone-App einsehen kannst. Deine Bank hilft dir dabei.

Sie sorgt dafür, dass dich das Streben nie verlässt. Und dass du nie die Gier darin erkennst.

Erkan schrieb eine letzte Nachricht. Er nahm sich vor, dass es eine letzte sein sollte. „Ich weiß nicht, was ihr macht. Ich nehme an, ihr kommt zurecht. Ich bin noch hier. Aber vielleicht verlasse ich einfach auch nie mehr meine Wohnung, fresse Cheeseburger und Onionrings, bis ich so fett bin, dass ich nicht mehr aufstehen kann, und eine gute Chance habe, es zu erleben, dass mein Herz bald nicht mehr schlägt. Vielleicht mache ich aber auch etwas anderes. Passt auf euch auf." Ohne viel Zögern schickte er seine Nachricht ab. Es war die einzige auf dem Terminal hinterlegte Datei. Alle anderen Unterlagen waren verschwunden.

Erkan zog seinen Schal fester um den Hals und verließ seine Wohnung. Ja, das hatte er die letzten Wochen öfters gemacht. Der Prediger auf dem Washington Square Park. „Ich werde auf eure Couches pissen, auf die ihr euch dann doch wieder niederlassen werdet." So war das mit dem Streben.

Erkan blieb diesmal nicht stehen, um ihm zuzuhören; einfach weiter, solange die 5th Avenue noch ruhig war. Es schien Wochenende zu sein; Erkan wusste es nicht genau. Menschen schienen zu spazieren, machten Pause in ihrem verordneten und so wichtigen Streben nach Glück, hielten einander Arm in Arm, an den Händen, oder hielten Handtaschen oder Hundeleinen in den Händen. Wer allein unterwegs ist, wundert sich dann oft, ob alle anderen denn wirklich wissen, wohin sie gerade gehen, was sie dort wollen und warum sie das tun.

Er stand an einer Ampel und sein Blick blieb an einem Pärchen hängen, das sich auf der gegenüberliegenden Straßenseite der Ampel näherte. Er war blass, fahle Haut, das Auftreten eines Menschen, der nach einer langen Zeit schlechten Lebens, vielleicht

Drogen, Alkohol, Einsamkeit, vielleicht aber auch nur Stress und Selbstzerstörung, gerade gut Vorsätze gefasst hat, einiges abgenommen, aber noch keine sportliche Erscheinung, gute Vorsätze, aber noch immer dunkle Gedanken im Hintergrund, die lauernde Unsicherheit, wozu all das gut wäre. Er trug eine graue Stoffhose, ein olivgrünes T-Shirt, beides unauffällig, nicht abgetragen, sorgfältig gewaschen und gebügelt als wäre es Festtagskleidung – obwohl es Kleider waren, die andere als Putzlappen oder als Arbeitskleidung beim Ausmalen der Wohnung verwendet hätten. In seinem Arm hielt er eine Frau, eine jener Frauen die sich in der Phantasie von Männern sonst nur in High Heels zwischen Sportwägen, Nobelrestaurants und Bars bewegten, in der Phantasie direkterer Männer vielleicht noch in schöner Wäsche zwischen Schlafzimmer und Badezimmer. Er hielt sie fest im Arm, sie ließ ihre Arme hängen; eine jener Frauen, die in der Phantasie von Männern immer nur auf der Suche nach dem besten waren, schwer zu beeindrucken, schwer zufriedenzustellen. Enger knielanger Rock, alles in edlen Sandfarben und leicht zerknittert, ein eng um ihren Hals gewickeltes Tuch und ihre Augen blickten leer.

Die Ampel wechselte auf Grün; sie kamen einander näher. Ihre Augen waren leer als wiche gerade erst ein Schleier von ihnen, als erwachten sie jetzt zum Leben. Sie lehnte sich an ihn. Erkan und das Pärchen begegneten einander, zwischen ihrem Schal und ihrem Hals sah Erkan einen dunklen Schatten, rissig und dann verlaufend wie Blutergüsse um verkrustetes Blut.

„Auch du wirst es lernen. Und dann wirst du es wissen“, sagte Rudi im Vorbeigehen.

***

Ada saß in einem Cafe am Monastiraki in Athen. Es wurde Nacht, Straßenhändler warfen leuchtende Papierpropeller in die Luft, priesen Plastikikonen und verdreckte Sonnenbrillen an. Ada hatten ihren Laptop vor sich, ein Notizbuch daneben, den alten Communicator in ihrer Tasche.

Es schien zu greifen. Information sickerte durch, Menschen registrierten Ergebnisse, stellten Fragen – aber die Organisation schien zu zerfallen. Das war ok. Wenn sich die Umgebung änderte, dann änderte sich eben auch die Organisation. Es würde sie nicht aufhalten und es würde sie nicht verunsichern.

Sie klappte ihren Laptop zu, legte das Notizbuch darauf und blätterte ein paar Seiten zurück. Miro und Tsu waren angekommen; Vladi, Voija und Balan waren mit ihnen in der Hütte sicher.

Es brauchte neue Pläne. Mirko meldete sich nicht mehr, Walla war verschwunden. Es ging ihnen gut, war Ada überzeugt, alles andere hätte sie gehört. Ihre Sorge war eine andere. Hatten sie aufgegeben? Wurden sie zu einer Gefahr? Sie schüttelte den Gedanken ab. Nein. Würden sie nicht machen.

Sie klappte den Laptop noch einmal auf. „Wir müssen uns neu organisieren. Es ist nicht schiefgegangen, aber es ist nicht so gelaufen, wie wir es geplant hatten. Wir brauchen Reichweite, Öffentlichkeit – das ist das einzige, was uns noch Sicherheit verschaffen kann. Und die Gelegenheit dafür ist gut, die Zeit hat zuletzt für uns gearbeitet. Wie können wir in Kontakt bleiben?“ Die schickte die Nachricht an Nastya, an die einzige, mit der sie noch wegen der Sache in Verbindung war.

Während Ada ihre Nachricht schickte, lehnten Ali und Nastya am Geländer der Meeresterrasse eines kleinen Clubs nicht weit von ihrer Strandbar. Helle Mondnacht, hinter ihnen tanzten Glückliche und Suchende, Ali hatte beide Arme um Nastya gelegt und sah auf das Meer und die sanfte Brandung im Mondlicht. „Das war ein Anfang“, dachte er. Sein Hund und dessen letzte zitternde Herzschläge, einsame Fahrten in alten Autos, alles verschwamm in einem unklaren Gefühl, „Das ist ein Anfang“, während er Nastyas Duft aufsog und alles andere vergaß. Solange er nur sie im Arm hielt.

Nastya spürte seine Umarmung und legte abwesend ihre Hände auf seine. Hier konnten sie nicht bleiben, dachte sie. Das konnte nicht das Ende sein. Hier konnte sie nicht bleiben. Ali war eine sanfte Wärmequelle an ihrem Rücken. Sonst hatte sie keinen Gedanken für ihn. Ada wartete auf ihre Nachricht, auf Pläne für eine neue Organisationszentrale. „Ich denke nach“, hatte Nastya ihr versprochen.

„Gehen wir?“, fragte sie und löste sich aus Alis Umarmung. „Nicht jetzt“, sagte Ali. „Dieser Moment muss bleiben. Das ist das

Einzige, das zählt." Er legte seine Arme wieder um sie. Wenn er hier bleiben wollte – sie konnte es nicht.

***

Büchel hatte Mise mitgenommen nach New York. Beide waren älter geworden, er reiste nicht mehr gerne ohne sie. „Wir haben keinen Grund zur Sorge", sagte er zu ihr. Er hielt sie im Arm und ging mit ihr durch verlassene Hafenanlagen. In großem Abstand, als wäre es zufällig, begleiteten ihn blasse junge Männer in dunklen Anzügen, aus weißen Hemdkrägen ragten zu dünne Hälse. Auf den Dächern und versteckt zwischen Containern, Müllbergen, geduckt von Versteck zu Versteck, huschten andere, die die Öffentlichkeit mieden. Manchmal wehte langes Haar im Wind, sah ein dreckiger Turnschuh aus einem Versteck hervor. Der vom Hafen heraufziehende Wind schluckte ihr leises heiseres Kreischen; auch wenn man es gehört hätte, es war nicht mehr als ein heiseres Kichern.

„Wir könnten alles beseitigen, auslöschen", erklärte Büchel weiter. „Müssen wir aber nicht. Die Zeit und die Ratlosigkeit arbeiten für uns. Menschen wollen eben Glück."

Mise sah gelangweilt zur Seite. „Ich weiß", sagte Büchel. „Und solange sie nicht wissen, was das ist, solange sie es nicht von Gier, Unruhe, nachlassendem Schmerz unterscheiden können, solange können wir ihnen sagen: Glück ist, was wir euch geben. Das siehst du doch auch so, oder?"

Büchel trug sie im Arm wie Latte Macchiato trinkende Mütter ihre Kinder in Wickeltüchern trugen, Mise hatte einen Arm um seine Schultern gelegt. „Deswegen werden wir auch das hier nicht mit Gewalt lösen. Es sind schon genug hässliche Dinge passiert in letzter Zeit. Also, vielleicht ein bisschen, ich möchte dich ja nicht anlügen. Wir müssen für klare Verhältnisse sorgen, zu viele offene Fäden sind dabei nicht gut. Aber ich muss ehrlich sagen: Ich empfinde durchaus ein wenig Bewunderung. Ich sehe da Potenzial. So viel Energie, so viel Zielstrebigkeit, der Wille, etwas zu erreichen – das sind genau die Qualitäten, die wir suchen. Damit können wir arbeiten. Sie sind uns ähnlicher als sie denken." Er streichelte Mises Kopf, legte einen Hand in ihren Nacken und sah sie zärtlich an.

„Mir ist heute einfach danach. Und ich muss sagen: Es fühlt sich gut an.“

Seine Begleiter gingen weiter als nähmen sie keine Notiz von ihm. Sie sahen sich nicht um, gingen manchmal langsamer, wenn Büchel stehen blieb, dann wieder schneller. Die heimlichen Begleiter blieben bis auf vorbeihuschende Ahnungen unsichtbar.

Während sie durch die New Yorker Docks spazierten, lauerten andere auf ihr Zeichen. Sie versteckten sich in Büschen im Auwald vor dem Donaudelta, hielten die Hütte fest im Blick. Sie mischten sich unter Touristen auf die Stiegen der Vorgärten in Greenwich Village. Sie warteten im Kellerabgang einer billigen Pension in Athen auf ihr Zeichen, duckten sich, wenn jemand das Stiegenhaus betrat, und blickten gleich nervös wieder aus ihrem Versteck hervor, um ihren Einsatz nicht zu verpassen. Zerschlissene T-Shirts, abgetragene dreckige Jeans und Turnschuhe, dreckige Hände, an denen Schweiß und Staub von Monaten zu kleben schienen. Sie saßen am Strand rund um die kleine Strandbar, teilnahmslos wie von der vergangenen Nacht gestrandet und machten sich nicht mehr die Mühe, sich vor den Blicken der Strandspaziergänger zu verstecken. Sie beobachteten beide Eingänge der Bar, noch war sie geschlossen.

In New York hatten sie das letzte Dock erreicht. Möwen, ranzige Meeresbrise, Teer in der Sonne. Dreckiges Wasser mit leichtem Ölfilm, auf dem Möwenfedern tanzten.

Mirko sah den Möwenfedern zu. Er sah junge Männer in dunklen Anzügen, die an seiner Seite, genügend Abstand, stehenblieben und scheinbar interesselos auf das schmutzige Wasser hinaussahen. Er hörte, trotz des Windes, vielstimmigen heiser kichernden Atem, so wie er ihn über rauschenden Blättern und knackenden Zweigen des Auwalds oft gehört hatte.

Büchel blieb einige Meter hinter ihm stehen, Mise in seinem Arm, fettiges Schimpansenhaar an seinem grauen Anzug.

Mirko sah weiter auf die Möwenfedern. Sah so ruhig hinaus wie in jener Nacht auf dem Felsen hoch oben über der Donau. Die Luft war ein wenig draußen. Zugegebenermaßen. Wünsche. Vage Ideen. Sommerkleider. Strände. Sonnenterrassen. Sonnenbrillen. Unbeschwerte Vormittage, an denen man das Haus verließ, um zu sehen, was der Tag bringen würde. Ein wenig Wut dahinter, das musste er zugeben, auch wenn es ihm nicht gefiel. Wut, die man gerne hinter sich lassen würde.

Hier geht es nicht um man, dachte Mirko.

Die Anzugträger standen neben ihm, Hände über ihren Gürteln verschränkt, teilnahmsloser Blick aufs Meer.

Büchel hielt Mise im Arm. Sie wartete auf ihre Kekse, Büchel sah Mirko sitzen, väterlich wehmütiger Ausdruck in seinem Gesicht. Er schob Mise ein Keks in den Mund. „Alles wird gut, du wirst es sehen", flüsterte er ihr zu.

Im ersten Hof, ein paar hundert Meter hinter ihnen, wartete Büchels Limousine. Sie hatten die Docks für sich allein, Wind Beton und ein paar Zäune. Mise kaute zufrieden an ihrem Keks, Büchel sah auf seine Uhr. Ein Blick in den Himmel, noch einmal nach vorn. Er nickte.

Einer der Anzugträger führte ein Funkgerät zu seinem Mund, „Ok", sagte er nur.

Dreckige Turnschuhe bahnten sich ihren Weg durch die Zweige des Auwalds, stürmten durch eine abgedunkelte Wohnung in Greenwich Village, traten die Tür der kleinen Strandbar ein, hetzten das Stiegenhaus der billigen Pension in Athen hinauf. An Händen und ausgemergelten Armen klebten Dreck, Schweiß und Blut. Nach Schritten, knackenden Zweigen und dem splitternden Holz eingetretener Türen war nur noch leises heiseres Fauchen zu hören, dumpfe Schläge, ein paar letzte leise Atemzüge.

„Ich möchte Ihnen etwas vorschlagen", sagte Büchel laut und mit fester Stimme.

Mirko hatte sich bis jetzt nicht umgesehen. Er stand auf, machte die letzten paar Schritte bis zum Ende des Docks und sah auf das dunkle Wasser unter ihm. Seine Schuhspitzen standen über den Rand. Zwei, drei tiefe Atemzüge.

Dann drehte er sich um. Buben weinen nämlich nicht. Sie machen Geschäfte.

Büchel nickte. „Es ist nun mal so", sagte er, hielt Mise in seinem Arm und lächelte als begrüßte er seine Familie zum Sonntagsessen.

Demnächst.

Michael Hafner, Buben weinen nicht
Illustriert von Andi Paar
ISBN 978-3-9504027-7-3
1. Auflage, 2016
Contentkaufmann, Wien 2016